리듬 난바다

리듬 난 바다

김멜라 장편소설

문학동네

차례

6물 … 7

7물 … 85

1물 … 99

2물 … 153

8물 … 201

3물 … 223

9물 … 263

4물 … 281

10물 … 325

11물 … 377

12물 … 407

5물 … 457

13물 … 481

물흐름 … 513

1물 … 535

작가의 말 … 563

6물

1

퐁당퐁당 돌을 던지자
냇물아 퍼져라
퍼질 대로 퍼져라

크게 호흡을 가다듬자 트럭 안에 고여 있던 딸기향이 훅 끼쳐왔다. 을주는 찬 손을 비비며 달큼한 향을 들이마셨다. 대시보드 위에 벗어둔 나일론 장갑에서 풍기는 냄새였다. 오전 내내 을주는 그 장갑을 끼고 잘 익은 딸기를 얕은 대야에 옮겨 담았다. 딸기 농장에서 일하며 매일 딸기에 둘러싸여 살았지만, 지금처럼 예상치 못한 순간에 그 과일의 향기를 맡으면 새삼 감미로운 기운에 긴장이 풀렸다. 불행이 찾아왔다가도 마음을 순하게 바꿔먹고 돌아갈 것 같달까.

을주는 집에 가는 시간이 늦어져 애가 탔다. 트럭 밖은 캄캄했고 창유리에는 성에가 끼어 시야가 뿌옜다. 을주는 누군가가 트럭 문을 열고 들어와 자신을 위협하는 장면이 떠올랐다.

왜 그런 망상이 드는지 모르겠지만, 어쨌거나 그런 짓을 저지르는 범죄자에게도 코는 있을 것이다. 코가 있다면 이 딸기향을 맡을 수 있겠지. 콧속의 점막을 은근하게 잡아당기는 달콤한 내음을 맡으면 못된 짓을 10만큼 하려다가도 3이나 2 정도만 하겠지.

을주는 마음을 편하게 가지려 노력했다. 잘되지 않았다. 시동 장치가 먹통이었다. 한파에 배터리가 방전된 건지도 몰랐다. 을주는 실내등 버튼을 찾기 위해 손으로 천장을 더듬었다. 다행히 불이 들어왔고 전조등도 멀쩡한 걸 보니 전기 문제는 아니었다. 을주는 다시금 키 박스에 꽂힌 열쇠를 비틀었다. 한 번, 두 번, 세 번, 아이고 오복아. 집에서 기다리고 있을 오복이를 떠올리자 발가락이 오그라들었다. 그 순간 말 울음 같은 소리를 길게 내며 시동이 걸렸다. 을주는 사이드브레이크를 풀고 조수석 헤드를 붙잡았다. 허리에 찬 공구 벨트 주머니에서 진동음이 울렸다. 휴대전화 알람이었다.

〈욕＋받이〉 라이브 한 시간 전.

을주는 트럭을 후진시키며 거침없이 흙길을 내려갔다.
집에 도착한 을주는 공구 벨트를 벗고 오복이에게 말했다.
"오복아, 어야 가자. 어야끈 어딨어?"

을주는 오복이와 산책할 때 쓰는 리드줄을 '어야끈'이라 불렀다. 오복이를 리드하기보다 같이 나들이 가는 시간이라서였다. 도베르만 성견인 오복이가 어야끈을 입에 물고 오자 을주가 오복이의 아몬드색 가슴을 어루만졌다. 한겨울의 늦은 저녁, 바깥바람은 맑고 끝이 매서웠다. 을주와 오복이는 어둑해진 해안가로 산책에 나섰다.

해변에도 불투명한 먹색 어둠이 내려앉아 있었다. 을주는 달을 올려보며 이따금 오복이의 돌진을 멈춰 세웠다. 간조를 기다린 오복이는 질퍽한 흙에 코를 들이밀며 물위를 첨벙거렸다. 바닷물이 빗살무늬를 그리며 먼바다로 끌려갔다. 해안가 남쪽에는 붉고 우람한 침식 바위가 솟아 있었고 그 아래 흰 조개껍데기가 둔덕을 이루며 쌓여 있었다. 북쪽에는 듬성듬성한 갯바위 너머로 곰솔에 뒤덮인 옥녀산이 버티고 있었다.

옥녀산은 예부터 살쾡이가 많다고 해서 쾡이산, 근방의 음기가 모조리 거기로 모여든다고 해서 태음산이라고도 했다. 그 살벌한 음기를 다스려야 한다며 산중턱에 매부리코처럼 튀어나온 회색 돌덩이를 자지바위라고 불렀다. 을주가 어릴 땐 만물상회 평상에 모여 앉은 어른들이 자지바위, 물자지바위라고 소리치며 떠들었다. 을주는 그런 말을 쓰는 어른들의 생김새를 유심히 봐두었다. 저렇게 생긴 사람은 사는 동안 피하는 게 좋을 것 같다는 예감이 들어서였다. 바위를 그렇게 부르는 건 돌이나 물이나 그것에게나 죄다 예의가 아니었다.

산의 소나무를 밀어 '옥녀 치맛길'을 만든다는 것도 도리에 어긋나는 짓이었다. 다행히 그 개발계획은 수지타산이 안 맞는다는 이유로 무산되었다. 대신 눈이 왕방울만한 옥녀 그림과 옥녀에 대한 이야기가 표지판에 새겨져 해변의 길목에 눌러앉았다. 하늘에서 내려온 옥녀가 사랑했던 장군에게 버림받아 매일 밤 절벽에 올라 자기 치마폭을 흔들었다는 전설 어쩌고저쩌고. 옥녀와 장군의 달맞이 콘셉트로 꾸미려 했던 전망 카페는 한동안 벽돌과 패널이 어지럽게 쌓인 그대로 방치되었다. 그리고 지금 그곳엔 삼층집이 덩그러니 자리해 을주의 관심을 끌었다.

처음 옥녀산에 집이 들어선 건 을주가 열두 살 때였다. 젊은 여자 무당이 억센 해송을 벌채한 땅에 돈지랄 건물(만물상회 주인인 고모부의 표현이었다)을 짓고 살았다. 그 여자는 요란한 엔진소리와 함께 독한 연기를 내뿜는 소독차처럼 무성한 소문을 꽁무니에 몰고 다녔다. 낮에는 보통 사람들처럼 바닷가를 오가다가 보름이나 그믐날 밤이 되면 해안가 조개무덤에서 '정성'을 드린다고 했다. 그 여자의 눈짓과 손짓에 따라 나라에 도로가 생기고 고위직의 모가지가 달랑거린다고도 했다.

"꼭두각시래, 위의 사람들이 아주. 여의도랑 방송국 꾸정물이 그 여자 귓구멍으로 다 들어간다나? 일부러 알아낼 필요도 없이 지들이 와서 줄줄이 말하고 간대. 내가 언제 어디에서 이 런저런 더런 짓을 할 건데, 잘 좀 되게 해달라고."

을주는 식당을 하는 이모가 점심 특선 회덮밥에 넣을 깻잎을 썰며 했던 말을 기억했다. 이모는 그 여자가 인맥과 돈맥을 끌어모아 바닷가의 제사 터를 아예 사버린 것 같다고 했다. 이제 돈 없고 빽 없는 귀신들은 거기 얼씬도 못할 거라고. 그러자 홀에 있는 난로의 연통에서 재를 긁어내던 이모부가 중얼거렸다.

"빽은 무슨, 귀신이 한 많고 사연 많은 게 빽이지."

그 무렵 을주는 바닷가를 어슬렁거리며 옥녀산에서 내려오는 쪽찐 머리의 여인을 훔쳐보곤 했다. 위아래가 세트인 새하얀 운동복에 자줏빛이 감도는 선글라스를 쓴 그 여인은 해넘이에 맞춰 바닷가를 산책했다. 옥녀일까? 을주는 모래 더미에 도사린 유릿조각처럼 사악하게 빛나는 그 여자의 오라에 눈을 뗄 수 없었다. 여자는 마치 자기가 밟는 모래에게 양해라도 구하듯 지긋이 아래를 보며 조심스럽게 발을 디뎠다. 눈알을 치뜨고 목소리를 바꿔가며 사람을 홀리는 여편네(이모의 표현이었다)라고 하기엔 심하게 아리따웠다. 술집 여자? 을주는 '야하다'는 말과 그 쓰임을 알았지만 그 단어를 쓰고 싶지 않아 다른 말을 떠올렸다. 관능적이라거나 고혹적이라는 말은 아직 초등생의 어휘 사전에 없어서 자신이 아는 가장 이상야릇한 말을 생각해냈다. 그러고는 자기가 떠올린 그 표현이 자지바위란 말과 비슷한 건지 고민하며 물 빠진 개펄 위를 비틀거렸다. 그 시절 을주는 만물상회 평상에 앉아 있다가 간밤에 한 화장을 지우지도 않은 채 라면이나 부탄가스를 사러 오는 술집 언니들을 마주치곤 했다. 언니들이 건네는 촉촉한 시선에 넋을 놓은 채 언니들이 잡아당기고 간 자기의 뺨을 어벙한 얼굴로 어루만졌다. 첫사랑이었다. 가슴을 요동치게 만들고, 사는 게 얼마나 지옥 같은지 마주앉아 도란도란 말을 주고받고 싶고, 또 한편으론 누구도 함부로 대하지 못하게 지켜주고 싶은 마음이 드는 게 사랑이라면, 그 시절 을주는 그 언니들을 사랑했다.

"그만 가, 오복아. 너는 다리가 네 개지, 나는 두 개야."

을주가 컴컴한 바다를 향해 길게 목을 뺀 오복이에게 사정했다. 우리에겐 아가미가 없고, 바다 밑바닥은 갑자기 푹 꺼지기도 해서 그렇게 무작정 앞으로만 가다간 물귀신이 될 수 있다고. 너 땜에 나 신발 또 젖었다고. 을주는 흥분한 오복이를 달랜 뒤 보름달이 뜬 옥녀산을 올려다봤다. 오복이가 자꾸 바다로 끌려가듯 을주의 시선은 산마루에 있는 삼층집으로 이끌렸다.

왜 저 집엔 늘 사연 있어 보이는 여자가 사는 걸까.

바닷바람에 몸통을 뒤틀며 자란 고목들이 빛이 새어나오는 유리창에 음산한 그림자를 드리웠다. 멀끔했던 외벽은 곰팡이가 슨 건지 희끄무레한 얼룩에 뒤덮였고, 오늘처럼 달이 차오른 날에는 얽은 부분이 으스스하게 빛났다.

한동안 비어 있던 그 집에 사람이 이사온 건 이 년 전이었다. 아니 벌써 삼 년 전인가? 을주는 바다의 짠 내음을 들이마시며 자신이 고향으로 돌아온 시기를 헤아려봤다. 언제까지 너 올 때만 기다려야 하느냐고, 농장 일 안 할 거면 딸기고 뭐고 뒤엎을 거란 이모부의 공갈에 두 손을 들었다. 하지만 어릴 때나 그때나 을주가 애착을 느낄 만한 해변의 풍경은 없었다. 바다는 지나치게 날것이어서 외톨이처럼 움츠러드는 을주의 마음을 비춰볼 친숙한 거울이 되어주지 못했다. 차오르고 빠지기를 반복하는 바닷물의 주기와 그 일사불란한 움직임이 오히려 비현실적으로 느껴졌다. 시들지 않는 조화나 무대 위 가짜 배경을 보는 것처럼 어딘가 미심쩍었다. 들물과 날물이 차곡차곡 갈마드는 바다의 순리를 거스르지 못할 것 같아 보고 있으면 심통이 났다.

옥녀산 위 삼층집은 달랐다. 그곳은 이 바닷가에서 웃자란 이파리였다. 휴가철이나 관광객 장사에 영향받지 않는 변외 지역이었고, 어딘가 외설스러운 자태로 달과 바다의 끝도 없는 돌림노래가 못마땅하다는 듯 너른 물을 굽어보았다. 본래 그곳은 심한 외풍과 오가기 불편한 위치 때문에 사람들의 눈을 피해 은둔하기 좋은 장소였다. 무성하게 자란 침엽수와 돌투성이의 맨흙 길이 천연 가림막이자 요새가 되어주었다. 그러나 바로 그 숨으려는 의도가 세간의 관심을 더 불러모았고 을주 역시 그 집에 사는 여자가 파란색 자전거를 타고 언덕에서 내려올 때면 주의깊게 살폈다.

처음 그 여자를 가까이서 봤을 때 을주는 여자의 창백한 안색에 놀랐다. 오복이와 해변을 걷다 무심코 돌아본 옥녀 표지판 뒤에 여자가 있었다. 뭔가에 놀랐는지 두 팔을 웅그린 채 떨고 있었다. 을주가 다가가 괜찮냐고 묻자 여자는 새끼 고양이처럼 호들갑스럽게 두리번대며 땅에 눕혀놓은 자기의 자전거를 끌고 달아났다. 을주는 얼결에 주책맞은 푼수가 된 심정으로 멀뚱히 언덕길을 바라봤다. 그리고 다음날 석양 무렵 또 그 여자와 마주쳤다. 오복이와 조개무덤 부근을 산책하고 있을 때였다. 평소 을주는 새하얀 조개껍데기가 첩첩이 쌓여 있는 그곳으로 잘 가지 않았는데, 그날은 오복이가 기어이 그쪽으로 몸을 트는 바람에 별수없이 따라갔다. 여자는 조개무덤 앞에 엎드려 뭔가를 찾고 있었다. 여전히 핏기 없는 얼굴로 날카로운 조개껍데기의 파편을 맨손으로 파헤쳤다. 이상한 건 전날엔 분명 미역처럼 구불거리는 긴 웨이브 머리였는데, 하루 만에 머리 모양이 짧은 커트로 변신해 있다는 거였다. 가발인가? 잘 어울리네…… 을주는 또 무안을 당하고 싶지 않아

다리에 힘을 주고 버텼으나 오복이는 길에서 돼지갈빗집 사장님을 만난 것처럼 막무가내였다. 이번에도 여자는 을주와 오복이를 보자 눈자위를 크게 뜨며 황급히 일어섰고, 쩌벅쩌벅 조개껍데기를 밟으며 멀어져갔다. 그런 경계심이 오복이 때문은 아닌 듯했다. 개를 무서워한다기보다 그 곁에 선 인간을 못 미더워하는 눈빛이었다.

높은 데 살면 우울증이나 정신질환에 걸릴 위험이 크다는 걸 아시나요?

또 한번 여자를 마주치면 을주는 그렇게 말해주고 싶었다.

그래서요? 그게 나쁜가요?

여자는 꼭 그렇게 대꾸할 것 같은 무심한 얼굴로 해변에 다시 나타났다. 하지만 세번째 우연에선 마냥 을주를 지나쳐가지 못했다. 여자는 자신을 따라오는 오복이를 흘끔거리더니 발걸음을 늦추며 조금씩 거리를 좁혔고 마침내 오복이와 잠시 나란히 걸으며 해변을 산책했다. 우리 잘생긴 오복이가 프로펠러처럼 꼬리를 돌리는데 그냥 갈 수 있나. 을주도 그 산보에 끼어 어색한 분위기 속에서 곁눈질했다. 의외로 여자는 웃을 때 개구쟁이처럼 눈주름이 잡혔고 짧은 가발보다 긴 머리가 잘 어울렸다. 아닌가, 둘 다 예쁜가? 그뒤로 을주는 둘희라는 이름의 그 여자와 몇 번 더 해변에서 만나 같이 걸었다. 추석이 오기 전 바닷바람에 눅눅한 열기가 실려 있던 늦여름이었다. 을주는 둘희와 자신이 조심스러운 친구가 되어간다고 믿었다. 처음으로 고향의 바닷가가 로맨틱하게 느껴졌고, 둘희와 산책할 때마다 켜지는 먼바다의 등대 빛이 특별한 암시처럼 다가왔다. 을주는 둘희에게 겨울이 되면 자신이 기르는 딸기를 맛보게 해주겠다고 약속했다.

하지만 그 바다가 을주에게 호락호락할 리 없었다. 밀물처럼 찰찰 차오르던 설렘은 거기까지였다. 무슨 이유에선지 둘희는 저물녘 해변에서 모습을 감춰버렸다. 오복이의 이마에 입을 맞추며 딸기 농장으로 놀러가겠다고 할 땐 언제고, 한순간 태도가 돌변해 길에서 마주쳐도 자전거를 탄 채 쌩하니 가버렸다. 을주는 마치 불에 덴 듯 자신을 피하는 둘희의 변덕을 이해할 수 없었다. 을주 본인도 여자지만, 저렇게 독하고 종잡을 수 없는 게 여자라는 존재인가 싶어 새삼 여자를 좋아하며 살아갈 자신의 앞날이 막막했다. 바닷바람이 싸늘해지고 해송에 겨울눈이 돋아날 때까지 을주는 밤마다 짝사랑 스토리가 나오는 영화와 드라마를 섭렵했다. 남몰래 가슴앓이를 하는 동안 체중이 오 킬로그램이나 빠지기도 했다.

12월에 접어든 이번달엔 애지중지 키운 '오복 금실 딸기'를 수확했다. 을주는 무르익은 딸기를 보기 좋게 포장할 때마다 그 못돼먹은 사람에게 딸기를 선물할까 말까 고민했다. 을주의 머릿속은 쉼없이 몰아치는 파도만큼이나 바쁘게 들썩였다.

어지러운 마음으로 옥녀산을 올려다보면 스산한 언덕집은 을주에게 간결한 결론을 내려주었다. 을주는 그 옛날의 옥녀처럼 치맛자락을 흔드는 비련의 여주인공이 아니었다. 흙을 파 모종을 심고 총채벌레를 소탕하는 뼈마디 굵은 농사꾼이었다. 개펄을 내달리는 오복이의 질주도 을주에게 용기를 불어넣었다. 을주는 핼쑥해진 턱선에 다시금 오동통한 살을 찌우며 당사자의 은신처로 돌진하기로 마음먹었다. 비록 그 돌격이 위장취업과 비슷한 비밀 작전이었지만, 지금으로선 그렇게 시치미를 떼는 게 둘희에게 다가갈 유일한 방법이었다. 을주는 둘희와 연관된 인터넷 방송을 챙겨 보며 자기의 계획을 진행해 왔다. 이제 결판의 날이 다가오고 있었다.

〈욕+받이〉 라이브 십 분 전.

점퍼 주머니에서 짧은 진동음이 울렸다. 을주는 휴대전화를 꺼내 라이브 시청 버튼을 누르고 싶었으나 바닷가 산책은 오복이를 위한 시간이었다.

"조용히 다녀, 사람 없는 데로, 알지?"

혓바닥으로 콧방울을 훔치며 안달하는 오복이에게 을주가 속삭였다. 어둠 속에서 몸을 움츠린 을주는 거듭 주변을 살피고는 오복이의 어야끈을 최대한 늘였다. 천천히 등을 펴고 일어나 마치 의도치 않게 손에서 흘러내린 것처럼 은근슬쩍 끈의 손잡이를 놓았다.

나 봐, 나 얼마나 빠른지 봐!

긴 줄을 뻘밭에 끌며 오복이가 뛰어올랐다. 늘씬하고 유연한 허리를 둥글게 꺾으며 물살을 향해 쏜살같이 뛰다가 순식간에 방향을 틀어 큰 바위 쪽으로 달려갔다. 오복이는 찐득한 흙바닥을 파헤치다가도 바람과 뺨을 맞대듯 허공을 향해 머리를 휘저었다. 허겁지겁 자유를 만끽하는 오복이를 볼 때면 을주는 염전 공장 뒤에서 짧은 줄에 묶여 살았다던 오복이의 유년 시절이 떠올랐다. 을주는 오복이와 많은 걸 공유했지만 그 시절은 결코 알 수 없을 터였다. 오복이가 두려워하는 구둣발이나 오복이가 꾸는 악몽, 오복이가 파고드는 흙의 세세한 냄새도 알 수 없겠지. 하지만 어둠이 내린 바닷가 한구석에서 기쁘게 몸을 쓰는 오복이를 보면 을주는 오복이가 내지르는 환호성이 들리는 듯했다. 어둠 속에서 을주도 주위를 경계하며 갯바위를 기어올랐다. 모르는 사람이 보면 개는 도망치고 사람은 놓쳐버린 줄을 잡으려는 것처럼. 다닥다닥 바위에 들러붙은 따개비에 손바닥을 찔려가며 을주도 오복이처럼 네발로 몸을 움직였다. 그리고 그때 다시 휴대전화 진동음이 울렸다.

〈욕+받이〉 실시간 방송이 시작됩니다.

*

  on air 오늘의 욕받이 출연자는 노란 실로 '586'이라 박음질한 명찰을 왼쪽 가슴에 달고 있다. 긴장한 낯빛에 군청색 넥타이를 한 장년 남자다. 그의 앞에 놓인 솥뚜껑 안에서 라면과 만두, 가래떡이 끓고 있다. 협소해 보이는 접이식 테이블 위에는 대파 한 단과 달걀 두 개, 국자 같은 조리 도구가 놓여 있다. 테이블 뒤에는 칙칙한 상아색 칸막이가 세워져 있고, 옆쪽 벽에는 마커펜으로 썼다 지운 자국이 가득한 작은 스케줄러 보드가, 반대편 벽에는 노루지로 만든 큼지막한 일력이 걸려 있다. 그 앞으로 국방색 양철 캐비닛과 빈 정수기 생수통, 내용물을 잔뜩 채워넣어 겉이 울룩불룩한 부직포 봉투, 흙 묻은 작업화 따위가 어지럽게 널려 있다.

  욕받이가 엉거주춤 일어나 버너의 불길을 조절한다. 젓가락으로 라면을 휘젓다가 뜨거운 김에 이맛살을 찌푸린다. 파에 손을 댔다가 달걀을 건드렸다가 버너의 불길을 조절하며 허둥지둥한다.

라면 안 끓여봤네 저거

만두 불고 있음. 저러다 만두 다 터짐

나라 망친 똥팔육 색히가 먹방도 ㅈ망

저 달걀은 병아리 될 때까지 기다리나보1지?

욕받이가 실시간 채팅이 올라오는 화면을 흘깃거린다. 무언가를 말하려다 이내 입을 다물고 김이 피어오르는 솥뚜껑을 바라본다. 채팅창에 빠르게 글이 올라온다.

나도 라면에 파김치 먹고 싶다

면만두떡밥말, 어르신아 이게 어려워?

니 주제에? 파김치가 니 시급보다 비쌀걸?

혹시 저 모르세요? 혹시 술 ㅊ먹고 저 밟으시던 우리 애비세요?

시청자는 두 개로 분할된 화면을 보고 있다. 화면 1에서는 욕받이가 실시간으로 라면을 끓이는 모습이 나오고, 화면 2에서는 욕받이의 사전 인터뷰 영상이 재생된다. 인터뷰 화면은 흡사 흰 페인트를 쏟아부은 듯 눈부신 백색 조명이 욕받이를 에워싸고 있다. 욕받이가 높은 원목 의자에 앉아 말한다.

인터뷰 경력이랄 게 있나요. 학교 때는 공부를 좀 해서, 뭐 그때는 인기가 좋았던 설비공학과에 들어갔고, 건설회사 설계팀에서 근무하다 총괄부 부장까지 하고 퇴직했습니다. 한동안 자연 관련 일을 해볼까 하다 거래처 사장이었던 양반이 나한테 전화 와서 지금 회사에 사람이 달린다고, 사람 관리하고 현장만 봐주면 된다길래. 몇 년간 하루도 안 쉬고 일했습니다. 경기가 괜찮았어요. 돈이 좀 돌았는데, 그땐 애들 용돈도 넉넉하게 주고, 큰딸이 한 번도 그런 소리 안 하다가 웬일로 지 남자친구를 보여준다길래 (웃음) 만나서 회도 사주고 그랬습니다.

시대 잘 타고나서 평생 꿀 빨았죠

탓탓탓 해줘해줘해줘 오늘은 586탓이나?

데모하다 취업하고, 버스에서 담배 피고, 금리 초달달에, 접대비로 단란 가던 시대

저 세대가 여아 낙태 겁나게 해댔지. 초음파로 태아 성별 보고 여자애면 긁어냄

딸 슴 큼?

참..... 이 시궁창 패륜들.....을 어찌할꼬

친구.야~ 힘.내자......저.는 선플.달기.운동.중.입니다....대한민국 파이팅!@@우리국민 파이팅!~@@삼성파이팅!~

'시대 잘 타고나서 평생 꿀 빨았죠'라는 문장이 굵은 글씨체로 바뀌면서 채팅창 상단에 고정된다. 해맑은 효과음이 연달아 울리며 채팅창 위에 있는 지원금 막대의 숫자가 5의 배수로 커진다. 오백원, 천원, 천오백원…… 효과음이 이어지며 일만원 막대가 붉은색으로 빠르게 채워진다. 라면을 앞접시에 건져내던 욕받이가 상생 지원금을 보고 희미하게 표정이 바뀐다. 숟가락으로 국물을 떠먹으려다 열기에 놀라 입술을 뗀다.

인터뷰 거긴 영 딴판이더만요. 사람을 믿은…… 제 탓이죠. 인테리어 사업을 크게 하다 동업자가 사기를 쳐서. 누굴 원망하거나 그러진 않습니다. 팔자려니 하는데 (얕은 한숨) 지금은 대리 기사랑 택배를 겸업하고 있습니다. 젊을 때 현장에서 허리를 삐끗해서 그것도 많이는 못하는 처지네요.

팔륙이의 팔자타령에 30먹은 저도 힘을 냅니다
선거 때 투표나 잘해라. 왜 너희끼리 싸우냐?
엣헴 금지／ 뒷짐 금지／ 등산복 금지
여음병 동업할 용기

'팔륙이의 팔자타령에 30먹은 저도 힘을 냅니다'라는 문장이 채팅창 상단에 고정되고, 자전거 벨소리 같은 효과음이 이어지더니 오만원 막대가 채워진다. 그리고 곧바로 십만원 막대도 채워지자 채팅창을 보던 욕받이가 게슴츠레 눈을 뜨며 입술을 모은다. 고춧가루가 더덕더덕 붙은 파김치 한 뿌리를 라면 위에 얹어 입안에 넣고 우물거린다.

인터뷰 애들은 딸내미 둘에 막내아들 하난데, 막내가 좀 늦둥이라. 애엄마랑 이혼하면서 애들이랑은 따로 살았고, 지금은 전화만 가끔 하는 형편이죠. 애들도 바쁘고 저도 사는 게 팍팍해서……

말투 진짜ㄴ 딱 고독사하게 생겼네
586세대가 꿀만 빠는 꿀86이라고? 벌 없으면 너희는 딸기도 못 먹고 복숭아도
야 이대남 올라온다. 사다리 치워
@@선플.달기.운동.중.입니다!~ 참된.행복은.가까이.있다.. 위를.보1지 말고.옆과.아래를.보고.살면은...
못 먹어. 너희 현대사 시간에 뭐했냐? 586 없었으면 아직도 독재정권이야
아파트랑 한녀혼은 떨이 처도 안 사요

여기서 현대사 강의하는ㄴ 뭐냐?

너는 내 애비니까, 너는 내 애비니까아아

인터뷰 저는 원래 나무랑 산을 좋아하고 〈나는 자연인이다〉를 보는데, 이런 방송이 있다는 것도 몰랐습니다. 막내아들은 고등학교 졸업한 지 얼마 안 됐고, 우리 둘째 똑똑새는 호주로 어학연수 나갔고, 아, 그땐 연수고 이제는 정식으로 취직해서 자리잡는다는데 (웃음) 큰애는 회사 팀장님이어서. 우리 넷이 카톡하는 것도 시간대가 안 맞아요. 근데 아들내미가 이게 재밌다 하더라고요. 그러니까 누나들이 뭘 그런 걸 보냐고, 뭐라더라, 뇌가 썩는다고 했나? 막내가 이건 상생 프로라고, 서로 돕고 살자는 취진데 뭐가 나쁘냐고, 자기도 능력만 되면 나가고 싶은데 (주저) 그런 걸 스펙이라고 합니까? 이십대 고졸 백수는 너무 흔해서 자기는 욕받이 스펙이 달린다는데. 그래서 내가 무슨 말인가 싶어서 이 방송을 봤다가, 한참을 봤습니다. 새벽에 대리 뛰다보면 춥고 졸려서 누구랑 말은 하고 싶은데 제가 워낙 말주변이 없고, 다 자는 시간이고, 그래서 이 방송을 하나씩 보다가, 네.

on air 욕받이가 테이블에 놓여 있던 소주병의 뚜껑을 딴다. 술을 잔에 따라 단숨에 비운 뒤 라면을 후후 불어 먹는다. 뿌연 김이 피어오르고, 욕받이의 귓바퀴 부근에 난 새치와 음식을 씹을 때마다 불끈거리는 턱의 힘줄이 어렴풋하게 보인다. 잠시 젓가락질을 멈춘 욕받이가 시뻘건 파김치를 물끄러미 보더니 다시 소주병을 향해 팔을 뻗는다. 팔꿈치에 스친 국자가 바닥에 떨어진다. 욕받이가 아래로 몸을 수그리자 허술한 접의자가 삐걱거린다.

을주는 휴대전화를 양손에 쥐고 빠르게 글자를 입력했다. 얼마 뒤 자신도 욕받이가 될지 모른다 생각하니 두고 볼 수만 없었다. 하지만 아무리 채팅창에 글을 올려도 쉴새없이 밀려드는 조롱과 비아냥에 을주의 상식과 예의는 무력하게 휩쓸려갔다. 사람들은 금지어인 욕설 대신 더 교묘한 조어를 쓰며 출연자를 힐난했고, 그 말이 채팅창 상단에 고정되면 또다른 비웃음이 무섭게 증식해 떠밀려왔다.

카메라 앞에서 주눅들지 않으려면 더 강단을 키워야겠다고 생각하며 을주는 편의점으로 향했다. 만물상회를 하던 고모부가 몇 년 전 새로 차린 가게였다. 을주는 오복이의 어야끈을 야외 테이블에 묶어두고 편의점 안으로 들어갔다. 김치 컵라면과 버터구이 오징어를 집어든 다음 새로 나온 음료를 보고 그것도 챙겼다. 딸기향이 첨가된 단백질 음료였다.

계산을 끝내고 편의점을 나오자 담배를 피우는 무리가 오복이를 에워싸고 있었다. 남자 셋에 여자 하나. 그들이 아니꼬운 자세로 서서 개를 향해 담배 연기를 내뿜었다.

"야!"

을주가 소리치자 그들의 시선이 을주에게 꽂혔다. 엎드린 자세로 곧게 목을 세운 오복이가 꼼짝하지 않은 채 을주를 주시했다. 만취한 남자가 비틀거리며 오복이를 향해 한쪽 발을 들어올리자 을주가 우렁찬 음성으로 외쳤다.

"서금!"

검지를 뻗은 을주의 신호에 오복이가 순식간에 공격 자세를 취했다.

"서금, 서금!"

연이은 외침에 오복이가 아르르 성대를 떨며 사납게 이를 드러냈다.

"서금, 서금, 서금!"

마지막 신호와 함께 오복이는 엄청난 목청으로 짖어댔다. 오복이의 힘에 끌려 테이블과 파라솔이 통째로 쓰러졌다. 기겁하며 뒷걸음치던 무리가 맞은편 길로 뛰어갔고, 그 와중에 술 취한 남자가 도로에 넘어지자 다른 이들이 그의 점퍼 깃을 움켜잡고 끌고 갔다. 그들은 흰색 승용차에 올라타며 상스러운 말을 퍼부었다. 을주는 김치 컵라면을 옆구리에 끼고서 양손 중지를 쳐들었다.

"됐어, 끝났어, 이제 괜찮아."

을주가 목덜미를 끌어안자 오복이는 언제 그랬느냐는 듯 길고 축축한 혀로 자기의 콧방울을 핥으며 몸을 흔들었다. 을주는 방금 자신이 선을 넘었다는 걸 알았다. 오복이에게 그 말은 하면 안 됐다. 소금이란 말은 오복이가 염전 공장에서 지낼 때 허기와 구타로 세뇌당한 명령어였다. 을주는 흥분해서 소금이라고 똑바로 발음하지도 못했다. 손가락 욕은 또 뭔가. 을주는 귀에 꽂고 있던 이어폰을 뽑아 주머니에 넣었다. 편의점에 있던 고모부가 문을 열고 나와 을주와 쓰러진 테이블을 번갈아 바라봤다. 흰색 승용차가 도로 중간에서 유턴하더니 편의점 쪽으로 돌진해왔다.

2

 선둘희 팀장은 카메라 뒤에 서서 티나지 않게 자기의 아랫배를 잡아당겼다. 검은색 코듀로이 셔츠 안에 입은 전신 속옷을 조금이라도 끌어내리고 싶어서였다. 그곳은 옥녀산 산마루에 위치한 사무실이었다. 실내의 보온 장치는 열전도율이 높지 않은 전기난로 두 대가 전부였고, 마이크에 소음이 들어갈지 몰라 온풍기는 모두 끈 상태였다. 다른 직원들은 방송 전에 핫팩을 주물러 주머니 안에 넣어두었다. 그러나 둘희가 스판 소재의 전신 속옷을 챙겨 입은 건 추위 때문이 아니었다. 둘희는 그 보정 속옷을 입으면 몸을 꽉 조이는 압박감에 초조함이 누그러졌다. 그런데 오늘따라 어깨부터 허벅지까지 이어지는 속옷의 감촉이 누군가의 미지근한 손처럼 불결하게 몸을 죄어왔다. 가발의 가르마도 미세하게 어긋나 있었다.

유리창 너머에선 흰 눈가루가 흩날렸다. 방송중에 눈이나 비가 오면 끝이 안 좋았다. 출연자가 울음을 터뜨리거나 갑자기 조명이 나가버렸고, 인터뷰한 동영상의 음량 상태가 불량이 되기도 했다. 공기에 감도는 눅눅한 습기가 사람이나 기계의 빈틈을 파고들어 오류를 일으키는 것 같았다. 그런 날엔 출연자의 심리 상태가 둘희에게 더 쉽게 옮겨붙었다. 둘희는 실내를 가득 채운 라면 냄새에 속이 메슥거렸다. 강한 수프 냄새에 고개를 숙이면 더 끈끈한 악취가 신경을 곤두세웠다. 바깥이 아니라 안에서, 자기의 몸에서 역겨운 기운이 올라오는 듯했다.

목을 축일 정도만, 반주 삼아 입맛을 돋울 정도만.

둘희는 방송 전 출연자에게 '먹는 순서와 속도'를 꼼꼼하게 안내했다. 테이블 위에 올려둔 여러 개의 소주병은 화면 연출이었지, 출연자에게 술을 바닥내라는 뜻이 아니었다. 출연자는 눈에 띄게 동요하고 있었다. 그는 복잡한 심경을 숨기려 입을 꾹 다물었고, 검버섯이 핀 뺨과 목덜미는 점점 더 흙빛으로 변해갔다. 그가 목울대를 움직일 때마다 투박한 군청색 넥타이가 같이 오르내렸다. 타이가 출연자의 목을 조르는 듯한 형상이었다. 둘희는 자신이 좀더 강하게 지시했어야 했다고 후회했다.

뭐가 두려우십니까? 넥타이를 푸십시오.

왜 그 말을 내뱉지 못했을까?

지금 누구도 출연자의 인생사에 귀기울이지 않았다. 시청자들은 자기들의 처지를 하소연하거나 출연자에게 조롱을 쏟아내느라 바빴고, 욕설에 비해 지원금 액수는 한참이나 부족했다. 방송 초반에 빠르게 채워졌던 지원금 막대가 몇 분째 제자리걸음이었다. 직원인 시후가 또다른 욕을 채팅창 상단에 고정했으나 반응이 시원치 않았다.

이번 촬영 콘셉트는 '늦은 저녁, 사무실에서 홀로 라면을 끓여먹는 586'이었다. 세트장은 열악하고 초라한 사무실 분위기를 내는 것에 집중해 꾸몄다. 패널 조명은 광량을 줄여 벽을 향해 쏘았고, 반사된 간접조명이 침침하게 출연자를 비추게 했다. 낡은 사무용품과 소품들을 두서없이 배치했으며, 의상은 평소 출연자가 입는 옷 중에서 골랐다. 라면에 넣어 먹는 재료나 소주의 브랜드도 출연자에게 익숙한 것들이었다. 그런데도 그는 시작부터 완전히 주도권을 잃었다. 감정이 상할 것 같으면 아예 채팅창을 보지 않아도 좋다고 일러뒀는데, 그는 자신을 향한 비아냥을 외면하지 못했다.

"선생님에 대한 말이 아닙니다. 자기들 열등감을 토해내는 겁니다."

 촬영 전 미팅 시간에 둘희는 출연자에게 거듭 당부했다. 휘둘리면 안 됩니다. 연기한다고 생각하십시오. 그러나 출연자는 연기나 역할놀이라는 둘희의 표현에 선뜻 동조하지 못했다. 보고 있던 시후가 뒷머리를 긁적이며 툭 내뱉었다.

 "돈 주니까 참아야죠. 아저씨는 그냥 라면이랑 파김치 먹고 가면 돼요. 우적우적. 방송 봤죠? 이게 젓가락 꺾는 각도가 중요한데, 우선 목구멍을 열고 라면을 이렇게 집어서⋯⋯"

 "제가 꼭꼭 씹어 먹는 타입이라 빨리 못 삼켜요."

 주저하는 목소리로 출연자가 말했다. 그러자 시후가 젓가락처럼 겹쳐 쥐고 있던 볼펜 두 자루를 일부러 소리 나게 책상 위로 떨궜다. 또다른 직원인 강선생이 좀더 찬찬히 '먹는 요령'을 설명했다. 금테 안경에 은발을 단정히 빗은 강선생은 특유의 저음과 정중한 말씨로 둘희가 쓴 문구를 차분히 읽어내려갔다.

 "파김치는 빨간 고춧가루 양념이 뚝뚝 떨어지는 게 생명입니다. 쌈을 싸듯 면 위에 올려놓고 한입에 넣은 다음 씹고 꿀꺽이는 소리를 최대한 크게 냅니다. 한 번씩 미간을 찌푸리며 정말 맛있다는 표정을 짓고, 눈을 크게 뜨거나 위로 치켜뜨면서 맛을 음미하는⋯⋯"

 듣고 있던 출연자가 자신의 치과 치료 이야기를 꺼냈다. 오래전 양쪽 어금니가 다 썩었는데 제때 치료받지 못했다고, 그래서 소리 나게 씹을 수 있을지 모르겠다고. 그 말에 시후가 껑 하고 입천장을 혀끝으로 세게 튕기는 소리를 냈다. 둘희가 그 정도면 됐다는 신호를 보냈다. 더 이어지면 출연자의 한도 끝도 없는 푸념을 들어야 했을 것이다.

라면 한 젓가락에, 무조건 파김치 한 뿌리 이상.

파김치는 오랜만에 들어온 협찬 제품이었다. 촬영 대본에 파김치가 화면에 비쳐야 하는 횟수가 굵은 글씨로 적혀 있었다. 방송 전 출연자도 그 숫자를 기억하려는 듯 스무 번, 스무 번, 이라고 중얼거렸다. 그런데 방송이 시작되자 그는 파김치를 젓가락으로 쑤석거리거나 고춧가루를 슬며시 걷어냈고, 술기운이 오른 뒤에는 파김치를 내려다보며 못마땅하다는 듯 턱주름을 만들었다.

둘희는 출연자의 행동에 크게 당황하진 않았다. 다만 저런 식의 반응이 출연자 본인에게 도움이 되지 않으리란 걸 사전 미팅 때 충분히 인지시키지 못했나 하고 자기의 업무 처리 방식을 돌아봤다. 이번 출연자의 성향이 남달리 비협조적인 것은 아니었다. 오히려 그는 타인의 말에 마음을 열고 공감하려는 편이었다. 그러나 경청은 이 방송의 출연자에게 필요한 덕목이 아니었다. 눈과 귀를 틀어막고 오직 자기의 목적에만 집중하며 음식을 먹어치워야 했다. 사람은 혼자 머릿속으로 계획할 땐 카메라 앞에서 바닥을 구르고 웃통을 벗으며 온갖 눈요기를 보여줄 것 같지만, 막상 현실로 닥치면 자기의 한계를 깨닫기 마련이었다.

둘희는 면접 때와 방송 때 모습이 다른 출연자를 여러 명 봤다. 은둔 청년으로 출연했던 '쉬는 중 계속 쉬는 중'은 폭탄주 다섯 잔에 맥주 두 캔을 마시고도 색깔 맞추기 게임을 여러 판 깰 수 있다며 주량을 자신했다. 방송 때 그는 소맥 세 잔까진 감칠맛 나게 마셨으나 네 잔째부턴 눈의 초점이 풀리더니 연신 입가에 고인 침을 닦아냈다. 그래도 그는 자기 뺨을 때리며 정신을 차리려 노력했고, 중간에 얼굴에 찬물을 끼얹고 돌아와 숯불구이 닭발을 양념까지 싹싹 긁어먹었다. 면접과 사전 인터뷰 땐 다소 산만해 보였던 '다둥이 흙엄마'는 방송에 들어가자 의외로 침착했다. '덜컥아, 너도 덜컥덜컥 애가 들어섰냐?' 끊임없이 희롱하고 트집잡는 채팅창의 공격에 출연자는 호탕하게 웃었고, 그들의 욕설 하나하나를 따라 읽으며 자기의 방식대로 받아쳤다.

"맞아, 막내 빼고 애들 다 연년생이야. 그래, 그 짓이 좋았다고 쳐. 어머, 나 애국자 됐네? 그러게, 지구 인구 팔십억이야. 지구야 미안해, 새끼를 넷이나 까서."

방송이 끝나고 계좌번호를 적을 때 출연자는 생각보다 수월했다고 소감을 말했다. 애들 넷 뒤치다꺼리에 비하면 이딴 건 일도 아니라면서 그날 모인 지원금 총액을 재차 확인했다. 상생 지원금을 받으면 대형 냉동고와 최신 건조기를 사고 싶다던 그 출연자에겐 한 번도 본 적 없는 얼치기들이 지껄이는 욕보다 가격이 쌀 때 왕창 사서 신선 식품을 보관할 수 있는 넉넉한 냉동고와 매일 수십 벌씩 빨아야 하는 아이들의 옷을 신속하게 말려주는 건조기가 더 중요했다. 그뒤로 둘희는 다둥이 엄마의 사례를 들며 출연자들에게 목표에서 끝까지 눈을 떼지 말라고 조언했다.

　"연기라고 생각하십시오. 가슴에 붙은 명찰이 본인이 연기하는 역할인 겁니다."

　일명 586세대라고 불리는 욕받이 후보에서 지금의 출연자를 선택한 것도 그 이유에서였다. 그는 목적이 뚜렷했고 자기 혼자만을 위해 방송에 나온 것이 아니었다. 자신을 위한 돈벌이로 출연하는 사람은 시청자들의 욕이나 비웃음에 쉽게 흔들렸다. 다른 존재를 위해 나온 이들이야말로 난삽하고 자극적인 비난을 더 잘 참아냈다. 그러니까 피부과와 안과 시술 비용을 벌기 위해 나온 '안여뚱(안경 쓴 여드름 뚱땡이)'보다 길고양이의 사룟값을 충당하기 위해 나온 '캣맘 십일 년 차'가 모욕이나 수치심을 견디는 맷집이 더 강했다. 둘희는 그러한 인내심의 차이를 보며 인간이 가족을 이루고 동식물을 기르며 끊임없이 보살필 대상을 만드는 건 그만큼 한 사람의 의지만으로는 삶을 버텨낼 수 없기 때문이라고 생각했다. 책임을 떠맡지 않으면, 억지로라도 다른 존재와 묶이지 않으면, 당장이라도 내팽개치고 싶을 만큼 사는 게 혹독했고 나날이 피폐했다. 살아가기 위해선 아무렇게나 벗어던질 수 없는 강력한 참을성의 동기가 있어야 했다.

지금 출연자에게도 그 원동력이 있었다. 이혼 가정에서 자란 아이들을 향한 안쓰러움, 성장기에 충분히 뒷바라지해주지 못한 미안함, 새로운 삶을 앞둔 딸과 아들에게 조금이라도 도움이 되고픈 아버지의 진심. 둘희는 그가 이기적이지 않기에 욕받이 역할을 버텨낼 수 있을 거라 기대했다.

본인 성격의 문제는?

인터뷰 때 둘희는 출연자가 그 질문에 필요 이상으로 진지하게 반응한다고 느꼈다. 방송용 영상에선 짧게 편집했으나 당시 출연자는 그 질문을 두고 한참이나 고심했다. 그는 지나치게 생각이 깊었다. 인터뷰는 삶의 성찰을 위한 게 아니었다. 딱 참견하기 좋을 만큼, 사람들이 발끈하며 달려들기 좋을 만큼의 적당한 자기애와 자기 비하가 미끼상품처럼 필요할 뿐이었다.

 욕먹을 만한 삶을 살았다고 생각하는가?

 이 질문은 출연자 모두가 거쳐가는 필수 코스였다. '그렇다'라고 대답하는 사람도 있었고, 자신의 처지와 사정을 길게 설명하는 사람도 있었다. '업소녀 칠 년 차'로 나온 출연자는 살아보니 자기를 욕하고 경멸하는 인간보다 이해하는 척 살갑게 다가오는 쪽이 훨씬 더 무서운 법이라고 했다. 원래 세상 이치가 밥 주는 손이 밥그릇을 엎어버리는 거라고, 인간이란 그릇을 뺏는 것도 모자라 밥값으로 가죽까지 벗겨가는 족속이라고 했다. 그 출연자는 사람을 세 종류로 나누었다. 첫째는 남성, 둘째는 기혼 여성을 포함해 살 만큼 산 여자들. 이 두 부류에겐 따로 할말이 없다고 했다. 남자랑은 돈 없이 말 섞기 싫고, 알 거 다 아는 여자들한텐 쪽팔려서 무슨 말을 하겠느냐고. 다만 세번째 부류인 어린 미혼 여성들에겐 하고 싶은 말이 있다고 했다. 업소나 유흥이 뭔지 잘 모르고, 알고 싶어하지도 않는 그들이 자신이 보기엔 가장 위험한 먹잇감이라고 했다. 출연자는 간장게장 게딱지에 흰쌀밥을 비벼 먹으며 말했다.

 "사람이 최악을 생각하며 살아야 안 무너지고 버티는 거야. 아득바득 다른 사람 착한 면만 보려고 하면 악귀들이 더 귀신

같이 알고 달라붙는다? 열받지 말고 들어. 너희는 그냥 쑤시고 싶은 구멍이야. 세상 인간의 절반이 너희를 그렇게 본다는 걸 잊지 마. 그것만 안 까먹으면 여자 인생 뭐 크게 뺵될 것도 없어. 뺵은 괜찮죠? 욕은 하지 말라매."

이번 586 출연자는 그 방송을 인상 깊게 봤다고 했다. 진솔하고 재밌어서 자신도 여기에 나올 용기를 낼 수 있었다고 말했다. 오십대 후반의 남성이 어떤 이유에서 이십대 미혼 여성의 삶에서 힘을 얻었는지 둘희는 묻지 않았다. 그가 인간의 최저 한계선을 그 출연자로 두었다는 것을 말하지 않아도 알았다. 새로운 출연자는 이전 출연자들을 보며 기운을 냈다. 아니, 출연자나 시청자 할 것 없이 사람들은 다른 이의 실패와 불행을 보며 삶의 의욕을 다졌다. 저 사람보단 내가 낫지, 저런 인간도 사는데 나라고 기죽을 거 있나. 그런 식의 우열 관계가 벗어날 길 없는 자괴감의 굴레를 잠시나마 잊게 해주었다. 둘희는 그렇게 심리적 위안을 얻는 일이 지금 이 시대에만 일어나는 유달리 특별한 사회현상은 아니라고 생각했다. 오히려 넌더리 날 만큼 반복되는 상투적인 인간관계의 형식이었다.

성기능 저하는 언제부터 있었나?

인터뷰 촬영 전 둘희는 출연자의 이메일로 질문지를 보냈다. 원치 않는 질문은 바꾸거나 건너뛸 수 있다고 설명했고, 저 질문도 미리 보낸 것 중 하나였다. 성에 관한 얘기는 시청자들이 유별나게 달려드는 주제였기에 출연자는 모두 한 번씩 그 구렁텅이에 빠져 허우적대야 했다. 제일 좋아하는 음식이나 즐겨 보는 시리즈물처럼 쉽게 문을 열고 들어가 떠들어댈 수 있는 욕의 스몰 토크 주제였다.

장년 남성이라는 출연자의 특성에 맞춰 발기부전이란 단어를 떠올린 것은 시후였다. 강선생은 지나친 질문이라며 반대했으나 둘희는 표현을 순화시켜 출연자에게 전달했고, 대답 여부는 본인에게 맡겼다. 인터뷰 영상을 찍을 때 출연자는 괜찮다고, 자기도 이런 비슷한 질문에 사람들이 답하는 걸 봤다고 말했다.

"이 나이에 그런 거에 집착하면 추하죠."

그는 덤덤하게 답했다. 그러나 막상 사람들이 인터뷰 영상을 보고 그 주제에 대해 떠들자 출연자는 확연하게 안색이 변하더니 우두커니 천장을 올려다봤다. 무지근한 두통이 이마를 조이는 듯 관자놀이를 누르며 미약하게 신음을 내뱉었다. 아프다면 아프다, 엿같으면 엿같다, 출연자는 자기의 감정을 솔직하게 털어놓아야 했다. 당신들의 말이 나에게 얼마나 상처가 되는지 아느냐며 울분과 수치심을 토해내는 게 지원금 액수를 올리는 데 도움이 됐다. 라이브 시간이 흐를수록 출연자와 시청자 사이에 직설적인 대화가 오가며 조금씩 유대감 비슷한 것도 만들어졌다. 둘희는 바로 그 친밀감을 불러일으키는 데 초점을 맞췄다. 눈을 마주보고 이야기하기, 자기의 약점과 치부를 숨김없이 털어놓기. 그런 다음 사람들에게 도움을 청하기. 그것이 둘희가 경험으로 깨달은, 인간 사회의 공동체 의식을 고취하는 방법이었다. 그래야만 단 한 사람의 불행을 백 사람, 천 사람이 나누어 가질 수 있었다. 그렇게 스스로가 먼저 두 손을 들고 백기를 흔들어야만 사람들이 눈에 불을 켜고 찾아낸 허점에 공격당하지 않을 수 있었다. 자백과 자학은 오래전부터 약자들이 취해온 생존 수단이었으나 지금은 힘있고 가진 자들이 그 방식까지 빼앗아 능란하고 세련되게 휘둘렀다. 그러니 약자들은 더 적나라하고 투박하게 자기의 약함을 사람들 앞에 전시해야 했다. 나쁜 것은 이 세상이 아니라 잔혹한 쳇바퀴에 찔리고 상처 입는 나 자신이며, 그렇기에 벌을 받아 마땅하다고. 무능력의 죄가 클수록 가혹한 벌이 따르겠으나 기꺼이 벌을 받은 다음, 내가 번 맷값을 종잣돈 삼아 더 튼튼하고 그럴듯한 나의 케이지를 만들겠다고. 그렇게 눈에 핏발을 세운 채 과거의 자신과 드잡이를 벌여야 했다. 구덩이에서 나오려면 사람들의 조롱과 업신여김을 밧줄처럼 붙들어야 했다. 당신의 손을 내밀어 구조해달라는 건 억지였다. 피차 사람다운 예의나 격식을 차리기엔 누구를 가릴 것 없이 지치고 막막한 상태니까.

인터뷰 〔자막〕 지원금을 타면 하고 싶은 일은?

큰애가 내년에 결혼할 모양인데, 보내기 전에 가족 여행이라도 좀 번듯하게 가보고 싶고, 그래서 나왔죠. 우리 둘째가 숙소니 뭐니 다 챙겨줄 테니 비행깃값만 들고 오라는데, 제가 여건이 안 돼서. 내 새끼들이랑 해외여행 한번 가보고 싶은데 그 돈이 되려나 모르겠네요.

〔자막〕 평소 운이 좋은 편인가? 물방개 로또에서 ×100이 나오면 어디에 쓸 건가?

그건 바라지도 않아요. 만약에라도 되면 뭐 애들한테 써야죠. 애들한테 쓰고 싶고. 내가 평생 외제차 한번 끌어보는 게 소원인데, 돈이 되면 중고라도 그거 한 대 사고 싶긴 한데 (웃음) 꿈이죠 뭐, 그건.

해외여행을 가고 외제차를 몰고 싶은 바람 모두 격한 반응을 끌어낼 수 있는 답변이었다. 그러나 채팅창은 방송 시작 때처럼 떠들썩하지 않았다. 둘희는 그 이유가 출연자의 부루퉁한 표정 때문이라는 걸 알았다. 불쾌한 기색이 역력한 장년 남자가 물끄러미 소주잔만 내려다보는 모습은 아무도 즐거워하지 않았다. 차라리 말싸움을 벌이는 게 나았다. 출연자는 시간이 지날수록 모든 감정의 문을 닫아건 채 혼자 고립되어갔다.

　인터뷰 영상이 끝나가자 채팅창을 보고 있던 시후가 둘희를 향해 손짓했다. 시후는 부스스하게 뒤엉킨 자기의 정수리를 가리키며 "탈모, 탈모"라고 입을 벙긋거렸다. 둘희는 안 된다는 의미로 고개를 저었다. 외모를 테마로 섭외된 사람이면 몰라도 지금 출연자는 자식 세대의 앞길을 가로막는 기성세대의 포지션으로 비난받는 게 나았다. 쉽게 출연 콘셉트를 뒤집으면 어느 회차나 키나 몸무게를 헐뜯는 방송이 되어버린다. 남은 라이브 시간을 체크한 둘희가 작은 화이트보드에 큼지막하게 글자를 썼다.

　파김치, 국물에 밥 말아서 크게!!

　이제 방송의 하이라이트인 '물방개 로또' 게임이 남아 있었다. 강선생과 시후가 얼굴에 스타킹을 뒤집어쓰고 카메라 앞으로 나가 솥뚜껑을 비롯한 식기들을 치웠다. 둘희는 오늘 방송에서 모은 지원금 총액을 가늠해봤다. 결과적으로 출연자를 가장 수치스럽게 했던 성과 관련된 질문과 딸의 이야기에서 가장 많은 지원금이 모였다. 사람들은 타인의 약점과 자랑거리를 빠르게 알아차렸고, 그 부분을 집중적으로 비하했다. 둘희와 회사의 역할은 몰려오는 구경꾼들에게 돌을 쥐여주는 것이었다. 돌에 맞아 실제로 피 흘리는 사람은 없었다. 조어와 비속어로 된 인신공격에 고통받을지언정 정신적 손상은 당장 눈에 보이지 않았고, 즉각 눈으로 확인할 수 있는 보상이 당사자에게 돌아갔다. 얼마나 많은 지원금을 모으느냐는 출연자 개인의 기질이나 운에 달려 있었다. 둘희는 상생 지원금이야말로 욕한 사람도, 욕을 들은 사람도 발뻗고 잘 수 있는 합의금이라 생각했다.

상생, 원하는 것을 서로 주고받는 공평한 거래. 시청자와 출연자는 일방적인 가해와 피해가 아닌 미리 약속된 규칙 안에서 원하는 바를 교환하는 사용자와 놀잇감의 관계였다. 시청자가 쉽게 욕구를 해소하고 즐기게 하려면 둘희를 비롯해 강 선생과 시후는 더욱 섬세하게 화풀이 대상을 고르고 자극과 반응의 템포를 조율해야 했다. 그 번잡스러운 작업의 결과물이 한 사람의 통장에 찍히는 상생의 숫자였다.

이따금 자신은 아무런 출연료도 받지 않을 테니 욕받이로 나오게 해달라고 요구하는 사람도 있었으나 둘희는 그런 제안은 거절했다. 출연자는 반드시 물질적 대가를 받아야 했다. 그래야만 상생의 논리가 성립될 수 있었다. 무엇보다 둘희는 돈벌이를 위해 이 일을 하는 게 아니었다. 시청자들이 주는 상생 지원금은 모조리 출연자의 몫으로 돌아갔고, 드물게 들어오는 협찬 제품의 광고비는 인건비를 포함한 고정 제작비를 충당하기에 턱없이 모자랐다. 사전 면접과 인터뷰 때 회사에서 수고비 명목으로 출연자에게 따로 돈을 주기도 했다. 그러니까 둘희는 이 일로 돈을 버는 대신 가진 돈을 탕진하고 있었다. 돈이라는 몸뚱이에 상처를 내고 돌처럼 단단하게 압착해 세상을 향해 내던졌다. 요즘엔 왜 돌팔매 형이 없을까? 말로 죽이니까. 말로 사람을 때려죽이니까. 둘희는 도처에 난무하는 악다구니 속으로 뛰어들었다.

본래 둘희가 처음 인터뷰를 찍은 건 이런 의도가 아니었다. 하지만 의지와 상관없이 악의와 우연들이 영상에 달라붙어 다른 길을 열어젖혔다. 둘희가 처음 만든 영상은 짧은 클립으로 편집되어 인터넷에 떠돌았고, 영상 속 사람의 얼굴은 살아 있는 인격이 아니라 아무렇게나 변형시킬 수 있는 낙서장이 되어버렸다. 둘희는 그 사람의 삶이 어떻게 왜곡되어갔는지 목격했다. 누군가는 그 얼굴에 죄와 음란함을 덧씌웠고, 누군가는 그 얼굴에서 우리 시대의 희생양을 읽어냈다. 처음 인터뷰를 찍었던 영상 속 한 사람, 그러니까 둘희의 동료이자 친구였던 그는 목소리를 내어 항변할 수조차 없었다. 방송이 끝나고 벌어진 사고로 세상을 떠났기 때문이었다. 둘희는 친구가 당한 사고가 자기 탓이라고 자책했다. 피와 살점이 튀는 현실에서 안전하게 거리를 둔 채 혼자만 초연히 지낼 수는 없었다. 둘희는 자신이야말로 누구나 걷어차며 화풀이할 수 있는 세상의 욕받이라는 걸 더는 부정하지 않았다. 오랫동안 둘희는 언젠가 세상이 바뀔 거라는 기대를 품었으나 그 모호한 희망이 덫이자 기만술이 되어 자신이 느끼는 고통을 틀어막았다. 침묵에 목소리를 주자 둘희는 오히려 자기 자리를 찾은 듯한, 직무를 부여받은 듯한 안도감이 들었다. 엎어지고 무너지는 것에도 의미가 있었다. 깨지고 찢기는 것에도 가치가 있었고, 구태여 의미나 가치를 찾는 일에 안달하지 않고 다 빼앗겨주는 것도 내몰린 이가 열고 들어갈 문이었다. 이 나라는 우리를 다 자살하게 만들 거야. 평화롭고 고귀한 행동뿐 아니라 사악하고 너저분한 짓도 세상에 쓸모가 있었다. 악마냐? 이런 거 만드는 인간들은? 채팅창의 욕이 회사를 향할 때면 둘희는 오히려 마음이 가벼워졌다. 악마가 자신처럼 나약하고 허술할 리 없었으나 살아가기 위해 어떤 것에 묶일 수밖에 없다면, 둘희는 악이라 불리는 진창에 머물기를 택했다. 단 한 번이라도 내 절망을 온전히 표현해보고 싶어. 다 가버리면 지옥에는 누가 남을까? 죄인이 떠나면 남은 죄는 어디를 떠돌지? 나한테 말해요. 내가 당신의 절망을 듣는 귀가 될래. 세상은 죄인을 원했고 물어뜯을 가죽끈을 바랐다. 고함치고 환호하며 둘희가 만든 진탕에 오물을 쏟아냈다. 둘희는 형틀을 관리하며 광장에 끌려나온 사람에게 욕의 보수를 쥐여주고 싶었다. 어차피 낙인찍히고 더러움을 뒤집어쓸 거라면 몇 푼의 대가라도 받아야 했다.

기왕에 증오를 쏟아낼 거라면 말끔히 떨어내지도 못할 죄책감에 질척대기보다 투입구에 카드를 넣듯 자기 돈으로 악담의 값을 치르는 게 나았다. 사회가 굴러가는 데 욕이 필요하다면, 그것이 인간 군상의 필요악이라면, 둘희는 그 저주의 아수라장을 자기의 얼굴로 통과하고 싶었다.

강선생과 시후가 물방개 수조를 옮겼다. '물방개 로또'의 규칙은 간단했다. 각기 다른 숫자가 적힌 칸막이가 여러 개 있고, 물방개가 그중 하나로 헤엄쳐가면 출연자는 그 숫자에 따라 지원금을 받았다. 칸막이에 쓰인 숫자는 ×0, ×1, ×2, ×3, ×100이었다. 물방개를 놓아주는 게임판 정면에 ×1이 적힌 칸막이가 연달아 다섯 개 붙어 있었고, 그 옆으로 ×2와 ×3이 각각 하나씩 배정되었다. 수문이 열리는 후면에도 칸막이가 세팅되었다. ×100과 ×0은 좌우 날개처럼 후면 양쪽에만 하나씩 안배되었고, 다른 칸막이보다 폭이 절반 정도로 좁았다. 물방개가 직각으로 헤엄쳐간 다음 무성한 플라스틱 수초를 넘어야만 그 협소한 확률에 다다를 수 있었다. 그렇기에 이제껏 그 배수로 지원금을 가져간 출연자는 없었다. 눈으로 볼 수 있는 장애물 외에 ×100 칸에 특별한 장치를 해두진 않았다. 그 액수가 나온다면 회사는 파산이었고, 그게 아니더라도 회사의 재정은 빠르게 바닥나고 있었다.

on air 얼굴에 커피색 스타킹을 뒤집어쓴 스태프가 작은 무선 카메라로 물방개 수조를 가까이 비춘다. 화면에는 기계음으로 미리 녹음한 진행 멘트가 나온다.

이제 욕받이가 자신의 운명을 결정할 물방개를 직접 잡습니다.

욕받이가 엉거주춤 일어나 뜰채를 들고 사각 수조에서 물방개를 잡는다. 잘 잡히지 않자 까치발을 들고 수조를 향해 가슴을 숙인다. 겨우 한 마리를 건져내지만, 망설이는 표정으로 물방개를 풀어준다. 다시 얼마간 물속에서 뜰채를 휘젓다가 아예 손을 수조에 넣고서 새로운 물방개를 낚아챈다. 스타킹을 뒤집어쓴 스태프가 욕받이에게서 물방개가 사로잡힌 뜰채를 건네받는다.

이제껏 가장 운이 좋았던 출연자는 물방개가 ×3 칸으로 헤엄쳐간 다둥이 흙엄마였다. 그 출연자는 시종일관 당당하고 차분했으며 반성문 낭독 시간이 되자 바닥에 무릎을 꿇고 앉아 흙엄마의 자식으로 태어난 자기의 아이들에게 사과했다. 한 시청자는 출연자를 보면서 자기의 부모가 저렇게 사죄해줬으면 지금 자신이 낙오자가 되어 여기서 이렇게 인생을 낭비하고 있지는 않았을 거라고 말했다. 업소녀 칠 년 차는 물방개가 ×2 칸으로 가자 새된 소리를 내지르며 자기가 받을 돈을 다 걸고 한 판 더 하면 안 되느냐고 물었다. 안여뚱과 쉬는 중 계속 쉬는 중, 캣맘 십일 년 차는 모두 ×1이 나왔고, 그들은 자신들의 평범한 운에 안도하는 한편 못내 아쉬워하는 표정을 숨기지 못했다.

on air 욕받이가 화면 가장자리에 놓인 '반성의 의자'로 걸어간다. 낮은 접의자에 다리를 모으고 앉아 반성문을 낭독한다. 화면에는 욕받이가 낭독할 문구들이 올라와 있다. 이번 방송에서 지원금을 모았던 욕들이다.

"이제 연금으로 꿀 빠는 육팔이 잇……힝 구만사천오백원, 감사합니다. 아저씨네……"

반성문을 읽던 욕받이가 잠긴 목소리로 묻는다.

"이 동그라미를 뭐라고 읽을까요."

카메라 뒤쪽을 보며 잠시 기다리던 욕받이가 다시 화면에 나온 반성문을 따라 읽는다.

"아저씨네 **땡땡땡** 안 사요. 사십이만 사천원, 감사합니다. 딸 두 명이랑 동반 입대시켜서 **땡땡땡** 굴려야 정신 차리지. 이십구만 오천오백원, 감사합니다. 아들 챙기는 척 공개적으로 꼽…… 꼽 주는 거 **땡땡** 심연이네. 십칠만 칠

천원, 감사합니다. 저 땡땡, 야동 기록 압수수색 들어가. 삼십칠만 이천원, 감사합니다. 좋은 자리 꿰차고 실컷 부동산 올려치기 해먹고 살았으면 됐지, 이제 우리한테 설거지시키게? 사십만 구천오백원, 감사합니다."

둘희는 출연자의 소맷부리에 묻은 김치 얼룩을 보며 그의 높낮이 없는 목소리를 들었다. 출연자의 얼룩덜룩한 얼굴을 똑바로 보고 있기 힘들었다. 촬영 중반부터 그의 입술 끝에는 알레르기 반응처럼 선홍색 발진이 돋아났고 시간이 갈수록 작은 돌기들이 턱을 따라 아래로 번져갔다.

방송 시작 전 출연자가 시청자들에게 끝인사처럼 하고 싶은 말이 있다고 했었기에 둘희는 잠시 진행을 멈추고 출연자에게 말할 시간을 주었다. 그러나 출연자는 자신의 계획을 잊은 듯 눈꺼풀을 깜박거리며 카메라 뒤에 있는 둘희를 멀거니 보았다. 움푹 꺼진 두 눈은 피로하고 몽롱해 보일 뿐 다른 감정은 느껴지지 않았다. 특정한 표정이 얼굴에 머물지 못하고 피부 밖으로 미끄러지는 듯했다.

on air "반성합니다. 도와주십시오. 기회를 주신다면 다시 잘 살겠습니다."

욕받이가 반성문의 마지막 구절을 읽자 스타킹을 뒤집

어쓴 스태프가 물방개를 가로막고 있던 수문을 연다. 소형 카메라를 든 또다른 스태프가 물방개가 헤엄쳐가는 모습을 가까이 비춘다. 삼사 초 만에 결과가 결정되고, 시청자의 실시간 반응이 채팅창에 밀려든다. 무수한 활자들, 폭소를 표현하는 한 글자로 된 자음들. 잠시 뒤 물방개 로또의 결과가 자막으로 올라온다.

"밖에 눈이 오나요?"

욕받이가 묻는다. 벽에 걸린 일력이 펄럭이고, 욕받이가 의자를 뒤로 넘어뜨리며 일어선다. 정면의 카메라 앞으로 걸어간 욕받이가 돌연 웃음을 터뜨리더니 떠들썩하게 손뼉을 치며 환호한다.

*

"겁나 특이하네. 어떻게 거기로 갔지?"

잔뜩 흥분해 목덜미가 빨개진 시후가 물방개를 뒤집어봤다. 방송이 끝나자 시후는 얼굴에 쓴 스타킹을 찢듯이 벗겨내고는 원형 게임판 안에 손을 넣어 물방개를 집어들었다.

"개구리 먹던 놈인가?"

시후의 말에 둘희가 돌아봤다.

"개구리 줬습니까?"

강선생은 남은 소주와 잔을 들고 출연자에게 다가갔다. 난데없이 손뼉을 치며 웃음을 터뜨렸던 출연자는 카메라가 꺼지자 분수대의 물줄기처럼 바닥에 주저앉았다. 그는 충혈된 눈으로 강선생이 든 소주병을 올려다보더니 짧게 고개를 가로저었다. 혼자만의 시간을 갖고 싶은 눈치였다. 강선생이 그의 어깨를 다독이며 위로의 말을 건네자 시후가 물방개를 손에 든 채 자기 자리로 걸어가 컴퓨터로 음악을 틀었다. 유명 아이돌 가수의 고음이 큰 볼륨으로 흘러나왔다. 둘희는 전기선을 둥글게 감으며 곁눈으로 출연자를 지켜봤다. 만약 그가 돌발 행동을 하더라도 강선생이 그를 막을 것이다. 시후도 출연자를 주시하고 있으니 섣불리 행동할 수 없었다. 시후는 출연자가 내뿜는 절망감이 자신을 위협하는 걸 보고만 있지 않았다. 시후가 이제 가서야 한다고 퉁명스럽게 말하자 출연자는 마지못해 무릎을 짚고 일어섰다. 그는 어지러운 듯 엉거주춤 서서 한쪽 눈을 찌푸린 채 숨을 가다듬었다. 강선생이 이마에 흘러내린 은발을 한쪽으로 쓸어넘기며 말했다.

"술이 깰 때까지 제가 이쪽 선생님이랑 같이 있다가 가면 어떨까요."

둘희는 강선생의 의중을 파악하기 위해 가만히 그의 얼굴을 바라봤다. 오른쪽 뺨에 스타킹의 망사 자국이 남아 있었다.

"대표님께 여쭤보겠습니다."

둘희는 자기의 책상이 있는 벽 너머 곁방으로 갔다. 그때 출연자가 비밀을 털어놓듯 강선생을 향해 나지막하게 중얼댔다.

"실례가 많습니다. 실은 제가 위암 수술을 받아서 술을 마시면 안 되는데……"

둘희는 방으로 들어가 문을 닫으며 자기의 결정을 후회했다. 수술 사실을 미리 알았다면 매운 파김치를 먹어야 하는 이번 방송에 저 사람을 섭외하지 않았을 것이다.

차라리 자기 병력을 방송에서 말했더라면 나았을 텐데. 둘희는 메신저에 접속해 한동안 컴퓨터 자판을 두들겼다. 속으로만 감정을 삭이는 출연자의 성향이 물방개 게임에 영향을 미친 게 아닐까 싶었다. 근거 없는 추측이었으나 그렇게라도 자신의 책임을 덜고 싶었다. ×0이라니, 둘희는 물방개가 왜 기어이 수초를 헤치고 거기로 헤엄쳐갔는지 이해할 수 없었다. 출연자가 왜 처음 잡았던 물방개를 놓아주고 다른 물방개를 건져냈는지, 강선생은 왜 여기에 남아 악몽 같은 시간을 더 연장하려고 하는지, 그 마음들을 헤아리고 싶지 않았다.

"두 시간 정도면 되겠습니까? 열시까지는 정리해주십시오."

둘희가 방에서 나와 승낙의 말을 전하자 강선생이 웃는 표정을 지으며 고맙다는 표시를 내보였다. 강선생이 출연자에게 물을 건넸고, 출연자가 꿀꺽이는 소리를 크게 내며 물을 마셨다. 실내가 여전히 싸늘했음에도 그의 셔츠 겨드랑이에 땀자국이 선명했다.

"이력서에 병력은 없었습니까?"

자동 센서로 하나씩 불이 켜지는 계단을 내려가며 둘희가 시후에게 물었다. 둘희는 자신이 검토했던 출연자의 서류를 머릿속으로 되짚어보고 있었다. 이제껏 어떤 출연자도 방송이 끝난 뒤 사무실에 남지 않았다. 둘희는 언제나 출연자를 가장 먼저 사무실에서 내보냈고, 강선생과 시후가 정리를 끝내고 나가면 마지막으로 문단속을 마쳤다. 그런데 오늘 그 규칙을 깨도 되는 걸까?

"없었어요. 그리고 암처럼 흔한 건 말해봤자 별 반응도 없어요."

시후가 바이크의 열쇠고리를 검지에 걸고서 짤랑거렸다. 그러고는 콧방울에 난 여드름 흉터를 뜯으며 덧붙였다. 출연자가 물방개를 집어던지기라도 하면 재물 손괴죄로 고소하면 되니 걱정하지 말라고. 팀장인 둘희가 불편한 기색을 내보이자 시후가 나름의 방식으로 위안을 건넨 것이었다.

"타실래요?"

시후가 자신의 바이크를 턱으로 가리키며 말했다. 둘희는 대꾸하지 않은 채 일층 주차장에 세워둔 파란색 자전거에 올라탔다. 눈 녹은 내리막길이 얇은 은박지처럼 빛났다.

"메리 크리스마스!"

브레이크를 잡으며 조심스럽게 내리막길을 내려가는 둘희에게 시후가 소리쳤다. 석유처럼 새까만 시후의 헬멧이 둘희를 빠르게 지나쳐 이차선 도로로 향해 갔다. 둘희는 평지에 다다른 뒤 모래사장이 펼쳐진 길을 따라갔다.

바다는 잔잔했고 모래톱은 눈 내린 흔적을 찾아볼 수 없이 황색으로 가지런했다. 둘희는 멀리 캠핑촌에 켜진 흰색 줄 조명에서 시선을 떼지 않은 채 자전거 바퀴가 흙길을 내달리는 소리에 집중했다. 최대한 빠르게 해변을 벗어나고 싶었다. 하지만 공터에 세워진 진녹색 자동차를 본 순간 멈칫하지 않을 수 없었다. 방금 자신이 빠져나온 악몽이 다시금 눈앞에 펼쳐지는 듯했다.

앞 범퍼가 부옇게 빛바랜 그 자동차는 오늘의 출연자가 타고 온 것이었다.

출연자는 어깨 패드가 달린 밤색 울 코트 차림으로 약속 시각보다 일찍 도착해 해변에 차를 대고 오르막길을 걸어왔다. 회사 건물에도 주차장이 있었으나 그는 자신의 승용차에 바닷바람을 쐬게 해준다며 해변 앞 공터에 차를 세웠다. 바닷바람이라 말하고는 그는 멋쩍게 웃었다. 자기가 던진 농담에 자기가 먼저 웃어버리는, 농담한 후에 흐르는 짧은 정적을 어색해하는 사람이었다. 둘희는 방송이 끝나기 전 그가 꼭 하고 싶다던 말이 떠올랐다.

우리 청춘들, 힘냅시다!

자전거 속력을 높이자 거센 바람이 둘희의 가슴을 떠밀었다. 찬바람이 귓바퀴를 할퀴듯 훑고 갔고, 진눈깨비가 스티로폼 가루처럼 다시 흩날리기 시작했다. 둘희는 좁은 사잇길로 자전거를 몰았다. 야트막한 비탈길을 따라 큰 식당이 몇 개 있었지만, 길 양쪽에 늘어선 벽돌 건물은 대부분 이 지역에서 오래 살아온 주민들의 집이었다. 바다뷰, 석양빛, 돌고래 등의 이름이 붙은 숙박업소들이 드문드문 자리해 있었다. 둘희가 비좁은 모퉁이를 돌았을 때, 쓰레기 수거함 앞에서 분리수거를 하는 판타지아 펜션 사장과 눈이 마주쳤다. 사장은 소리 나게 페트병을 우그러뜨리며 자전거를 타고 가는 둘희를 눈으로 좇았다.

욕먹을 만한 삶을 살았다고 생각하는가?

큰 도로로 나오자 조도가 높은 가로등 빛에 눈이 부셨다. 성탄 전야를 기념하듯 카페와 작은 상점들이 평소와 다르게 늦게까지 불을 밝히고 있었다. 둘희는 페달에 발을 얹은 채 사차선 도로의 양쪽을 살폈다. 상행선 방향에서 어렴풋하게 덤프트럭의 헤드라이트가 보였고 하행선 쪽에서도 여러 대의 차가 줄지어 오고 있었다. 둘희는 달려오는 차들의 속력을 어림잡으며 상체를 숙인 채 빠르게 도로를 가로질렀다. 자동차 경적이 사납게 울렸고 그 굉음이 구정물처럼 머리에 끼얹어지는 듯했다.

반성합니다. 도와주십시오.

케이크 가게에 가려면 갓길을 따라 공항 방면으로 가야 했다. 둘희는 추위에 오그라드는 양손을 번갈아 접었다 펼치며 자전거의 속력을 높였다. 찻길의 바람이 해풍과는 다른 질감으로 살갗을 긁고 갔다. 둘희는 통증을 반기듯 턱을 치켜들었다.

기회를 주신다면 다시 잘 살겠습니다.

둘희는 가게에 들러 예약한 케이크를 챙겼다. 자전거에 올라타며 희박한 확률에 관해 생각했다. 희박한 숫자, 희박한 가능성, 희박한 위로…… 둘희는 엉덩이를 든 채 힘껏 페달을 굴리다 발짓을 멈추고 허리를 수그렸다. 거침없는 가속도에 자전거의 핸들이 불안정하게 흔들렸다. 손이 얼어붙어 더는 감각이 느껴지지 않았다. 한참 뒤에 다다른 밤의 해변은 폭죽

소리로 어수선했다. 조개구잇집에서 새우와 대합을 굽는 냄새가 풍겨왔고 편의점 앞 나무 테이블에선 몇몇 사람이 컵라면에 소주를 마시고 있었다.

진녹색 승용차는 공터에 그대로 서 있었다. 앞유리에 가루눈을 뒤집어쓴 채 꼼짝하지 않고서.

둘희는 자전거를 끌며 언덕을 올랐다. 경사면 끝에 다다라 자전거 짐받이에 끈으로 고정해둔 케이크 상자를 챙겨들었다. 곧장 건물로 들어가지 않고 바다를 향해 자란 곰솔로 걸어갔다. 방송 전 석양이 질 무렵, 출연자는 소나무를 배경으로 사진을 찍었다. 그는 좋은 각도를 찾는다며 휴대전화를 쥐고서 언덕 주변을 서성였다. 그렇게 찍은 바닷가 전경을 애들에게 보여주고 싶다며 굳이 안 해도 될 말을 했다. 자신과 같은 얼굴이 의외로 화면에 잘 나올 거라 말했고, 혹여나 그 말이 농담인 걸 모를까봐 먼저 웃어 보였다.

그는 말을 썩 잘했다. 후드 집업을 입은 시후에겐 그렇게만 입고 춥지 않냐며 말을 붙였다. 강선생에겐 형님이라 부르며 낚싯배를 타고 먼바다로 나가 도다리를 잡던 자신의 옛이야기를 길게 했다. 그는 자식들에게 자신의 방송 출연을 미리 말하지 못했다고 했다. 하려고 했으나 번번이 입이 떨어지지 않았다고. 하지만 만약 애들이 본다면 아버지가 얼마나 애쓰는지 알아줬으면 좋겠다고 했다. 살려고 얼마나 애쓰는지. 그는 호주로 가족 여행을 갈 수 있을 정도의 돈만을 원했다. 둘희는 그에게 돈이 생기면 먼저 임플란트 시술을 해야 한다고 생각했다.

"물방개가…… 왜 그랬을까요."

그는 이해하고 납득하고 싶어했다. 사람들이 자신에게 왜 그렇게까지 심하게 말하는지 그 경멸의 감정을 따라가지 못했다. 그에게 인생이란 자신의 것이든 타인의 것이든 놀잇감이나 스트레스 해소용 게임이 아니었다. 그가 이메일로 길게 적어내려간 '나의 인생 이야기'에는 그가 싫어하는 것과 좋아하는 것들이 자세히 적혀 있었다. 그가 어떤 사람인지 머릿속에 그려볼 수 있을 만큼 구체적이고 장황한 이야기였다.

그는 어느 때부터인가 멸칭이 되어버린 586이란 호칭을 부끄러워하지 않았다. 대한민국, 아버지, 청년의 꿈, 성실한 노력 같은 말들에 담긴 의미를 불신하지도 않았다. 그는 국가 대항전 스포츠 경기가 열리면 조국을 응원했으나 상대가 약팀이면 그 팀의 선전도 함께 바랐다. 정치 시사 프로에 나오는 사람들이 '나라님'이나 '백성' 같은 단어를 쓰면 시대착오적이라 싫어했고, 짧은 머리에 정장을 갖춰 입은 엘리트 여성이 조리 있게 말하는 걸 볼 때면 자신의 딸들이 꼭 저렇게 컸으면 하고 바랐다. 육십을 바라보는 나이가 되었으나 김광석의 〈서른 즈음에〉를 들으면 여전히 가슴 한쪽이 찌르르하며 서글퍼졌다.

늙은 어머니의 봉양을 각오했고, 자주 왕래하진 못하지만 형과 여동생의 안녕을 진심으로 바랐다. 그는 자신의 전 부인과 처가 식구들을 겪어본 경험으로 특정 성씨가 고집이 세다는 속설을 은연중에 믿었다. 그러나 특정 지역을 무턱대고 비하하는 건 매우 몰상식하다고 여겼다. 동업자의 배신에 대해서는 배신한 사람을 욕해야지, 신뢰한 쪽을 어리석다고 단죄하는 건 책임 추궁의 방향이 한참이나 잘못된 거라 생각했다. 그는 어떤 일이건 전후 사정이 있고, 그렇기에 해결해나갈 방법도 있다고 믿었다.

회사 사무실에는 여전히 불이 켜져 있었다.

둘희는 이층 사무실 앞에 서서 문틈으로 새어나오는 빛을 보았다. 둘희는 강선생이 출연자들에게 '선생님'이란 호칭을 붙이는 게 과하다고 생각했다. 그런데 어느새 자신도 강선생을 따라 그렇게 불렀고, 강선생이 캣맘을 '캣어머님'이라고 했을 땐 자기도 모르게 웃음이 났다. 둘희는 강선생을 신뢰했기에 그가 이따금 새벽녘 사무실에 들른다는 사실을 모른 척했다. 그러면서도 자신이 삼층으로 올라가는 모습은 보여주지 않았다. 언제나 마지막까지 사무실에 남아 직원들이 건물을 떠난 뒤에야 조심스럽게 삼층으로 향했다. 선정적인 말이 난무하는 환경에서 일하는 만큼, 둘희는 더욱 삼가는 태도로 직원들을 대하며 자신의 사생활이 드러나지 않도록 신경썼다.

둘희는 발소리를 죽이며 계단을 올랐다. 오늘 자신이 어긴 규칙을 떠올리며 그게 강선생 때문인지, 아니면 시후의 탓인지 가늠해봤다. 시후는 물방개들에게 제때 먹이를 주지 않았고, 이따금 죽은 개구리의 몸통을 잘라 수조에 던져주며 먹이를 두고 경쟁시켰다.

"저는 이 버러지들이 언젠가 탈출할 거라 믿어요."

시후는 물방개들이 나가지 못하게 수조 덮개를 닫아놓으면서도 그 곤충들이 수조에서 도망쳐 훨훨 날아가길 바랐다. 몸집이 큰 물방개들을 건져내 훈련을 시키듯 벽이나 바닥을 빠르게 기어가게 했고, 수초를 헤치고 나아가도록 먹이로 유도했다. 볼펜심으로 구멍을 뚫은 봉투에 물방개를 담아 한두 마리씩 회사 밖으로 가져가기도 했다.

"이래야 돈을 처버는 거구나."

언젠가 시후는 회사 대표에게 받은 이메일을 확인하고 혼자 중얼거렸다. 시후는 수염 자국으로 거무스름한 코밑을 어루만지며 대표의 경고성 메일을 한 줄 한 줄 되짚어 읽었다. 언제나 푸석하게 몇 가닥 솟아 있는 머리카락을 검지로 꼬아가며 인터넷에 '횡령'이나 '재물 손괴죄' 같은 단어를 검색해봤다. 그런 다음 자기는 수조 관리를 철저히 한다는 메일을 대표에게 보냈다. 시후는 대표님을 진짜 존경하고, 진짜 배우고 싶고, 대표님 같은 분과 일하게 되어 진짜 정말 영광이라고 메일에 덧붙였다. 그 말은 진심이었다. 시후는 대표처럼 자기 재물의 변동 사항을 빠삭하게 꿰고 있어야 부자가 될 수 있다고 여겼다. 그는 불시에 대표가 사무실로 찾아와서 물방개 숫자를 세어본다고 추측했다. 직접 만나기는커녕 이름이나 나이도 모른 채 간혹 메일로만 회사의 소식을 전달받았지만, 시후는 대표의 경영 스타일이 자기와 잘 맞는다며 만족해했다. 입사한 지 얼마 안 돼 대표가 둘희의 이모라는 말을 듣고는 몹시 놀랐으나 이내 둘희에게 이렇게 건의했다.

"우리는 대표님이랑 회식 안 해요? 제가 직접 말씀드릴까요?"

3

둘희는 밝은 목소리를 꾸며내며 집안으로 들어섰다.

"저 왔어요. 밖이 시끄럽죠?"

신발장 위에 케이크 상자를 올려놓은 뒤 구두를 벗으며 타일 바닥을 내려다봤다. 한기연의 크림색 단화가 가지런하게 놓여 있었다. 한기연은 일주일에 한 번, 한밤에 이곳으로 와 이틀이나 사흘 정도 머물렀다. 그러나 그 패턴은 한참 전부터 어긋나 있었다. 오늘은 한기연이 오랜만에 집에 오는 날이었다. 둘희는 잠시 그대로 서서 집안에서 들려오는 소리에 귀를 기울였다. 하지만 이내 해변에서 터뜨리는 폭죽 소리가 실내의 모든 소리를 집어삼켰다.

"케이크 사왔어요. 오늘 어땠어요?"

상자를 식탁으로 옮기며 둘희가 말했다. 욕실로 들어가 세면대에서 손을 씻는 동안 둘희는 거울에 비친 자신의 얼굴을 쏘아봤다. 조각난 이쑤시개를 삼킨 듯 목구멍이 심하게 따끔거렸다.

"기절하는 줄 알았어요. 어떻게 물방개가 거기로 갔는지."

둘희는 불을 켜지 않은 채 벽지를 손끝으로 쓸며 드레스룸으로 갔다. 점퍼를 벗자 긴장이 풀리며 명치부터 아랫배까지 심한 통증이 밀려왔다. 간신히 코듀로이 셔츠에서 팔을 빼낸 다음 어깨 아래로 전신 속옷을 벗었다. 그때 방밖에서 무슨 소리가 들렸다.

"뭐라고요?"

둘희가 문밖에 대고 소리쳤다. 블라인드 줄을 잡아당기는 듯한 소리만 들릴 뿐 아무런 대꾸가 없었다. 뒤이어 문소리가 났고, 거실 쪽에서 불이 켜졌다. 천장등이 아닌 살구색 스탠드 조명이었다.

"안경이…… 어디로 갔지."

마치 수수께끼를 풀듯 한기연이 나지막이 내뱉었다. 큼지막한 티셔츠에 면바지를 입은 한기연이 머리카락을 쓸어올렸다. 둘희는 드레스룸을 지나쳐가는 한기연의 모습을 눈으로 좇았다. 머리에 고정된 가발의 핀을 풀며 한기연이 안경을 뒀을 법한 곳을 떠올렸다. 짧은 커트 머리의 가발이 가벼운 마찰음을 내며 바닥에 떨어졌다. 둘희는 한동안 초점 없이 어둠에 시선을 두다 벌거벗은 그대로 방을 나갔다.

"내 잘못은 아니지만, 그 사람이 나를 보던 눈빛이……"

둘희는 식탁으로 가 상자에서 케이크를 꺼냈다. 먹음직스러운 딸기가 빼곡하게 올려진 초콜릿케이크였다. 둘희는 한기연의 눈에 비칠 자신의 나체를 상상하며 케이크에 장식된 딸기를 집어 입안에 넣었다. 시고 물컹한 딸기를 우물거리며 수납장 쪽으로 걸어갔다. 태연한 몸짓으로 샴페인 잔을 손에 쥔 다음, 와인 셀러 앞에 서서 병목을 돌려가며 병에 붙은 라벨을 살폈다.

"안 추워?"

"음악 틀까요?"

거의 동시에, 두 사람이 서로에게 물었다. 둘희는 한기연의 냉랭한 말투에 수치심이 밀려왔다. 한기연은 둘희의 말에 대답하듯 거실 탁상에 있는 빔 프로젝터를 켰다. 한기연이 리모컨을 누르자 맞은편 벽에 설치된 새하얀 스크린이 천천히 아래로 펼쳐졌다.

"꽝이 아니었으면 나도 허락하지 않았을 거예요."

둘희가 식탁 의자에 걸쳐둔 목욕 가운을 집어들며 말했다. 한기연은 눈을 가늘게 뜬 채 흰 장막을 향해 버튼을 눌렀다. 한기연의 여윈 팔과 손목이 강한 빔 조명을 맞아 더 창백해 보였다.

"자기야, 그런 표현 쓰지 마. 무슨 애들 게임 같잖아. 직원들 앞에선 더 조심해."

한기연의 부드러운 꾸짖음에 둘희는 귓속이 먹먹해졌다. 그런 식으로 한기연은 규칙을 어긴 둘희를 질책했다. 강선생이 출연자와 사무실에 남겠다고 했을 때 둘희는 한기연에게 승낙을 구하지 않았다. 대표에게 물어보는 척 잠시 곁방에 머물렀을 뿐이었다. 한기연은 요구를 들어주지 않을 게 뻔했다.

"그럼 술 마신 사람한테 운전하고 가라고 해요?"

다소 신경질적인 목소리로 쏘아붙인 둘희는 자신이 한기연에게 화를 낼 수 있다는 게 믿기지 않아 곧장 입술을 감쳐물었다. 그러고도 동요하는 마음을 어찌할 바 몰라 케이크 크림 속으로 손가락을 쑤셔넣었다. 차고 끈적한 초콜릿 크림이 검지를 에워쌌다. 둘희는 갈고리로 긁어내듯 손가락을 구부려 케이크의 귀퉁이를 허물었다. 한기연은 스크린 앞에 서서 리모컨의 작은 고무 버튼을 연달아 눌렀다. 스피커에서 느리고 울적한 멜로디가 흘러나왔다. 트럼펫 연주가 나오다 선율이 끊기고 단조로운 피아노 소리가 이어졌다. 그러나 다시 시작된 해변의 폭죽 소리에 실내의 모든 사운드가 지워졌다.

"뭘 저렇게 과시하고 싶은 거야? 대체 왜 저래?"

한기연이 리모컨을 소파 위로 툭 던지고는 복도 끝에 있는 자기의 서재로 들어갔다. 둘희는 손에 엉겨붙은 크림을 목욕 가운에 아무렇게나 닦아냈다.

  욕먹을 만한 삶을 살았다고 생각하는가?

  우스운 질문이었다. 사람들이 욕하는 게 뭐 그리 중요하다고. 한기연은 애초에 그 질문을 탐탁지 않아했다. 비난이나 칭찬은 같은 지렛대에서 나오는 양극단의 반응일 뿐 자신의 중심은 더 깊고 캄캄한 고통에 뿌리박혀 있다고 했다. 둘희는 한기연의 말을 떠올리며 통유리로 된 거실창에 붙어섰다. 조금 전 블라인드를 걷는 소리를 들었던 것 같은데, 창가에는 여전히 장막 같은 블라인드가 드리워져 있었다. 둘희는 가림막을 젖히고 해변을 내려다봤다. 폭발음과 함께 색색의 불꽃이 밤하늘의 어둠을 찢고 있었다. 화염을 노려보며 둘희는 과거에 자신을 사로잡았던 한기연의 강인함을 되새겼다. 한기연은 다른 사람의 평가나 말 따위에 흔들리지 않았다. 언론이 앞장서 모략하고, 익명의 사람들이 인터넷 게시판에서 그녀의 삶을 난도질해도 한기연은 자기의 말을 취소하지 않았다. 섣불리 사과하지도, 용서를 구하지도 않았다. 속으로는 겁먹었을지 몰라도 겉으로는 끝까지 의연하고 당당했다. 한기연은 자신의 불안을 숨길 줄 알았고, 불안이 예기치 않은 순간에 굴종적인 태도로 튀어나올지 몰라 사람들과 거리를 두며 혼자 지냈다. 한기연은 고립이나 혐오를 두려워하지 않았다. 한기연이 두려워하는 건 다른 것이었다. 한기연이 두려워하는 것은, 한기연이 두려워하는 것은……

 이 집은 왜 도무지 따뜻해지지 않는 걸까.

 둘희는 거실 벽에 설치된 보일러 컨트롤러로 갔다. 종일 억눌렸던 긴장과 압박감이 그제야 오한으로 몰려왔다. 계기판 버튼을 연속으로 누르며 온도의 숫자를 높여가던 둘희는 뭔가 떠오른 듯 식탁으로 걸어갔다. 약병이 담긴 등나무 바구니에 한기연의 안경이 놓여 있었다. 둘희는 그 호박색 안경테를 손에 쥐고서 뛰듯이 현관으로 갔다. 신발에 발을 꿰어 넣을 틈도 없이 맨발로 타일 바닥을 가로질러 문을 열어젖혔다. 복도로 나가 계단 난간 아래로 몸을 숙여 이층 사무실을 내려다봤다. 여전히 불이 켜져 있었다. 몇시지? 둘희는 자신은 아무것도 잘못한 게 없다고 생각했다. 출연자는 자신에게 애걸하거나 사정하지 않았다. 정말 돈이 필요했다면 더 간절히 자신에게 매달렸어야 했다. 그랬다면 게임을 한 판 더 할 수도 있었다. 어차피 규칙을 어기게 될 거였다면. 둘희는 손에 든 안경을 움켜쥐었다. 언제쯤 이 돌팔매질을 멈출 수 있는지 한기연에게 묻고 싶었다.

*

 눈을 뜨고 욕실 천장을 보고서야 둘희는 자신이 욕조 안에서 깜박 잠들었다는 걸 깨달았다. 욕조 물이 식어 어깨와 팔에 소름이 돋았다. 젖은 머리카락을 모아 물기를 짜내던 둘희는 자신이 추위가 아니라 밖의 소리 때문에 깨어났다는 걸 알았다. 분명 서재 쪽에서 문소리가 들렸다. 둘희는 다급하게 손을 뻗어 욕조 선반에 올려둔 수건을 끌어당겼다. 대강 몸을 닦고 욕실에서 나오자 현관문 너머로 계단을 내려가는 발소리가 들렸다.
 "나가요? 어디 가요?"
 둘희는 크지 않은 목소리로 묻고서 대답을 기다리듯 동작을 멈췄다. 자신이 뭘 입는지도 모른 채 손에 잡히는 대로 옷을 걸치고서 물이 뚝뚝 흐르는 머리 그대로 현관문을 나섰다.
 사무실 문틈으로 보이던 불빛은 꺼져 있었다. 일층 주차장에도 강선생의 차는 없었다. 건물 밖으로 나가자 매서운 밤바람이 둘희의 얼굴을 세게 때렸다. 삽시간에 머리카락이 얼어붙는 듯했고, 가시밭을 뒹구는 것처럼 뺨과 목덜미가 아려왔다. 해변 근처의 편의점은 모두 닫혀 있었다. 늦도록 폭죽을 터뜨리던 사람들도 보이지 않았다. 칠흑 같은 어둠을 맞닥뜨리자 둘희는 막막함이 몰려왔다. 한기연이 이 새벽에 어디로 갔는지 짐작할 수 없었다. 이렇게 느닷없이 혼자 나가 자신을 걱정시키는 한기연이 미웠다.

둘희는 바다 쪽으로 뛰어갔다. 맹렬하게 심장이 뛰자 더는 추위가 느껴지지 않았다. 물이 차오르는 바다는 규칙적으로 긁는 소리를 내며 모래사장에 물자국을 남겼고, 캠핑촌 쪽에서 담뱃불이 빨갛게 돋아나는 게 보였다. 사람이 있다는 사실에 안심되면서도, 그 사람이 누구인지 알 수 없어 불안이 엄습했다. 둘희는 한기연이 위험에 처하는 게 싫었다. 혼자 밤바다를 활보하고, 이마에 헤드 랜턴을 쓴 채 산길을 헤매는 것도 싫었다. 서늘한 바람 냄새를 묻히고 돌아와 잠든 자신의 귓가에 속삭이는 것도. 자기야, 나 살쾡이 봤어. 눈이 얼마나 예쁜지 별 같았어.

둘희는 한기연이 단 한 마디만 해주길 바랐다. 둘희는 이 바닷가를 떠나고 싶었다. 이런 식으로 자신을 시험하고 벌주는 한기연이 힘에 부쳤다.

"왜 이렇게……"

둘희는 모래사장에 서서 숨을 몰아쉬었다. 북받친 감정으로 목이 메어 말을 이을 수 없었다. 한기연은 무릎을 덮는 긴 스웨터 차림으로 조개무덤을 향해 서 있었다.

"왜 이렇게 내 가슴을 찢어놔요?"

애원하듯 둘희가 한기연을 바라봤다. 추위에 떠는 자신을 안쓰럽게 여기길 바랐지만, 한기연은 표정 없는 얼굴로 낮게 말했다.

"아직도 모르겠어?"

한기연의 머리칼이 바다 쪽으로 흐트러졌다. 자신보다 어리고, 경험이 모자란 연인을 깨우치려는 듯 한기연은 둘희의 시선을 붙잡아 공터 쪽으로 이끌었다. 586 출연자가 타고 온 차는 아직 그 자리에 서 있었다. 한기연은 진녹색 차 안에서 뭔가 나타나기라도 할 것처럼 흔들림 없이 그 방향을 응시했다. 둘희가 그곳으로 가려 하자 한기연이 둘희의 손목을 붙잡았다.

"너무 조용해. 아무도 없어."

한기연이 속삭였다. 귀밑머리 사이로 귓바퀴가 빨갛게 얼어붙어 있었다. 둘희가 귀를 감싸주려 손을 뻗은 순간, 뒤쪽에서 강한 빛이 쏟아졌다. 공터에서 들이닥친 빛줄기였다. 헤드라이트를 밝힌 검은색 승합차가 거칠게 튀어나와 요란한 소리를 내며 모래벌판 앞을 지나갔다. 최근 들어 바닷가에 자주 나타나는 차였다. 승합차가 그들의 집이 있는 언덕 쪽으로 향하자 한기연이 차를 뒤쫓았다.

둘희는 차도를 건너 공터로 갔다. 출연자가 아직 여기에 있는 게 맞는지 자신의 눈으로 직접 확인해야 했다. 공터에 다다르자 뒤엉켜 있는 어망이 보였다. 흙 묻은 스티로폼 박스와 뒤집힌 방수포, 까끌까끌한 흙바닥…… 곧이어 진녹색 자동차 앞에 선 둘희는 소스라치게 놀라며 자기의 발을 내려봤다. 날카로운 통증이 발바닥을 물어뜯는 듯했다. 깨진 소주병이 차 앞에 흩어져 있었다. 둘희는 끔찍한 고통으로 얼굴을 일그러뜨렸고, 그제야 자신이 욕실 슬리퍼를 신은 채 밖으로 나왔음을 깨달았다. 슬리퍼 바닥에 뚫린 구멍으로 유리 파편이 깊숙이 파고들었다. 둘희는 목뒤가 싸늘해져 가느다란 신음을 내뱉었다. 뒤를 돌아보자 승합차는 언덕의 경사면을 향해 가고 있었고 한기연은 모래톱을 가로질러 차를 뒤쫓았다. 크게 소리치면 들릴 만한 거리였으나 둘희는 입술이 떨어지지 않았다. 이렇게 집밖에서, 누가 들을지 모르는 바깥에서, 한기연을 뭐라 불러야 할지 알 수 없었다. 대표님이나 이모 같은 단어가 떠오르자 더 극심한 고통에 눈물이 차올랐다. 다친 발을 움직일 때마다 핏방울이 후드득 떨어졌다. 상처 난 부위에서 무섭도록 맥박이 요동쳤다. 둘희는 다리를 절뚝이며 필사적으로 운전석 가까이 다가갔다. 유리창에 얼굴을 대고 안을 들여다봤으나 어두워 잘 보이지 않았다. 주위의 유일한 빛은 공터 뒤편에 나붙은 조개구잇집 간판 등이었다. 전등 수명이 다했는지 불그스름한 빛이 불규칙적으로 깜박였다. 조명이 들어온 짧은 순간 뒷좌석에 웅크린 사람이 보였다.

둘희는 한쪽 발을 거의 끌다시피 하며 차 뒷문으로 갔다. 유리창을 두드리려고 손을 뻗었을 때, 마치 안에서 누군가 열어주는 것처럼 문이 움직였다. 섬뜩한 느낌에 숨을 멈춘 둘희는 도움을 바라듯 다시 언덕을 돌아봤다. 소나무가 우거진 언덕은 해가 떨어지면 암흑이었다. 한기연이 그곳에 있다 한들 둘희의 눈에는 보이지 않을 터였다. 둘희는 도망치고 싶은 기분을 억누르며 망설임 끝에 차문을 열었고, 그 순간 뒤에서 누가 머리카락을 확 잡아당긴 듯 몸이 휘청했다. 차 안에서 코를 찌르는 악취가 풍겼다. 지독한 냄새에 반사작용처럼 둘희의 상체가 뒤로 젖혀졌다.

깜박. 간판이 켜지자 자동차 뒷좌석 아래 토한 흔적이 보였다. 채 소화되지 않은 면과 파뿌리, 탁한 노란빛의 진액이 시트에 엉겨붙어 있었다. 둘희는 코를 찌르는 오물 냄새에 속이 뒤집혔다. 고개를 돌려 헛구역질을 하던 둘희는 무언가 떠올라 멈칫했다. 냄새, 라이브 방송 때 신경을 곤두세우게 했던 악취. 둘희는 그 불길한 징조의 실체를 마주하고 있었다. 정확히 이 광경을 암시하는 냄새였다. 깜박. 다시금 승용차로 조명이 비쳤고, 둘희는 뒷좌석에 웅크린 그림자가 사람이 아닌 옷 무더기라는 것을 확인했다. 흰 더께가 묻은 겨울 점퍼가 겹겹이 쌓여 있었다. 둘희는 손으로 코와 입을 막으며 차문을 닫았다. 그러자 엉성하게 닫혀 있던 반대편 문이 끼익 소리를 내며 열렸다.

깜박. 사람이 쓰러져 있었다. 문 너머 흙바닥에. 쓰러진 사람의 손이 문틈에 끼어 있어 건너편의 차문이 완전히 닫히지 않은 것이었다. 깜박. 누군가의 뒤통수가 보였다. 흙바닥에 얼굴을 떨군 채 남자가 기절해 있었다. 설마, 죽은 걸까. 깜박. 둘희는 사람을 찾았다. 도움이 필요했다. 깜박. 남은 에너지를 쥐어짜듯 간판 전구가 빠른 간격으로 점멸했다. 눈물이 흘렀다. 슬리퍼가 발밑에서 쩔걱이다가 발등 위로 휙 돌아갔다. 다친 발로 맨땅을 디디자 쓰고 시큼한 물이 입안에서 솟구쳤다. 둘희는 입술을 벌려 위액과 함께 역류한 딸기 조각을 주르륵 토해냈다.

*

그날 밤, 을주는 점퍼에 묻은 희끄무레한 얼룩을 보며 아쉬워했다.

'토마토주스나 커피였다면 좋았을 텐데.'

을주는 벽에 걸린 점퍼를 바라봤다. 옷에 남은 흐릿한 자국은 편의점 앞에서 싸움이 붙었을 때 차를 타고 돌진해오던 무리가 창밖으로 쌀음료를 들이부어 생긴 거였다. 그 패거리는 담배를 빡빡 피워대면서도 몸에 좋다는 곡물음료를 마시는 모양이었다. 을주는 오복이가 물벼락을 맞을까봐 오른팔로 가드를 올린 채 달짝지근한 쌀음료 세례를 받았다. 보고 있던 고모부가 재빨리 자동차 번호판을 휴대전화 카메라로 찍었다. 을주는 날이 밝는 대로 그 패거리를 불법 유턴과 쓰레기 무단 투기로 경찰에 신고할 계획이었다. 그리고 세탁비!

을주는 점퍼의 방수천 재질 덕분에 음료가 더 깊이 스며들지 않은 것에 미련이 남았다. 점퍼는 을주가 서울에서 주유소 아르바이트를 할 때 입던 유니폼이었다. 팔뚝과 등에 정유사 이름이 찍혀 있긴 해도, 품이 크고 천이 질겨서 버리지 않고 한겨울 작업용 점퍼로 입었다.

"너도 줄까? 입이 좀 심심하지?"

을주는 달고 짭조름한 오징어를 질겅거리며 발치에 엎드린 오복이를 봤다. 무릎걸음으로 구석으로 가서 오복이의 간식통을 집었다. 뼈다귀 그림이 그려진 통에서 치킨랩츄를 꺼낸 다음 다시 무릎걸음으로 가 오복이 앞에 손바닥을 펼쳤다. 까맣게 반짝이는 오복이의 코가 기분좋게 씰룩였다. 축축한 콧등을 보던 을주는 무언가 떠오른 듯 고개를 들었다.

'아, 그거, 카드.'

을주는 다시 무릎으로 몸을 지탱한 채 벽에 걸린 점퍼의 주머니를 뒤적거렸다.

음 11.16.
턱사리

　카드는 오복이가 며칠 전 바닷가 산책에서 발견한 것이었다. 짠 바다 내음이 조금 배어 있을 뿐 모양은 거의 새것처럼 깨끗했다. 앞뒤가 코팅된 카드의 앞면에는 달의 상태와 물때가 적혀 있었다. 물때란 밀물과 썰물의 변화를 가리키는 '바다의 말'로 조류의 흐름에 따라 1물부터 13물까지 나눠져 있었다. 을주는 숫자로 된 이름보다 '무릎, 배꼽, 가슴'으로 높아지는 우리말 이름이 좋았다. 그중 턱사리는 물흐름이 가장 세지기 직전으로 6물에 해당했다. 그리고 을주가 좋아했던 바다의 말은 또 있었다. 난바다와 든바다. 땅과 멀리 떨어진 바다는 '난바다', 가까운 바다는 '든바다'였다. 어릴 때 을주는 혼자 갯바위에 앉아 노란 햇빛을 보며 '바다 바다, 해다 해다' 중얼거렸다. 저 커다란 물도 '때'가 있으니 내게도 '때'가 올 거라고. 언젠가 이 외로움도 난바다처럼 멀어질 거라고 스스로를 다독였다. '바다 바다, 비다 비다, 해다 해다', 리듬에 맞춰 소리 내면 가슴이 미어지는 슬픔이 좀 싱거워졌다.

'이 그림은 뭐지?'

옛 기억에 빠져 있던 을주는 카드의 뒷면을 돌려봤다.

머리가 있고 눈이 달린, 마치 작은 벌레처럼 생긴 기묘한 형상이었다. 그림 아래에는 알파벳이 적혀 있었다.

"즈……히……?"

얼핏 보면 부적에 그려진 상형문자 같기도 했다. 을주는 카드에 하, 하고 입김을 불어 이마에 찰싹 붙였다. 그 상태로 쿠션에 기대어 휴대전화로 부적을 검색해봤다. 부적은 괴황지라는 샛노란 종이에 붉은 염료로 그림을 그리는 게 일반적이었다.

'그럼 타로인가? 타로카드?'

을주는 어쩐지 이 카드 안에 옥녀산 삼층집의 비밀이 담겨 있을 것만 같았다. 벌써 몇 달째 그 집에서 사주한 사람이 조개무덤 앞에서 '정성'을 들이고 있다는 소문이 돌았다. 그믐이나 보름이 지난 다음이면, 벽처럼 솟은 붉은 바위 아래에 뭔가를 태운 흔적이 남아 있다고 했다. 그을린 냄새를 맡은 오복이를 따라 을주도 가보면 암석의 군데군데가 새까맣게 그을려 있었다. 편의점을 하는 고모부는 주민들이 들려준 목격담을 을주에게 전해주었다. 새벽녘 간조에 해루질을 나가면 등산 모자를 깊이 내려쓴 남자가 손짐을 가득 든 채 언덕집에서 내려와 조개무덤을 가로질러간다고, 그걸 본 사람이 여럿이라고 했다.

식당을 하는 이모도 언덕집 얘기가 나오면 꺼림칙한 내색을 비쳤다. 재작년 겨울에 그 언덕배기에서 사람이 떨어져 죽은 게 이 모든 사달의 시작이라 했다. 경찰은 실족사라고 결론을 내렸지만 이모는 오밤중에 왜 혼자 절벽에 가느냐며, 그게 다 그 집에서 풍겨나오는 망측스러운 기운 때문이라고 했다. 이모는 요사이 벌어지는 크고 작은 소동 역시 그 집의 음험한 기운 탓이라며 근거 없는 추리를 이어갔다. 돌고래 펜션에서 어떤 정신 나간 손님이 침대에 똥을 싸고 간 것도 그 집 탓이고, 편의점 앞에서 자꾸 싸움이 붙어 파출소 순경이 출동하는 것도 그 집 탓이며, 근래 자주 보이는 시꺼먼 승합차도 그 언덕집과 관련된 게 명명백백한데, 과묵한 영감탱이(듣기로 그 노인은 올 초부터 아랫동네 성당에 나오기 시작한 새 신자였다), 백날천날 쓰레빠 신고 오토바이를 모는 정신 빠진 애새끼(그 머스마는 깨벗고 다니던 어린 시절부터 고집이 세기로 유명한 윗

동네 어린이집 원장의 막내아들이었다), 어디 저승사자를 만나고 오는 것처럼 죽상을 한 외지인들까지, 수시로 그 집에 드나드는 걸 보면 아무래도 그 언덕배기에서……

이모는 말을 멈추고는 수북하게 채를 썬 오이를 스테인리스 통에 쓸어 담았다. 을주는 언덕집에 사는 둘희를 떠올리며 이모의 추측에 반박하고 싶었으나 오이를 써는 이모의 현란한 칼 놀림에 입을 다물었다. 이모는 팔근육을 불끈거리며 거의 기계 톱날처럼 오이를 썰어댔다. 게다가 이모는 아무리 허황한 소문이라도 사람들이 그 뜬소문의 결론으로 낙인찍는 가장 험악한 말은 입에 담지 않았다. 여자의 음란함은 멀쩡한 음식을 두고 타박하는 짓과 함께 이모가 손에 꼽는 크나큰 죄악이었다.

"쓥, 또 그런다!"

이모의 말을 곱씹던 을주가 표정을 바꾸며 말했다.

"가렵지! 물에 들어가니까 가렵지!"

을주는 자기 발을 깨무는 오복이를 향해 콧등을 찌푸렸다. 을주가 서랍장으로 가서 연고를 꺼내자 오복이는 발바닥을 안으로 감추고는 바닥에 턱을 대고 엎드렸다. 황토색 점을 찍은 듯한 이마의 털 무늬가 서글프게 위로 씰룩였다.

"개펄에 들어가시면 안 돼요. 거기 돌 있고 조개 있고, 에? 모래로만 다니세요. 에? 오복씨?"

을주가 오복이의 비위를 맞추듯 반질반질한 등덜미를 간지럽혔다.

*

술에 취한 건지도 몰랐다. 만취해 곯아떨어져 정신을 잃은 건지도 몰랐다. 둘희는 남자의 상태를 자세히 살피지 못했다. 쓰러진 사람에게 다가가 호흡이나 맥박을 확인하는 건 영화에서나 가능한 장면이었다.

둘희는 손으로 벽을 짚으며 드레스룸으로 갔다. 둘희가 걸어간 자리를 따라 피와 먼지가 뒤섞인 발자국이 찍혔다. 둘희는 출연자에게 기회를 줬어야 했다고 후회했다. 그게 아니라면 따로 돈을 챙겨줬어야 했다. 강선생이라면 그랬을 것이다, 강선생이라면. 하지만 둘희는 자기의 호의가 출연자의 자존심을 상하게 할지도 모른다고 생각했다. 자존심이라니, 그건 목숨이 달린 일이었다. 둘희는 불을 켜고 자신이 오늘 입었던 옷들을 뒤졌다.

"다쳤어? 무슨 일이야?"

한기연이 방안으로 들어와 둘희를 멈춰 세웠다. 휴대전화를 찾던 둘희는 맥이 탁 풀린 듯 주저앉았다.

"경찰…… 경찰에……"

둘희는 말을 잇지 못했다. 119, 병원, 아니 그보다 먼저 강선생에게 연락해야 했다. 강선생이 마지막까지 출연자와 함께 있었으니까. 침착해야 했다. 둘희는 자기의 생각이 맞는지 확인하듯 한기연을 올려다봤다.

"나한테 왜 그랬어요?"

쉬고 탁한 목소리로 둘희가 내뱉었다. 한기연은 대꾸 없이 둘희의 어깨를 붙잡아 일으켜세웠다. 엄살 부리지 마. 나랑 사는 게 쉬울 줄 알았어? 한기연은 마치 그렇게 말하듯 서늘하게 둘희를 봤다.

"베인 거야? 찢어졌어?"

둘희는 다친 발을 절뚝이며 한기연의 손길에 따라 움직였다. 이상하게도 거실 창이 활짝 열려 있었다. 블라인드를 올리지도 않은 채 창을 열어서 바람이 불 때마다 땅, 따당 하는 소리가 울렸다. 찬바람이 안으로 들이쳤으나 둘희는 추위가 느껴지지 않았다. 흙바닥에 쓰러진 그 남자를 본 순간부터 감각이 마비된 것 같았다. 한기연이 둘희의 몸을 끌어안은 채 부축했고, 혼란 속에서도 둘희는 한기연과 그렇게 몸이 맞닿아 있다는 게 다행스러웠다. 거실로 가자 휴대전화가 보였다. 그러나 소파 쿠션 사이에 끼어 있는 그 휴대전화는 둘희의 것이 아니었다.

책상 서랍.

뒤늦게 자신의 습관이 떠오른 둘희가 아둔한 스스로를 탓하며 한기연의 어깨에 머리를 기댔다. 둘희의 휴대전화는 사무실 책상 서랍에 있을 터였다. 라이브 방송 때마다 둘희는 늘 그래왔다.

"나 왜 이러고 있어요?"

둘희는 한기연을 끌어안으며 자책했다. 애초에 사무실에 출연자를 남겨둬선 안 됐다. 모두 자신의 잘못이었다. 한기연이 새벽에 밖으로 나간 건 출연자가 바닷가를 완전히 떠났는지 확인하기 위해서였다. 한기연은 그런 사람이었다. 자신이 아는 한기연은 끝까지 곁에 남아 연인을 보호했다.

"괜찮아요. 우선 급하니까 전화부터……"

무릎을 꿇고 앉아 자신의 발을 들여다보는 한기연에게 둘희가 말했다. 흙과 먼지로 뒤덮인 둘희의 발에서 아직도 피가 새어나오고 있었다. 한기연은 둘희를 소파에 앉힌 다음 거즈와 소독약을 가지러 방으로 들어갔다. 둘희는 소파 쿠션에 끼어 있는 한기연의 휴대전화를 꺼내 세게 쥐었다. 마치 악력만으로 기계를 부서뜨릴 수 있다는 듯…… 둘희가 절뚝거리며 거실을 가로질렀다.

"나 내려갔다 올게요. 그러고 나서……"

둘희의 말이 채 끝나기 전 현관에서 검고 **빠른** 그림자가 둘희를 덮쳐왔다. 몹시 차가운 물줄기가 이마를 지나쳐 왼쪽 뺨으로 세차게 떨어졌다. 동시에 누가 발을 걸어 넘어뜨리는 것처럼 뒤꿈치가 들리며 뒤로 넘어졌다. 둘희는 둔탁한 소리를 내며 등부터 바닥으로 떨어졌다. 가슴뼈가 심하게 울려 숨이 쉬어지지 않았다.

출연자는 여전히 셔츠 왼쪽에 '586' 명찰을 달고 있었다.

그는 깨진 유리병을 다른 손으로 옮겨 쥐고는 젖은 손을 바지춤에 닦았다. 둘희는 넥타이를 푸는 그를 올려다봤다. 저걸로 날 묶으려는 걸까. 땅, 따당. 블라인드가 바람에 들썩였다. 축축한 액체가 콧속에서 흘러나와 귓바퀴 안으로 고이는 게 느껴졌다.

호주, 호주로 갑시다! 하와이에서 미국으로, 유럽에서 아프리카로, 세계 여행의 꿈을 넓힙시다. 연습 게임이 끝났으니 다시 물방개를 풀어 진짜 판돈을 걸어봅시다. 꽝은 아예 없애버리죠. 숫자는 전부 백배로 해버립시다. 부끄럼 많은 우리의 욕받이에게 진짜 제대로 된 욕값을 퍼부어줍시다!

깊은 물속으로 가라앉듯 둘희는 가슴이 짓눌리며 호흡이 잦아들었다. 나 때문이에요. 내가 약속을 어겼어요. 한기연에게 용서를 빌고 싶었지만, 정신이 아득하게 꺼져갔다. 점점 좁아지는 시야로 희부연 빛들이 춤추더니 이루 말할 수 없이 무거운 잠이 몰려왔다.

허구와 현실의 세계는 정확히 연동한다.
한쪽의 실재감을 옅게 하면
다른 쪽의 실재감도 같이 옅어진다.

권은 연기를 하고 있었다. 연단에 서서 누군가의 목소리를 흉내내듯 음성을 바꾸며 소리쳤다.

"정신 차려! 꿈 깨! 그건 영화에서나 가능한 일이야!"

권은 자신을 비웃던 이들의 말을 따라 하며 그곳에 모인 군중을 자극했다. 둘희는 몰려든 사람들과 함께 무대 아래에 서서 권을 올려다봤다. 둘희가 아는 중년의 권보다 훨씬 더 어리고 패기 넘치는 모습이었다.

"냉소주의자들은 그렇게 말합니다. 똑똑하고 현실적인 체하며 우리가 품은 희망과 열정을 비웃습니다. 할 수 있다, 해보자, 죽을힘을 다해 싸워보자! 이것이 옳다고 믿는 사람의 태도 아닙니까? 그런데 그들의 머릿속에는 안 되리라는 패배주의만 가득합니다."

권은 연설문을 한 번도 흘깃거리지 않고서 막힘없이 내뱉었다. 풀색 원피스 차림에 가슴을 곧게 편 모습이 낯설면서도 아름다웠다. 한기연은 권의 이런 모습에 반했을까? 둘희는 질투 어린 눈으로 권을 보면서도 완전히 미워할 수만은 없었다. 권의 목소리가 가슴에 응어리진 무언가를 깨뜨리고 폭발하게 했다. 권은 마치 깃발을 치켜들듯 허공을 향해 주먹을 뻗었다.

"너희, 돈과 권력의 오물들아! 산업화와 민주화가 붙어먹은 구시대의 유령들아! 너희에게 법과 정치란 한낱 '황제의 시계'일 뿐이다. 아홉시에 약속이 있는 황제는 열시에 일어나 밥을 먹고 커피를 마시다 문득 시계를 올려보며 이렇게 말한다. 자, 이제 시계를 아홉시에 맞춰놓게."

지켜보던 사람들이 함성을 내질렀다. 사람들은 포효를 터뜨리며 권이 있는 가설무대로 몰려들었다. 둘희는 순식간에 주위를 에워싼 인파에 몸이 떠밀렸다.

"대한민국 헌법 제11조, 모든 국민은 법 앞에 평등하다!"

권이 선창하자 사람들이 따라 외쳤다. 법 앞에, 평등하다!

"정치가 현실이라고요? 아니요, 이제 정치는 판타지입니다. 우리가 왜 그따위 현실을 반복해야 합니까? 현실을 박살 내고 우리의 꿈을 만듭시다. 우리에게 필요한 건 구태의연한 반복이 아니라 새 시대를 열어젖힐 창조와 가설입니다. 현실이 어떻다, 여론이 어떻다, 비겁한 논리는 집어치우고 우리의 판타지를 실현합시다. 오직 꿈을 꿉시다. 우리의 비전, 우리의 사랑을 실험하고 우리의 서사를 새로 씁시다. 대한민국 헌법 제11조, 누구든지 모든 영역에 있어……"

권은 눈물을 흘렸다. 격한 감정에 얼굴을 일그러뜨리며 아이처럼 손등으로 눈가를 훔쳤다.

"모든 국민은 누구든지 모든 영역에 있어……"

둘희는 몸을 옹송그린 채 신음을 내뱉었다. 조금씩 팔다리의 감각이 되살아나고 있었다.

"팀장니임, 팀장니임—"

귀에 익은 목소리가 들렸으나 둘희는 꿈에서 깨고 싶지 않았다. 권이 입은 풀색 원피스를 본 순간 둘희는 자신이 꿈을 꾸고 있음을 알았다. 그 원피스는 권이 아닌 한기연의 옷이었으니까. 그런데 어째서 나는 권의 꿈을 꾸고 있을까. 내 무의식은 왜 아직도 권을 만들어내는 거지? 둘희는 권에게 얽매인 자신에게 진절머리가 났다. 마치 변기 속 물처럼 둘희의 머릿속은 끊임없이 권의 기억으로 채워져 스스로를 수치스럽게 했다. 그 생생한 허구에 진저리치면서도 둘희는 권의 말과 몸짓을 탐닉했다. 한기연을 사로잡은 권의 힘이 무엇인지 낱낱이 파헤치고 싶었다. 권의 위선을 적발해 한기연에게 알려줘야 했다. 꿈속에서라도 한기연의 삶에서 권을 뜯어내고 싶었다.

"팀장님, 정신이 드세요?"

강선생이 허리를 숙인 채 걱정스러운 얼굴로 둘희를 봤다.

아.

둘희는 입술을 벌렸지만 목소리가 나오지 않았다.

"왜 여기 계세요? 발은 어쩌다가……"

아.

둘희는 다시금 목에 힘을 줬지만, 말소리 대신 가느다란 숨이 비어져나왔다. 둘희는 자신이 누워 있는 곳을 둘러봤다. 한기연이 뒤쫓던 승합차의 뒷좌석이었다. 하지만 어쩌다 자신이 이곳에 와 있는지 전혀 기억나지 않았다. 머리카락이 잘려나가듯 기억의 일부가 머릿속에서 떨어져나간 것 같았다. 한기연은? 한기연은 어디 있지? 둘희는 입술을 깨물며 강선생의 팔을 붙잡았다. 간절히 한기연을 찾고 싶었으나 둘희의 또다른 의지가 충동을 막아섰다. 한기연에 관해선 그 무엇이라도 다른 사람과 공유해선 안 됐다. 자신의 섣부른 발설이 한기연을 더 큰 위험에 빠뜨릴지 몰랐다.

"밤새 여기 계신 건가요?"

강선생이 난감한 얼굴로 무언가를 찾듯 승합차 안을 두리번거렸다. 그가 입을 벌려 말할 때마다 하얀 입김이 새어나왔다. 둘희는 겨우 몸을 일으켰으나 곧바로 좌석 등받이에 머리를 기댔다. 속이 메스껍고 머리가 한없이 무거웠다. 그런 둘희를 보며 강선생이 자신의 주머니에서 휴대전화를 꺼냈다. 어디론가 전화를 걸려는 것 같았다. 둘희가 그의 팔을 잡아당겼다. '강선생님, 소란 피우지 마십시오. 우리의 규칙을 모르십니까?'

둘희와 강선생은 말없이 서로를 쳐다봤다. 둘희는 강선생의 자상한 표정에 숨이 막혔다. 강선생은 욕받이로 나온 출연자를 볼 때처럼 자신을 보고 있었다.

"밖에 눈이 많이 왔습니다. 밤새 내렸어요. 저는 아침 미사를 드리고 오는 길에 혹시나 해서 와봤습니다."

강선생이 점퍼를 벗어 둘희의 어깨에 덮어주었다. 자신에게 업히라는 듯 둘희에게 등을 보이며 돌아앉았다. 둘희가 짧게 고개를 가로저었다.

"그럼 제가 가서 신발을 가져오겠습니다."

강선생이 차문을 닫으며 말했다. 둘희는 자기의 두 발을 가슴으로 끌어당겼다. 다쳤던 발에 깨끗한 붕대가 감겨 있었다. 무릎에는 한기연이 입고 있었던 긴 스웨터가 덮여 있었고, 옷주머니 안에 둘희의 이름이 써진 약봉투가 들어 있었다. 둘희는 불룩한 종이봉투를 움켜쥐며 새벽녘 자신이 정신을 잃었을 때 일어났을 일들을 알아챘다. 누군가 자신을 병원에 데리고 갔다는 것을. 그리고 그전에 승합차에 있던 권의 사람들이 집 안으로 들어와 한기연을 구해줬을 것이다. 그 말은 곧 지금 한기연이 권과 함께 있다는 뜻이었다.

둘희는 굴욕감에 손끝이 떨렸다. 불현듯 586 출연자의 습격 역시 권의 시나리오가 아니었을까 의심이 들었다. 일부러 반대 세력을 만들어 스스로를 구원자로 위치시키는 방식은 권이 즐겨 쓰는 책략이었다. 그 위장술 때문에 실제로 고통받는 사람이 있다는 건 중요치 않았다. 권에게는 그만큼 절실하고 오래된 목표가 있었고, 한기연은 개인적인 관계는 끝났을지언정 권이 떠맡은 역할과 책임에는 수긍하고 동조했다. 그리고 둘희는 한기연의 그런 태도에 상처 입으며 이렇게 혼자 남아 연인의 배신을 감당해야 했다.

둘희는 자신의 무릎을 끌어안으며 스웨터에 남아 있을지 모를 한기연의 체취를 느꼈다. 한기연은 나를 혼자 승합차에 태워 보내며 이 옷을 벗어줬겠지. 그 감정은 죄책감일까, 연민일까. 둘희는 그 무책임한 방조를 기어이 사랑으로 각색해 붙들려는 자신의 마음은 또 어떤 방식의 자해인지 생각했다. 이 옷을 벗어주고 한기연이 춥지는 않을지 걱정이 됐다.

차로 돌아온 강선생이 사무실에 신발이 이것밖에 없다며 슬리퍼의 냄새를 맡는 시늉을 했다. 꾀죄죄한 시후의 슬리퍼를 보자 둘희는 질식할 것 같았던 기분이 조금 누그러졌다. 왜 허락 없이 자기 물건을 쓰느냐고 투덜대는 시후의 목소리가 들리는 듯했다.

강선생에게 기대어 둘희는 천천히 계단을 올라갔다. 사무실로 들어가자 금세 실내의 온기가 밀려들었다. 둘희는 강선생이 이끄는 대로 회의실로 향했다. 회의실의 전면 유리창으로 환한 아침빛이 쏟아졌다. 맑고 추운 겨울날이었다. 둘희는 소파에 앉아 건물 난간에 쌓인 흰 눈을 바라봤다.

"추운 데 있어서 목이 잠겼나보네요. 여기에 써주시겠어요?"

강선생이 자신의 휴대전화를 내밀었다. 무심결에 휴대전화를 받아든 둘희는 순간 숨이 멈춰졌다. 그 휴대전화는 본래 강선생의 것이 아니었다. 둘희는 강선생이 죽은 아들의 휴대전화를 이어서 쓴다는 것은 알았으나 직접 손으로 만지는 건 처음이었다. 둘희는 그 친구의 모습이 떠올라 가슴이 욱신거렸다.

사고가 잇엇습니다

크게 숨을 내쉰 둘희가 휴대전화의 메모장에 글자를 입력했다.

"무슨 사고요? 그래서 발을 다치신 건가요?"

글자를 본 강선생이 놀란 얼굴로 물었다.

"그 차에는 왜 타고 계셨나요? 혹시 누가 찾아왔었나요?"

둘희는 고개를 가로저었다. 긍정도 부정도 아닌, 그저 혼란스러움을 뜻하는 고갯짓이었다. 둘희는 호흡을 가다듬으며 다시 글자를 입력했다.

오늘 오전 어ㅂ무 부탁ㄱ

둘희는 글자를 마저 쓰지 못한 채 휴대전화를 든 팔을 아래로 떨구었다.

"팀장님, 오늘은 성탄절입니다. 저는 성당 앞으로 이 차가 지나가는 걸 봐서 와본 거예요. 왜 팀장님이 이 차를 몰고 가시는지……"

강선생이 문득 말을 멈추고는 수납장으로 걸어가 베이지색 담요를 꺼냈다. 그는 더이상 설명하거나 묻지 않고서 둘희의 무릎에 담요를 덮어주었다. 둘희는 강선생의 희끗한 정수리를 내려다보며 힘없이 눈을 깜박였다. 강선생은 따뜻한 차를 갖다주겠다고 말하며 일어섰다. 회의실 문을 닫기 전 그가 당부하듯 덧붙였다.

"차 열쇠는 제가 보관하겠습니다. 눈길에선 운전을 조심하세요."

둘희는 그의 조언에 웃음으로 대꾸하고 싶었으나 미소 대신 눈물이 차올랐다. 참으로 강선생다운 말이었다. 그는 아무것도 모른다는 표정을 지으면서도 속으로는 많은 걸 꿰뚫어봤다. 이 모든 해프닝이 왜 벌어졌는지 강선생은 짐작할 것이다.

혼자 남은 둘희는 흠집이 가득한 강선생의 휴대전화를 내려다봤다. 바탕화면은 성당의 첨탑 사진이었다. 둘희는 강선생이 그곳 예배당에 앉아 있는 모습을 쉽게 그려볼 수 있었다. 하지만 그가 무슨 기도를 하는지는 조금도 가늠이 가지 않았다. 성당 사람들은 강선생이 스타킹을 뒤집어쓴 모습을 상상할 수 있을까. 욕받이의 가슴에 명찰을 달아주는 모습을 떠올릴 수 있을까.

둘희는 강선생이 회사에 처음 왔을 때의 모습이 눈에 선했다. 언덕에 송홧가루가 흩날리던 올해 봄날, 그는 사무실에 들어와 둘희를 향해 허리를 굽혀 인사했다. 그의 표정에서 복수심이나 슬픔은 읽을 수 없었다. 얼마 뒤 시후가 면접을 보러 왔을 때도 강선생은 자신을 고지식한 늙은이라 소개하며 맡은 역할에 충실했다. 그는 시후에게 이 일자리가 자신에게 얼마나 중요한지 강조했다. 마치 구직 사이트를 통해 이곳을 찾아온 듯이. 둘희는 강선생이 시후에게 자기의 사정을 풀어놓을 때마다 말없이 듣기만 했다. 강선생과 자신 모두 연기하고 있었지만, 둘희는 강선생의 어떤 모습이 거짓인지 확신할 수 없었다. 출연자들에게 선생님이라 존칭하며 유순한 미소를 지어 보이는 모습이 가짜인지, 아니면 인터넷 사이트를 돌아다니며 욕받이가 될 만한 사람을 직접 찾아 방송 출연을 제안하는 모습이 가짜인지 판가름할 수 없었다. 그 모든 위장이 매캐한 가스처럼 강선생의 주위를 둘러싸고 있었다.

"제가 일하던 곳은 이 절벽처럼 고립된 곳이었습니다. 바지 길이 하나도 마음대로 바꿀 수 없었지요."

언젠가 강선생은 둘희와 언덕을 거닐며 말했다. 그때 둘희는 그가 무던해 보이는 겉모습과 달리 매 순간 극단적인 상황을 끊임없이 떠올리며 대비한다는 걸 알았다. 강선생은 타인의 기분이나 변화를 민감하게 알아차렸고, 다른 사람과 의견이 충돌할 땐 자기의 뜻을 굽혔다. 그렇게 성미를 맞춰주며 상대가 손에 든 무기를 하나씩 내려놓게 했다. 센 척하며 자기의 속마음을 훤히 드러내는 시후와는 달랐다. 강선생은 삶에서 가장 가혹한 고통을 지나온 사람이었다. 가슴에 깊게 박힌 탄알을 빼내기 위해 그 과정에서 느껴야 하는 아픔은 기꺼이 감수했다. 둘희는 강선생과 지낼수록 그가 자신과 닮은 사람이란 걸 알아챘다. 당연한 일이었다. 강선생과 자신 모두 하나의 목적을 위해 스스로의 삶을 장작처럼 불길 속으로 밀어넣고 있으니까. 다루기 쉬워 보이지만 결코 속내를 털어놓지 않는 사람, 비밀을 유지하는 힘이 돌덩이처럼 무거운 사람, 그만큼 깊은 수치심이 삶에 파편처럼 박혀 있는 사람. 둘희는 강선생을 대할 때마다 그의 미덕이 자신의 고칠 수 없는 결함처럼 여겨졌다.

두려우세요? 사람들이 하는 말이?

어느새 회의실로 들어선 강선생이 둘희를 보며 미소 지었다. 둘희는 그의 표정에서 자신에게 하는 무언의 말이 들리는 듯했다. 그는 캐모마일차가 담긴 컵과 둘희의 휴대전화를 테이블 위에 내려놓았다. 방송이 있던 어제 둘희가 책상 서랍에 넣어둔 것이었다. 둘희는 담요 밑으로 손을 감춘 채 강선생의 휴대전화를 움켜쥐었다. 기계 액정에 선명한 금이 대각선으로 그어져 있었다. 둘희는 그 파손이 어떻게 생겨났는지 알았다. 그 일을 떠올리자 현기증이 일었고 둘희는 고개를 젖힌 채 눈을 감았다. 강선생도 구태여 둘희를 깨우지 않았다. 두 사람은 수고로운 말들로 서로를 채근하지 않았다.

  강선생은 회의실의 불을 끄고 조용히 문을 닫았다. 탁자에 올려둔 찻잔에서 따듯한 김이 피어올랐다. 둘희는 고요한 온기에 싸여 더는 꾸며낼 필요 없는 자신의 진실한 순간으로 빠져들었다.

1물

1

오래된 기억일수록 더 자주 마음속으로 되뇌이므로
기억이라기보다 이야기에 가까워진다.

내가 스무 살 무렵이었을 때,

그때 나는 세상을 다 안다고 믿었지. 이길 수 있다고 자신했어. 내가 싸워야 할 적이 나 자신이 되리란 것도 모른 채.

나와 나 사이, 당신과 당신 사이, 그 낱낱의 멀어짐도 아득한데, 어떻게 우리의 기억을 하나로 이어 반듯하게 꺼내 보일 수 있을까.

나는 당신과 나의 이야기를 여기에 다시 쓰려고 해. 회상이나 재현이 아닌 또 한번 살아가는 우리의 현실로. 그 시절의 당신과 당신에게 사로잡힌 나를. 마치 과거는 연습일 뿐이고 이 기록이 우리의 진실이라는 듯이. 하지만 나는 기계의 되감기 버튼처럼 그때의 상황을 똑같이 반복하진 않을 거야. 앞으로 걷던 화면 속 인물이 뒤로 움직이면서 같은 동작을 거꾸로 하는 건 우스꽝스럽잖아. 나는 우리의 장면을 되풀이하고 싶지 않아. 다만 그 시절의 열렬함 앞에 엎드려 그때의 감각이 또다시 나를 휩쓸고 가길 기다릴 뿐. 당신이 내 기억이 틀렸다고 해도, 그건 사실과 다르다고 해도 나는 포기하지 않고 전부 다시 써야 해. 사람들은 글로 읽을 수 있는 다듬어진 아픔을 좋아하니까. 당신의 삶이 나라는 스크린에 어떻게 비쳤는지를, 어떤 비밀이 나를 검게 숨죽인 첫사랑의 깊이로 데려갔는지를.

십사 년 전 한여름의 오후, 나는 큰 기대 없이 극장의 지하 상영관에서 그 영화를 봤어. 〈더없이 오래 사는 따개비〉는 구십 분이 조금 넘는 흑백영화였지. 영화 속 배경은 황량한 겨울 바다였고, 젊은 연인은 모래밭을 걷거나 밤하늘을 올려다보며 둘만의 작별 의식을 치렀어. 영화가 끝나고 엔딩 크레디트가 올라가는데도 나는 스크린에 시선이 붙들린 채 내 팔을 어루만졌지. 영화 속 장면들이 살갗에 흠집을 남기고 간 것 같았거든. 어떤 힘이 내 손목을 꽉 붙들고서 깊은 물속까지 이끌고 갔다가 홀연히 사라져버린 기분이었어. 영화를 보는 내내 무척 가슴이 시리고 쓸쓸했지만, 동시에 모노톤으로 펼쳐진 한적한 해변에서 뜨겁고 숨가쁜 고립을 체험하는 듯했지. 심장박동마저 영화의 리듬에 따라 뛰고 있는 것 같았어.

 극장을 나왔을 때 밖은 여전히 습하고 무더웠어. 그날 내가 신었던 라탄 슬리퍼가 아직도 선명하게 떠올라. 안창에 내 발가락 모양대로 땀자국이 얼룩져 있던 싸구려 신발. 나는 그 신발을 신고 하염없이 도시를 걸었어. 감상을 나눌 동행이 있으면 좋겠다고 생각하다가도 그렇게 혼자 영화의 여운을 느낄 수 있어 다행이다 싶었지. 눈에 비치는 도심의 풍경이 가깝고 친숙하게 느껴졌어. 양산을 쓴 여자들과 검은 연기를 뿜는 오토바이, 난삽한 상점 간판들까지 모두 생생하게 그 여름을 누리고 있었어. 그러니까 세상은 여지없이 잔혹하면서도 모자람 없이 따뜻했던 거야. 〈더없이 오래 사는 따개비〉가 그 모순된 진실을 일깨워줬지.

 영화 속 겨울의 성근 빛줄기와 몽상에 잠긴 듯한 연인의 표정, 별천지가 된 밤바다와 방죽을 따라 내달리는 아이…… 나는 그 아이가 저지르는 장난이 끔찍했지만, 아이를 뒤틀리고 사악한 존재로만 판단하고 싶진 않았어. 그렇게 끝내고 싶진 않았어. 난 누구라도 그 영화에 관해 정교한 언어로 정성스럽게 설명해주면 좋겠다고 바랐지. 그런 이미지와 정서를 만들어낸 당신, 한기연이란 사람에 대해 계속 생각하고 싶었어.

 한기연 월출이란 단어에서 시작했어요. 일출의 반대말

은 일몰이 아니라 월출인 거죠. 그걸 알게 되면서 자연스럽게 '일출과 월출'이란 파트가 떠올랐죠. 그런 게 또 뭐가 있을까요? 무$_無$나 비$_非$ 같은 단어는 금지하고, 그러니까 의미와 무의미, 선형과 비선형, 이렇게 쉬운 쪽 말고, 어려워도 대칭이 되는 다른 말을 끝까지 찾아보는 거죠. 가령 노화라는 말은 있는데 유화라는 말은 없죠. 하지만 저는 몸이 늙어가는 것처럼 우리 안의 어떤 부분은 어려지고 있다고 느껴요.

 기자 〈배부른 구름〉이란 장편 데뷔작이 바로 그 아이디어에서 시작된 거죠?

그때 나는 당신의 인터뷰가 실린 영화 잡지에 투명 포스트잇을 붙여 표시했어. 〈배부른 구름〉, 꼭 찾아서 내가 풀어봐야 할 또다른 선물이었지. 내가 모르는 사이 한기연이란 세계에서 보내온 나를 위한 허구. 그리고 나는 잡지에 실린 아이의 영화 스틸 컷을 한동안 내려다봤어. 까맣고 숱이 빼곡한 속눈썹과 무릎에 가득한 흉터, 아이가 손에 쥔 납작한 쇠붙이. 영화에서 아이는 갯바위에 달라붙은 따개비를 떼어 줄칼로 껍데기를 갈았지. 추위에 고부라지는 손에 입김을 불어가며 마치 지루한 노동을 해치우는 사람처럼 성실하게 따개비를 고문했어. 아이는 암석의 굴곡에 맞춰 껍데기 모양을 만들어간 따개비의 노력을 일부러 망가뜨렸어. 스을 스을 스을, 아이가 외투강을 갈아대면 따개비는 집처럼 안락하게 붙어 있던 바위에 다시는 안착할 수 없었지. 곤욕스럽고 혼란스러운 몸뚱이가 되어 바닷물 위를 둥둥 떠다녀야 했어. 영화에선 아이가 만들어내는 철과 석회질의 마찰음이 배경음악처럼 불편하게 흘렀지.

마모, 닳아 해지는 느낌.

몇 안 되는 상영관을 찾아 그 영화를 다시 봤을 때, 나는 손톱자국처럼 내 피부에 아로새겨진 감각이 영화 속 '갈아대는 사운드' 때문이라는 걸 알았어. 아이가 조각품을 다듬듯 따개비를 손에 쥐고 껍데기 표면을 밋밋하게 만들 때, 화면에선 바다의 파고가 높이 솟아올랐지. 아이와 같은 해변에 머무는 연인은 모래사장을 걸으며 둘만의 발자국을 남겼어. 아이는 해쓱한 얼굴의 연인을 보며 그들의 보폭에 맞춰 스을 스을 스을 따개비의 껍데기를 갈았어. 같은 바닷가에서 연인은 자취를 남기려 했고, 아이는 이미 새겨진 흔적을 없앴어. 그 모순된 운동이 망쳐버린 데칼코마니처럼 영화 속 해변에 공존해 있었지.

파괴자이자

창조자

영화를 세번째로 보고 난 뒤 나는 영화의 구조에 그렇게 이름을 붙였고, 내 해석이 당신의 '대칭어 규칙'을 어기지 않은 것에 흐뭇해했어. 아이의 행위에 명칭을 붙이고서야 나는 영화의 후반부를 이해할 수 있었어. 아이가 마을 사람들에게 연인에 관한 이야기를 꾸며내 말하는 장면. 아이는 아무 이유 없이 따개비를 못살게 굴었던 것처럼, 아무 대가 없이 연인의 모습을 아름답게 지어냈던 거야.

그제야 나는 영화 제목의 '더없이'라는 부사가 왜 그토록 내 마음을 비참하게 만들었는지 깨달았어. 영화는 한없는 너그러움을 요구했으니까. 마치 바다처럼. 인간으로선 불가능한 깊이와 넓이를 집요하게 요청하고 있었어. 상황이 얼마나 절망적이든, 사건의 진실이 무엇이든, 그 인과와 옳고 그름을 판단하기 전에 그것들 모두 이 세계의 누락될 수 없는 진실이란 걸 받아들이자고 고집스럽게 주장하고 있었어. 그건 강인함일까? 이 영화는 나 같은 사람에게 용기를 주고 싶은 걸까? 골똘히 되짚어볼수록 한기연이란 존재가 멀고 희미해지는 것 같았어.

진행자 〈더없이 오래 사는 따개비〉에 직접 출연하셨죠? 비중이 큰 배역으로 연기를 하셨는데.

한기연 제비뽑기에서 제가 걸렸어요. 조감독과 저, 둘 중 한 명이 출연하기로 했는데, 제가 됐죠. 뭐라도 제작비를 줄여야 했어요.

진행자 배우로 출연하면서 머리를 짧게 자르고 의치를 끼셨어요. 그 이유에 관해 들려주세요.

한기연 다른 얼굴이 필요했어요. 제 표정이 아니었으면 했고, 제가 말하는 방식을 영화에 넣고 싶지 않았어요. 그러려면 연기를 해야 했는데, 아시다시피 저는 훈련을 거친 배우가 아니니까요. 어떻게 하면 좋을까 스태프들이랑 고민하다 누가 머리를 짧게 치고 입에 의치를 끼우면 어떻겠냐고 했죠.

진행자 〈더없이 오래 사는 따개비〉는 후반부에 말 그대로 스토리가 무너져내립니다. 파괴하려고 일부러 쌓은 성처럼요.

한기연 성이 아니라 오두막이라도 정말 무너뜨릴 수 있었다면 안 그랬을 거예요.

진행자 오두막이요?

한기연 영화에서 뭘 부수고 태우려면 돈이 들잖아요. 십분간 폭우를 내리게 하려면 얼마나 많은 제작비가 필요한지 알고 충격을 받은 적이 있어요. 제가 무너뜨릴 수 있는 건 스토리뿐이라는 걸 깨달았죠. 누군가의 말, 혹은 의식이요. 내면으로 들어갈수록 돈이 덜 들어요.

진행자 이 영화를 호평한 심사위원은 한기연 감독의 가장 큰 매력은 고전적이고 문학적인 아이러니라고 했습니다. 따개비를 괴롭히던 아이가 나중에 마을 사람들에게 연인을 위해 그럴싸한 거짓말을 꾸며내는 장면을 그 예로 꼽았는데요. 영화의 시선은 인물들에게서 일정한 거리를 두고 있어 언뜻 차가워 보이지만, 그 거리를 통해 인간의 모순과 세계의 양면성에 근본적인 질문을 던지고 있다고 했습니다. 어떻게 생각하세요?

한기연 (고개를 저으며) 그냥 차가운 거로 하죠.

진행자 아, 차가운 거로.

한기연 그거로도 벅차요. 저는 좀 어지러워요.

진행자 어지러우세요? 영화에 관한 해석이?

한기연 해석은 해석의 길이 있죠. 그런데 제가 그 해석에 이러쿵저러쿵 덧붙이는 건……

진행자 부담스러우시죠?

한기연 숨막혀요.

진행자 (웃음) 영화 마지막에 빛이 떠오르잖아요. 그 빛을 바라보는 인물들의 얼굴이 한 명씩 아주 타이트하게 나오고요. 그 장면은 어떻게 찍게 된 건가요?

한기연 다 같이 일광욕, 그게 신에 대한 설명이었어요. 환하게 해가 비치는 날을 골라 같이 볕을 쬐자고 했죠. 저랑 스태프들도 다 같이.

진행자 그게 영화의 엔딩이죠. 원래는 따개비가 물살에

흘러가는 장면이 마지막 씬이었는데, 편집하면서 바꾸셨다고 들었어요. 이유를 물어봐도 될까요?

한기연 보기에 더 나았어요. 그게 더 불편하고, 제가 모르는 부분이 있었어요.

진행자 모르는 부분이요? 영화 끝까지 연인에 관한 오해가 밝혀지지 않는 것과 연관이 있나요?

한기연 오해는 밝혀졌다고 생각해요. 영화 속 인물들은 모르지만, 관객들은 그게 오해라는 걸 알잖아요. 그것도 밝혀진 거죠. 저는 영화 안에서든 밖에서든, 오해를 오해로 내버려둘 수 없었어요. 뭐라도 이야기의 굴곡을 만들어야 했죠. 만들면서 이게 내 한계구나 싶었어요.

인터뷰를 진행한 평론가는 '어떤 질문이든 반걸음 물러서서 무심하게 답하던 태도와 달리 한기연 감독은 자기의 한계를 말하는 부분에선 힘있는 목소리로 분명하게 이야기했다'라고 썼지. 영화 속 배경이 바닷가인 것과 관련해 '감독 자신의 실제 유년 시절이 반영되어 있느냐'는 질문에도 당신은 어릴 때 살던 항구와 그 바닷가는 전혀 느낌이 다르다고 했어. 당신의 어린 시절을 담으려면 바다가 아니라 기름냄새 가득한 공장지대로 가야 한다면서. 부드럽게 넘어갈 수 있는 질문에도 당신은 선을 긋듯 아닌 것은 아니라고 답했어. 당신의 이런 태도는 그다음 해 터진 모 정치인과의 스캔들에서도 드러났지.

> 동성 불륜 들통 "언니, 안아줘요"
> 국회의원 A의 내연녀? 도도한 여감독 B의 실체
> 영화제에서 극찬받던 예술성, 호텔 사진에 와르르

나는 여전히 그때 기사를 보는 게 고통스러워. 사람들의 쉽고 무심한 말이 내게 어떤 상처를 남겼는지 당신은 알 거라고 믿어. 우리는 같은 창살에 찔리고 같은 낙인이 찍힌 죄인이니까. 내가 할 수 있는 건 우리에게 덧씌워진 말들을 나의 이야기로 다시 쓰는 것뿐이야. 수없이 고치고 바꿔 쓰면서 그때 우리를 사로잡았던 꿈이 무엇이었는지 세상에 남겨둬야 해. 두 번 다시 당신과 나 같은 사람이 나오지 않도록, 다른 사람들은 우리와 같은 실수를 반복하지 않도록. 이 되새김 역시 당신이 말했던 '열매를 떨어뜨릴 태풍'일 테지.

그 시절 나는 당신의 기사가 실린 신문이나 잡지를 사서 읽을 때면 펜을 쥐고서 기사의 자극적인 표현들에 취소 선을 그었어.

> 연출, 각본, 편집, 주연까지 혼자 해치운 괴물
> 배우 ~~빰치는~~ 마모의 여감독

무명 감독이었던 당신은 〈더없이 오래 사는 따개비〉가 유럽 영화제에서 연달아 큰 상을 타면서 언론의 주목을 받았지. 공학도 출신에 뒤늦게 데뷔한 이력과 계단 위에 올라선 듯한 큰 키, 좀처럼 웃지 않는 당신의 태도가 사람들 입에 오르내렸어. 나는 국내외를 가리지 않고 당신에 관한 정보를 찾아 내가 만든 인터넷 팬 사이트에 차곡차곡 모았지. 지금 내가 이 글을 올리는 이곳에.

투 디렉터 한Two_Director_Han

나는 사이트 주소에 '둘two'이라는 글자를 문지기처럼 세워놓았어. 웹의 도메인만 보면 자칫 '두 명의 감독'이라는 오해를 줄 수 있었지만, 오해를 감수하고 'To' 대신 'Two'를 붙였지.

사이트의 대문 화면은 영화의 첫 장면이었어. 〈더없이 오래 사는 따개비〉는 서서히 물이 차오르는 바닷가를 비추며 시작했지. 그 영화를 다섯번째로 봤을 때야 나는 오프닝 장면의 물 흐름이 밀물이 아니라 먼바다로 빠져나가는 썰물이란 걸 알았어. 썰물이었어요, 그렇죠? 훗날 내가 당신의 무릎을 베고 누워 그렇게 물었을 때 당신은 내 티셔츠 안으로 손을 넣으며 웃었지. 다른 사람 앞에서는, 카메라 앞에서는, 쉽게 보여주지 않는 표정이었어. 그 미소만으로 나는 대답을 들은 것처럼 충만해졌지만 한편으론 그 물때를 정확하게 아는 게 중요하다고 생각했어. 물이 빠져나가는 바다에서 익사하기란 쉽지 않을 테니까. 그렇기에 첫 장면과 대칭되는 후반부 장면에서 연인 중 한 명이 바다로 걸어들어가는 모습은 죽음을 암시하는 게 아니었어. 그 여자는 죽지 않아. 그건 따개비가 물살을 헤쳐가는 것과 비슷한 의미인 거야. 따개비가 줄질로 망가진 자기의 껍데기를 지고서 다시금 바위를 찾아 떠나는 것처럼 여자는 오래오래 살아남아 그토록 바라던 새로운 연안을 발견할 테지.

    한기연   최초로 바다로 나간 사람들을 상상했어요. 아마도 십만 년이나 그보다 더 오래전 일이겠죠. 뗏목을 만들어 계절풍을 타고 먼바다로 나갔던 사람들. 그들은 얼마쯤 가면 땅이 나올 거라 믿었을 거예요. 거대한 강이나 호수처럼, 바다에도 끝이 있을 거라 짐작했겠죠. 하지만 끝없이 펼쳐지는 바다에 점점 당황했을 테고, 물과 식량이 떨어져 나중에는 두려움에 떨었을 거예요. 제발 벽이 있기를. 더는 갈 수 없는 벽, 한계, 끝…… 그런 걸 바랐을 거예요. 끝이 없다는 두려움, 어딘가에 새로운 땅이 있을 거라는 희망…… 그 희망을 현실로 이루기 위해선 더없이 오래 살아야겠죠. 어떤 쇄파가 닥쳐와도 의연하고 지고하게.

'더없이 오래 사는 따개비'라는 제목이 시적이라는 기자의 말에 당신은 이렇게 답했어. 그리고 덧붙였지. 당신은 시를 잘 모르지만, 바다를 보고 있으면 맑은 어지러움이 이는데, 그게 나쁘지만은 않다고. 시를 쓰는 마음도 어쩌면 그와 비슷할지 모르겠다고.

바다의 벽, 맑은 어지러움.

아직 스무번째 생일도 지나지 않은 나에겐 모호하고 난해한 말이었지만, 그렇기에 온전히 그 세계에 푹 빠져들 수 있었어. 머리와 가슴이 깊은 만족으로 채워지며 멀리 있는 당신과 공명하는 기분이었지. 그리고 몇 년이 흘러서야 나는 그때 당신이란 존재가 내게 성년과 미성년의 경계를 넘게 했음을 깨달았어. 어떤 이들은 처음 술을 마신 날이나 처음 성 경험을 한 날을 성년의 문턱으로 여기겠지. 장미꽃이나 향수를 선물받는 것으로 성인이 되었음을 기념하기도 해. 내가 넘어선 성년의 경계에는 '한기연'이라는 이정표가 있었어. 나는 당신의 말과 생각들에 이끌리며 당신을 기준으로 내 삶에 '이전'과 '이후'의 단락을 만들어갔지.

한기연이라는 존재가 마치 지구의 중심처럼 나를 끌어당겼고, 나는 그 힘의 근원으로 가고 싶었어. 왜 그런 장면을, 왜 그런 인물을 영화에서 만들었는지, 어째서 그게 날 사로잡고 놓아주지 않는지 알고 싶었어. 열병이라면 뜨겁게 앓고 싶었고 호기심이나 치기일 뿐이라 해도 그 타오르는 불길에 힘입어 당신이 있는 곳까지 가보고 싶었어. 벽, 한계, 십만 년,

어지러움.

다 알 것 같았어. 당신이 좋아하는 것과 당신이 말하지 않은 것, 한기연이란 사람의 안과 밖을 이루는 모든 단어를 손에 쥐고 싶었어. 이미 수없이 만져본 듯한 착각이 들었지. 마땅한 근거를 댈 수 없던 그 마음은 대체 무엇이었을까.

한기연 경로 이탈이 제 삶의 모토죠.

한 티브이 프로그램에서 당신은 비교적 늦은 나이에 영화를 시작한 당신의 이력에 관해 그렇게 말했어. 그 대담을 보면서 나는 프로그램의 진행자인 유명 소설가가 내 우상을 질투하고 있음을 알아챘지. 그는 당신에게 좋아하는 영화감독을 질문하며 의아하다는 듯 "타르콥스키를 몰랐다고요?"라고 되물었어. 당신은 아무렇지도 않게 "네, 그런 감독은 몰랐어요. 어릴 때부터 제가 좋아한 영화는 〈슈퍼맨〉이나 〈배트맨〉처럼 선악이 분명한 영웅 서사였어요"라고 답했지. 나는 대담을 다시 보며 속기사처럼 받아 적은 다음 '투 디렉터 한'의 비밀 게시

판에 올렸어.

   꼴불견 학교 영화 동아리에서 영화를 처음 찍었다고 했는데?

   한기연 영화를 찍었다기보다 짐을 날랐죠. 기숙사 룸메이트가 영화를 찍는다고 해서 며칠 도와줬어요. 그런데 나중에 엔딩 크레디트에 제 이름이 있는 걸 보고 뭐랄까, 영화 하는 사람들의 공기랄까……

   꼴불견 (말을 자르며) 자기 이름이 들어가서 좋았나보죠?

   한기연 그건 좀 낯부끄러웠어요. 죽어서 제 이름이 적힌 비석을 보면 그런 기분일 것 같았는데.

   꼴불견 죽음을 체험하는 듯한?

   한기연 그럴지도요. 하지만 그렇게 거창할 필요는 없죠, 영화라는 게.

   꼴불견 한감독의 영화는 드라마틱한 설정과 대비되는 절제미가 있는 반면에 스토리상의 비약이 크고 작위적이라는 평도 있어요. 어떻게 생각해요?

   한기연 드라마틱은…… 드라마는 흘러가는 거죠. 저는 그 흐름이 한 방향만 있다고 생각하지 않아요. 동시에 진행되는 다른 방향이 있고, 그걸 우리가 다 알아챌 수는 없죠. 저는 그 보이지 않는 흐름을 좇고 싶어요.

꼴불견 어려워요, 한감독의 말은. 듣다보면 추상적이라 헤매게 돼요.

한기연 헤매고 있으니까요. 저는 헤매고 있어요. 그게 제가 느끼는 드라마예요. 작위성이나 비약은, 그건 영화가 흘러가는 속도나 과정과 관련되는데, 저한테는 그리 중요하지 않아요. 가령 카프카의 소설을 보면 (진행자를 보며 잠시 멈춘다)

꼴불견 말씀하세요.

한기연 카프카의 어떤 소설을 보면 단 몇 걸음 만에 목적지에 도달해요. '그는 산책에 나서고 싶었다. 두 걸음을 내딛기도 전에 벌써 묘지에 와 있었다.' (입가를 어루만지며) 저는 그 두 걸음을 알고 싶은 거죠.

꼴불견 이미 수없이 들은 질문일 텐데, 그래도 할게요. 영화를 흑백으로 찍은 이유가 뭔가요?

한기연 저는 색을 몰라요.

꼴불견 모른다?

한기연 색채라는 개념을 이해하기 힘들어요. 그러니까, 대상이 반사하는 빛이 바로 그 대상의 색이 된다니 (고개를 흔든다) 속는 것 같아요.

꼴불견 흑백은 색이 아닌가요?

한기연 그건 음영이죠. 사물을 볼 수 있게 해주는 최소

조건이니까요. 흰 종이에 흰색으로 글씨를 쓸 수는 없잖아요?

꼴불견 인간은 자신이 이해하지 못하는 것을 이야기로 만든다는 말이 있는데, 어떠세요, 본인도 그러세요?

한기연 어디에 나온 말이죠?

꼴불견 제가 쓴 소설이요. (웃음)

한기연 (웃지 않음)

꼴불견 감독님의 연애는 어땠나요? 영화에 나오는 인물들처럼 비밀스러웠나요?

한기연 (씹기)

꼴불견 좀 들려주시죠. 가볍게라도.

한기연 (물 마시며 계속 씹기)

꼴불견 영화 내용이 두 여성의 동성 연애 이야긴데, 감독님의 자전적 요소가 들어갔을까요? 남성과의 관계는 없으셨어요?

한기연 무슨 그따위 질문을.

대화를 옮겨 적을 때 나는 그 프로그램을 처음 본 순간처럼 분노와 통쾌함을 동시에 느꼈어. 무례함을 솔직함이라 착각하는 진행자의 태도에 화가 났고, 그의 경력과 위압감에 주눅들지 않고 시원스레 불쾌감을 표현하는 당신의 반응에 짜릿함을 느꼈지. 하지만 당신과 그는 서로의 괴팍한 성미를 알아보았고, 일정 부분 상대의 그런 면을 인정하고 있었어. 그게 아니라면 생방송으로 진행되는데다 질문의 절반 정도는 즉흥으로 던지겠다는 그의 제안을 당신이 받아들이지 않았을 테니까.

당신은 왜 이목이 쏠리는 금요일 밤 공중파 채널에 나간 것일까. 진행자의 추측대로 독립영화가 아닌 큰 규모의 영화를 찍을 만한 대중적 기반을 만들기 위해? 그게 아니면 스스로를 늘 한계상황까지 몰아붙이는 당신 자신의 가학적 성향 때문에?

한기연 대중이란 말은 어딘가 흐리터분해요. 그보다는 관계란 말이 와닿죠. 저는 제 분수를 알아요. 제가 맺을 수 있는 관계는 카메라에 담을 수 있는 만큼이에요. (양손을 모아 가슴에 올린 채) 원경 말고 버스트 숏으로.

꼴불견 관객은요, 관객은 감독님과 아무런 관계도 맺지 못하는 건가요?

내 의문은 이후에 당신을 만나고 당신과 연인 사이가 된 뒤에도 풀리지 않았어. 왜 당신은 진심으로 즐기지 못하면서 충분한 안전장치도 없이 언론과 미디어에 스스로를 노출한 것일까. 어째서 남들 입에 오르내리는 가십의 무대로 올라간 거지. 당신을 향한 물음들은 나에게 더 나아가게 하는 원동력이 되었지. 나는 당신이 말하는 관계, 그러니까 당신의 카메라 안에 담기는 특별한 관계가 되고 싶었어.

꼴불견 이제껏 영화 현장에서 꽤 갈등이 많았다고 들었는데.

이 질문은 당신이 미국 유학을 마치고 귀국한 뒤 몇몇 촬영 현장에 스태프로 참여한 일을 묻는 것이었어. 방송에 출연한 그즈음, 인터넷 게시판에 당신에 관한 소문이 올라왔지. 한마디로 당신은 같이 작업하기에 좋은 사람이 아니라는 평이었어. 모난 성격에 촬영장의 위계질서에 반발하는 골칫덩이, 자기 걸 만들기에 좋을지는 몰라도 다른 사람의 작업에는 분란만 일으키는 이기주의자. 하지만 그런 말들조차 나에겐 내 우상을 더욱 빛나게 만들었지.

꼴불견 어때요, 지금 본인에게 쏟아지는 찬사를 받을 자격이 있다고 생각해요?
한기연 작가님은 제게 그 질문을 할 자격이 있다고 생각하세요?

누군가는 한기연이란 인물의 삶을 거칠게 요약하면 '중단'

과 '도약'이란 단어가 남을 거라고 했어. 틀린 말은 아니었지. 영화감독으로 주목받기 전까지 당신의 삶은 과속방지턱을 마주한 자동차처럼 무언가에 걸려 주춤해야 했으니까. 어느 잡지에 실린 당신의 에세이에는 십대 시절 이야기가 짤막하게 담겨 있었어. 당신은 뚜렷한 원인을 알 수 없는 만성 통증에 시달리다 고등학교를 그만두었고, 그뒤로 몇 년간 네 평짜리 방에서 책에 둘러싸인 채 고립되어 살았다고 했지. 검정고시를 치른 뒤 대학에 들어갔지만 첫 학기를 마치기 전에 다시 입시를 준비해 학교를 옮겼고, 두번째 대학에서도 학과를 바꾸며 진로를 고민했어. 방황과 시행착오는 당신이 직장을 그만두기 전까지 이어졌지.

유명 수입 가구 회사에서 사 년간 일한 것이 당신의 인생에 있어 가장 평범해 보이는 시기였어. 기억나? 어느 영화팬이 회사원 시절에 찍은 당신의 사진을 인터넷에 올려 화제가 된 적이 있었잖아. 나는 그 사보 속 단발머리 여자를 보고 작은 충격을 받았었어. 빛바랜 사진에는 최연소 팀장으로 승진한 당신의 방긋 웃는 얼굴이 실려 있었지. 영화감독 한기연과는 다른, 앳되고 화사한 표정의 한기연. 기사 내용은 특별할 게 없었어. 신사업 개발과 아이템 확보를 위해 밤낮없이 일하고 있다는 상투적인 문구들이었지. 그런데도 나는 그 기사를 한 줄 한 줄 '투 디렉터 한'에 옮겨 적으며 서른셋의 한기연을 소중하게 수집했어.

 서른셋, 그건 어떤 나이일까?

 그 나이는 나로선 알 길이 없는 미래의 시간이었지만, 당신에겐 이미 오래전에 흘러간 과거였지. 나는 그 시기의 한기연을 만나고 싶었어. 당신의 과거가 못 견디게 그리워 나를 늦게 낳은 엄마가 원망스러울 지경이었지. 대체 밑도 끝도 없던 그 갈망은 무엇이었을까. '창의적이고 혁신적인 디자인을 추구하는 당찬 여성 팀장'이란 캡션 위에서 자신만만하게 웃고 있는 한기연, 초고속 승진이란 타이틀로 기사에 실린 당신의 미소에서 나는 왜 저릿한 슬픔을 느꼈던 걸까. 그 망상과 안쓰러움은 어째서 야릇한 흥분으로 바뀌어 스무 살의 나를 휘청이게 했었는지.

 이따금 나는 당신이 만들어간 생의 이력을 떠올리며 내 삶을 그 곁에 나란히 놓곤 했어. 스무 살의 한기연, 그때의 한기연과 비교하면 지금의 나는 얼마나 보잘것없을까. 스물넷의 한기연, 그녀라면 어땠을까. 스물아홉, 서른, 서른셋, 그리고 그 이듬해의 한기연. 나도 그 나이가 되면 한기연처럼 과감하게 모험할 수 있을까. 직장을 그만두고 전혀 다른 분야에 도전하기 위해 유학길에 오를 수 있을까. 그때가 되면 나에게도 남겨두고 떠날 만한 중요한 무언가가 생기게 될까. 마흔, 마흔하나, 마흔둘, 나를 처음 만났을 때의 한기연. 그 나이가 되면 나도 한기연처럼 아름다울 수 있을까. 압도적일 수 있을까.

그런 식으로 생각하는 습관은 당신과 연인 사이가 된 뒤에도 이어졌어. 어느덧 시간이 흘러 나는 앞당겨 짐작해보던 그 나이들을 지났지. 하지만 내가 몇 살이건, 당신과 나 사이에는 언제나 이십 년의 간극이 놓여 있었어. 달라진 점이 있다면 내가 연하의 위치에서 당신을 바라보던 것에 더해 이제는 연상인 당신의 시점에서 과거의 나를 바라보게 된다는 거야. 그 겹겹의 시선으로 되짚어볼수록 나는 그때 나를 향한 당신의 감정을 확신할 수 없게 돼.

어쩌면 당신은 다 놓아버리기 위해 나를 사랑했는지도 몰라. 당신의 어리석은 감정을 끝내기 위해 더 바보 같고 한심해 보이는 또다른 감정에 불을 지핀 것일 테지. 나여서가 아니라, 우리의 관계가 특별해서가 아니라, 당신이 본래 그런 사람이어서, 다 놓아버리고 싶은 나약한 인간이어서, 그런 사람 앞에 때마침 애정을 갈구하는 내가 나타나 그 손을 잡아준 것뿐이라고. 그러니까 그런 당신이 택한 사람이 누구건, 결국 그 결정과 책임은 오로지 당신의 몫이라고.

지금 내가

무슨 말을 하는 거지?

나는 권을 생각하고 있어. 생각하지 않으려고 해도 그 존재가 불쑥 튀어나와 당신의 마음을 의심하고 판단하게 해.

늙고 간사하고 그악스러운 여자.

나는 권을 표현하는 부정적인 수사를 얼마든지 이어갈 수 있어. 하지만 그 모든 수식어를 하나로 압축한다면, 권에게는 '탁한 인간'이란 표현이 알맞겠지. 탁한 공기, 탁한 물, 탁하고 더러운 인간성. 나는 당신에게 새겨진 권에 관한 모든 것을 깨끗이 없애고 싶었어. 줄칼로 갈아버리고 싶었지. 다 끝나버린 첫사랑에 집착하는 건 추한 짓이니까.

*

나는 권을 어려서부터 봐왔어. 소수 정당의 현역 국회의원인 그 여자가 티브이 시사 프로그램에 나와 말하는 걸 보곤 했지. 당신과 권에 대한 소문이 인터넷에 처음 떴을 때도 나는 그 정치인의 또렷한 발음과 강인한 눈매가 먼저 생각났어. 젊은 시절 영화감독으로 활동했던 권은 논리적이면서도 재치 있는 말솜씨로 인기가 많았지. 혹자는 그런 권을 두고 대중을 사로잡는 진정성 있는 정치인이라 표현했고, 몇몇 언론은 진보 정치를 이끌어갈 스타성 있는 차세대 여성 리더로 치켜세웠어.

하지만 권은 당신과 불미스러운 스캔들로 얽혔을 당시 불법 정치 후원금을 받은 혐의로 몇 년간 법정 다툼을 벌이고 있었어. 정치활동 내내 여당과 정부 정책에 앞장서 반대해온 탓에 사방에 적이 수두룩했지.

 어떻게 사람이 저렇게 지치지 않고 계속 싸울까.

 권을 보면 나도 모르게 기가 꺾였어. 당신에게 느끼는 아득함과 다른 차원의 거리감이었지. 노련하고 호전적인 그 정치인이 당신과 연인 관계라는 사실이 믿기지 않았어. 도무지 상상이 되지 않았지. 권과 입을 맞추고 포옹하는 한기연이라니. 그 모습을 떠올리는 것만으로도 손끝이 차가워지면서 팔에 소름이 돋았어. 나의 한기연이 어떻게 저런 사람과? 버젓이 남편이 있는 기혼녀와 대체 무슨 이유로? 김장철을 맞아 앞치마에 고무장갑을 낀 부부의 사진이 이렇게 인터넷에 무수히 떠도는데, 게다가 그 배우자도 잘생긴 연하 남편으로 대중에게 알려진 유명인인데, 한기연이 도대체 왜?

 내 의문은 당신과 가까운 사이가 된 뒤에도 완전히 풀리지 않았어. 왜 그 사람이 좋았어요? 어떻게 그렇게 물을 수 있을까. 그건 마치 당신에게 왜 나를 좋아하느냐고 묻는 것과 다름없었어. 권을 향한 당신의 마음을 이해할 수 없을수록 나를 향한 당신의 애정도 불신하게 되었지. 다른 사람이었다면, 적어도 기혼자가 아니었다면, 이토록 끈질기게 나를 옭아매며 자괴감에 빠뜨리지 않았을 거야.

 통속.

한참이 지난 후에야 나는 권에 대한 내 감정을 설명할 수 있는 단어를 찾았어. 통속이란 말을 얻고서야 그 시절 내가 무엇 때문에 그토록 혼란스러워했는지 이해할 수 있었지. 통속의 뜻은 '비전문적이고 대체로 저속하며 일반 대중에게 쉽게 통할 수 있는 일'이었어. 내가 느끼기에 당신과 권의 이야기는 바로 그 통속이었지. 그렇기에 당신의 영화를 보지 않은 사람들도 스캔들을 빌미로 당신을 향해 마음껏 험한 말을 쏟아낼 수 있었어. 당신의 영화를 조금이라도 아는 사람은 그 통속이 예술이란 가면을 쓴 당신의 이중성을 폭로한다고 여겼지.

숨어서 관음하거나, 앞다투어 손가락질하거나.

나는 흔해빠진 통속의 말들로부터 당신과 당신의 영화를 구하고 싶었어. 순진하게도 내 순정한 마음이 그렇게 할 수 있다고 믿었지.

저는 아이의 눈에 비친 관계를 그리고 싶었어요. 아직 모르는 게 많은 만큼 그 미지를 자기의 공상으로 채우는 인물.

당신이 어느 패션지와의 인터뷰에서 그렇게 말했을 때, 나는 당신이 얘기한 아이의 모습이 당신의 내면과 가장 가까우리라 생각했어. 〈더없이 오래 사는 따개비〉를 비롯해 첫 장편 영화인 〈배부른 구름〉에서도 미성년 아이가 주요 인물이었으니까. 두 영화 모두에서 아이는 밤새 악몽에 시달린 듯한 표정으로 세상을 응시하지. 당신의 표현대로 그 아이들은 혼자만의 몽상 속에서 자신을 둘러싼 세상의 질서를 제멋대로 바꿔놓았어. 맞아, 나는 그 아이들을 보고 한기연을 안다고 느꼈는지 몰라. 비밀의 방을 찾아가듯 이따금 나는 어린 한기연을 상상했으니까. 마흔의 한기연도 스무 살의 한기연도 아닌, 내성적이고 생각이 많은 꼬마 한기연. 그 아이 곁에 앉아 아이가 믿고 의지할 '어른 친구'가 되어주고 싶었어.

어릴 때 〈슈퍼맨〉을 보고 엉엉 울었다. 밥도 안 먹고, 이불을 뒤집어쓰고서 혼자 막 울었다. 아마 그 경험이 나를 영화로 이끌었는지 모르겠다.

당신은 '자신에게 가장 큰 영향을 미친 영화'를 묻는 질문에 그렇게 답했어. 꼬마 한기연은 어느 날 티브이에 나오는 〈슈퍼맨〉을 보고 그 허구의 세계에 빠져들었지. 저화질이라 먼지가 낀 듯 흐릿하면서도, 다른 영화보다 색감이 풍부했던 영화의 장면들이 생생하게 떠오른다고 했어. 슈퍼맨이 세상을 구하느라 정작 사랑하는 여자 로이스를 구하지 못했을 때, 꼬마 한기연은 눈물샘이 고장난 듯 슬피 울었지. 슈퍼맨은 시간을 거꾸로 돌리는 초능력을 발휘해 로이스를 살려내지만, 당신은 그 상황마저 한없이 서글펐어. 만약 당신에게 사랑하는 사람이 생긴다면, 그리고 그 사람에게 불행이 닥친다면, 당신은 슈퍼맨처럼 시간을 거꾸로 돌려 연인을 구할 수 없을 테니까. 어린 한기연은 슈퍼맨이 될 수 없는 자신과 언젠가 만나게 될 미래의 연인을 떠올리며 서럽게 울었어.

그래서 그때 당신은 슈퍼맨이 되고 싶었던 걸까.
권을 위기에 빠진 로이스라고 생각했을까.

스캔들의 시발점은 권의 전 보좌관이 한 양심선언이었어. 자기의 이름과 경력을 모두 밝힌 제보자는 권의 이중인격과 비도덕적인 모습을 더는 지켜만 볼 수 없다고 했지. 권을 신뢰하는 수많은 지지자를 기만할 수 없다고. 그간 자신은 권이 추구하는 진보 정치의 가치를 지키고자 권의 부정을 눈감아왔다고 밝혔어. 하지만 수년이 지나도록 권 스스로가 알을 깨고 나오지 않기에 자신이 그 썩은 알을 깨뜨리기로 결심했다고 말했지.

이른바 '썩은 알 깨뜨리기'로 불린 제보자의 폭로는 권의 크고 작은 탈법행위와 정당 내 권력을 두고 벌어진 여론 조작에 초점이 맞춰져 있었어. 그런데도 언론과 대중은 제보자의 기나긴 폭로 글 가운데 두어 줄 분량밖에 차지하지 않는 권의 사생활을 파헤치는 데 혈안이 되었지. 그들은 권과 밀회를 즐겼다는 영화감독 A의 신상을 집요하게 파고들었어. 제보가 있고 얼마 안 돼 권과 당신의 얼굴을 교묘하게 짜깁기한 사진이 인터넷에 떠돌았고, 언론은 그 이미지를 기사 사진으로 쓰며 사람들의 클릭을 유도했지.

나는 당신에 관한 모든 정보를 모아 팬 사이트에 업로드했지만, 인터넷에 떠도는 그 이미지는 따로 저장하지 않았어. 경쟁하듯 쏟아지는 기사도 자세히 읽지 않았지. 세상의 온갖 저급한 드라마가 'A 감독'이란 지칭어와 함께 급속도로 몸집을 키워갔으니까. 대놓고 실명을 밝히지 않았을 뿐, 언론과 미디어는 A가 누구인지 짐작할 수 있는 키워드와 당신의 얼굴을 모자이크 처리한 이미지로 권의 내연녀가 당신임을 숨기지 않았어.

당신에게 가혹하리란 걸 알면서도 나는 당시의 자료를 찾아보며 그때 일을 재구성하고 있어. 아니, 재구성이란 표현은 맞지 않겠지. 차라리 나는 그 기록들을 찢고 조각내 우리에게 필요한 이야기로 새롭게 지어내려는 거야. 당신이 내몰렸던 막다른 길을 나도 감내하기 위해서.

그 시절 인터넷 뉴스 댓글창은 당신과 권에 관한 루머들로 들끓었어. 사람들은 권의 불법행위에 A 감독이 연루되었을 거라 의심했고, 의구심을 증폭시키려는 듯 일간지 사설에는 권의 정치 후원금 중 일부가 A의 계좌로 흘러갔을 거란 추측성 글이 게재되었지. 티브이 시사 프로그램에 나온 패널들은 A의 미국 유학과 유럽 영화제의 수상 역시 권의 국제적인 인맥과 입김이 동원된 거라는 억측을 늘어놓았어. 사실 확인이 되지 않은 가십들이 물밀듯 터져나오자 제보자는 본래 자신의 목적과 동떨어진 이슈 몰이로 이 일을 소비하지 말아달라고 호소했지만, 사람들의 관심사를 돌리기엔 역부족이었지. 권과 A의 스캔들은 공익의 영역에서 떠밀려가 사람들의 눈과 귀를 사로잡는 자극적인 뒷소문이자 심심풀이가 되어갔으니까.

얼마 지나지 않아 권은 자신과 관련된 사안들에 관해 입장을 밝혔어.

정치인이기에 앞서 한 남자의 아내로서 물의를 일으켜 송구한 마음, 오랜 동료의 배신을 맞닥뜨리게 된 참담하고 안타까운 심정, 무엇보다 국민에게 사죄드리는 마음, 이 모든 역경과 시련에도 결코 포기할 수 없는 정치적 소임을 위해 꿋꿋하게 앞으로 나아가겠다는 의지의 표명…… 그 판에 박힌 말들에서 나는 한 단락에 시선이 멈추었지.

> 모 감독과 관련해 나오는 모든 추측은 완벽한 거짓이고, 전 보좌관의 사적 기록 유출에 대해서는 합당한 법적 책임을 물을 것입니다. 현재 몇몇 언론이 앞장서서 퍼뜨리는 터무니없는 루

머는 정부와 여당의 반인권 정책을 막으려는 야당 정치인을 향한 집권 세력의 탄압이자 술책임을 명백히 밝히며……

나는 이런 대사가 나오는 드라마와 영화를 수없이 봐왔어. 현실의 뉴스에서도 지리멸렬하게 반복되는 부패한 권력의 단면이었지. 하품이 날 만큼 지루한 변명은 얼마 못 가 거짓임이 밝혀지고, 그들의 비리와 부정은 또다른 비리와 부정, 연예계 스캔들로 이어지며 사람들의 시선을 끌었지. 하지만 그때 내 앞에 펼쳐진 권과 당신의 이야기는 뻔하고 상투적인 허구조차 될 수 없었어. 내가 보기에 그 스토리는 정치적인 이유로 공작한 음모도, 개연성 있게 꾸민 드라마도 아니었어. 그 모든 것이 뒤섞여 그 모든 것의 기준에 못 미치는, 수준 미달의 찌꺼기.

바닥.

무엇이라도 산산조각 내 깨뜨릴 수 있는 길바닥 한복판에 나의 우상인 당신이 서 있었어. 누구나 흘겨보고 욕할 수 있는 공개재판 자리에 당신이 세워졌지.

쉴새없이 쏟아지는 기자들의 질문에 '드릴 말씀 없다'라는 말로 일관하던 당신은 일부 네티즌들이 〈더없이 오래 사는 따개비〉에 상을 수여한 유럽 영화제측에 문제 제기하는 이메일을 보내자 결국 입을 열었어. 그제야 목소리를 낸 당신에 대해 사람들은 약삭빠르다며 비난했고, 그동안 끊임없이 입장을 밝히라고 닦달했던 것과 달리 정작 당신이 나서자 그 입을 틀어막고 싶어했지. 차라리 권처럼 발뺌하고 시치미떼는 게 낫다며, 당신 특유의 당당한 태도를 더욱 증오했어.

나는 기사 속 당신의 말들을 내가 아는 당신의 목소리로 바꿔 읽으면서도 그 말의 뜻을 지우려고 노력했어. 우룰룰루 호롤로로 트랄라라. 마치 가사가 중요하지 않은 음악을 듣는 것처럼 당신의 해명을 '한기연의 말'이라는 형식으로만 받아들였지. '맞다, 없다, ……이다.' 내게는 당신의 말이 다 해석할 수 없는 외국어처럼 들렸어.

> 서로 사귀었던 건 맞다. 상대의 혼인 관계나 그 밖의 사정은 그 사람의 사적 영역이니 내가 뭐라 말할 것이 없다. 나는 그 사람과 정치가 아니라 연애를 했고, 금전 거래나 스폰서 얘기는 모두 사실무근이다.

권은 연인 관계였음을 시인하는 당신의 말을 곧장 부인했고, 언론은 둘의 의견 차이를 강조하며 싸움을 부추기는 구경꾼처럼 또다시 인민재판을 열었지. 권의 지지자로 추정되는 일부 사람들은 당신을 두고 혼자 권을 짝사랑해 스토킹한 정신 나간 여자로 몰았고, 소수의 사람들이 둘의 관계를 파헤치는 게 공익에 어떤 도움이 되는지 되물었지만, 여론에 큰 영향을 미치지는 못했지.

맞다, 없다, ……이다.

나는 당신의 말을 되짚으며 권과 당신의 세계를 침범하지 않으려 안간힘을 썼어. 그때만 해도 나는 권을 경멸하진 않았으니까. 사기꾼이나 거짓말쟁이라도 누군가의 연인이 될 수 있을 테니까. 당신이 권과 어떤 관계를 맺었다면, 그것 역시 당신의 일부일 테니 나는 온전히 받아들여야 한다고 나 자신을 다그쳤어.

맞다, 없다, ……이다.

내연 관계였음을 인정한 후 당신을 향한 사람들의 비난은 나날이 거세졌지. 당신은 현역 국회의원이라는 분명한 권력을 가진 권보다 다루기 쉬운 죄인이었으니까. 권을 처벌하려면 다음 선거까지 기다려야 했지만 관객의 호감도가 중요한 영화감독에겐 대중의 비난이 즉각적이고 공포스러운 형벌이 될 수 있었어. 당신은 돌팔매를 던지는 사람들 앞에서 방패로 내세울 게 없었지.

당신에게 씌워진 첫번째 죄목은 불륜과 동성애.

그 죄는 오랜 시간 예술가들이 자기들의 비도덕성을 그럴듯하게 포장하는 기만술이기도 했지. 꼬이고 꼬인 현학적인 말을 앞세워 사회질서를 교란한 죄, 평범하고 성실하게 살아가는 소시민들을 우습게 여기며 타인과 현실 위에 군림하려는 이른바 '예술병'에 걸린 쓰레기 집단. 당신은 예술병자의 대표이자 현행범으로 예술병자와 근친 관계인 정치병자와 만나 권의 무고한 남편을 속이며 가증스럽게 붙어먹은 것이었지.

두번째 죄목은 출신.

그 죄는 어느 인터넷 게시글에서 시작되었어. 어릴 적 당신과 같은 동네에 살았다는 한 익명인이 당신의 집안에 관해 폭로했지.

저 여감독 아버지가 동네에서 물장사로 유명했음. 단란주점 몇 개 돌리면서 여자 문제도 아주 복잡했음.

글쓴이는 내용의 진위를 묻는 사람들에게 자기의 형제가 한기연과 중학교 동창이며, 자신도 한기연의 친인척 중 한 명과 건너건너 아는 사이라고 했어. 한기연이 학교를 그만두고 방에 틀어박혀 지낸 이유도 자기 아버지한테 심하게 대들어서 억지로 갇힌 것이었고, 한기연은 십대 때부터 여러 번 자살 시도를 했었다고 적었지. 그 글은 삽시간에 다른 인터넷 사이트들로 퍼졌어. 사람들은 당신의 유학 자금이 권이 아니라 술집을 하는 아버지에게서 나온 것이라며 추측을 바꿨고, 당신이 만든 모든 영화의 제작비 역시 그 더러운 돈에서 나온 것이라

단언했지.

 얼마 뒤 교포와 유학생이 많이 찾는 한 온라인 커뮤니티에 당신에 관한 또다른 폭로 글이 올라왔어. 직접 보고 들었다는 그 목격담의 내용이 당신의 세번째 죄목이 되었지. 그 죄의 이름을 뭐라고 불러야 할까. 언젠가 당신이 내게 허탈하게 말했던 것처럼 이렇게 표현해야 맞을까. 피는 못 속인다, 그 아비에 그 딸?

　처음부터 소문이 많고 사생활이 복잡했네요.

 작성자는 그렇게 글을 시작하며 '에이미'의 뉴욕 시절에 관해 말했어. 에이미란 이름이 '그녀'의 진짜 영어 이름은 아니라고, 혹시라도 법적으로 문제삼을지 몰라 가명으로 썼다고 덧붙였지. 하지만 사람들은 에이미가 누구인지 쉽게 알아챘어. 작성자는 에이미가 비전공자인 주제에 제대로 된 포트폴리오도 없이 '뒷문'으로 아트 스쿨에 입학해놓고 모듈 수업이나 팀 프로젝트에 적응하지 못했으며, 나이도 많으면서 같은 아파트를 임대해 살던 어린 유학생들과 수시로 트러블을 일으켰다고 했지. 무엇보다 에이미는 학생 신분에 맞지 않게 값비싼 전자기기를 수시로 바꿨는데, 그 돈이 어디서 나왔는지는 아직도 의문이라고 했어. 비싼 물가 때문에 푸드 트럭에서 끼니를 때운 다른 학생들과 달리 에이미는 어떻게 부자들만 가는 업타운 오가닉 전문점에서 때마다 고급 식재료를 사다 먹었는지 이해되지 않는다고.

직접 경험한 얘기라는 그 글에서 뒤늦게 영상 작업을 시작한 당신의 사정은 제외되어 있었지. 조금이라도 더 익숙하게 촬영 장비를 다루려고 중고 거래로 여러 기종의 카메라를 샀던 것과 어린 시절부터 심한 식욕부진과 알레르기로 몇몇 유기농 채소 외에는 잘 소화할 수 없는 당신의 체질 역시 그 글에서는 보이지 않았어. 설령 당신이 그런 사정을 밝혔다 해도 사람들은 또다른 이유를 들어 당신을 미워했을 거야. 그들이 가장 비난하며 돌을 던지는 당신의 연애사야말로 당신 스스로가 인정한 사실이었으니까. 하지만 그 고백은 거짓들 사이에 교묘하게 끼워넣어져 가짜를 더욱 그럴듯하게 꾸미는 데 이용되었지. 사람들은 '한 사람의 사정'이라는 거추장스러운 껍질을 재빨리 벗겨내고 당장 입에 넣어 달콤하게 소비할 수 있는 거짓말을 원했어.

확실한 건 스폰이 있었어요. 본인이 술 취해서 같이 서블렛하는 친구한테 말하기도 했다는데, 그 스폰서가 업계 거물이어서 나중에 에이미가 영화를 만들기만 하면 어느 영화제든 후보작으로 올려주겠다고 약속했다네요. 하긴 유럽에 영화제가 좀

많나요?

 글을 읽은 누군가가 에이미가 그렇게 사치할 정도로 돈이 많았으면 왜 아파트를 임대해 다른 사람이랑 같이 살았느냐고 물었어. 그러나 그 의문은 쉽사리 무시되었고, 에이미에 관한 또다른 소문들이 꼬리를 물고 이어졌지. 원래 에이미는 안젤리카 필름센터 죽순인데 얼핏 봐도 나이 차이가 심하게 나는 백인 남자랑 데이트하는 걸 여러 번 봤다는 목격담. 아, 그 떨년이? 수업도 안 듣고 실컷 떨만 빨다 갔지.

 익명의 사람들은 저마다 자신이 아는 에이미를 보란듯이 전시했어. 중국인 딜러가 여는 뮤지엄 파티에 치파오를 입고 나타나 같은 한인들을 낯부끄럽게 했던 에이미. 코리아타운의 한식당에서 주는 깍두기 국물에 환장하던 에이미. 슬립 드레스를 입고 대형 컬렉터와 함께 펜트하우스로 난교 파티를 하러 가던 에이미. 아무튼 성별이나 인종을 안 가리고 잡식하던 그 에이미.

 누군가는 자신의 영화계 경력을 예로 들며 대체 어떤 거물이 자기 마음대로 작품을 후보작으로 꽂고 말고 하느냐며 영화제 시스템을 알고나 하는 소리냐고 반박했어. 그러나 그 의견은 외려 영화판이 얼마나 더럽게 얽혀 있는지 모르는 애송이의 헛소리로 취급받았지.

그렇게 한기연은 포주의 딸이자 스스로가 몸을 파는 여자가 되었어. 거장으로 불리는 영화감독들의 성추문 기사와 만취한 얼굴로 파티를 즐기는 여자들 사진이 그 글들의 신빙성을 뒷받침하는 근거가 되었지. 가장 처음 에이미에 관한 글을 올린 작성자는 자신의 말이 의심받으면 이렇게 대꾸했어.

　제가 왜 그런 거짓말을 하겠어요?

　그러게. 그 사람은 왜 당신에게 돌팔매질을 한 걸까. 왜 사람들은 당신에게 채찍을 휘두른 거지. 순진하게도 그때 나는 사람들이 당신을 미워하는 이유를 찾고 싶어했어. 당신의 무죄를 증명하면, 그들의 미움도 함께 사라질 거라 믿었지.
　나는 눈뜨면 새롭게 올라오는 당신의 루머를 따라가느라 대학 생활을 즐기지 못했어. 하루에도 몇 번씩 별안간 숨이 멎을 듯 불안에 휩싸였고, 밤이면 높은 곳에서 곤두박질치는 악몽에 시달렸지. 나의 우상이 무너져내리는 현실만큼이나 당신에게 아무 도움도 되지 못하는 내 보잘것없는 처지가 분하고 속상했어. 당신의 영화는 이제 탁월한 작품이 아닌, 로비와 인맥 그리고 '여자 감독이 몸으로 승부한' 나쁜 사례가 되어버렸지. 조롱과 헐뜯음은 얼마 안 가 표절 의혹이 터지면서 절정으로 치달았어.

당신이 자기의 아이디어를 베꼈다고 주장한 사람은 당신의 대학 시절 룸메이트였지. 당신에게 "영화 하는 사람들의 공기"를 느끼게 해주었다던 바로 그 친구.

배신이란 게 당해보지 않으면 모릅니다. 한기연은 제 시놉시스를 표절해 저를 죽였습니다. 제 안의 모든 창작욕을 짓밟았습니다. 영화라는 게 그런 것인지, 감독이 그런 인간이어도 되는 건지, 모든 게 진절머리납니다.

제보자가 자기의 시나리오를 표절했다고 주장한 영화는 〈배부른 구름〉이었어. 그는 영화를 본 직후 문제를 제기했으나 한기연은 스토리상의 유사한 흐름일 뿐이라며 영화의 주제인 '짝패'는 자신이 오랜 시간 품어온 테마라고 답했다고 했지. 한기연은 〈배부른 구름〉으로 국내 영화제에서 각본상을 받았고, 자신은 부당한 사태를 바로잡기 위해 자신이 쓴 시놉시스와 〈배부른 구름〉이 어떻게 유사한지 조목조목 짚은 항의문을 해당 영화제측에 보냈으나 완벽히 묵살당했다고 했어. 그땐 도저히 그런 반응을 이해할 수 없었는데, 지금 보니 한기연의 배후에 그런 권력이 있어서 가능했던 것 같다고, 이제라도 자기의 억울함이 조금이나마 풀렸으면 좋겠다고 했지.

그 글은 몇 시간 뒤에 여러 일간지 기사로 실렸고, 인터넷 게시판에는 당시 영화제 심사위원들과 후원 기업들의 명단이 정리되어 올라왔어. 심사위원들은 이미 비리에 찌들고 부패한 예술 권력이 되어 있었지. 사람들은 업계가 한기연을 '손절하지' 않으면 영화제는 물론이고 이 영화제를 후원한 기업들의 제품도 불매하겠다고 아우성쳤어. 아버지의 직업이나 유학 시절 소문에 관해 함구하던 당신은 표절 시비에 대해서는 짤막한 글을 써서 언론에 전했지. 그 터무니없는 주장에 대한 자신의 입장은 과거나 지금이나 변함없으며, 표절당했다는 시놉시스는 언제 처음 쓰였는지조차 알 수 없을뿐더러 맹세코 자신은 단 한 번도 읽은 적이 없다고 했어. 오히려 허위 사실로 인해 피해를 입은 사람은 자신이며, 한때 친구라는 이유로, 또 영화라는 세계에 처음으로 발을 들이게 해준 사람이라는 이유로, 그간 불합리한 금전 요구를 감당해왔지만 이제 더는 묵인하지 않겠다고도 했어. 그리고 당신의 입장문이 실린 기사에 빠르게 댓글들이 달렸지.

느그 아부지 뭐하시노?

유부녀랑 떡친년.

작품으로 보답하지 말고 꺼져.

2

 사람들의 오해와 비난은 두렵지 않아. 오히려 밤하늘의 폭죽처럼 우리를 에워싼 암담함을 요란하게 깨우는 것 같아 쓴웃음이 나기도 하지. 스물둘, 표정도 마음도 훤히 비쳐서 살아갈 날의 아픔에도 투명하게 무지했던 나. 나는 그때의 나에게로 가서 말해주어야 해. 일출과 월출, 노화와 유화…… 너의 일부는 찢기고 멍들겠지만, 그 아픔의 길을 통해 또다른 빛이 떠오르고 있다고. 너의 몸이 늙고 쇠약해지는 동시에 너의 꿈은 점점 더 힘차고 선명해지고 있다고. 그러니 부디 너에게 덮쳐오는 미움과 증오를 똑같이 반복하지 말라고. 그 앙갚음의 고리를 끊어버릴 단단하고 빛나는 칼을 손에 쥐라고. 엎드려 신음하기보다 눈에 보이지 않는 흐름을, 너를 부르는 소리를 따라가라고. 설령 그 행로 끝에 상처투성이 너 자신을 보게 되더라도, 너는 한기연이 있는 그 방향으로 계속 나아가야 한다고.

스물두 살의 나,

아직 그해 여름의 더위와 가을의 태풍이 당도하지 않았을 때.

나는 울렁거리는 속을 진정시키려 숨을 크게 들이마셨어. 새벽까지 친구들과 술을 퍼부어댄 탓에 집에서 나오기 전까지 화장실 변기를 붙잡고 토했지. 학교로 향하는 지하철은 멀미가 나도록 빠르게 달렸어. 나는 아직 찬 기운이 남은 이온음료 병을 만지작거리며 눈을 감았어. 나의 설익은 탈선과 무모한 치기가 하루빨리 시들어버리길 바라면서. 어디로 튈지 모르는 나의 젊음이 나를 또 어디로 이끌고 갈지 몰라 두려웠지. 전철은 심한 마찰음을 내며 속력을 높였고, 나는 그새를 참지 못하고 휴대전화를 쥐고서 '투 디렉터 한'에 달린 비밀 댓글을 들여다봤어.

난 괜찮아요. 걱정하지 말아요. 사랑은……

다시 읽어도 여전히 믿기지 않았어. 처음 그 댓글을 봤을 때 나는 '한기연'이란 닉네임으로 비밀 댓글을 남긴 사람이 진짜 당신인지, 아니면 당신을 사칭한 사람인지 의심하지 않았지.

나는 단박에 알 수 있었어. 그런 댓글을 남길 사람은 한 명뿐이었으니까. 그건 마치 당신이 의치를 끼고 머리를 바짝 깎고 연기해도, 영화 속 인물에게서 당신의 고유한 특징을 짚어낼 수 있는 것과 같았어.

왼쪽 눈썹 옆에 난 깨알만한 점.

보드랍게 헝클어진 이마 부근의 잔머리.

서 있을 때 자기도 모르게 바지 뒷주머니에 손을 넣는 습관.

그렇게 당신을 알아볼 수 있는 단서가 그 짧은 댓글에도 담겨 있었지. 나는 뭐라고 답변해야 할지 몰라 그날 밤을 꼬박 새웠고, 다음날 아침이 되어서야 감독님이 이 사이트에 와주시다니 정말 기쁘고 감사하다는 평범한 답글을 남겼어. 그때부터 나는 일 분에 한 번씩 '투 디렉터 한'에 들어가 새 댓글이 달렸는지 확인했어. 하지만 보름이 지나도록 당신은 다른 메시지를 남기지 않았고, 나는 기약 없는 기다림을 견디기 위해 밤마다 친구들을 붙잡고 술을 마셔댔지.

지하철 좌석에 앉아 남은 음료수를 탈탈 털어 마신 나는 인터넷에 당신의 이름을 검색했어. 그해 여름이 되면 나는 당신을 만나 그 보도들이 왜곡된 거짓이란 걸 알게 되지만, 아직 이른봄이었던 그 시기의 나로선 기사 내용을 그대로 믿을 수밖에 없었지.

새벽녘 극단적…… 자택에서 약물……

동거녀에게 발견되어 응급실로 이송돼……

당신은 죽으려고 약을 먹은 게 아니었어. 지독한 불면증 때문에 평소보다 좀더 많은 수면제를 삼켰고, 몽롱한 정신 탓에 중심을 잃고 욕실 바닥에 쓰러졌던 거였을 뿐. 당신을 발견한 사람 또한 동거녀가 아니라 집안일을 하러 온 대행업체 직원이었어. 언론은 당신이 응급실에 실려갔다는 내용을 되풀이하며 경쟁하듯 기사를 쏟아내다 이후의 소식을 전하지도 않은 채 순식간에 잠잠해졌지. 나는 가장 마지막에 올라온 기사를 클릭해 이미 여러 번 들여다본 구절을 또 한번 읽었어. 생명에는 지장이 없으나. 생명에는 지장이 없으나.

그 기사에는 당신과 권 그리고 권의 남편 사진이 삼등분돼 실려 있었어. 삼각관계에서 당신은 아내의 '내연녀'였지. 그리고 기사는 두 여자의 불륜에 상처받은 무고한 남자의 속내를 전하는 것으로 끝났어. 남편인 채씨가 가정을 지키기 위해 아내를 용서하기로 했다는 최측근의 말. 채씨는 삿되고 불경스러운 그 스캔들에서 사람들이 유일하게 동정하고 안타깝게 여기는 인물이었어.

예정돼 있던 영화의 개봉을 미루며 '자숙의 시간'을 갖던 당신과 달리, 권은 남편과 함께 외국 대학의 사회과학연구소로 연수를 떠났지. 영화판에서 당신을 영구 퇴출시켜야 한다는 여론은 쉽사리 사그라지지 않았어. 사람들은 당신의 차기작 개봉 소식에 분통을 터뜨렸지. 영화의 투자사는 감독의 사생활 이슈가 터지기 전 이미 제작을 완료한 작품이라 그대로 썩힐 수만은 없다며 자기들의 사정을 설명했지만, 대중은 관용을 베풀지 않았어. 영화가 극장에 걸리기도 전에 인터넷 사이트에는 당신의 몰염치함과 뻔뻔함을 비난하는 댓글들이 쇠사슬처럼 이어졌지. 결국 흥행은 무참히 실패했고, 작품성 또한 전작과 비교해 떨어진다는 의견이 다수였어.

나는 환영받지 못하는 당신의 신작을 열 손가락으로 다 꼽을 수 없을 만큼 봤어. 횟수를 세면서 본 게 아니라 그저 영화가 상영관에 걸려 있을 때까지 매일 극장에 갔을 뿐이었지. 혹시나 당신이 영화를 보러 오지 않을까 기대하며, 한편으론 텅 빈 관객석을 보고 실망할까 불안해하며 상영관이 암전되기 직전까지 출입구 쪽을 바라봤어. 그리고 매번 극장표를 찍은 사진을 '투 디렉터 한'에 올렸지. 혹시 당신이 그 글을 본다면 아직 한기연을 응원하는 관객이 있다는 걸 알려주고 싶었어.

오늘은 극장 안이 너무 추웠다. 히터를 틀어주지 않아서 영화를 보는 내내 발이 꽁꽁 어는 것 같았다. 영화가 끝나고 엘리베이터를 타는데, 나와 같이 영화를 본 어느 외국인 남자가 어깨를 움츠리며 오들오들 떨었다. 얼마나 떨면서 봤는지 코가 새빨개져 있었다.

'정말 추웠죠? 제가 다 미안하네요.'

그런 말을 건네고 싶었지만, 영어가 생각나지 않았다. 그 사람이 영어를 쓰는지 안 쓰는지도 몰랐고. 아무튼 만약 그 사람과 대화할 수 있었다면 나는 베토벤 얘기를 했을 것이다. 베토벤의 아랫집에 살면서 언제나 최초로 베토벤의 음악을 들었다던 할머니 이야기. 나는 나의 베토벤을 구박하거나 닦달하지 않을 것이다. 베토벤의 음악을 들을 수 있는 아랫집 자리도 포기하지 않을 것이다. 예술의 가치도 모르고 베토벤의 친필 악보로 생고기를 포장한다면(실제로 그런 일이 있었다고 한다), 그 얼마나 안타까운 일인가!

나는 일기처럼 그날의 단상을 쓰는 것 말고는 영화의 평을 적지 않았어. 나는 그 영화를 판단할 수 없었고 그러고 싶지도 않았으니까. 그저 당신이 만든 필름이 스크린 위를 흘러가는 동안 그 빛줄기 앞에 함께 있어주고 싶었어. 마음이 전해졌는지 기적처럼 나에게 당신의 인사가 찾아온 거야. 응급실에 실려갔다는 기사가 나오고 며칠 뒤에 당신은 내가 그 소식을 보고 가슴을 졸이고 있단 걸 알기라도 하듯 불쑥 나타나 안부를 전했지.

난 괜찮아요. 걱정하지 말아요. 사랑은 취미 삼아 하는 거죠.

당신이 남긴 말은 내가 〈더없이 오래 사는 따개비〉에서 가장 좋아하는 대사였어. 떠나가는 사람에게, 남겨지는 사람이 건네는 말. 까슬까슬한 짧은 머리, 담담한 얼굴의 당신이 웃음을 가장하며 내뱉는 말.

걱정하지 말아요. 사랑은 취미 삼아 하는 거죠.

그렇게 말한 뒤 여자는 혼자 남아 파도가 몰아치는 바다로 들어가지. 카메라는 파도가 일렁이는 모습을 가까이 비추고, 모래와 따개비 그리고 아이가 두고 간 줄칼이 천천히 물길에 쓸려가. 혹자들은 그 바닷가 시퀀스가 멜로드라마의 전형적인 신파라며 비판했지만, 나는 그 장면을 볼 때마다 매번 어둠 속으로 빨려들어가는 것처럼 심장이 덜덜 떨렸어. 그 이유가 표류하듯 휩쓸려가는 인물의 시점 숏 때문인지, 아니면 평론가들이 말한 것처럼 변칙적인 편집점 때문인지 분간할 수 없었어. 다만 나는 이루 말할 수 없이 명징한 한 사람의 절망에 가슴이 붙들린 채 혼자 되뇌었지.

그래, 아직도 누군가는 사랑 때문에 죽을 수도 있는 거야.

그전까지 내가 보아온 사랑은 그 앞에 대고 뭔가를 맹세하기엔 쉽게 변질돼버리는 불량품 같은 것이었어. 현실에서나 영화에서나 사랑에 관한 이야기에서 내가 느낀 감정은 모두 엇비슷했지. 그들은 사랑한다고 말하며 감정의 크기를 과시했지만, 그 자신만만한 열정은 여름 재킷 한 벌의 무게조차 감당하지 못했어. 그들이 고통받는 이유는 사랑 때문이 아니라 기대만큼 돌려받지 못하는 자신의 욕심 때문이었고, 제 뜻대로 쥐고 휘두를 수 없는 사랑은 기한이 다한 물건처럼 손에서 놓아버렸어. 사랑을 대하는 그 피상적이고 이중적인 태도는 사랑의 가치를 절하시키는 것으로 편리하게 끝났지. 세상에 진정한 사랑 따윈 없으며 사랑을 위한 헌신은 어리숙한 이들을 홀리는 미끼일 뿐이라고.

당신의 영화도 그 양면성이 핵심이었어. 하지만 당신은 그 모순의 이면을 더 모호하고 어둡게 만들었지. 그러다 어느 순간 모닥불에서 불꽃이 튀듯 느닷없이 사랑의 의미가 드러났어. 상처로, 오직 상처로만.

사랑 따윈 취미라고 말하며 돌아선 순간, 영화 속 인물은 자신도 미처 몰랐던 절박함에 무너져 점점 더 깊은 바다로 가지. 그 조용한 자기파괴의 선택을 어떻게 이해할 수 있을까? 영화 속 인물은 이해하고 있을까? 그 인물을 창조한 당신은 알고 있을까?

나는 평론가나 심사위원들처럼 영화의 수수께끼를 기교어린 말로 표현할 수 없었어. 그렇지만 영화에서 아이의 잘잘못을 판가름하지 않는 것처럼, 연인의 변심이나 그뒤에 행해진 인물의 선택을 당신이 감독의 잣대로 판단하지 않았다는 걸 알았지. 내 가슴이 그렇게 외치고 있었으니까.

저 사람은 진실하고 싶은 거야. 그 진실이 뭔지 모르겠으니까 계속 모르는 부분으로 갈 수밖에 없는 거야.

그게 더 불편하고, 제가 모르는 부분이 있었어요.

당신은 자신이 모르는 것을 끝까지 바라보고 싶어했어. 처음부터 마지막까지 스스로 만든 가상의 세계라 할지라도, 결국 허구도 우리의 삶처럼 '모르는 영역'에 묶여 있다는 걸 나에게 알려주었지. 나는 무지의 공포에 놀라면서도 그 자각에 기대어 세상의 잣대에 들어맞지 않는 나 자신을 더는 미워하지 않을 수 있었어. 다 아는 것처럼 윽박지르는 사람들이 실은 무지에 겁먹고 있다는 걸 간파했으니까.

영화에서 모르는 영역은 혼자 바다에 나가 강박적으로 따개비를 괴롭히는 아이의 기이한 열정이었어. 더 위험한 쪽으로 가는 여자의 사로잡힌 희열이었고, 그 모든 것을 내버려두는 야만적이고 무심한, 그래서 자비로운 바다였지. 그리고 그 바다에 '더없이 오래 사는 따개비'가 있었어. 그렇기에 당신은 그 여자가 바다를 향해 가는 장면을 썰물 때에 맞춰 찍었던 거야.

상처투성이의 여자를 살려주려고, 살게 하려고.

비록 오래 산다는 것은 바닷가의 모래알처럼 흔한 일이었지만, 오래 산다는 것은 그만큼의 쇄파를 견뎌야 하는 고달픈 일이었지만, 오래 산다는 것은 마치 취미처럼 파트너를 바꾸는 습관에 불과했지만, 오래 산다는 것은, 오래 산다는 것은……

당신은 살고 싶어했어. 사랑하고 싶어했어. 사랑을 원했어.

사랑처럼 자기를 깎아내는 건 없죠.

당신과 만나는 내내 나는 인터뷰에서 했던 당신의 말을 경구처럼 되새겼어. 나를 깎아내는 일이 당신을 사랑하는 일이라 믿었으니까. 그 마음과 태도의 바탕에는 당신 역시 나처럼 스스로를 깎아낼 거라는 신뢰가 있었어. 그랬기에 나는 우리가 연인이 되고 난 뒤 내가 건넨 질문에 당신이 대수롭지 않게 답했을 때 몸의 절반이 우르르 무너지는 것 같았지.

"그때 왜 내 글에 답글을 달았어요? 왜 나한테 말을 건 거예요?"

나는 당신이 '투 디렉터 한'에 찾아와 나에게 말을 걸었던 순간에 대해 물었어. 둘만 아는 그 상황을 당신의 시선으로 되새기고 싶었으니까. 하지만 당신은 내가 예상치 못했던 대답을 들려주었어.

"네가 올린 글이 재밌었어."

나는 진땀이 날 만큼 놀랐어. 재미라니, 그게 무슨 뜻이지? 매번 절박한 마음으로 썼던 그 글들의 어디가 재밌었을까. 당신은 내가 쓴 악보 에피소드는 베토벤과 관련된 게 아니라고 했어. 악보로 고기를 싼 건 바흐의 마태수난곡에 얽힌 이야기인데, 사실 그건 친필 악보도 아니었다고.

"내가 틀린 게 재밌었어요?"

나는 얼굴을 붉히며 물었지.

"내가 무식해서 웃겼어요?"

나는 당신을 똑바로 쏘아보았고 당신도 그런 내 시선을 피하지 않았어. 당신과 있을 때면 언제나 나는 내가 틀릴까 조마조마했어. 당신을 향한 마음이 커질수록 조바심이 났으니까. 영원히 나는 한기연이란 사람과 동등해질 수 없을 것만 같아서, 우리 관계는 본질적으로 나 혼자만의 짝사랑인 것 같아서. 당신과 연인 사이로 지내는 동안 나는 그 기울어진 관계가 힘에 부쳤어. 하지만, 하지만 마음 깊은 곳에선 당신이 나보다 높고 먼 곳에 있기를 바랐는지도 몰라. 그래야 당신이 들어줄 수 없는 것을 내가 원하지 못할 테니까. 내 사랑이 당신을 끌어내리지 못할 테니까. 나는 내가 진정으로 바라는 게 무엇인지 몰라 괴로웠고 동시에 그걸 알게 될까봐 두려웠어.

스물둘, 지독한 비밀을 품고 그림자처럼 어두워진 나. 나는 그때의 나에게 가서 되물어야 해. 너는 왜 네가 느끼는 그대로를 받아들이지 못했니. 어째서 너의 이름을 지우고, 네가 느끼는 모순을 네 안에 삼켰어? 그렇게 스스로를 하찮게 만들어서 너는 더 안전해졌니? 고요해졌어? 아니면 죄다 모순투성이인 세상에서 한기연을 향한 의문들 역시 깊숙이 봉인해야 했니. 스무 살이나 어린 애한테 어떻게 그럴 수 있어요?

나를 태운 지하철은 거대한 짐승의 울음소리를 내며 다음 정류장을 향해 갔어. 나는 멈출 수 없는 습관처럼 '투 디렉터 한'에 들어갔다가 당신이 남긴 새 비밀 댓글을 보았지. 고약하게도 그 메시지를 발견했을 때 나는 속이 울렁거려 자리에서 일어나야 했고, 지하철 문이 열리자 허리를 직각으로 굽힌 채 밖으로 뛰어갔어. 사람들을 피해 모퉁이에 움츠리고는 내 가방 안에 시큼한 토사물을 쏟아냈지.

한기연이 날 궁금해하는 걸까? 나랑 더 얘기하고 싶은 걸까?

나는 가슴을 웅크린 채 몸을 떨었어. 그 순간을 떠올리면 여전히 오한 같은 떨림이 멈추지 않아. 눈을 감고 어둠에 잠기면, 내 얼굴은 그 시절의 앳된 모습이 되고 나는 당신을 향한 눈과 귀를 매단 채 오직 당신의 부름에 응답하지.

언제나 내가 되돌아가는 원점,
당신이 어깨에 가득 지고 와 내 앞에 펼쳐놓은
우리의 장막으로.

… 2물

1

 그해 이른봄부터 비밀 답글로 이어지던 너와 한기연의 대화는 여름이 되어서야 새로운 길목으로 접어든다. 친구와 지방을 여행중이던 한기연은 휴가철을 앞두고 서울로 올라왔다고 전한다. 이제 산이나 바다가 아닌 도시가 한가로워질 시간이라면서. 한기연은 괜찮으면 만나서 차를 마시자며 친구의 작업실 주소를 알려주고, 너는 8월이 시작되는 첫날, 한기연이 말한 '페피'의 주소를 되뇌며 도심의 한 골목에 들어선다.

 스물둘 그해 여름의 너,

 나이지만, 이미 나에게서 멀어져 온전히 나임을 주장할 수 없는 너는 한기연이 일러준 '길 찾는 요령'을 떠올리며 무더운 거리를 걷는다.

이발소 간판이 있을 거예요. 그걸 찾는 게 빨라요.

해가 쨍한 여름날, 좁고 침침한 골목에서 매캐한 철 냄새가 풍겨온다. 네가 서 있는 길을 따라 '빠우' '판금' '정밀' 같은 글자의 간판들이 늘어서 있다. 가게들은 대부분 문이 닫혀 있고, 셔터 문에 붙은 메모지에는 언제부터 언제까지 휴가를 다녀온다는 내용의 손글씨가 적혀 있다. 너는 문이 열려 있는 공업소 안을 기웃거리며 쇠붙이를 때리고 용접하는 소리를 듣는다.

그래, 현실의 한기연은 이런 곳에 있는 거야.

한기연을 생각하면 너는 언제나 바닷가 풍경이 떠올랐다. 드넓게 펼쳐진 하늘과 고운 황색 모래, 아득하게 일렁이는 수평선과 소금기어린 바람…… 하지만 실제의 한기연이 있는 곳은 도시 뒷골목의 번잡한 일터다. 그리고 너는 무더위 속에서 길을 걷는 순간조차 가슴 한쪽에서 산들바람이 불어오는 것 같다. 미래는 가능성으로 활짝 열려 있고, 설렘에 호응하듯 너의 시선을 따라 8월의 햇빛이 가느다란 대각선으로 쏟아진다. 건물의 스테인리스 골조가 보석처럼 반짝이고 강판 지붕 위로 검은 줄무늬고양이가 느릿하게 걸어간다.

그런데 어찌된 일인지 한기연이 말해준 주소지 근처에 이발소 간판이 보이지 않는다. 너는 한동안 골목을 헤매다 철제 사다리가 놓인 담벼락을 보고 멈칫한다. 처음 출발하면서 봐둔 작은 슈퍼가 거짓말처럼 길 끝에 서 있다. 확실한 기준점이 필요하다고 생각한 너는 '흥남주물'이란 현판을 중심으로 네가 지나온 길과 반대쪽인 방향으로 간다. 좁은 사잇길을 지나 모퉁이를 도는 순간 너는 또 걸음을 멈춘다.

망했어.

너는 백반집 유리문에 비친 너의 모습에 경악한다. 배낭을 멘 겨드랑이 부근이 땀으로 흠뻑 젖어 있다. 공들여 컬을 넣은 앞머리는 웨이브가 푹 꺼져 있고 화장이 번져 눈 밑이 시꺼멓다. 너는 손거울을 보며 눈가를 닦아내다가 획 하고 뒤를 돌아본다. 동그란 손거울에 얼핏 이발소 간판이 비친 듯하다. 고개를 쭉 빼고 엉거주춤 앞으로 걸어간 너는 마침내 빨간 줄무늬와 파란 줄무늬가 나선형으로 이어진 간판을 발견한다. 이발소 간판은 네가 기준점으로 삼은 흥남주물 현판 아래에 있다. 슈퍼 앞 냉장고와 천막 지붕에 가려져 보이지 않았을 뿐. 너는 뒤늦은 발견에 약이 오르면서도 안도감이 밀려온다.

그리고 너는 벽에 붙은 '페-필름'이란 글자를 신기루처럼 바라본다.

fe-film

한기연이 말한 그곳은 한때 이발소였던 곳에 자리잡은 소규모 영화 감상실이다. 그 아지트에서 사람들은 영화를 보고 서로가 작업한 시나리오나 영상을 트집잡으며 술과 음악에 둘러싸여 지낸다. 페-필름을 줄인 페피란 이름은 영화가 못 된 영화, 틀이나 질서를 넘어서지 못한 '나머지 것들'이란 뜻을 담고 있다. 굳이 갖가지 허들을 넘어 완성하지 않아도 되는 미완성 습작, 완성품에서 편집되어 떨궈진 자투리 장면, 하나 마나 한 얘기, 엉뚱한 공상, 허송세월, 언제나 계획과 상상에 그치는 의기투합, '깎새'가 있던 자리에 '찍새'가 왔다고 농담을 던지는 철공소 사장님들에게 러시아산 독주를 한 잔씩 돌리며 한 번만 쇳물 녹이는 작업을 해봐도 되느냐고 묻는 나사 빠진 친구들, 끝없이 담금질당하며 조형되는 철물처럼 세상의 망치질에 다듬어지고 싶지 않아 자신들만의 소굴로 숨어든 열외자들, 탈락생이자 병든 친구들, 그 환우들이 모여 웅성거릴 수 있는 기괴한 귀퉁이, 그곳이 바로 페피다.

그에 더해 페피란 단어는 그 공간의 주인을 부르는 호칭이기도 하다.

"페피의 진짜 이름은 뭐예요?"

오랜 뒤 너는 한기연과 친밀한 사이가 되었을 때 조심스레 묻는다. 한기연은 친구의 평범한 이름을 말해주지만, 너는 이름을 안 뒤에도 한기연의 후배를 그저 페피라 부른다.

페피랑 있었어.

페피한테 줄 책.

페피가 오기로 했어.

아, 페피랑 먹었던 거네.

한기연이 내뱉는 별칭이 자연스럽게 너에게도 이어지고, 너는 너보다 한참이나 나이가 많은 페피를 '누구누구씨'라 존칭하지 않고 편하게 대한다. 너의 그런 호칭을 받아줄 만큼 페피는 너그럽고 자유로운 사람이기에.

페피를 생각하면 떠오르는 또다른 대화.

공업소 골목을 드나들던 어느 날, 너는 한기연에게 궁금했던 것을 묻는다. 페피의 첫 글자가 왜 '철$_{fe}$'의 원소기호인지에 대해.

"애가 화학과 나왔거든요."

소파에 앉은 한기연이 턱으로 페피를 가리키며 말한다. 페피는 이발소 의자에 앉아 한기연을 보며 담배 연기를 내뿜는다.

"사제 폭탄 만들려고 들어갔지. 수업을 딱 보름 들으니까 도저히 못해먹겠더라."

흰색 라운드 티를 입은 페피가 웃는다. 너는 그렇게 웃는 페피의 옆모습이 아름답다고 생각한다. 마치 빛과 어둠을 균형 있게 머금은 초상화처럼. 가지런한 콧날과 섬세한 턱선이 맑은 인상을 풍긴다. 페피는 장난스러운 얼굴로 한기연에게 받은 굴욕을 되갚아준다.

"선배는 환경공학과 나왔잖아. 하수처리 기술 배운 거 어디에 안 써?"

"그건 못하고, 너 아프면 나한테 말해."

"왜, 고쳐주게?"

"내가 의사니? 폐기물 처리 자격증은 있어. 너 죽으면 내가 처리해줄게."

두 사람은 서로의 농담에 응수하며 키득거린다. 미국의 아트 스쿨에서 만나기 전 각자가 거쳐온 이력을 놀려댄다. 너는 둘만의 친근감에 질투심이 인다. 허물없는 말투와 짓궂은 표정, 둘이서 주고받는 실없는 우스개와 서로의 앞에서만 드러내는 나약함까지. "한선배가 왜 그렇게 빠졌는지 궁금했어요." 언젠가 페피가 혼잣말처럼 중얼거렸을 때 너는 대답 없이 속으로만 되묻는다. 나야말로, 나야말로 궁금해요. 두 사람을 이어주는 비밀이 대체 뭔지.

하지만 너는 페피와 한기연이 드리운 장막 너머를 보지 않는다. 비루하고 누추한 관계의 속박들,

그 구덩이를 뛰어넘어

너는 다시 그날의 공업소 골목으로 간다. 빨강과 파랑이 나긋하게 휘감긴 이발소 간판 앞으로.

페피의 문을 열면 또다른 세상이 펼쳐진다.

환한 전면 거울이 너의 시선을 사로잡고, 바깥의 진한 금속 냄새가 두꺼운 겹문 너머로 사라진다. 청록색 가죽소파와 오

래된 미용 의자, 타일을 깐 세면대, 그 위에 아무렇게나 포개어놓은 큰 판형의 양장본 책들, 영화 포스터, 낙서 쪼가리……음악이 흐르고 커피향이 코끝을 스친다. 철 냄새를 지울 만큼 짙게.

네가 들어서면 빈티지 소파에 반쯤 누워 있던 사람들이 일제히 너를 바라본다. 그리고 페피가 다가와 인사한다.

"찾기 힘들었죠?"

페피는 경계심과 호기심이 어린 눈으로 너를 본다. 시간이 흐른 뒤 너는 이따금 한기연이 너를 페피에게 어떻게 말했을지 떠올려본다.

내 팬이야. 어린애야. 만나면 재밌을 것 같아서 이리로 불렀어.

아니, 한기연은 그렇게 말하지 않았을 것이다. 그날 너를 보는 페피의 시선에 권위적인 태도나 멸시하는 느낌은 없다. 오히려 페피는 의아하고 당혹스러운 눈길로 너를 본다. 어째서 한기연이 널 이리로 부른 거지? 넌 뭐야? 넌 네가 뭐라고 생각해?

페피를 마주할 때면, 페피라는 곳에 들어설 때면, 너는 언제나 너 자신을 설명해야 할 것 같은 압박을 느낀다. 그곳에 간 첫날에도 너는 낯선 이들의 시선에 몸 둘 바 모른다. 갈색 가죽의자에 앉은 금발의 남자와 세면대 위에 걸터앉은 덩치 큰 여자. 너는 그 여자의 푸른빛이 도는 눈동자와 당근처럼 밝게 빛나는 머리카락 색에 당황한다.

"한기연 감독님이……"

마치 출입증을 꺼내 보여주듯 너는 페피에게 한기연의 이름을 말한다.

"옥상에 있어요. 건물 밖 계단으로 올라가서."

그렇게 말한 다음 페피는 유리잔에 물을 따라 건넨다. 너는 공손하게 잔을 받아 물을 삼키고는 두 손으로 잔을 돌려준다. 그러면서 페피의 검은색 샌들을 흘깃거린다. 페피의 발가락, 하얗고 통통한 발가락에 자꾸 눈길이 간다. 발가락이 참…… 티 없이 깨끗하고 가지런하네.

문을 열고 나가자 8월의 햇빛이 쏟아진다. 너는 페피의 말에 따라 건물 외벽에 설치된 계단을 올라간다. 고철 층계가 하나하나 가파르고 난간 손잡이는 붉게 녹슬어 있다. 너는 한 번씩 계단에 멈춰 서 높이를 가늠한다. 사층, 아니면 오층? 네가 다다라야 할 옥상은 보통 건물의 오층쯤 되는 것 같다. 층계 끝에 이르자 어디선가 튀어나온 검은 줄무늬고양이가 퉁 하고 쇠 울리는 소리를 내며 네가 있는 곳으로 점프한다. 골목을 헤맬 때 봤던 그 고양이. 네가 알은척을 하자 고양이는 사뿐히 뛰어올라 옥상의 외벽 너머로 사라진다.

기억할 거야. 이 순간을 하나도 빠짐없이.

너는 그렇게 다짐하며 옥상 문 앞에 선다. 너의 양팔은 여름볕에 발갛게 익어 있고, 멀리서 쇠 담금질 소리가 들려온다. 너는 불그스름한 팔을 부끄러워하며 문을 연다. 제일 먼저 눈에 띈 것은 커다란 다홍색 파라솔. 파라솔이 드리운 그림자 안에 한기연이 앉아 있다.

둘 중 누가 먼저 인사를 건넬까?

안녕하세요.

네가 먼저 인사할까? 아니면 한기연이 부드럽게 말을 건넬까?

어서 와요. 기다리고 있었어요.

아니, 한기연은 아무런 말도 건네지 않는다. 옥상에 들어선 너를 본 순간 짧은 눈짓을 보내고는 곧장 시선을 떨굴 뿐.

부끄러워하는구나.

너는 오래 시선을 마주치지 못하는 한기연을 보며 생각한다. 그러고는 허튼 짐작을 한 자신에게 꿀밤이라도 쥐어박듯 고개를 흔들어 그 생각을 털어낸다. 언제나 우러러보고픈 너의 우상이 너처럼 보잘것없는 애 때문에 부끄럼을 타다니. 너는 터무니없는 착각이라 여기지만, 실제로 한기연은 그런 사람이다. 무심하거나 차가워서가 아니라 긴장하고 낯설어서, 인터넷으로 메시지를 주고받던 사람과 실제로 마주한 순간이 어색하고 쑥스러워서, 상대를 오래 보지 못한 채 물방울이 맺힌 맥주병을 만지작거린다. 한기연은 되도록 사람들과 부딪치지 않기 위해 홀로 지내고, 편안한 곳을 찾아 친구의 작업실에 와서도 조용하고 외떨어진 곳에 머무르는 사람이다.

그러나 한기연 못지않게 긴장해 있던 너는 한기연의 마음을 알아채지 못한다. 개인적인 장소로 너를 부른 것이 한기연에게 얼마나 큰 용기가 필요한 일인지도 모른다. 다만 입술이 바짝 마를 만큼 떨리고 흥분되면서도 연한 회색 재킷에 물빛 청바지를 입은 한기연에게 속절없이 반할 뿐. 너는 레몬색 야구 모자를 쓴 한기연이 귀여워 속으로 비명을 지른다. 한기연이 그늘이 있는 쪽으로 빈 의자를 끌어당기며 말한다.

"커피 마실래요? 아님 다른 거?"

흰색 테이블 아래에 은색 아이스 버킷이 있다. 너는 의자에 앉으며 버킷에 담긴 탄산음료와 맥주를 내려다본다.

"맥주요."

네가 말하자 한기연이 잠깐 고개를 갸웃하다 맥주병을 꺼내 테이블 위에 올려놓는다. 원형 테이블 위에는 담배와 재떨이, 캐슈너트가 담긴 작은 유리그릇이 놓여 있다. 너는 차가운 갈색 병을 쥐고서 뚜껑을 연 다음 단숨에 몇 모금 들이켠다. 한기연이 담배를 피우느냐고 묻자 너는 고개를 젓는다.

"피우셔도 돼요."

너의 말에 한기연이 고맙다고 답한다. 하지만 한기연은 담뱃갑과 라이터를 테이블 모서리로 밀어놓고서 한동안 담배를 피우지 않는다. 아이스 버킷의 얼음이 천천히 녹고, 너는 눈앞에 비치는 사물들을 하나하나 머릿속에 담는다. 맥주와 담배, 유리그릇 속 견과류, 여름의 햇빛과 조금 전 고양이가 지나갔던 옥상 난간…… 고양이가 나보다 먼저 한기연을 만났겠지? 너는 애꿎은 고양이를 시샘하며 옆 건물 옥상에 설치된 커다란 이온음료 광고판을 본다. 광고 모델 없이 흰 바탕에 파란 글자가 적힌 깔끔한 디자인이다. 너는 그 이미지의 청량함 또한 소중히 간직해둔다.

너와 한기연은 짧은 말을 주고받으며 맥주를 마신다. 한 모금, 또 한 모금. 한기연은 너에게 섣불리 말을 건네지 않는다. 나이나 학교, 사는 곳 따위를 묻지도 않는다. 서로에게 중요한 거라면 서둘러 묻지 않아도 자연스레 알아가게 될 테니까. 하지만 너는 침묵과 기다림을 참지 못하고 네가 하고픈 얘기들을 나열한다. 그동안 네가 한기연을 얼마나 선망해왔는지에 대해.

〈더없이 오래 사는 따개비〉의 무대 인사와 시사회 토크, 젊은 피아노 연주자와 함께했던 한기연의 음악 콘서트, 남쪽 지방에서 열렸던 영화제와 그 영화제의 특별 세션에서 상영했던 한기연의 추천 영화, 그 영화를 보기 위해 혼자 기차를 타고 여행했던 일까지. 두서없이 전한 그 얘기들은 이미 '투 디렉터 한'에 올린 내용들이기도 하다.

"담배 연기 싫지 않아요?"

띄엄띄엄 이어지는 너의 말을 경청하며 한기연이 묻는다. 한기연은 담배 연기가 네 쪽으로 가지 않도록 담배 쥔 손을 멀리 두고, 너의 반대편으로 연기를 내뿜는다. 그러면서도 몇 번이나 너에게 괜찮은지 확인한다.

싫어요. 담배도, 담배 피우는 사람도. 담배를 피우며 거리를 걷는 사람은 죄다 감옥에 처넣었으면 좋겠어요.

평소 너는 그렇게 생각했지만, 그와는 전혀 다른 대답이 튀어나온다.

"좋아요."

진실로 너는 한기연이 내뿜는 연기가 싫지 않다. 일부러 한기연이 내뿜는 숨을 슬며시 삼켜보기도 한다. 한기연에게서 나오는 연기는 다를 테니까. 그녀의 몸을 통과해 그녀의 입술을 거쳐 나온 특별한 연기니까.

지금 내가 취한 걸까?

너는 다 마신 맥주병을 바닥에 내려놓고서 새 맥주를 꺼낸다. 버킷에 담긴 마지막 맥주다.

"더 가져올게요."

한기연이 일어서려 하자 네가 다급히 한기연의 팔을 붙잡으며 막아선다(그게 너와 한기연의 첫 스킨십이다). 너는 무심결에 튀어나온 스스로의 행동에 놀라 의자 다리를 거칠게 끌며 소리친다.

"아뇨! 제가 갈게요!"

계단을 따라 내려갈 때 너는 녹슨 난간을 붙잡으며 숨을 크게 내쉰다. 손잡이의 녹가루가 더럽거나 불쾌하게 느껴지진 않는다. 오히려 너는 손에 묻은 불그스름한 흔적을 보며 다짐한다.

기억할 거야. 모조리 다 삼킬 거야.

너는 얼음물이 찰랑이는 동그란 버킷을 품에 안는다. 팔을 따라 냉기가 스미고, 마치 인형극의 꼭두각시가 된 듯 다리가 어색하게 움직인다. 한 칸씩 계단을 내려서는 게 아니라 미끄러지며 추락하는 기분이다.

일층으로 내려가 문을 열자 어둑한 실내에 눈이 감긴다. 그제야 너는 네가 환한 야외에 있었다는 것을 실감한다. 실내에선 흑백영화가 상영되고 있다. 영화를 보던 사람들이 일제히 너를 돌아본다. 페피는 너의 손에 들린 빈 아이스 버킷을 보고서 "아" 하고 짧은 탄성을 내뱉는다. 그러고는 아무것도 묻지 않은 채 거울 뒤쪽에 있는 냉장고로 걸어가 양손 가득 맥주병을 들고 온다. 청록색 소파에 드러누운 남자가 뭐라고 중얼거리자 페피가 바람 빠지는 소리를 내며 웃는다. 영어는 아닌 듯하고, 독일어나 그 비슷한 쪽의 말 같다.

"배고프지 않아요?"

맥주를 버킷에 담아주며 페피가 묻는다. 너는 취기에 발그레해진 뺨을 수그리며 거의 보이지 않을 만큼 작게 고개를 끄덕인다.

"먹을 게 이것밖에 없네요."

페피는 탁자에 있는 비스킷 상자를 건넨다. 네가 돌아서서 나올 때 페피와 당근색 머리 여자가 또 이국말을 주고받으며 웃는다. 너는 그들이 너에 관해 말하고 있다고 생각한다. 페피가 챙겨준 술이나 과자도 네가 아닌 한기연을 위한 것임을 모르지 않는다. 하지만 그런 소외감이나 어수선한 감정은 가파른 계단을 올라가는 동안 하나씩 떨궈진다. 너는 옥상 계단을 오르며 외계나 환상으로 통하는 비밀 통로를 지나고 있다고 상상한다.

영원히 저 아래 세상과 단절될 수 있다면. 한기연과 단둘이 멀리 떠날 수 있다면.

철문 앞에 다다른 너는 무거운 아이스 버킷을 바닥에 내려놓는다. 네가 허리를 펴고 막 손잡이를 향해 손을 뻗자 거짓말처럼 문이 열린다. 한기연이 문 건너편에 서 있다. 한기연은 네가 다가오는 소리에 귀기울이고 있다가 너를 마중나온 것이다. 너는 감격해 소리치고 싶지만, 호들갑을 떨지 않으려 아랫배에 힘을 주며 입술을 감쳐문다.

"배고프지 않으세요?"

먹을 것을 구해온 어미 새처럼 너는 테이블 위에 비스킷 상자를 내려놓고는 일층에서 사람들이 영화를 보고 있다고 말해준다. 한기연은 그다지 흥미로운 얘기는 아니라는 듯 고개만 끄덕인다. 무덤덤한 반응에 너는 마음이 놓인다. 한기연은 내려가서 영화를 보는 것보다 너와 있고 싶어하는 게 분명하다.

너와 한기연은 다시 파라솔 의자에 앉아 맥주와 함께 과자를 먹는다. 너는 한기연 앞에서 비스킷을 와작거릴 수 없어 초콜릿이 묻은 동그란 과자를 입안에 넣은 채 천천히 녹여 먹는다. 맛을 분간할 수 없고, 허기나 더위도 느껴지지 않는다. 파라솔 밖으로 강한 볕이 들이치지만, 옆 건물 옥상에 세워진 대형 광고판이 두 사람에게 서늘한 어둠을 드리운다.

하늘로 흰구름이 빠르게 흘러간다.

〈배부른 구름〉.

너는 한기연이 만든 영화를 떠올리고, 그러자 한기연이 겪어야 했던 고통이 아프게 되살아난다. 통증을 떨쳐내듯 너는 새로 가져온 맥주를 빠르게 비워간다. 너와 한기연은 화장실에 다녀오기 위해 이따금 자리를 비울 때를 제외하고 한시도 서로의 곁을 떠나지 않는다. 너는 왠지 볼일을 보고 온 게 창피해 곧장 테이블로 돌아가지 못한 채 난간 아래 이어진 화단 앞을 서성인다. 말라붙은 흙 위에서 가느다란 잎들이 시들어가고 있다. 멀리 빌딩이 솟은 스카이라인으로 헬리콥터가 지나간다. 방송국 촬영일까. 아니면 누군가 아파서 급히 실려가나? 너는 먼 하늘을 보며 생각하다 무심코 테이블 쪽으로 고개를 돌린다. 그 순간 너를 보고 있던 한기연과 눈이 마주친다.

한기연이 나를 보고 있었어. 몰래 나를 보고 있었어!

너무 행복한 나머지 심장이 멎어버릴 수도 있을까. 너는 서툴게 시선을 피하는 한기연의 모습에 순간 눈앞의 초점이 흐릿해질 만큼 가슴이 벅차오른다. 황홀경, 그 말이 들어맞는 순간을 처음으로 실감한다. 그리고 그날 이후 너는 거울을 볼 때마다 한기연의 눈에 너의 모습이 어떻게 비쳤을지 떠올린다.

왜 그때 나를 훔쳐보고 있었어요? 그때 내가 어떻게 보였어요?

흰구름이 모빌처럼 두둥실 떠가고, 때때로 덩치 큰 구름이 나타나 태양을 가리며 옥상에 그림자를 드리운다. 바닥을 달구던 한낮의 열기가 조금씩 식어가자 목구멍에 닿는 맥주의 탄산이 차갑게 느껴진다. 얼마 지나지 않아 너는 다시 빈 아이스 버킷을 들고 일층으로 내려가고 이번에도 페피가 맥주를 챙겨준다.

"감독님 지금 술 많이 마시면 안 되는 거 알아요?"

예상치 못한 페피의 핀잔에 너는 순식간에 얼굴이 붉어져 고개를 숙인다. 혀가 얼어붙은 듯 아무런 말도 나오지 않는다.

하지만 일층에서 나와 철제 계단을 올라가는 동안 너는 섣불리 대꾸하지 않은 게 다행이라 생각한다. 죄송합니다, 그렇게 말했더라면 더 수치스러웠으리라. 너는 그런 식으로 스스로를 굽히고 싶지 않다. 그런 식으로 한기연과 시간을 보내는 것에 대해 다른 이에게 사과하고 싶지 않다.

옥상 문을 열자 한기연이 화단 난간에 기대어 누군가와 통화하고 있다. 너는 문을 닫고 층계참으로 물러서며 통화가 끝날 때까지 기다린다. 갑자기 취기가 올라와 머리가 어지럽다. 얼마 뒤 테이블로 돌아온 너는 이전처럼 맥주를 빠르게 마시지 않는다. 머뭇거리는 모습에 한기연이 뭔가를 짐작하는 듯 나직한 말투로 묻는다.

"집이 어디였죠?"

네가 대답하자 한기연은 혹시 통금 시간이 있느냐고 묻는다.

"상관없어요."

너는 어린애처럼 보이지 않기 위해 단호하게 말한 다음 덧붙인다.

"외박도 많이 해서."

"누구랑?"

아, 무례한 질문은 때론 얼마나 감미로운지. 너는 온몸이 부서질 것 같은 쾌감에 또 한번 아득해진다. 더 많이, 더 거칠게, 한기연이 무례한 질문을 던져주었으면.

옥상에는 노을빛이 드리우고, 그 빛마저 사라지자 어둠이 내려앉는다. 큼지막한 광고판은 전열 장치가 고장났는지 해가 져도 조명이 들어오지 않는다. 한기연의 표정이 보이지 않을 만큼 주변이 캄캄해졌을 무렵, 페피가 유리 갓을 씌운 노란색 초를 들고 온다. 페피를 보자 한기연이 짧고 큰 감탄사를 내뱉는다. 한기연은 너에게 보여주지 않은 친근하고 쾌활한 표정으로 페피를 반긴다.

"여기 계속 있을 거야?"

페피가 테이블 위에 초를 올려놓고 한 손으로 바람을 막으며 심지에 불을 붙인다. 페피는 한기연의 어깨에 손을 올린 채 춥지 않냐고 묻고, 한기연은 페피의 손목을 잡고서 시선을 아래로 끌어내리며 자신이 마신 맥주 좀 보라고 말한다. 너는 스스럼없이 서로를 대하는 두 사람을 똑바로 보지 못한다.

"잠깐 자리 좀 비켜줄래요?"

감정을 담지 않은 목소리로 페피가 너에게 말한다. 당황한 너는 서둘러 일어서다 바닥에 놓인 빈 맥주병을 쓰러뜨린다. 허둥대는 몸짓으로 옥상 밖으로 나갈 때 등뒤에서 페피의 목소리가 들려온다.

"믿을 만한 거야?"

순식간에 발가벗겨진 기분으로 너는 계단에 서서 아래를 내려다본다. 지금 내가 여기에서 뛰어내린다면 페피는 내가 믿을 만한 애라고 여길까? 아니면, 역시 믿지 못할 여자애라고 여길까?

얼마 지나지 않아 페피가 옥상 문을 열고 나온다. 페피는 너를 지나쳐가며 아무런 말도 건네지 않는다. 어떤 인사도, 당부도 없다. 너는 다시 테이블로 걸어가며 너의 처지를 잊지 않으려 되뇌인다. 영화감독을 따라다니는 하찮은 여자애. 실례인 줄도 모르고 자꾸만 맥주를 더 달라고 하는 철부지.

테이블 위에는 은색 열쇠 하나가 놓여 있다. 네가 그걸 보자 한기연이 말한다.

"먼저 가겠대요. 나갈 때 옥상 문 잠그고 가라고."

너는 말없이 고개만 끄덕인다. 그러자 한기연이 옥상까지 올라와 테이블이나 파라솔을 훔쳐가는 사람이 있다고 덧붙인다. 너는 또 고개를 끄덕이고는 일렁이는 촛불을 보며 심지 아래 고인 노란색 촛농을 손끝으로 건드린다. 그 모습을 보던 한기연이 페피에 관해 말하기 시작한다. 유학 갔을 때 만난 친구고, 영화를 찍을 때 조연출을 맡아 도와줬다고. 언제나 자기가 도움을 받는다고. 말은 차갑게 해도 의리 있고 따듯한 친구라고.

한기연은 너에게 '설명'하고 있다. 네가 풀죽어 있는 걸 알아채고 띄엄띄엄 조심스레 너의 다친 마음을 헤아려주고 있다. 그 에두른 마음이 전해지자 너는 가슴이 떳떳해지는 것 같다. 페피는 너를 질투한 거다. 낯선 방문자인 네가, 한기연과 처음 만난 네가, 이렇게나 오래 한기연과 단둘이 있는 것에.

"가끔 잠도 자요. 일층에서."

한기연이 바람에 흔들리는 촛불을 보며 말한다.

"혼자서요?"

"거의 혼자. 영화를 보다 밤을 새우기도 하고. 시간이 흐르는 걸 잊어버려요. 그러다 새벽이 되면 길에서 수레 끄는 소리가 들리는데……"

한기연이 잠시 말을 멈추고서 너를 본다. 눈맞춤에 너는 일순 주변이 고요해지며 한기연의 목소리가 더 크게 울리는 것 같다.

"처음엔 잘못 들은 건가 했는데, 새벽에 혼자 있을 때 꼭 그 소리가 들려요. 뭔가를 싣고 가는 소리. 문을 열어보면 캄캄해서 아무것도 없는데, 꼭 그 소리가 들려요."

마치 그 음산한 새벽으로 돌아간 듯 한기연은 한껏 몰입한 표정으로 얘기를 이어간다. 그리고 너는 그 집중의 순간을 틈타 한기연의 얼굴을 마음껏 감상한다.

"페피가 옆에 공업소 아저씨한테 물어보니까 그게 시체 끌고 가는 소리래요."

"시체요?"

"여기가 조선시대 때 시체를 내갔던 길이래요. 사대문 안에서 죽은 사람을 수레에 싣고 이 길을 따라 성문 밖으로 나갔대요."

한기연이 네 쪽으로 몸을 숙이며 목소리를 낮춘다.

"그 소리를 들으면 곧 귀신이 될 거라는데."

네가 눈을 동그랗게 뜨며 놀라자 한기연이 짐짓 심각한 표정으로 말을 잇는다.

"꼭 나한테만 들려요. 페피는 안 들린다는데, 꼭 나한테만. 그래서 한번 녹음해보려고요."

"오늘이요?"

"오늘?"

슷.

그 순간 누군가 일부러 입바람을 분 것처럼 초의 불꽃이 꺼진다. 동시에 한기연의 레몬색 야구 모자가 바람에 벗겨져 옥상 난간으로 날아간다. 놀란 한기연이 모자가 날아간 곳을 돌아본다. 꺼진 심지에서 흰 연기가 피어오르며 매캐한 냄새가 퍼진다.

당신은 기억하고 있을까?

거짓말처럼 촛불이 꺼지던 그 순간을.

또 한번 바람이 세게 불어 레몬색 모자가 난간 아래로 떨어졌고, 무대 위 조명이 켜지듯 이온음료 광고판에 눈부신 백색

빛이 들어왔지.
그때 그 순간을 당신도 기억하고 있을까?

지상으로 내려오자 도로의 차들이 빠르게 달려가고 음식점 간판들이 색색으로 번쩍인다. 너는 한기연의 보폭에 맞춰 걸으며 네가 누구와 있는지 잊지 않으려 애쓴다. 나중에 혼자 같은 길을 걸으며 추억할 수 있도록 눈앞에 보이는 풍경을 하나하나 기억에 새긴다. 한기연은 얕은 개천이 흐르는 돌다리로 향한다. 아치 형태의 짧은 다리를 건널 때 한기연은 물가에 핀 버들을 향해 손을 뻗는다. 참매미가 크게 울고, 풀벌레 소리가 은은하게 장식음을 붙인다. 옅은 물냄새와 채 식지 않은 보도블록의 열기, 여름밤의 향기가 너와 한기연이 걷는 거리에 배어 있다. 산책하듯 천천히 걷던 한기연이 너에게 같이 영화를 보러 가지 않겠느냐고 묻는다.

"지금 가면 마지막 영화를 볼 수 있을 거예요."

극장이 어디인지, 무슨 영화를 보자는 건지도 모른 채 너는 같이 가겠다고 답한다. 한기연은 그리 멀지 않은 곳에 있는 아트 시네마로 너를 데려간다. 국밥집이 있는 좁은 길을 따라 악기 상가가 있는 건물로 들어간 너와 한기연은 반세기 전에 만들어진 어느 폴란드 감독의 영화를 보기 위해 표를 끊는다.

"좋아하는 자리 있어요?"

한기연이 매표소 앞에 서서 묻는다. 너는 어디든 괜찮다고 말한다.

"옆자리? 아님, 떨어져서?"

한기연의 질문에 너는 "옆자리"라고 답하고는 혹시나 한기연이 혼자 떨어져 앉아 영화를 보고 싶은 게 아닐까 생각한다. 불현듯 페피가 했던 말이 머리를 스쳐간다. 믿을 만한 거야?

상영관으로 들어가 나란히 좌석에 앉았을 때 너는 처음으로 한기연의 체취를 자세히 맡는다. 담배와 이름 모를 섬유유연제, 머리카락에 밴 샴푸 내음 그리고 손끝에 남은 버들잎의 향기. 그 모든 냄새가 뒤섞여 한기연만의 체취를 만들어낸다. 영화가 시작되기 전, 너는 앞자리에 앉은 사람을 보고 작게 웃는다. 한기연이 무슨 일이냐는 듯 너를 보자, 너는 아무것도 아니라는 뜻으로 고개를 젓는다. 곧 상영관 안의 불이 꺼지고 영화가 시작된다. 너는 영화를 보는 내내 한기연이 영화에 관해 물으면 뭐라고 대답할지 떠올리며 화면에 집중한다. 하지만 견딜 수 없이 졸음이 몰려와 꾸벅꾸벅 잠들다 깬다.

영화가 끝나고 밖으로 나오자 거리는 한층 더 어두워져 있다. 너와 한기연은 다시 국밥집을 지나 개천이 흐르는 돌다리를 건너간다.

"아직 버스가 다니네요."

한기연이 도로 맞은편에 있는 정류장을 보며 말한다.

"오늘 고마웠어요."

끝인사를 건네듯 한기연이 말한다. 너는 온갖 감정이 밀려와 아무 대꾸도 할 수 없다. 너와 한기연은 횡단보도 앞에 서서 신호가 바뀌길 기다린다. 그때 구급차 한 대가 급히 지나가고, 동시에 한기연이 뭐라고 말하지만 사이렌소리에 묻혀 잘 들리지 않는다.

"괜찮으면……"

너는 꼼짝 않고 서서 한기연의 말에 귀기울인다. 사이렌소리가 멀어지고 신호가 바뀌자 사람들이 횡단보도를 건너간다.

"괜찮으면 같이 뭘 먹은 다음, 그다음 택시 타고 가요."

"좋아요."

너는 조금의 망설임도 없이 답하고선 자꾸만 웃음이 번져 눈꺼풀을 빠르게 깜박인다. 마음이 붕 떠올라 땅이 아닌 허공을 거니는 것만 같고, 지저분한 아스팔트길마저 감미롭게 일렁이는 듯하다. 너와 한기연은 근처를 돌아다니며 갈 만한 식당을 찾지만, 취객이 가득찬 술집이나 살코기를 굽는 음식점만 눈에 띈다. 그러다 한기연이 걸음을 멈추고서 또다시 '혹시 괜찮으면'으로 시작하는 말을 꺼낸다. 혹시 괜찮으면 자기가 아는 우동집에 가지 않겠느냐고.

"좋아요, 같이 가요."

너는 서슴없이 답하고서 감격을 가라앉히듯 숨을 크게 내쉰다. 너와 한기연은 함께 택시를 탄다. 차창 밖으로 흘러가는 불빛들을 보면서 너는 앞으로 한기연과 또 무엇을 하게 될까 생각한다. 한기연과 함께 차를 타는 건 한 번도 상상해보지 못한 일이다. 도시의 야경이 한층 더 천연하게 반짝이고, 차 안에 틀어놓은 라디오에선 듣기 좋은 볼륨으로 레게 음악이 흘러나온다. 아쉽게도 한기연이 말한 우동집은 그리 멀리 있지 않다. 너는 한기연을 따라 가게로 들어가 스탠드 테이블에 앉는다.

"벌써 세번째예요."

주문해 나온 우동 그릇을 한 손으로 감싼 채 네가 속삭인다. 한기연은 어깨를 기울이며 '으응?' 하는 표정을 짓는다. 너는 한기연에게 그날 하루 동안 네 앞에 펼쳐진 우연을 설명한다. 처음은 옆 건물 옥상에서 본 커다란 광고판, 그다음엔 영화관 앞자리 사람이 마시던 음료수, 그리고 지금, 세번째 우연.

"저 뒤에 있어요."

네가 뒷좌석을 돌아보자 한기연도 너를 따라 고개를 돌린다. 테이블 위에 파란색 음료수병이 놓여 있다.

"기억하기 쉽겠네요, 오늘을."

한기연이 그릇에 담긴 하얀 면발을 천천히 휘저으며 말한다. 너와 한기연은 자정을 넘겨서야 가게를 나온다. 한기연은 도로 쪽으로 걸어가며 다시금 너에게 사는 곳을 묻고, 너는 혜

화동이요, 라고 답한다. 너는 만약 지금이 영화 속 한 장면이라면, 자신이 이 영화의 감독이라면, 결코 이별 장면을 넣지 않을 거라 생각한다. 대신 두 사람을 폐피로 데려가 함께 귀신 소리를 듣게 할 거라고.

"먼저 타고 가요. 난 다음 거 타고 갈게요."

너의 상상에서 비켜서듯 한기연이 말한다. 한기연은 택시를 잡기 위해 도로를 보며 팔을 든다. 너는 한기연에게 너의 휴대전화 번호를 알려줘도 될지 고민한다. 한기연에게 번호를 알려달라는 말은 감히 꺼낼 수 없지만, 너의 연락처를 알려준 뒤 한기연의 연락을 기다리는 건 평생이라도 할 수 있을 것 같다.

택시 한 대가 멈춰 서자 한기연이 차문을 열고 너를 향해 손짓한다.

"감독님 먼저 타고 가세요."

너는 반쯤 열린 자동차 문 앞에 서서 고집을 부린다. 네가 처음으로 강하게 의견을 내세우자 한기연은 어찌할 바를 몰라 한다. 결국 같이 차에 올라탄 너와 한기연은 실랑이하듯 기사에게 상대의 집 쪽으로 먼저 가달라고 말한다. 가만히 두 사람의 대화를 듣던 기사가 너의 집에 들렀다가 한기연의 집으로 가는 게 낫겠다고 말한다. 중재자의 판결이 내려지자 너와 한기연은 옥신각신을 멈추고 좌석에 등을 기댄다.

오늘 고마웠어요.

한기연이 그렇게 말했던가. 오늘 같이 있어서 즐거웠다고, 그녀가 그렇게 말했을까. 너는 택시가 멈추지 않기를 바란다. 벌써 한기연이 그리워져 그녀의 모습을 조금이라도 눈에 담으려 애쓴다. 무릎을 감싼 청바지와 때묻은 운동화 앞코, 가볍게 날아가 어딘가로 숨어버린 레몬색 야구 모자.

그때 라디오에서 광고가 흘러나온다. 귀에 익은 산뜻한 멜로디 끝에 음료의 이름이 또렷이 들려온다. 포카리스웨트! 너와 한기연이 마주보며 웃는다.

"혹시 괜찮으면……"

한기연이 말한다. 너에게 대답은 오직 하나뿐이다. 괜찮아요. 저는 무엇이든 좋아요. 같이 밤거리를 걸어도 좋고, 밤새 지루한 영화를 보는 것도 좋아요. 함께 페피로 돌아가 무시무시한 수레 소리를 듣는 것도 좋아요.

"괜찮으면 같이 바다 보러 갈래요?"

예상하지 못한 제안에 너는 할말을 잃은 채 한기연을 물끄러미 본다. 한기연은 목소리를 조금 떨며 너에게 설명한다. 실은 지난겨울부터 바다를 보고 싶었는데 갈 수 없었다고. 여행을 가서도 거의 밖으로 나가지 않고 호텔에서만 지냈다고. 만약 둘희씨가 괜찮으면 같이 바다를 보러 가고 싶다고. 지금 갔다가 아침에 서울로 돌아오자고.

둘희씨.

그때 처음 당신이 내 이름을 말했어.
만난 지 하루가 다 지나서야, 헤어질 순간이 되어서야,
바다에 가자고 하면서 내 이름을 말했지.

둘희씨.

운전대를 붙잡은 기사가 룸미러로 너와 한기연을 본다. 네가 대답하자 한기연이 허리를 펴고서 앞좌석으로 다가가 말한다.
"지금……"
한기연은 자신이 내뱉을 단어의 뜻을 헤아리듯 잠시 말을 멈춘다.
"지금 여기에서 제일 가까운 바다로 가주세요."

2

 그리고 너는 여기에서 기억을 멈춘다. '지금'이란 순간을 멈추고, 그 안에서 무한히 살고픈 너의 열망과 되새김을 멈춘다. 이제는 누구에게도 말할 수 없는 이야기, 네가 발설하지 않는 그날의 남은 이야기가 혼자만의 흐름을 이어간다. 이야기 스스로 선둘희와 한기연을 뒤따르며 그들이 통과한 순간을, 깊이 파묻은 장면을 끊임없이 재생한다. 끝과 다함이 없이⋯⋯ 일출과 월출, 해가 가라앉은 모퉁이로 달빛이 떠오르듯이. 사라진 것처럼 보이는 과거가 시야의 지평선 너머에서 자기의 리듬대로 흘러간다. 택시, 싸늘한 유리창, 낮게 웅얼거리는 라디오 디제이의 목소리⋯⋯
 차는 도심을 벗어나자 빠르게 달려간다. 창밖은 먹지처럼 어둡고 라디오에선 느리고 쓸쓸한 음악이 흘러나온다. 한기연은 피로한 듯 창가로 고개를 돌린 채 눈을 감는다. 택시가 심한 커브길을 돌자 한기연의 몸이 둘희 쪽으로 기울고, 둘희는 한기연이 자신의 어깨에 머리를 기댈지 몰라 가만히 자세를 낮춘다. 얼마 뒤 다시금 택시가 크게 모퉁이를 돌 때 한기연의 몸이 서서히 둘희 쪽으로 기운다. 마치 쓰러지는 나무처럼, 썩어 병든 나무처럼.

둘희는 꼼짝하지 않은 채 무릎에 실린 한기연의 무게를 감당한다. 한기연의 얼굴이 닿은 허벅지가 조금씩 젖어간다. 한기연의 눈물로 옷이 젖고 있다. 둘희는 한기연의 어깨에 손을 올리려다 이내 거둔다. 그대로 자신의 몸이 온통 젖길 바라며. 그렇게 한기연의 눈물에 녹아 삶이란 무대에서 퇴장해도 좋다고, 아무런 후회가 없다고 소리 없이 다짐한다. 정신이 아스라이 흐려지며 한기연의 뺨과 맞닿은 허벅지에서 맥박이 뛴다. 거기에 둘희의 심장과 입김과 비밀이 있다. 택시가 바다를 가로지르는 대교로 들어서자 바람이 철골을 때리는 울림소리가 가득 찬다. 맞은편 차선에서 크고 험상궂은 덤프트럭이 돌진해온다. 그 속도와 맞바람에 택시가 마른잎처럼 하찮게 흔들린다.

상관없어, 나무는 죽어 쓰러질 때 가장 큰 소리를 내니까.

둘희는 아무것도 묻지 않고, 어떤 내색도 없이 한기연이 다 울 때까지 기다린다. 끝없이 울어도 넘치지 않는 우물, 그게 바로 나니까. 오직 당신을 위해 파 내려간 깊이, 당신이 마음 놓고 추락할 수 있는 허벅지, 둘희는 언제나 그 젖은 허벅지로 살아가겠다고 맹세한다. 당신의 순정한 눈물받이가 되어 슬픔을 모조리 받아 마시겠다고.

그 밤, 기사는 외지고 한적한 곳에 그들을 내려준다. 한여름의 밤바다에 끈적하고 비린 바람이 분다. 모래밭 가장자리에 허리가 굽은 해송이 자라 있고, 저멀리 파도가 토해놓은 조개 껍데기가 쌓여 있다. 한기연과 둘희는 울음과 격정에 지쳐 모래사장에 주저앉는다. 얕은 파랑이 치지만 물살은 세지 않고 뿌연 달무리가 터널 속 전등처럼 빛난다.

"나 혼자 오려고 했는데."

한기연은 둘희에게 여기까지 오게 해 미안하다고 말한다. 둘희에게 대답할 시간을 주지 않은 채 자기의 잘못들을 털어놓기 시작한다. 남김없이 자백하고 비워낸 다음 훌훌 가벼워지고 싶다는 듯이.

"난 자격이 없어요."

한기연이 검게 너울치는 해안선을 응시한다. 자신이 친구의 아이디어를 훔쳤다고, 〈배부른 구름〉에 나오는 여고 동창생 이야기는 친구의 시나리오로 처음 알게 됐다고 말한다. 둘희는 심장이 깨물린 듯 놀라지만 입술이 달라붙어 아무 말도 나오지 않는다. 대체 어디서부터 어디까지? 문득 파도 소리가 멎고 바윗덩이가 얹힌 듯 가슴이 짓눌린다. 자칫 둘희가 섣부르게 반응하면, 자신마저 한기연을 몰아세우면, 그녀가 모든 것을 놓아버린 채 저 바다로 사라져버릴 것만 같다.

"사람들도 다 알 거야. 전부 드러나게 돼 있어."

한기연이 독백하듯 중얼거린다. 자신은 태생부터 오염된 인간이라고, 아버지의 일이나 유학 시절 이야기도 과장이 있을 뿐 아예 없는 사실은 아니라고 털어놓는다.

"안 그런 사람이 어딨어. 저도 나쁜 짓 많이 했어요."

둘희는 자책하는 한기연을 막아선다. 그리고 그 순간 한기연을 위한 자신의 자리를 깨닫는다. 나는 심판관이 아니라 이 사람의 은신처가 되고 싶다고. 나 한 사람만은 그래도 되지 않을까. 불의하고 파렴치하다 해도, 나 하나만은 어리석은 이해로 이 사람의 손을 잡아주면 안 될까. 나한테 말해요. 내가 당신의 절망을 듣는 귀가 될래. 둘희는 한기연이 외롭지 않게 자신의 악행을 두서없이 늘어놓는다.

"어릴 때 개를 때렸어요. 새끼였는데, 배고프다고 낑낑대서. 사료를 줬는데도 계속 귀찮게 해서……"

둘희는 멈추지 않고 다른 잘못들도 말한다. 초등학생 때 발달이 늦은 아이가 있었는데, 내가 그애와 짝이 되어 도와줬다고. 그러다 어느 순간 숨이 막혀 도망치듯 그애를 피했다고. 그애에게 친구는 나뿐이었는데…… 또 중학생 때 옆집 아기를 돌봐준 적이 있는데, 아기의 고추를 건드렸다고.

"건드렸다고요?"

한기연이 묻자 둘희가 고개를 끄덕인다. 그러면서 거의 보이지 않을 만큼 작게 검지를 까닥인다.

"궁금했어요. 아기도 그렇게 되는지."

둘희는 뜨겁게 피가 몰리는 얼굴을 숙인다. 십대의 둘희는 아기의 보드라운 살결을 주무르며 말했다. 너희 엄마는 스탠드바에 놀러갔단다. 지금 널 돌봐줄 사람은 나밖에 없어. 둘희는 스탠드바가 어떤 곳인지 잘 몰랐으면서도 우는 아기에게 그런 말로 겁을 줬다. 얼마 뒤 아기에게서 톡 쏘는 지린내가 풍겼고, 둘희는 옆집 여자가 가르쳐준 대로 기저귀를 열어봤다. 그러자 아기가 물총을 발사하듯 남은 오줌을 내뿜었다. 둘희는 누리끼리하게 젖은 자기의 옷을 내려보며 문득 옆집 여자가 왜 탈출하듯 밤 외출을 감행했는지 알 것 같았다. 만약 자신이 남자였대도 아기를 맡겼을지 의문이 들었다. 자신이 남자고, 이 아이가 여자아이였다면, 내게 부탁할 수 있었을까. 그뒤로도 둘희는 한 번씩 그때 자신의 추행을 떠올렸다. 그 방에 감시카메라가 있었다면, 혹은 아기가 그때의 일을 기억할 수 있었다면 자신은 아동 성추행범이 되는 것이었다.

"더 심한 짓도 많이 했어요."

하지만 둘희는 그 일이 무엇인지는 말하지 않는다. 흙더미가운데 꽂힌 막대를 건드리지 않은 채 가장자리만 무너뜨리는 것처럼 가장 위험한 비밀들은 털어놓지 못한다. 검고 독한 기름덩어리 같았던 일. 어떤 선을 넘어버리고 싶어 함부로 자신을 나락에 빠뜨렸던 일. 스스로 장작이 되고 방화범이 되어 불길을 향해 날뛰었던 일. 타올라 재가 되어야만 간신히 버틸 수 있었던 순간들은 차마 입 밖으로 꺼낼 수 없다. 그 시절 둘희는 자신이 세상을 안다고 생각했다. 사람들을 쩔쩔매게 하는 돈이나 섹스, 사회의 규범들이 별것 아니라고 비웃었다. 교복을 입고 시간에 맞춰 학교에 가면 간밤에 묻은 체액과 토악질을 들키지 않을 거라 자만했다. 그뒤로도 둘희는 문득문득 비어져나오는 냉소를 참을 수 없었다. 자신에게 진지하거나 간절한 바람이 생기면, 그만큼 나약해지는 것 같아 일부러 가벼움을 흉내내며 자기 영혼에 박힌 갈증을 업신여겼다. 한기연이 아니었더라면, 한기연의 영화가 아니었다면, 둘희는 여전히 게임을 하듯 자신의 몸과 마음을 흙처럼 허물었을 것이다.

칠흑의 바다. 닿으면 먹물이 스밀 듯한 어둠이 가득하다. 둘희는 택시에서부터 한기연을 따라 우느라 통통 부은 눈으로 밤바다를 바라본다. 차고 무정한 바람이 불어와 이마를 밀치며 남은 죄를 추궁하는 것 같다.

"나는 무서워요."

한기연이 말한다. 둘희는 메아리처럼 그 말을 따라 한다. 무서워요.

"나는 지쳤어요."

한기연이 말하고, 둘희가 그 말을 되돌려준다. 지쳤어요. 정말 완전히 지쳐버렸어. 한기연은 자기를 놓아버리라고 말한다. 다른 이들처럼 욕하고 비난하라며 깊고 허한 눈으로 둘희를 본다.

"아뇨, 전 감독님을 붙잡을 거예요. 못 도망가요. 책임지셔야 해요."

둘희는 단호함이 느껴지도록 목소리에 힘을 싣는다. 이 세상 누구도, 한기연 본인조차도 한기연을 망가뜨릴 순 없다. 둘희는 결연하게 모래밭에서 일어선다.

"울어도 돼요! 이것 봐요!"

둘희가 자기의 튼튼한 허벅지를 자랑하듯 한기연 앞에 두 다리를 벌리고 선다. 언제라도 당신이 쓰러져 울 수 있는 아늑한 쿠션이 되어주리라. 나락인 줄 알고, 절벽인 줄 알고 추락하면, 내가 조밀한 풀숲이 되어 그 몸을 받아주리라. 풀잎과 풀잎의 어깨를 엮고, 땅의 가슴을 끌어당겨 당신이 떨어질 절망의 깊이를 줄여주리라.

둘희는 모래를 한 움큼 집어 바다로 흩뿌린다. 한껏 숨을 마신 채 한기연을 향해 소리친다.

"들어봐, 지금 이 모래는 모래 한 알이 되기 위해 십만 년을 깎이고 뒹굴었을 거야. 지금 저 별빛은 수천 년을 달려 너와 내가 밤하늘을 보는 '지금'으로 왔겠지."

한기연이 고통스러운 듯 얼굴을 일그러뜨리며 웃는다. 그 말은 〈더없이 오래 사는 따개비〉에 나오는 대사다. 둘희가 계속 영화 장면을 따라 한다. 해변에서 날뛰던 연인들처럼 "만세! 만세!" 크게 외친다. 발광하듯 사지를 흔들다 한기연 앞에 풀썩 무릎을 꿇는다.

"그러니 가여워 마. 만약 우리의 삶이 소설이라면, 한낱 스크린에 비치는 환영일 뿐이라면……"

거칠게 숨을 헐떡이지만, 얼굴은 환하게 웃고 있다.

"환영 만세! 모래야 문장 되고, 별아 씬 되어라!"

둘희가 무릎으로 기어가 한기연의 어깨를 붙든다.

"나는 몇 번이고 한기연이란 환영을 다시 만날 거예요."

3

 해낼 수 있을 거란 확신을 약간 포기한다. 논리와 사랑으로 타인을 설득할 수 있을 거란 희망을 '약간' 포기하듯이. 레지스탕스였던 화가가 군사혁명을 포기하고, 오래된 괴담을 모아 끔찍한 호러물을 펴내는 이야기. 어디서 봤더라?

 0. 지금 필요한 것.
 1. '언젠가는' '나중에는' 박살.
 2. 화가 날 땐 옷을 찢는 기백.
 3. 시선을 집중시킬 무언가.
 4. 통속물, 괴기물. 그게 바로 현실을 반영하는 장르니까.
 5. 서로의 환영을 공유하기. 함께 상처 입기. 감독은 가장 많이.

6. 하지만 밸런스를 소중하게.

7. 일평생 옳은 방법만 택했다면 그 사람은 아둔한 자이거나 방관자다.

8. 타락과 변질을 피할 수 없다면 물러서지 말고 기꺼이 아류가 될 것.

9. 약간만 포기한 채.

0. 한번 더 영화를 해보자고.

그해 가을, 너는 식탁에서 발견한 메모에서 연인의 다짐을 읽는다. 메모지 끝에 날짜가 적혀 있기에 너는 한기연이 어떤 심정으로 그 글귀를 썼는지 짐작할 수 있다. 너와 한기연이 처음으로 바다에 갔던 날, 한기연은 집으로 돌아와 자신의 결심을 끄적여놓았다.

너는 메모지를 식탁 구석자리에 다시금 내려놓는다. 창가로 걸어가 비바람이 부는 유리창 너머를 바라본다. 거무스름한 한강이 보이는 그곳은 한기연의 오피스텔이다. 번화한 도심의 한복판이지만 너는 그곳이 망명지라 생각한다. 이름도 신분도 옷 벗듯 활활 벗어던지고 오직 서로의 몸에만 의지해 도망쳐 온 곳.

그날처럼 바람이 세게 불 때면 너는 마치 높은 구름층에 떠 있는 듯하다. 뉴스에선 '개미'라는 이름의 태풍이 몰려올 거라고 했다. 바로 몇 분 전까지 한기연은 네가 입을 만한 옷을 서랍에서 찾으며 태풍의 이름을 짓는 몇 가지 규칙에 관해 말해주었다. 너는 나체로 침대에 엎드려 발을 까닥이며 그 말소리를 음미했다. 겉으로는 태풍 얘기였지만, 너는 한기연이 자신의 영화에 대해 말하고 있다는 걸 알았다.

첫째, 우리나라가 속한 아시아 태풍 위원회는 각 회원국이 열 개씩 제출한 고유명사 중에서 태풍이 발생하는 순서에 따라 차례대로 이름을 붙인다. 그리고 한기연 역시 자신이 만들어야 할 영화의 목록을 이미 완성했다. 그 영화의 목적은 여러 명이 동시에 하나의 꿈을 꾸는 것이었고, 같은 이름의 태풍이 정기적으로 되돌아오듯 한기연도 무모해 보이는 시도를 여러 번 되풀이할 각오가 되어 있었다.

둘째, 너무 무섭고 험상궂은 이름으로는 짓지 않는다. 그 이름을 가진 태풍이 지나갈 때 피해가 크지 않기를 바라는 마음으로. 예를 들면 개미나 도라지, 버들처럼. 그리고 한기연은 그날 마주한 태풍을 기념해 자신이 구상하는 시나리오의 가제를 '개미'라 이름 붙였다.

셋째, 극심한 피해를 준 태풍의 이름은 후보에서 삭제한다. 예를 들면 2003년 가을 한반도를 강타했던 태풍 매미처럼. 매미는 수조원의 재산 피해를 일으킨 뒤 목록에서 지워졌다. 그 대신 '무지개'란 새로운 이름이 등재됐는데……

아, 저 목소리를 푸른 액체처럼 병에 담을 수 있다면. 담아서 영원토록 몸에 지닐 수 있다면. 너는 찰랑이는 푸른 물이 된 듯 한기연의 목소리에 이리저리 휩쓸렸다. 한기연이 이어 말했다. 자신에게 영화란 태풍처럼 세상에 파문을 일으키는 거라고. 먼바다에서 만들어진 태풍이 인간의 땅에 상륙하듯 영화 역시 아득한 비현실에서 시작해 현실의 소용돌이로 강해져야 한다고.

침대에 엎드린 너는 손등에 턱을 괸 채 한기연이 다가오길 기다렸다. 어서 곁에 다가와 다시금 너를 만져주길. 그 몸으로 지그시 너를 눌러주길. 한기연의 손길이 닿으면 너의 몸엔 빛이 켜지고 창이 나고 살결이 부르트도록 신선한 바람이 오갔다. 너는 한기연의 손끝에 마디마디가 열려 빛나는 링처럼 그녀의 허리를 끌어안은 채 까마득하게 한숨지었다. 몸이란 이토록 시원한 거구나…… 상쾌하구나……

한기연과 낮과 밤을 보낸 지 삼 일째 되던 날.

태풍 개미를 네 마음에 새긴 그날.

개미란 이름의 태풍은 그해로부터 정확히 육 년 뒤 다시 한반도에 찾아온다. 그리고 또 육 년이 흐른 시점에 어김없이 찾아와 서른넷이 된 너의 눈앞에 세찬 비를 뿌린다.

한 사람의 생애에서 같은 이름의 태풍을 몇 번이나 만나게 될까.

스물둘, 스물여덟, 서른넷

육 년마다 가을이 되면 태풍 개미가 찾아오듯이

마흔, 마흔여섯, 쉰둘

먼 훗날에도 너는 사납게 몰아치는 비바람을 보며 그 시절을 회상할 수 있을까. 청초한 이상을 꿈꾸던 한기연과 그 이상이 돌처럼 네 가슴에 날아오던 순간을. 먼 후일에도 그 파동과 세기로 똑같이 아파할 수 있을까.

그 어떤 강력한 태풍도 결국 소멸해버리는 것처럼, 한기연은 거센 풍속과 폭우로 세상에 변화를 일으킨 다음 사람들의 관심에서 멀어지는 한시적인 영화를 만들 거라 했다. 한기연에게 영화란 불확실한 가능성을 끈질기게 추구하는 것이었다. 그리고 그 몰두와 헌신이 너로 하여금 '사랑'을 믿게 했다. 사랑, 영화, 태풍…… 그 맹목에 어떤 이름을 붙이든 너에겐 같은 모양, 같은 뜻이었다. 비록 영화나 태풍이나 모두 한순간의 소요에 그칠 뿐이라 해도 너는 한기연을 따라 그 이상의 종착점까지 가보고 싶었다. 가서, 간 다음, 그 잔해 위에서……

너는 차마 너의 깊은 바람을 내뱉을 수 없었다. 언어로 바꾸는 순간 소망이 하찮게 보일까 두려웠고, 그 역시 고리타분한 관계의 답습일까 주저됐다. 하지만 그게 나쁜 걸까. 너의 열망이 한기연을 독점하고픈 욕심이라면, 그 기대는 영영 감춰야만 할까.

태풍이 다가오던 그해 가을,

너는 풀색 리넨 원피스를 입고 창유리 앞에 서서 비에 젖은 도시를 내려다본다. 한기연이 있는 침실 쪽으로 가려다가 걸음을 멈추고 맞은편 서재로 들어간다. 따뜻한 차가 담긴 컵을 손에 들고, 발에는 호박색 벨벳 슬리퍼를 신은 채. 너는 책과 DVD가 빼곡히 꽂힌 서가를 구경한다. 일부러 더 느긋이 시간을 끌며 책등을 하나하나 짚어본다.

"뭐하고 있어요?"

한기연이 서재로 들어온다. 너는 돌아보지 않은 채 생각한다(바로 지금, 당신이 나에게 오는 상상. 당신이 나에게 다가와 그렇게 말을 거는 상상). 한기연이 너를 뒤에서 감싸안는다. 등에 와닿는 그 감촉이 너무도 야해 너는 민트차가 담긴 컵을 놓칠 것만 같다. 한기연의 손이 조금씩 너의 원피스 밑단을 들추며 다리를 어루만진다. 너는 많은 옷 중에서 한기연이 왜 원피스를 골랐는지 이유를 알 것 같다. 이렇게 쉽게 옷 안으로 파고들려고?

"이 사람 책 어때요?"

너는 책장에 꽂힌 책 한 권을 가리키며 말한다. 대담 프로그램에서 한기연에게 무례하게 굴었던 소설가의 책이다. 네가 '꼴불견'이라고 이름 붙였던 그 사람.

"이 작가, 출판사 직원들한테 엄청 못되게 군대요. 너처럼 예술 모르는 인간이랑 같이 일 못한다고 막 욕한대요. 이 사람 때문에 회사 그만둔 사람도 많대요."

"누가 그래요?"

다소 차가운 한기연의 말투에 너는 멈칫하고, 들고 있던 컵을 책장 선반에 올려놓는다.

"어디서 봤어요."

"어디서?"

그때 너는 뭐라고 답했을까. 네가 기억하는 건 자꾸만 가슴으로 향해 오는 한기연의 손과 손마디의 감촉. 차고 동그란 물방울처럼 한기연의 손이 너를 두드리고, 너는 작은 웅덩이가 된 듯 오목하게 파여 피부 아래 영혼까지 깨어난다. 만세를 부르듯 너는 두 팔을 들고 한기연이 이끄는 대로 원피스를 벗는다.

"다른 사람 미워하지 말아요."

한기연이 너의 어깨선을 입술로 쓸고 간다.

"나 때문에 다른 사람 미워하지 말아요."

그리고 또다른 물방울. 너와 한기연은 욕조 물에 잠겨 있다. 발개진 눈과 흠뻑 젖은 뺨으로 물속에서 찰방거린다. 서로의 몸을 격렬하게 묶고 풀기를 몇 차례. 너와 한기연은 심한 갈증에 찬물로 이마를 적신다. 간밤에도 한기연을 재우지 않은 너는 잠깐의 휴식이 아쉬운 듯 그녀의 품으로 미끄러진다. 지극한 눈길로 시선을 맞추며 한기연의 팔 하나를 악기처럼 어깨에 얹는다. 주름 하나 반점 하나, 살결에 따라 누운 잔털 한 올까지 진지하게 마음에 담는다. 그 모든 흔적이 한기연이 통과한 시간이기에. 너는 경건한 연주자처럼 연인의 팔과 손목에 입맞추며 연인이 내는 소리에 귀기울인다. 한기연이 그랬던 것처럼 허벅지 위로 그녀를 끌어안고 더 대담한 몸짓을 시도하지만, 아직은 스스로가 미숙하다는 걸 확인하고는 낮게 탄식한다.

조금 풀이 죽은 네가 맞은편 욕조 벽에 기대어 미리 생각해둔 얘깃거리를 꺼낸다.

"슈퍼맨이 지구를 돌려버리잖아요."

너는 연인이 좋다고 말한 영화를 너 또한 좋아할 수 있어 기쁘다. 영화 속 영웅의 모습을 떠올리며 다시금 감탄한다.

"진짜 끝내줬어요. 로이스가 죽으니까 슈퍼맨이 지구 밖으로 날아가 아예 시간을 되돌려버리는 거."

지구가 돌아가는 힘보다 더 크고 빠른 힘. 자전의 방향을 바꾸고 시간을 거스르는 힘. 좋은 영화는 그렇게 삶을 되감고 새로운 질서를 만든다. 이제껏 발견되지 않은 에너지를 눈앞에 펼쳐놓는다.

"고백할 게 있어요."

한기연이 팔을 뻗어 너의 무릎을 끌어당긴다. 두 사람의 하반신 주변으로 라임향이 나는 거품이 섬세한 소리를 내며 터진다.

"내가 제일 좋아한 건 그 장면이 아니었어요."

"그럼요?"

"내가 좋아한 건 슈퍼맨이 괴로워하던 장면이었어요. 초록색 돌처럼 생긴 외계 물질 있잖아요. 악당이 그걸 쇠사슬에 묶어서 슈퍼맨의 목에 두르니까 슈퍼맨이 아무 힘도 못 쓰고 죽을 것처럼 괴로워하는데…… 난 그게 좋았어요. 슈퍼맨이 비틀대다 물속으로 풍덩 빠지는 거."

너는 그 장면을 보는 어린 한기연의 마음을 떠올려본다. 왜 그 장면이 좋았을까? 초록색 돌이 신비로워 보였나? 아니면 영웅이 고통받는 게 안타까웠을까?

한기연이 너의 무릎에 이마를 댄 채 나른하게 말한다.

"흥분되더라. 슈퍼맨이 속수무책으로 괴로워만 하는 게……"

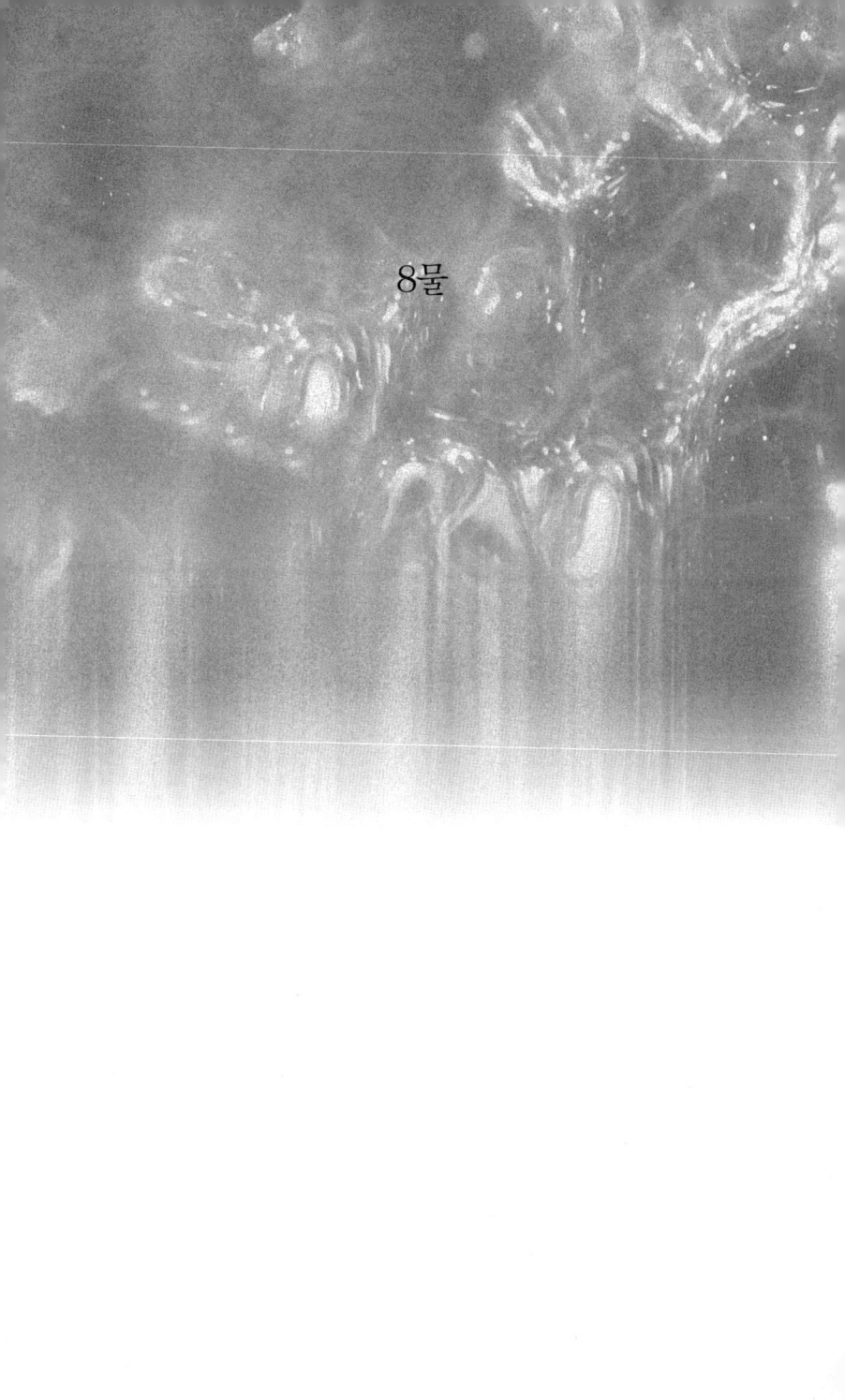

한 해가 며칠 남지 않은 날 이른아침, 을주는 간밤에 쏟아진 눈을 쓸기 위해 싸리 빗자루를 들고 밖으로 나갔다. 전날에 쓸어놓은 길이 또다시 눈으로 하얗게 덮여 있었다. 골목부터 식당 앞까지 오복이가 지나간 발자국이 눈밭에 찍혀 있었다. 불꽃처럼 솟아오른 발가락과 가운데 불룩한 장구가 무척이나 싱그러웠다.

"을주야, 그냥 저기 삽으로 싹 밀어!"

식당 처마밑에서 담배를 피우던 이모가 소리쳤다. 이모는 입김에 섞인 연기를 길게 내뿜었다. 음식 만지는 사람은 늘 손이 깨끗해야 한다며 이모는 하루에 두 번, 식당 오픈 전과 마감 후에만 담배를 피웠다. 을주는 제설 삽을 쓰라는 이모의 말을 귓등으로 흘려들으며 계속 싸리비를 움직였다. 삽으로 밀면 눈을 더 쉽게 치울 수 있었지만 을주는 삽날이 땅바닥에 끌리는 거친 소리가 싫었다. 소복하게 쌓인 눈을 함부로 대하고 싶지도 않았다. 빗자루로 살살 밀어 눈가루를 단정하게 모아둘 때면 누군가의 긴 머리칼을 빗겨주는 것처럼 기분이 삼삼했다.
"이모, 나한테 욕해봐."
을주가 빗자루로 눈밭을 삭삭 훔치며 말했다.
"무슨 욕?"
"아무 욕이나 해봐."
"왜, 누가 너한테 욕해?"
이모가 을주의 표정을 유심히 살폈다.
"아니, 욕 들은 지가 오래돼서. 감이 좀 떨어졌네."
을주는 요 며칠 서울에서 웹 디자이너로 일하던 때가 생각났다. 사람의 입에서 나오는 말들이 죄다 고깝게 들리던 시절이었다. 을주가 다니던 회사는 교육 동영상 콘텐츠를 만드는 업체였다. 직원은 을주를 포함해 다섯 명이었는데, 환갑이 넘었다는 회장은 코빼기도 보이지 않았고 회장의 막내아들이 사장 노릇을 하며 매일 대리 한 명을 구박했다. 사장은 을주나 다른 직원들에겐 예의를 차렸지만, 그 대리에겐 막말을 하며 외모 비하를 서슴지 않았다. 아이가 갑자기 아파 대리가 늦게 출근한 날에는 오전 내내 대리의 가정사를 늘어놓으며 험담했다. 사실, 그 사장 새끼가 비열하긴 했지만 틀린 말을 하는 건 아니었다. 대리는 지각과 조퇴를 밥먹듯 했고, 사장의 말대로 '사람을 시험에 들게' 했다. 탕비실에 있는 커피믹스나 간식을 몰래 집으로 가져가기도 했으며, 실수하지 말아야 할 회계 업무에도 빈틈이 많았다. 대리가 새로 입사한 직원을 일부러 골탕 먹일 땐 을주는 그가 무시를 당해도 싼 인간이라 생각했다. 하지만 세상 어느 누가 결점이 없을까. 을주는 자신을 포함해 대리를 잡도리하는 사장도 만만치 않게 결함이 많은 사람이라 여겼다. 그렇게 마음에 들지 않으면 그만두라고 하면 될 텐데, 사장은 그 만년 대리와 회사 설립 때부터 줄곧 동고동락해오고 있었다. 어쩌면 대리의 진짜 역할은 그렇게 사장의 욕을 감당하며 스트레스를 풀어주는 것인지도 몰랐다. 을주를 괴롭게 했던 건 대리를 구박하는 사장이 아니라 사장의 비위를 맞추며 소위 정치질하는 대리의 태도였다. 그리고 사장에게 세뇌라도 당한 듯 똑같이 그 사람을 하찮게 여기는 을주 자신의 속마음. 언제나 을주를 제일 불편하게 찌르는 가시는 타인이 아닌 자기 자신의 졸렬함이었다.

"너희 할머니가 하도 자식들한테 욕을 해서 난 안 해."

이모가 전자 담배에서 다 피운 스틱을 꺼내며 말했다.

"할머니가 무슨 욕을 했는데?"

"이년아, 저년아, 말끝마다 그랬지."

"그건 이모 이름이 일연이라서 그런 거 아냐?"

을주의 말에 이모가 표정으로 욕을 하듯 입술을 비틀었다. 을주는 비어져나오는 웃음을 참으며 비질을 이어갔다. 역시나 욕은 그 자체보다 맥락과 뉘앙스가 중요했다. 사장 '새끼'는 욕이지만, 오복이 내 '새끼'는 욕이 아닌 것처럼.

"나는 막 화가 나고 무서울 땐 애국가가 나오더라. 너도 해봐."

이모가 담벼락 끝으로 걸어가며 말했다. 을주에겐 삽을 쓰라고 소리치더니 이모 역시 손이 더 많이 가는 빗자루를 챙겨 들었다.

"내가 어릴 때 애국가를 다 외웠잖아. 1절부터 4절까지, 학교에서 그거 다 외워서 쓰는 사람 나밖에 없었어. 교장 선생님이 2학년 1반 정일연이가 6학년 언니 오빠들보다 낫다고 조회 시간에 마이크에 대고 칭찬했잖아."

"애국가가 좋아?"

"마음이 편해."

"동해물과 백두산이?"

"그것도 좋고, 나는 4절이 좋더라. 이 기상과 이 맘으로 충성을 다하여."

을주는 기다란 빗자루 꽁지에 턱을 괴고서 이모가 비질하는 모습을 봤다. 이모는 그렇게 진심을 바쳐 맹세하는 노래를 좋아했다. 허스키한 목소리의 로커가 천년이 지나도 자기 사랑은 안 변할 거라고 울부짖는 노래, 청승맞기 그지없는 목소리로 아낌없이 아낌없이 주기만 할 거라고 다짐하는 노래, 사람이 꽃보다 아름답고, 연어가 강물을 거슬러오르고, 손에 손잡고 벽을 넘자는 노래. 을주는 이모가 식당에 틀어놓은 그 가요들을 들으며 자랐다. 라디오에서 이모의 애창가요가 나오면 이모부가 재빨리 달려가 카세트의 녹음 버튼을 눌러 모음곡을 만들었다. 그런데 이모는 언제 무서움을 견디기 위해 애국가 4절을 불렀을까.

"야, 이거 살쾡이다."

이모가 눈밭에 쪼그려앉으며 말했다. 을주도 이모 곁에 앉아 발자국을 들여다봤다. 네발짐승의 발자국이 식당 뒷길을 따라 딸기 하우스 쪽으로 이어져 있었다.

"고양이 아냐?"

"삵이야."

"어떻게 알아?"

"느낌이 그래. 싸해."

을주가 싱겁다는 듯 허리를 펴며 말했다.

"이모 살쾡이 본 적 있어? 이모부는 한 번도 없다는데? 옥녀산에 너구리는 있어도 살쾡이는 이제 없대."

"그 아저씨가 용띠라 그래. 나는 쥐띠잖아. 쥐띠라 보면 알아."

 이건 또 무슨 소린가 싶어 을주는 코웃음을 삼키며 물었다.

 "띠가 무슨 상관인데."

 "상관있지. 용띠는 하늘 보면서 뜬구름만 잡고, 쥐띠는 땅바닥을 쪼르르 뛰면서 부지런하게 살잖아. 쥐가 살쾡이 밥이라 보면 싹 느낌이 와."

 문득 을주는 옥녀산에 살았던 무당 여자가 떠올랐다. 이모는 겉으로만 그 무당을 욕하고 뒤로는 몰래 찾아갔던 게 아닐까? 쥐띠에게 좋은 부적을 써달라고?

 "이모."

 을주가 사뭇 진지한 목소리로 이모를 불렀다. 이모는 눈밭에 찍힌 천적의 발자국을 살피며 전자 담배에 또 스틱을 꽂았다.

 "또 피워? 빈속에 왜 그래?"

 "커피우유 마셨어."

 "그게 더 나빠."

 "옛날에 옥녀산에서 사람이 죽으면 삵이 와서 손가락이랑 코랑 다 뜯어먹었다는데."

 이모가 손바닥을 크게 접었다 펼치며 발자국의 간격을 가늠했다. 어릴 때도 이모는 풀밭에 짐승의 똥 무더기가 있으면 나뭇가지로 살살 파헤쳐 똥을 싼 주인공의 정체를 파악했다. 어린 을주를 앉혀놓고 여기 새털 좀 보라고, 이건 잣을 까먹은 흔적이라고 자세히 알려주었다. 들쥐들이 하우스 근처의 나무를 쏠아놓으면 이모는 덫을 놓는 대신 동네 고양이들에게 밥을 주며 주변을 어슬렁거리게 했다.

"삶이 사람도 먹어?"

"먹지. 달지. 얼마나 달겠냐?"

"담배는 언제 끊을 건데. 하루에 두 개비 아냐?"

을주가 울컥한 목소리로 묻자 이모는 그제야 고개를 들고 을주를 봤다.

"내년에 건강검진 받으면 끊을게. 살도 빼고. 근데 오복이 어딨어? 가서 오복이 좀 불러와."

이모는 을주를 향해 방긋 웃더니, 자기가 먼저 "오복아! 장군아! 우리 예뻐 어딨니?"라며 오복이의 별칭을 외쳤다.

몇 시간 지나지 않아 을주는 또다시 추리가 필요한 야릇한 상태에 빠졌다. 오복이를 트럭에 태우고 옥녀산 언덕길에 도착한 을주는 차에서 내리며 옆에 세워진 승합차를 주시했다. 유달리 차체가 높고 창마다 짙은 선팅지가 붙어 있어서 한눈에 알아볼 수 있었다. 해변 공터에 자주 나타나던 그 승합차는 정체불명의 미스터리였다. 조개구잇집 직원의 말로는 건장한 남자 두엇이 차 안에 숨어 쌍안경으로 바다를 감시한다고 했다. 잠깐씩 문이 열릴 때마다 자기가 귀신같이 그 모습을 포착

했다면서. 그 말에 을주의 고모부가 여기에 볼 게 뭐가 있다고 그런 짓을 하느냐며 딴지를 걸었다. 조개구잇집 직원은 장갑에 묻은 숯가루를 툭툭 털며 그게 바로 미스터리라고 대꾸했다. 볼 거라곤 똥 싸는 갈매기랑 바닷물밖에 없는데, 대체 거기에 숨어 무슨 작당을 하는지 모르겠다고. 그러자 고모부가 다른 추리를 꺼내놓았다. 만약 차 안에서 뭘 훔쳐본다면 그건 바다가 아니라 저 언덕일 거라고, 공터의 그 자리가 언덕 삼층집이 잘 보이는 위치여서 그 집에 누가 오가는지 한눈에 파악할 수 있을 거라 했다. 고모부는 자신의 편의점을 찾지 않는 승합차 남자들에게 단단히 마음이 상한 모양이었다. 그 인간들이 뭘 꿍꿍이건 간에 바닷가의 공용 화장실을 쓰는 주제에 이 동네에서 천원 한 장 안 쓰는 모습은 꼴도 보기 싫다며 투덜댔다. 지난번에 이모도 이 차가 언덕집과 관련된 게 분명하다고 말했었다.

두 분 다 틀렸네요. 이 차는 언덕을 감시하는 게 아닌가봐요.

을주는 허리를 숙여 차의 옆구리 쪽에 붙은 스티커를 살폈다. 스티커 속 그림이 범상치 않았다.

을주는 트럭 문을 열고 운전석에 풀어놓은 공구 벨트 주머니를 뒤졌다. 며칠 전 바닷가 조개무덤에서 발견한 카드의 뒷면이 떠올라서였다.

카드 속 그림과 승합차에 붙은 스티커는 확실히 닮은 데가 있었다. 두 개의 이미지를 골똘히 비교해보던 을주는 문득 주변이 한없이 고요하단 걸 느끼고는 수상한 시선으로 주차장을 훑었다. 흰색 중형차 한 대와 파란색 자전거 한 대가 멀찌감치 거리를 두고 서 있었다. 박쥐 날개처럼 시꺼먼 김시후의 바이크도 보였다.

설마 여기에서 애국가를 부를 일은 없겠지? 을주는 게슴츠레한 눈으로 트럭 대시보드 위에 올려둔 나일론 장갑을 집어 들었다. 장갑에 밴 딸기 냄새를 맡자 불안한 마음이 조금 누그러졌다. 만일 무슨 일이 벌어진다 해도 언덕 아래로 뛰어가 편의점에 있는 고모부에게 도움을 청할 수 있었다. 비록 그 친족의 눈을 피하려고 고모부가 집에서 이른 점심을 먹는 시간을 골라 언덕으로 오긴 했지만, 어쨌거나 을주에겐 여러 가지 안전 대책이 있었다. 을주는 조수석에 앉은 오복이의 이마를 쓰다듬었다.

"오복아, 가자!"

을주의 채근에도 오복이는 좌석에 궁둥이를 붙이고 앉아 꼼짝하지 않았다. 아침에 발바닥 피부염으로 동물병원에 다녀와서인지 오복이의 기분이 저기압이었다.

"같이 가줘, 응? 가서 인사하자."

을주는 오복이를 구슬렸다. 흡사 세뱃돈을 받으려고 억지로 자식에게 절을 시키는 부모 같았지만 별수없었다. 오복이가 곁에 있어야 마음이 놓이니까. 을주에겐 오복이가 애국가 4절이었다. 게다가 오복이를 보면 둘희의 태도가 달라질지도 몰랐다. 처음 두 사람이 대화를 나눈 것도 오복이에 관해 말하면서였으니까.

을주는 바닷가에서 둘희를 만났던 순간을 수없이 되새겼다. 우연히 스쳤던 적이 두 번, 오복이와 셋이서 산보한 게 네 번이었다. 그 여섯 번의 만남을 지우려고 을주는 여름부터 겨울까지 여러 날을 소모했다. 하지만 오히려 그 기억은 을주 안으로 깊이 파고들어 미친 여자처럼 삼층집을 훔쳐보고 배회하게 했다. 둘희와 걸었던 조개무덤을 걸을 때면 을주는 마음이 심하게 동요해 조개껍데기 사이로 발뒤축이 푹푹 빠지는 기분이었다. 을주는 그 집이 신경쓰였고, 신경쓰이는 자신에게 화가 났다. 누군가를 궁금해할수록 그만큼 구차하고 속상해지는 짝사랑의 조임줄에 묶여버렸다. 을주는 오복이와 바닷가를 산책할 때마다 자기도 모르게 언덕배기 아래에 서서 그 집을 오가는 사람을 훔쳐봤다.

그곳의 방문자 중 한 명은 윗동네에 사는 토박이 남자애였다. 을주는 편의점을 하는 고모부와 식당을 하는 이모를 통해 남자의 이름이 김시후라는 걸 알아냈다. 김시후가 졸업한 초등학교와 중고등학교를 추적하고 그 학교 졸업생들의 SNS를 헤맨 끝에(문득문득 을주는 자신의 음침함과 집요함에 소스라쳤다) 드디어 김시후의 계정을 찾아냈다. 게시글을 하나하나 읽어내려가던 을주는 〈욕+받이〉 채널의 링크를 보고 멈칫했다. 그 인터넷 방송은 구독자 이십만에 가까운 유명 채널이었다. 설마 김시후가 그 쓰레기 방송을 만드는 업체의 직원일 거라곤 상상도 못했다. 뭔가 단서가 있을 것 같은 예감에 실시간 방송에 몇 번 접속했을 뿐 을주는 매번 오래 참고 봐주기 힘든 욕지거리에 금세 방송을 껐다. 그러다 어느 날 을주는 기겁할 정도로 놀랐다. 불과 한 시간 전에 바닷가에서 마주친 어떤 여자가 그 방송에서 '다둥이 흙엄마'로 욕을 먹고 있었다. 아니, 이 사람들이 제정신인가? 기어이 나라가 망하려나? 김시후이 새끼가 동네 망신을 저기서 다 시키고 있네.

을주는 두 번 다시 언덕집을 생각하지 않으리라 다짐했다. 둘희라는 여자는 더 말할 것도 없이 한심하고 괘씸했다. 사람이 생긴 건 꿀떡처럼 하얗고 동그래서 그런 폐기물 방송을 만들고 있었어? 딸기 잎에 계피 물을 뿌리던 을주는 울컥울컥 솟아나는 배신감에 콧구멍을 크게 벌리며 분을 삭였다. 속은 것 같았고 시련을 당한 것 같았다. 시간이 흘러도 분한 마음이 가라앉지 않았다. 그런데 이상하게도 분노가 기이한 감정선을 타고 변색됐다. 언덕에서 자전거를 타고 내려오는 둘희를 보면 을주는 이유도 모른 채 버림받은 강아지가 된 것처럼 원망과 설움이 북받쳤다.

왜 도망쳐요? 왜 나를 모르는 사람 취급해요? 왜 내가 따져 물을 기회도 안 주냐고!

을주는 혼자 묻고, 외로이 포효를 내질렀다. 태풍이 몰아치는 날에도 꾸역꾸역 오복이를 데리고 해변으로 가는 자신을 보며 을주는 둘희를 향한 자기의 감정을 힘겹게 인정했다. 최선을 다했지만 실패였다. 이 미련을 끝내려면 그 사람과 부딪쳐보는 수밖에 없었다.

을주는 〈욕+받이〉 방송에 욕받이로 나가고 싶다고 신청하기로 했다. 하지만 막상 컴퓨터 화면에 출연 신청서를 띄워놓고는 자괴감에 휩싸였다. 을주는 오복이의 따뜻한 몸을 쓰다듬고, 오복이의 쿰쿰한 입냄새를 맡으며 자신이 진정으로 바라는 게 무엇인지 생각했다. 이제껏 어떤 마음이 자기의 삶을 더 나은 방향으로 이끌었는지, 어떤 선택이 기대한 것과 다른 결과를 가져왔어도 후회가 덜했는지 곰곰이 돌이켰다. 을주는 염전 공장으로 음식 배달을 가는 이모부를 따라갔다가 오복이를 처음 봤을 때를 떠올렸다. 공장 건물 뒤쪽에서 시멘트 바닥에 엎드린 오복이가 자신을 바라보던 표정, 그 무언의 구조 요청.

그래, 이건 인지상정이야. 연민이야. 연민은 귀한 거고, 용기를 낼 만한 가치가 있는 거지. 나도 이모랑 이모부의 연민 덕분에 살았잖아. 그 여자가 그때 울었잖아. 산책하다 느닷없이 눈물이 잔뜩 괸 얼굴로 기쁘다고 말했잖아. 개랑 해변을 산책하는 게 울 일이야? 그 정도가 울 일이면 평소에 어떻게 사는 거냐고. 뭔가 말 못할 사정이 있는 거겠지. 누구한테 협박당하는 건지도 몰라. 내가 모른 척하면 그 사람은 할머니가 될 때까지 언덕집에서 혼자 가발이나 바꿔 쓰며 살지도 모른다고.

을주는 기합을 내지르며 스스로에게 기운을 북돋았다. 본래 용감한 사람이 아니라 겁쟁이가 용기를 내는 거였다. 을주는 출연 신청서를 작성했다. 욕받이로 나가려면 우선 자기의 삶을 하이라이트 중심으로 편집해야 했다. 자극적이고 욕먹을 만한 삶으로.

열한 살 때 사고로 부모님을 여의고 이모네 가족과 함께 살았음. 중고등학생 때 태권도 특기자였고, 서울에 있는 대학에 다니다 중간에 그만둠. 청년 일자리 찾기 센터에서 웹 디자이너 교육을 받은 다음 자격증 세 개를 따서 중소기업에 입사했는데……

을주는 컴퓨터 화면에서 시선을 떼고 얼굴을 찌푸렸다. 이런 식으로 자신의 삶을 압축하는 게 끔찍했다. 무엇보다 이건 의리의 문제였다. 어떻게든 세상을 원망하지 않으려고 애써온 을주 자신에 대한 의리, 부모님을 포함해 자신과 이어진 사람들에 대한 예의. 이 요약본은 을주가 지나온 시간을 제대로 담아내지 못했다. 이럴 바엔 차라리 더 단순하고 직설적인 방식이 나을 것 같았다.

현재 재산 상태: 200평 규모의 스마트팜 딸기 하우스 두 동 소유. 농진청 청년 영농 지원금 5천만원 빚 있음. 이모부가 몰던 트럭 있음. 친구 없음. 애인 없음. 사랑하는 개 있음. 자식 같은 딸기 있음. 그러나 현재까지 농장 수익은 마이너스. 키 175cm에 과체중이고, 다낭성 난소 증후군으로 생리통과 생리불순이 심하며……

을주는 목덜미를 긁적이며 자판에서 손을 뗐다. 남들한테 욕을 먹기도 전에 자기혐오로 배가 그득해진 기분이었다. 초등학교 백일장에서 '악몽'이란 주제로 글을 썼을 때처럼 속이 부글거렸다. 대체 그따위 주제로 글을 쓰게 하는 이유가 뭔가. 왜 아픈 상처를 꺼내 괴롭히는 거야. 그때 을주는 강제로 주어진 글쓰기 주제를 박박 찢고 싶었다. 하지만 또다른 주제인 '엄마의 손길'보다 악몽이 낫긴 했다. 다른 사람의 따뜻하고 행복한 기억에 둘러싸여 소외감을 느끼는 것보다 모두가 불행한 악몽 속에서 다 같이 울부짖는 게 더 공평할지도 몰랐다.

사실 을주에겐 남들의 뒷담화를 끌어낼 도드라진 개성이 있었다. 하지만 을주는 그걸 약점이라 생각하지 않았다. 그건 그냥 오복이의 꼬리 같은 거였다. 오복이가 기분에 따라 꼬리를 뱅뱅 돌리는 것처럼, 을주는 마음이 허기질 때면 자신의 애끼손가락을 어루만졌다.

새끼손가락 옆에 있는 더 작은 애끼. 몰랑하고 보들보들한 여섯번째 손가락.

애끼를 만지작거리면 을주는 통통 불어터진 떡국을 후루룩 먹는 것처럼 따스한 포만감이 차올랐다. 이모는 국은 뜨끈해야 제맛이라고 했지만, 을주는 식어서 떡이 다 엉겨붙은 떡국이 좋았다. 일부러 떡이 퍼지고 만두피가 불 때까지 인내심을 갖고 기다렸다. 을주는 자기의 그런 방식이 더 좋다고, 당신도 이렇게 먹으라고 다른 사람에게 강요하지 않았다. 그런데 왜 세상은 남과 다르다고 쑥덕거리며 내가 고약한 맘을 품게 하는 걸까.

을주가 뒤를 돌아보자 엎드려 있던 오복이가 눈썹 근육을 씰룩였다. 을주는 은은하게 풍겨오는 오복이의 고린내를 맡았다. 인간으로 태어나, 인간의 언어로, 또다른 인간에게 한 사람의 인간됨을 설명하는 일이 지루하고 불쾌했다. 우두둑, 우두둑, 손가락 관절을 꺾던 을주는 출연 신청서 대신 다른 글을 써내려갔다.

오복이는 삼 형제였어요. 오복이, 칠복이, 팔복이. 칠복이와 팔복이는 먼저 떠나고 오복이 혼자 남았어요. 오복이라는 이름은 다섯 개의 복이 있단 뜻이에요. 이가 튼튼하고, 심장사상충에 안 걸리고, 바닷가에서 갈매기를 쫓고, 오복이를 위협하는 놈이 있으면 물어뜯으면서, 을주랑 백년해로하기.

한결 가벼워진 마음으로 을주는 다시 뒤를 봤다. 오복이가 입을 크게 벌려 하품하더니 찹찹찹 소리 내며 입맛을 다셨다. 을주는 칠복이와 팔복이가 어떻게 인간에게 괴롭힘을 당했는지 쓰지 않았다. 그건 오복이의 악몽일 테니까. 대신 오복이와 바다에 관해 썼다. 쓴다는 생각도 없이 이야기가 술술 흘러나왔다.

 오복이는 짠 걸 무서워해요. 그래서 매일 바닷가를 산책해요. 오복이는 자기가 무서워하는 걸 바라봐요. 소금 냄새가 나는 바닷물을 발로 꾹꾹 밟고, 파도가 철썩이면 이를 드러내며 덤벼요. 하지만 발바닥이 노란 갈매기들은 봐줘요. 그냥 좀 까불게 놔둬요. 오복이는 해변에 나뒹구는 슬픔을 잘 찾아요. 슬픔의 냄새를 기막히게 잘 맡아요. 한번은 을주와 해변을 산책하다 어떤 여자를 만났어요. 그 여자는 울기 직전이었죠. 그래서 오복이가 그 여자를 데리고 바닷가를 산책시켜줬어요. 을주는 오복이가 어딘가를 향해 가면 우선 따라가요. 따라가서 살펴봐요. 어디 슬픈 게 있나 하고. 하루는 조개무덤에서 슈퍼맨 로고가 찍힌 양말 한 짝을 찾았어요. 양말도 슬퍼할 수 있을까요? 언제 한번 우리 오복이랑 산책하실래요?

*

"뭐야, 웬 개야?"
을주가 사무실로 들어서자 김시후가 의자를 끌며 일어났다.
"인사해, 안녕하세요."
을주는 다짜고짜 오복이를 부추기며 말했다. 한 손에는 어야끈을, 다른 손에는 향긋한 딸기 상자를 든 채였다.

"열한시에 면접 보기로 하신 분이죠?"

사무실 안쪽에서 나이가 지긋한 남자가 다가와 말했다. 그는 자신을 강준길이라고 소개한 뒤 무릎을 굽히며 오복이에게 말을 건넸다.

"이름이 뭐니?"

"오복이예요. 오오복."

을주가 오복이의 목소리를 흉내내며 너스레를 떨었다.

"오……"

"성이 오고요, 이름이 오복."

"아하."

"같이 있어도 될까요? 안 된다고 하시면 차디찬 주차장에 혼자 두고 올게요."

을주의 과장에 강준길이란 남자가 소리 없이 웃으며 오복이를 살폈다. 혹여라도 위험한 상황이 벌어지진 않을지 염려하는 눈빛이었다.

"우리 방송에 개 나와요?"

김시후가 끼어들었다. 을주가 곧장 받아쳤다.

"우리 오복이 나와도 돼요?"

그때 안쪽의 흰색 문이 열리며 둘희가 나타났다. 을주는 자기도 모르게 손에 힘이 들어갔다. 저 사람은 언제나 저런 표정이었다.

저 눈, 저 푹 젖은 눈빛.

그 순간 오복이가 앞발로 몇 번 제자리걸음을 걷더니 둘희 쪽으로 움직였다.

잘한다, 내 새끼!

오복이가 콧등을 위로 올리며 알은척을 하자 둘희는 희미한 미소를 띠며 개를 내려다봤다. 섣불리 개를 만지지 않는 태도는 여전했다. 하지만 을주를 향해서는 생판 모르는 사람처럼 굴었다. 을주가 예상한 대로였다. 출연 신청서의 사진을 봤으면 신청자가 을주라는 걸 알고 있을 터였다. 그런데도 을주를 이 면접 자리에 불렀다는 건, 을주가 벌이는 연극에 본인도 동참하겠다는 뜻이었다. 하긴, 애초에 시치미를 떼면서 모른 척 연기를 시작한 건 둘희 본인이었으니까.

"이거 종이 뭐지? 이거 유명한 건데."

"도베르만 같네요."

김시후의 혼잣말에 강준길이 답을 줬다. 을주는 오복이 옆에 쪼그리고 앉아 등을 쓰다듬었다.

"우리 오복이도 나오면 좋지 않을까요? 큰 개랑 젊은 여자, 사람들이 싫어하던데."

을주는 자기의 왼손이 잘 보이도록 오복이의 등을 천천히 쓸었다. 예상대로 김시후와 강준길의 시선이 왼손에 꽂혔다.

을주는 옅은 수치심을 느꼈지만, 상관없었다. 그 감정은 사람들의 시선 때문이 아니라 그걸 이용해 원하는 걸 얻으려는 을주 자신의 계획 때문에 생긴 거였으니까. 어느새 둘희는 멀찍감치 떨어져 을주 쪽을 보지 않았다. 서 있는 모습을 보니 전보다 야윈 듯했다. 을주는 둘희가 안쓰러우면서도 자신을 처음 본 듯 대하는 게 얄미워 팔뚝을 힘껏 꼬집어주고 싶었다.

3물

1

언제부터 나는 가면을 쓰고 연기를 했을까. 언제 처음 내 이름을 바꾸고 당신을 이모라 부르게 됐을까.

대학에 다니는 동안 나는 학교 근처 원룸에서 혼자 지냈지. 그 시절 당신은 표절 시비로 인한 소송 때문에 마음의 여유가 없었어. 우리는 주말에만 함께 시간을 보내다가 내가 졸업하고 당신의 오피스텔로 옮긴 뒤에야 조금은 더 오래 같이 지낼 수 있었지. 그때도 당신은 일주일에 한 번씩 새벽에 찾아와 하루나 이틀을 머물고 갔지만 당신과 함께하는 며칠의 시간이 내게는 생활의 중심이었어. 얼마 뒤 나는 전일제 직장을 찾았고 공공기관의 문화 사업을 담당하는 부서에서 일하게 됐어. 합격 소식을 듣자마자 당신에게 전화를 걸어 말했지.

"나 붙었어요! 다음달부터 출근하래요!"

당신은 진심으로 기뻐하며 축하해주었어. 전화를 끊은 다음 나는 또 누구에게 알려야 할지 고민했지. 마땅히 떠오르는 사람이 없었어. 당신과 만나는 동안 친구를 거의 사귀지 못했으니까. 이따금 나에게도 다른 사람이 필요했지만, 연인에 관해 설명해야 할 때면 내가 먼저 상대와 거리를 두었지. 남자친구라고 속이거나 예술 쪽 일을 하는 사람이라고 둘러댈 수도 있었지만, 그렇게까지 하면서 관계를 이어가고 싶진 않았어. 나에겐 사교보다 내 힘으로 살아남아 당신에게 도움이 되어주는 게 더 중요했으니까. 그 일 하나에 모든 에너지를 쏟기에도 모자랐어. 게다가 어떻게 소문이 퍼질지 모르는데 당신을 사람들에게 노출하고 싶지 않았지. 나는 사람들의 악의가 삶을 어떻게 난도질하는지 알았으니까. 인간이란 존재는 믿음과 애정을 쏟을 만한 가치가 없다는 차가운 마음도 있었어. 사랑으로 단단히 무장한 마음은 사랑이 아닌 것들을 멸시하고 부정하게 만들었고 그러한 마음의 벽이 고립을 불러왔지. 나는 그마저도 당신을 위한 헌신으로 기꺼이 받아들였어. 오히려 확실한 경계선이 내가 품은 애정을 더욱 순결하게 드높여주는 것 같았어.

가족과 멀어졌을 때도 나는 크게 상처받지 않았어. 품안을 떠나지 못하게 하려는 부모의 태도에 나는 단호하게 돌아섰고, 내가 그렇게 냉정할 수 있다는 것에 스스로 놀랐지. 나는 부모님에게 애틋한 마음을 갖고 있었지만, 그분들은 본질적으로 나와 다른 세계관을 지닌 사람들이었어. 세계관이란 말이 어떤 이에겐 관념적이고 거창하게 들릴 수도 있겠지. 하지만 나는 실제로 그렇게 느꼈어. 세상을 바라보고 해석하는 관점이 나에겐 무엇보다 중요했으니까. 핏줄로 이어진 관계보다 어떤 세상을 바라고, 어떤 가치를 위해 살아가는지가 더 절실한 문제로 여겨졌어. 숨쉬는 공기만큼이나 마시는 물만큼이나, 나에겐 그 이상향이 필요했고 당신과 함께 그 꿈을 위해 차근차근 노력해가고 싶었어.

부모님은 그런 나를 사이비 종교에 빠진 신자처럼 취급했지. 내가 미쳤다고 했고 잘못된 길로 접어들었다고 믿었어. 당신이 여자라서가 아니었어. 그분들은 당신의 성별이나 직업은 몰랐으니까. 당신의 나이가 나보다 한참이나 많다는 것만 알았지. 내가 당신과 결혼하지 않고 같이 살겠다고 선언하자 경기를 일으키듯 거칠게 반대했어. 만약 당신이 여자라는 걸 알았다면 아빠의 분노가 덜했을까? 일부러 결혼하지 않는 게 아니라 할 수 없는 관계라고 말했다면, 엄마에게 우울증이 생기지 않았을까?

"독립은 누구나 힘들어. 부모님에게도 시간이 필요할 거야."

당신은 나의 결심을 헤아리며 위로해주었어. 당신 역시 아버지와 절연하면서 많은 어려움을 겪었기에 내 심정을 모르지 않았지. 나는 당신의 말을 신뢰했지만, 한편으론 당신이 좀더 부모님의 마음을 대변해주길 바랐어. 아버지에게 그렇게 심하게 말하지 말라고, 엄마의 전화를 그렇게 피하지만 말라고 조언해주었다면 어땠을까.

"엄마가 나 땜에 약을 먹는대요. 불면증이랑 우울증이 생겼대요."

내가 하소연하듯 말했을 때도 당신은 담담하게 반응했어.

"괜찮아지실 거야. 그 나이대에는 조금씩 그래."

나는 나이 때문이라는 당신의 말에 놀랐어. 그게 아니라고, 엄마의 병은 갱년기 증상이 아니라 나 때문이라고, 내가 엄마를 배신해서, 하나밖에 없는 딸이 엄마의 잠을 찢고 내장을 비틀어서, 그래서 엄마가 잠도 못 자고 밥도 못 넘긴 채 자기의 삶을 반추하며 한없는 절망에 빠진 거라고…… 내가 당신에 대해 다 말하지 못해서, 도망치고 회피해서…… 하지만, 그렇다고 내가 당신을 원망할 수 있었을까? 아니면 뒤늦게라도 부모님에게 당신에 관해 말해야 옳았을까? 하지만 어떻게? 나는 당신을 뭐라고 말해야 하지?

그 시절 당신과 나의 유일한 친구는 페피였어. 페피는 오피스텔에 올 때마다 그 계절에 걸맞은 꽃을 사 들고 왔지. 봄에는 정신이 아찔할 만큼 향이 강한 프리지어와 색색의 거베라를, 여름에는 새빨간 달리아, 가을에는 거친 크라프트지에 둘둘 만 국화, 그리고 겨울에는 커다란 구상나무 한 그루를 통째로 끌고 와 우리의 거실을 꾸며주었지.

"아, 예쁜 토막 시체, 또 가져왔네?"

페피가 꽃을 사오면 당신은 가슴 가득 꽃다발을 끌어안고서 잠시 춤을 췄어. 바닥에 물이 뚝뚝 흐르고 꽃대가 꺾여도 당신은 신경쓰지 않았지. 그렇게 과장된 어투와 몸동작으로 페피를 당황하게 만드는 게 당신만의 환영 방식이었으니까. 정확히는 당신과 페피의 방식. 그러고는 다음날이면 당신은 꽃을 쳐다보지도 않았어. 페피도 자기가 들고 온 꽃이 점점 흙빛으로 말라비틀어지는 걸 당연하게 여겼지. 그래야 또다른 꽃으로 당신과 농담을 주고받을 수 있을 테니 말이야.

"어떻게 한 거예요? 어떻게 한기연을 이렇게 만든 거야?"

페피는 당신이 얼마큼 변했는지 얘기하는 걸 좋아했어. 천하의 한기연이 어떻게 앞치마를 두르고 떡볶이떡을 하나씩 떼는 모습을 상상할 수 있겠느냐며 곁에 앉은 당신을 골려댔지. 페피는 이 별난 외래종이 다른 사람을 위해 고추장을 물에 풀고, 수제 어묵을 사기 위해 재래시장을 헤매고 다닐 줄은 몰랐다고 했어. 페피는 내 지난 생일날 당신의 부탁으로 깜짝파티를 준비했던 일을 말하는 거였지. 이미 여러 번 말한 그 에피소드는 당신의 예민한 성격과 유별난 생활 습관을 험담하는 것으로 이어졌어. 어떻게 이 인간이 다른 사람이랑 한 침대에서 자는지 모르겠다고, 어떻게 이 지독한 이기주의자가 자기 책장을 타인과 공유하는지 모르겠다고. 페피가 알던 한기연은 자기가 단상을 끄적여놓은 책을 다른 사람이 마음대로 들춰보는 걸 용납하지 않는 사람이었으니까. 페피는 그만큼 나를 향한 당신의 감정이 특별하고 대단한 것이라고 치켜세웠어. 나는 나를 향한 당신의 애정을 확인할 수 있어 좋았지. 사랑은 아무리 두 사람이 열렬히 주고받는다 해도 언제나 그 사랑을 보며 감탄해줄 또다른 시선이 필요하니까. 나는 페피의 말에 안심했고, 당신 역시 어린 연인에게 더 살갑게 대해주지 못하는 자신의 성향을 페피가 채워준다고 여겼을 거야.

보리, 구리, 위스키의 밤.

페피가 오피스텔에 오면 거실에 위스키 테이블이 차려졌어. 페피는 실내조명을 모두 끄고 블라인드를 내린 다음 자신이 선물한 진한 오렌지빛 등을 켰어. 역시나 자기가 선물했지만, 당신이 구석에 처박아둔 참나무 테이블을 거실에 옮겨놓고서 그 위에 자신이 위스키 전문 경매 사이트에서 사들인 '커브'를 올려놨어.

"우리에겐 커브가 필요해. 따르고 마시고 붕 뜨고, 그렇게 돌아가는 거지."

페피는 자신이 좋아하는 싱글 몰트 위스키를 그렇게 표현했어. 투명한 갈색 액체 안에 자신이 좋아하는 보리와 구리와 스모키가 모두 있다고, 그걸 마시면 어떤 장애물도 휘휘 넘을 수 있는 대범함이 생긴다고 했지. 페피는 위스키에 관해 잘 모르는 나에게 싱글 몰트와 블렌디드 위스키가 어떻게 다른지 자세히 설명해줬어. 발아시킨 보리를 구리 항아리에서 증류한 쓰디쓴 액체가 어떻게 우리를 중력의 삶에서 해방시키는지 알려주고 싶어했지.

"봐요, 둘희씨. 이 안에 든 건 다 자연이 만든 거예요. 흙, 나무, 돌. 이 위스키는 바닷가 석회암을 통과한 물로 만든 거예요. 느껴져요? 나처럼 입에 머금고 혀로 굴려봐요."

페피는 나에게 위스키를 음미하는 시범을 보여주었어. 손목을 크게 돌려 유리잔 안에 갈색 소용돌이를 일으킨 다음 눈과 코로 위스키의 색과 향을 느끼는 모습을. 술을 입안에 머금고 한동안 코로 숨을 마시며 위스키의 미묘한 보디감을 감별하기도 했지. 페피는 내 곁에 바짝 붙어앉아 오크통과 미네랄의 함량에 따라 혀를 쏘는 맛이 어떻게 다른지 기나긴 묘사를 이어갔어.

"자기야, 맥주 줄까?"

당신은 나와 페피의 시음을 방해하며 어깃장을 놓았어. 페피가 위스키에서 대서양의 바닷바람이 느껴진다고 말할 땐 풋 하는 소리를 크게 내며 웃었지. 뜬금없이 나에게 "뭔가 해초

냄새 안 나요?"라고 말하며 페피의 말투를 흉내내기도 했어.

"입다물어. 지금 둘희씨 피니시 느끼는 중이야."

그러거나 말거나 페피는 나에게 자기의 위스키 취향을 전해주고 싶어 안달했는데, 사실 나는 페피가 강조하는 알싸한 여운의 위스키보다 당신과 함께 마시는 청량한 라거가 좋았어. 페피가 가져오는 술들은 강한 떫은맛에 입속이 얼얼해질 뿐, 페피가 말하는 너트나 재스민 같은 향을 세세하게 느낄 순 없었지. 나는 어느 날엔 건초를 씹는 소가 된 기분이었고, 어떨 땐 얼핏 곰팡내가 나서 구역감이 들기도 했어. 차라리 감기약을 먹는 게 낫겠다는 생각도 들었지. 게다가 그런 와일드한 술을 마시면 금세 취기가 올라 자칫 실수할지도 몰랐기에 속으로 더 긴장해야 했어.

그런 단점들에도 불구하고 나는 '보리, 구리, 위스키의 밤'이 좋았어. 커브라는 게 어떤 고양감을 의미하는지 알 것 같았고, 페피가 가져오는 고급 치즈나 초콜릿도 처음 맛보는 것이라 신기했지. 튤립 모양의 위스키 잔에 오렌지빛 조명이 반사되는 모습도 아름다웠어. 하지만 당신은 마뜩잖은 얼굴로 혼자 흑맥주를 마시거나 페피가 질색하는 방법으로 싱글 몰트를 마셨지.

"지옥 간다. 선배 그러다 지옥 가."

페피는 귀한 한정판 위스키를 얼음으로 희석해 마시는 당신에게 경고하듯 말했어. 그런데도 당신은 물러서지 않고 페피의 취향에 찬물을 끼얹었었지. 페피가 애써 고른 음악은 축축해서 싫다고 했고, 위스키향을 망친다며 페피가 펄펄 뛰어도 아랑곳없이 아로마 향초를 피웠어. 그렇게 해도 '보리, 구리, 위스키의 밤'에는 페피 쪽으로 관계의 힘이 기울었어. 진실한 말에는 언제나 분위기를 사로잡는 아우라가 있기 마련이니까. 페피는 알코올을 동력 삼아 속내를 꺼내 보였어. 어머니와의 오랜 갈등과 최근에 만난 연인에 대해. 그때 나는 오티스란 이름을 처음 들었지. 페피는 오티스가 앞으로 자신의 부친이 운영하는 빵집에서 일하게 될 거라 말했어. 동성 연인을 '빵순이'라 놀리면서도 표정에서 설렘을 내비쳤지.

"혹시 모르지. 나한테도 둘희씨 같은 존재가 생길지."

당신은 그 말을 탐탁지 않아했지만 당신의 비아냥도 사랑에 빠진 페피에게 그리 타격을 입히지 못했지.

취기에 다소 자세가 무너진 페피가 당신과 나를 보며 말했어.

"너희가 진짜 내 혈육 같아."

"질린다. 다른 비유 없어?"

당신은 계속 차갑게 받아쳤어.

"집은 어때, 사람이 집이 될 수도 있나?"

"무덤 같은 거야? 그래서 올 때마다 꽃을 들고 오니?"

"뭔가 연결감이 들어. 그런 걸 뭐라고 하지? 동료보다는 가깝고 친구보다는 좀더 공적인데, 뭔가 영차영차 어깨를 안고 같이 가는 거."

"연대?"

솔트 초콜릿을 입에 넣으며 내가 말했어. 그러고는 다시 "동지?"라고 덧붙였고, 페피는 그런 나를 보며 환하게 웃었어.

"셋 다 비밀이 많지. 가면을 쓰고, 거짓말을 하지."

당신이 말하자 페피는 분위기 좀 깨지 말라며 당신을 타박했어. 그렇게 한동안 셋이 시간을 보내고 나면 당신과 페피는 서재로 들어가 두 사람만의 얘기를 이어갔어. 때로는 페피가 집에 오자마자 당신과 서재로 들어가 한참을 그 안에 틀어박혀 있기도 했지.

꽃과 술과 (민감한) 서류.

페피가 양손 가득 갖고 오는 선물꾸러미에는 언제나 두툼한 서류들이 들어 있었어. 어쩌면 꽃과 술은 그 서류를 위장하기 위한 포장일지도 모르지. 당신과 페피는 가벼운 취기에 휩싸여 '태풍경보'를 이룩해낼 방법을 의논했어. 우리가 만들기를 열망했던 그 영화들 말이야. 세상에 태풍을 몰고 올 새롭고 강력한 우리의 꿈.

태풍경보는 크게 두 개의 세부 프로젝트로 진행되었고, 각각 '개미' '등대'라는 별칭이 붙었지. 나는 그 프로젝트가 하나씩 성사되어 세상에 변화를 일으키리라 기대했어. 그 미래가 아무리 아득하다 해도 나는 당신이 끊임없이 시도하며 포기하지 않으리라 믿었지. 그리고 나 자신도 그 변화를 위한 일들에 힘을 보태고 싶었어. 하지만 그때만 해도 당신은 내가 당신의 영화에 본격적으로 발을 들이는 것을 염려했고, 〈개미〉의 시나리오 역시 아직은 설익은 단계라며 세상에 내보이길 주저했지. 페피는 그런 당신의 태도가 리더답지 못하다며 질책했어. 영화를 만들려면 혼자만의 구상에서 빠져나와 다른 방식으로 부딪쳐봐야 한다면서.

"승부수를 띄워야지. 이렇게 지지부진한 상태로는 다음에도 어려워."

이따금 서재 너머로 당신과 페피가 다투는 소리가 들리기도 했어.

"왜 그렇게 삼류 브로커처럼 굴어? 나 몰래 그쪽에서 뭐 받았니?"

"삼류면 뭐 어때서. 이제 와 일류라고 칭송받고 싶어? 영화 자체가 목표 아니었어? 옳은 방법만 고집하는 건 멍청이나 방관자라며."

페피는 당신이 메모지에 끄적였던 말을 꺼내며 몰아세웠어. 일평생 옳은 방법만 택했다면 그 사람은 아둔한 자이거나 방관자다. 타락과 변질을 피할 수 없다면 물러서지 말고 기꺼이 아류가 될 것.

"그쪽에서 말을 안 바꾸리란 보장이 어딨는데."

"보장은 없지. 이 일에 그런 게 어딨어. 혼자만 희생양이 될까봐 그래? 나를 못 믿는구나?"

당신과 페피의 언쟁은 매번 뚜렷한 해결책이 없이 끝났어. 하지만 두 사람은 서로를 묶는 끈을 놓지 않았고, 나는 그 이유가 오래전 둘이 한 약속 때문이란 걸 알았지. 태풍경보가 성사되면, 그러니까 당신의 영화가 만들어져 두 사람의 이상이 실현되면, 페피와 당신은 본래 자신들이 원하던 자리로 갈 거라 말했으니까. 그날을 위해 당분간만 가짜를 연기하는 거라고.

나는 당신의 자리가 내 곁이라고 생각했어. 페피와의 끈이 풀리면 당신은 좀더 온전하고 자유로운 모습으로 나와 살아갈 수 있을 거라고.

"부럽다. 나도 여기서 자면 안 돼?"

당신과 떠들썩하게 다툰 날에도 페피는 오피스텔을 떠나야 할 때면 늘 불평하듯 말했어. 아무 짓도 안 할 테니 바닥에 담요 한 장만 깔아달라며 넉살을 부렸지.

"가, 너희 집에 방 많잖아."

당신은 페피의 어리광을 조금도 받아주지 않고 등을 떠밀었어. 페피가 아무리 술에 취해도 오피스텔에서 자는 걸 허락하지 않았지.

"오늘은 정말 가기 싫었나봐요."

어느 날 페피가 유독 발걸음을 떼지 못했을 때, 나는 겨우 페피를 보내고 당신에게 다가가 말했어. 당신은 거실 소파에 앉아 무표정한 얼굴로 페피가 마셨던 잔을 내려다보고 있었지.

"가끔 쟤를 도려내고 싶어."

나는 놀라면서도 당신이 왜 그렇게 말하는지 짐작할 수 있었어. 당신은 페피가 태풍경보를 앞세워 당신을 이용하고 있다고 여겼으니까. 당신이 페피를 이용하는 것만큼이나 질기고 치사하게.

"둘은 동지잖아요."

내가 말하자 당신이 쓴웃음을 지으며 고개를 내저었어.

"동지 관계는 끝났어. 페피는 내 적이야. 적이 하는 말을 똑같이 하잖아. 수법도 점점 닮아가."

그렇게 말한 뒤 당신은 다급히 나를 안으며 내 살결에 얼굴을 문질렀어.

"아무도 못 믿겠어. 다들 속이기만 해."

당신은 내 앞에 무릎을 꿇고 앉아 나의 바지와 속옷을 벗겼지. 내가 씻어야 한다며 당신을 밀쳐냈지만, 그럴수록 당신은 더 격렬하게 내 몸에 키스했어. 내 거웃에 얼굴을 묻은 채 달뜬 몸짓을 멈추지 않았지. 나는 당신의 어깨를 붙잡고서 소리 내지 않으려고 애썼지만, 당신의 혀가 점점 더 세게 그곳을 자극하면 참지 못하고 신음을 내뱉었어. 당신의 입술과 혀는 마치 차가운 안개처럼 나의 그곳을 감싸고 머금었다가 작은 씨앗처럼 내뱉었지. 내가 다리에 힘이 풀려 더는 서 있지 못할 만큼 흥분했을 때야 당신은 입술을 떼고 나를 올려다봤어.

"내 아기, 내 모든 것."

나는 내 앞에 무릎 꿇은 당신의 얼굴을 끌어안으며 말했어. 진실로 나는 당신이 나의 아기 같았어. 몸 어딘가에서 자라나 심장을 찢고 나온 나의 아기. 나는 당신과 핏줄로 연결된 느낌이었으니까. 남들이 그 피를 뭐라 부르든, 어떤 말로 모욕하든 상관없었어. 당신의 심장에서 나온 피가 내 맥박으로 흘러 다시 당신의 몸으로 이어진다면 내 삶은 언제고 따듯해질 수 있었으니까. 실제보다 더 실제처럼 느껴지는 깊고 뜨거운 연결을 어떻게 설명할 수 있을까.

하지만 그 핏줄이 끊어질 때 내가 얼마나 피투성이가 될지 미처 몰랐지. 한몸처럼 느끼고 하나의 운명으로 이어져 있다고 믿었기에, 나는 당신이 긋는 무딘 칼날에도 피범벅이 되어버렸어.

"경비원이 몇 호실로 가느냐고 물었어요."

언젠가 내가 그렇게 말했을 때 당신은 대수롭지 않게 넘겼어. 하지만 어느 새벽 우리가 함께 오피스텔 엘리베이터에 오르는 모습을 경비원이 미심쩍은 표정으로 보자 당신은 민감하게 반응했어.

"앞으로는 이모네 집에 간다고 말해."

집으로 들어서며 당신이 말했어. 나는 난데없이 튀어나온 이모라는 호칭에 놀라 아무런 대꾸도 못했지. 내 귀를 의심할 만큼 그 단어가 낯설고 의아했어. 낯섦과 의아함은 조금씩 반감으로 바뀌었고, 나는 바닷가에서 당신의 고백을 마주했을 때처럼 또다시 의문과 불안을 내 안에 숨겨야 했지. 알아, 사람들의 시선이 당신에게 얼마나 무겁고 두려운 것인지. 당신은 남들보다 더욱 그 눈길을 의식하며 살아야 한다는 것도. 하지만 그때 나는 우리를 보는 세상의 속되고 부주의한 시선에 나의 진실이 훼손당한 기분이었어. 누구도 아닌 당신이 그 시선으로 우리의 관계를 규정지었으니까.

그리고 그날 나는 권을 생각했어. 권이었다면 어땠을까. 당신은 권이었어도 관계를 속였을까? 아니, 과거의 당신은 권과의 관계를 인정했어. 누구나 볼 수 있는 언론, 어떻게 튕겨져 무엇으로 되돌아올지 모를 담벼락 같은 곳에 대고 동성애 관계를 시인했지. 그 여자와 내가 다른 점이 뭘까. 덜 유명하다는 것? 나이가 어리고 가진 게 없다는 것? 아니면 그저 그 여자만큼 나를 좋아하진 않는 건가? 굳이 남들에게 알리고 싶지 않을 만큼?

직접 만나지 않을 뿐 당신에겐 권을 향한 마음이 남아 있었어. 권의 소식을 찾아보고, 권이 출연한 라디오 인터뷰를 찾아

듣는 걸 보면 짐작할 수 있었지. 나는 그 관심이 당신의 말처럼 공적인 이유 때문만은 아니라는 걸 알고 있었어.

2

진행자 안녕하세요 의원님, 지방선거를 앞두고 요즘 화제이신데요. 앞의 토론 코너가 길어져 인터뷰 시간이 얼마 없네요. 단도직입적으로 묻겠습니다. 왜 당을 옮기셨습니까?

권 국민의 뜻을 받들기 위해 옮겼습니다. 정치의 힘을 제대로 보여드리고, 답답한 소통의 물꼬를 트기 위해 제가 독배를 들었습니다.

진행자 일각에서는 호랑이를 잡기 위해 호랑이 굴로 들어갔다고 하는데요. 반면에 야당인 새시대민주연합에서는 날 선 반응을 보이고 있습니다. 변절자, 지방선거용 사쿠라, 극우와 극좌의 불륜 사생아라고까지 합니다.

권 출근길에 라디오 들으시는 우리 국민께 그런 상스러운 표현은 적당치 않고요. 호랑이 굴이라고 하시면, 호랑이 등에 올라타보겠습니다.

진행자 소수 정당의 한계를 돌파하기 위해 용기 있는 시도를 했다는 평도 있긴 합니다.

권 한계라기보다 참우리진보당은 제게 고향 같은 곳입니다. 태어나 평생 고향에서 사는 사람도 있지만, 공부하고 취직하려고 고향을 떠나기도 하지 않습니까? 저도 익숙한 자리를 떠나 우리 정치사의 새로운 장을 열기 위해 도전에 나선 것이죠.

진행자 의원님의 남편분인 채원섭 전 위원장님의 행보도 이슈인데요. 채 전 위원장님은 그대로 참진당에 남으신다고요?

권 저희가 부부이고 또 정치적 동지이긴 하지만, 당은 개인의 소신에 따라 정합니다. 저희 집 가훈이 '집에서는 정치랑 야구 얘기하지 말자'예요.

진행자 얼마 전 두 분이 서로 다른 유니폼을 입고 야구장에서 응원하는 사진이 화제가 되기도 했죠.

권 네, 저는 영원한 이글스입니다.

진행자 그런데 채 전 위원장님께서 향후 재보선에 참진당 후보로 출마할 가능성도 있다고 해요. 이런 말씀 드리기는 그렇지만, 의원님보다 대중적 인기가 높기도 하고요. 올해 '국민 남편 호감도' 조사에서 7위를 차지하셨어요. 연예인이 아닌 사람 중엔 유일합니다. 오늘도 같이 모시고 싶었는데 사양하셨다고요.

권 언제 한번 부부 토론회로 불러주십시오. 제가 설득해보겠습니다.

진행자 그런데 일각에선 두 분이 쇼윈도 부부고, 얼마 안 가 법적으로 정리할 거란 얘기도 있습니다.

권 그런 소문은 잉꼬부부한테 늘 달라붙는 얘기고요. 이제 현안 관련 질문을 좀 해주십시오.

진행자 안 그래도 지난주에 정평연, 그러니까 '정의로운 평등을 위해 거짓 평등에 반대하는 전국연합'에서 의원님께 항의 방문을 갔다고 들었습니다.

권 항의까지는 아니고요, 오시긴 했습니다.

진행자 그 단체의 주장은 의원님이 여당에 침입해 당론을 분열시키고 악법을 통과시킬 공작을 벌일 거라고 하는데요. 그래서 이번에 직접 찾아가 의원님께 확답을 받았다고 해요.

권 그분들이 저를 찾아오신 것도 저에 관한 오해, 그러니까 제가 진보 정치에 오래 몸담았으니 당연히 보수 쪽을 지지하시는 분들은 걱정과 심려가 크시리라 생각합니다. 그래서 허심탄회하게 마주앉아 대화했고 오해를 잘 풀고 가셨습니다.

진행자 풀고 갔다? 그럼 그쪽에서 요구하는 대로 앞으로 의원님은 평등법 관련 의정 활동을 접을 거란 말씀이신가요?

권　보편적 평등법은 제게 아픈 손가락입니다. 이번에는 된다, 이번 회기에는 꼭 통과될 거다. 그렇게 지지자들을 설득하면서 같이 고생했거든요? 우리 보좌관들이 얼마나 헌신하는지 다른 의원실에서 보면 아주 놀랍니다.

진행자　의원님을 '계류 장인'이라고 부르는 건 저도 들었습니다. 하도 법안이 계류를 당해서 그렇다고요?

권　어떤 분은 이렇게 말씀하시더라고요. 가장 정의로운 법은 국회에서 계류당한 법이다.

진행자　의원님께서 추진하셨던 이른바 혐오 표현 금지법도 그중 하나죠?

권　그 법안은 저 혼자만의 생각이 아니라 정식으로 채택된 국회의 미래 의제예요. 우리 국민이 다 공감하시겠지만, 인터넷에 눈살을 찌푸리게 하는 혐오 표현이 오죽 많습니까.

진행자　지난해 한 인터뷰에서 이렇게 말씀하셨어요. '도장 받으러 다니다가 임기 끝낼 순 없다. 이렇게는 법사위 넘어가도 본회의 문턱에서 나자빠진다. 적지로 뛰어들어야 한다. 다음 회기에도 안 되면 삼십 년 후에도 될까 말까다.'

권　과장된 부분이 있지만 그런 취지로 말하긴 했습니다. 국회의원 하는 일이 동료 의원들 도장 받아 법을 만드는 거니까요.

진행자　이 법안이 앞서 말한 혐오 표현 금지법과 보편적 평등법, 크게 이 두 가지인 것 같은데요. 기독교 쪽에서 강하게 반대하는 동성애를 인정하자는 법안이죠?

권 우리 진행자님께서 뭔가 오해하신 것 같은데요. 혐오 표현 금지법이나 보편적 평등법은 동성애 찬성법이 아닙니다. 그게 또 법으로 찬성하고 말고의 문제도 아니고요.

진행자 그건 저도 압니다. 그런데 반대하는 쪽에서 말하는 게……

권 자꾸 그런 유언비어로 갈등을 조장하면 우리 사회에 진정한 화합이 이뤄지겠습니까.

진행자 그런데 사실 그 보편적 평등법에는 종교나 인종, 지역, 장애, 그런 것 외에 성적 지향도 포함되어 있지 않습니까? 이게 발전하면 동성 결혼 합법으로 갈 수도 있고요.

권 그건 김칫국 마시는 거죠. 아직 배추도 안 뽑았는데, 벌써 김장하고 김칫국 마시고 그러면 배추는 누가 뽑습니까. 배추를 뽑아야 김치든 겉절이든 담글 거 아닙니까?

진행자 어쨌든 그 배추로 김칫국을 만들긴 한다는 거네요?

권 보편적 평등법은 인종, 장애, 성별, 지역, 학력 등으로 사람을 차별하지 않는다는 게 핵심입니다. 우리나라 헌법 제11조에 근거하고 있고, 복지나 채용 같은 국민 실생활에 꼭 필요한 법안이에요. 우리 국민의 존엄과 평등이 침해당하지 않도록 법적으로……

진행자 네, 의원님, 말씀을 더 듣고 싶습니다만 시간이 부족해서요. 법안에 관한 얘기는 다음에 듣기로 하고요.

권 앞에 토론을 너무 길게 하셨어요. 추석 밥상 민심을 논하는 자리에 대통령 이종사촌 얘기가 왜 그리 깁니까. 사촌이 맥캘란을 받았는지 맥콜을 받았는지 뭐가 그리 중요해요?

진행자 그 맥캘란 위스키가 경매가로 수억에 달하는 최고가고요. 위스키 뇌물수수가 여당 공천에 입김으로 작용했다는 의혹이……

권 의혹이 있다면 밝혀야죠. 그런데 지금 그게 우리 사회의 시급한 민생과 어떤 연관이 있느냐 이겁니다. 자기들 금배지 나눠 갖는 얘기잖아요. 힘있는 사람만 밥상 차지하고 앉아서 누가 고기반찬 몇 개 먹었는지 갖고 싸우면 지켜보시는 국민 심정이 어떻겠어요.

진행자 여전히 거침없으시네요.

권 지금 송편 하나도 못 먹는 사람이 있지 않습니까? 저는 우리 사회에 이렇게 소외당하는 사람이 있으니 자리 만들어 같이 좀 둘러앉자, 이렇게 말하고 싶은 겁니다. 저 하나 눈칫밥 먹더라도 할말은 해야죠.

진행자 문제는 그 평등법을 어겼을 때 가해지는 처벌인데요. 쉽게 예를 들면, 이건 기독교 쪽에서 드는 예입니다, 가령 교회에서 설교할 때 동성애는 성경에 위반된다, 이런 말을 해도 처벌받는다는 거죠. 이러면 종교의 자유, 표현의 자유를 침해하는 거다, 이러거든요?

권 표현의 자유는 말이나 글로 자기 생각을 자유롭게 표현하는 거지 누구를 혐오하는 게 아닙니다. 요즘 기사 하나만 봐도 댓글에 무분별한 증오가 얼마나 많습니까? 부르기 쉽게 혐오 표현 금지법이라고 했지만, 제가 추진하는 정보통신망 보호법도 그런 사이버 폭력을 막아보자는 취지고요. 보편적 평등법은 더 넓은 의미에서 안전장치를 만들자는 겁니다. 쉽게 말해 학교에서 몇몇 힘있는 애가 약한 애를 괴롭히니까 선생님이 그러지 말라고 하는데, 힘센 애들이 우리는 애가 싫다, 싫어하는 건 내 자유다, 이렇게 억지를 부리면 곤란하지 않겠습니까?

진행자 이제 정말 시간이 얼마 안 남아서 마지막으로 한 가지만 묻겠습니다. 어떻게 호랑이 등에 올라탈 생각이십니까? 일각에선 의원님의 숙원이었던 평등법을 여당에서 찬성하기로 약속하고, 그 대가로 의원님을 비롯한 진보 쪽 인사들은 위스키 특검법에 반대해주기로 했다는데, 맞습니까?

권 안 맞습니다. 빵점, 오답입니다.

진행자 지금 국회가 강 대 강으로 맞서고 있는 상태에서 참진당 쪽 표가 특검법의 마지막 저지선이 될 거라는데요.

권 국회에서 투표하면 누가 찬성하고 반대했는지 속보로 다 뜨는 판에, 눈 가리고 아웅이지요.

진행자 바로 그 점을 말하고 싶은데요. 의원님께서 이른바 욕받이 역할로 부정적 여론을 감당하시고, 참진당은 욕을 좀 먹어도 진보 쪽 법안으로 기존 노선을 지키고, 지방선거가 끝나고 당선자 중심으로 대선 후보 판이 새롭게 짜이면 의원님이 진보 쪽 인물을 여당으로 끌어오는 데 다리가 되어준다. 그렇게 해서 궁극적으로 다음 총선 때 지금 지지율이 높은 새시대민주연합과 일대일 구도를 만드는 게 큰 그림이라는데, 아닌가요? 소설인가요?

권 우리 소설가분들이 얼마나 열심히 글을 쓰시는데 그런 표현은 적절치 않고요. 참진당이나 우리 진보 인사들이 저 하나 간다고 우르르 몰려가시는 분들이 아닙니다. 제 남편도 그렇지만, 굶어죽어도 자기 신념을 지키는 분들이에요. 그리고 어떤 법을 만들든 국민적 합의가 우선 아닙니까? 제가 의정활동하면서 깨달은 것이, 아, 국민이 반대하면 안 되는구나, 국민 마음 설득하는 게 첫번째다.

진행자 네, 의원님, 아쉽지만 시간이 다 돼서요.

권 혐오 표현 금지법이나 보편적 평등법은 헌법에 해당하는 기본 권리고, 또 걱정하시는 분들이 말하는 표현의 자유도 국민 권리입니다. 그렇다면 우리는 여기서 어떻게 상황을 조율할 것인가, 어떤 가치가 우리에게 더 절실하고 시급한가, 이에 대한 정치적 합의와 돌파가 필요하거든요?

진행자 네, 의원님, 이만 줄여야 할 것 같습니다. 다음에 또 모시고 말씀 듣죠. 오늘 나와주셔서 감사합니다. 저희는 잠시 광고 듣고 오겠습니다.

*

서울고등법원
제3민사부
판결

사건	■■■나60241 저작권침해금지 및 손해배상
원고, 항소인	A
피고, 피항소인	B
제1심 판결	서울중앙지법 ■■. 9. 19. 선고 ■■가합 29345 판결
변론 종결	■■. 8. 28.
판결 선고	■■. 10. 2.

주문

1. 원고의 항소를 모두 기각한다.
2. 항소 비용은 원고가 부담한다.

청구 취지 및 항소 취지

1. 청구 취지
   가. 피고는 별지1 기재 시나리오에 관하여, 이를 출판, 배포하는 행위를 하여서는 아니 되고, 별지1 기재 시나리오를 이용한 영상물 'C'를 상영, 복제, 판매, 광고, 배포하는 행위를 하여서는 아니 된다.
   나. 피고는 원고에게 70,000,000원을 지급하라.
   다. 피고는 이 사건 소장 부본 송달일 다음날부터 갚는 날까지 연 12% 비율의 금원을 지급하라.
2. 항소 취지
   제1심 판결 취소 및 청구 취지 기재와 같은 판결을 구한다.

이유

1. 기초 사실

 가. 원고의 시나리오 'D'(이하 '제1시나리오'라 한다)와 피고의 시나리오 'E'(이하 '제2시나리오'라 한다)는 ▬. 3. 13. 60세 박모씨가 40여 년간 함께 살던 여고 동창생이 암으로 죽자 대구 수성구의 한 아파트에서 투신해 숨진 'F 사건'을 바탕으로 하고 있다. 제1, 2시나리오의 줄거리는 별지2 기재와 같다.

 나. 제1시나리오는 ▬. 5. 경. 원고가 재학한 'G'대학교의 'H'학과 3학년 1학기 창작 실습 과목의 창작집(이하 '이 사건의 창작집'이라 한다) 국판(A4, 210×297mm) 크기의 판형에 실린 약 20쪽 분량의 글로서, 주로 F 사건을 모티프로 하여 여고 동창생이 함께 살다 한 명이 암에 걸려 죽는 사연을 중심으로 동성애 관계의 아픔과 사회적 소외를 다루었다.

 다. 제2시나리오는 ▬년경 피고가 작성하여 주식회사 'I'의 투자금을 받아 영상물로 제작되었으며 ▬. 5. 15. 'C'라는 제목의 영화(이하 '이 사건의 영화'라 한다)로 상영되었다.

2. 당사자의 주장

　가. 원고

　　원고는 ■■■. 9. 경.부터 ■■■. 2. 경.까지 G대학교의 여학생 기숙사에서 피고와 같은 방을 쓰며 생활하였고, 제1시나리오에 관한 구상 및 아이디어에 관하여 피고와 의논하였으며, 이후 피고가 기숙사에서 퇴소한 뒤에도 원고의 방으로 피고가 찾아와 당시 원고가 작성중인 제1시나리오를 보았다. 제1시나리오와 제2시나리오는 줄거리 및 사건 전개, 인물 관계와 에피소드가 현저히 유사하며, 피고는 제1시나리오에 의거하여 유사한 제2시나리오를 작성함으로써 원고의 제1시나리오에 관한 저작권을 침해하였다.

　나. 피고

　　피고는 제1시나리오에 관하여 원고에게 전해들은 바 없으며, 제1시나리오가 실린 이 사건의 창작집에 접근할 가능성 자체가 없었고, 제2시나리오는 제1시나리오와 동일하게 실화인 F 사건을 모티프로 하였기에, 불가피하게 상황 및 인물 관계에 있어 일부 유사함이 있으나, 이는 실화에 근거한 것이고 저작권법의 보호 대상이 아닌 아이디어의 영역에 속하는 것이다. 따라서 피고는 제2시나리오의 제작 및 이 사건의 영화의 상영과 복제

등에 관한 원고의 저작권침해 및 손해배상청구권이 존
재하지 않는다는 확인을 구한다.

3. 판단

가. 의거 관계의 존부에 관한 판단

1) 관련 법리

 ・

 ・

 ・

2) 접근 가능성에 관하여

 ・

 ・

 ・

3) 현저한 유사성에 관하여

제1, 2시나리오는 실화인 F 사건을 공통의 소재로 하였기에 유사한 점이 있으나, 아래에서 보는 바와 같이 사건 전개 및 등장인물의 설정과 에피소드의 수 등에서 차이가 확연하고, 원고의 주장대로 제1, 2시나리오의 표현상 유사점이 있다 하더라도, 이는 같은 실화를 바탕으로 한 창작품에 전형적으로 수반될 수 있는 정도라 하겠다. 따라서 그 유사성이 공통의 소재를 이용함에 오는 우연의 일치나 자연적 귀결일 가능성을 배제할 정도에 이르렀다고 보기 어렵다.

4) 소결론

그러므로 피고가 원고의 제1시나리오에 의거하여 제2시나리오를 작성하였다고 인정할 수 없다.

나. 실질적 유사성의 존부에 관한 판단

1) 관련 법리

·

·

·

2) 부분적, 문언적 유사성에 관하여

원고는 아래의 표1 기재와 같이 제1시나리오와 제2시나리오 사이에 문언적 유사성이 있다고 주장하나, 해당 문구는 그러한 상태를 표현하기 위한 통상적인 문구로 보일 뿐이므로, 원고의 주장은 이유 없다.

[표1] 제1시나리오와 제2시나리오의 유사 표현 대비표

순번	제1시나리오		제2시나리오	
	표현	신 번호	표현	신 번호
1	사랑하는 사람이 아프다. 사랑하는 사람이 죽은 세상에서	#2	그가 죽었다. 그가 없는 세상은	#3
2	네 가족까지 사랑할 순 없어.	#10	그 사람들까지 내 인생에 받아들일 순 없어.	#17
3	환자분과 어떤 관계세요? 실례지만 가족이 아니시면 계실 수 없습니다.	#15	어떤 사이세요? 가족 아니시면 여기 계실 수 없어요.	#19

4	아니, 내가 간병을 다 했는데, 이제 와서	#16	제가 간병인인 거 다 아시면서 왜 이제 와서	#20
5	우리는 40년을 같이 살았어요. 우린 부부나 다름없어요.	#20	40년을 같이 살았는데, 부부가 아니면 뭔가요?	#22
6	두 사람이 어떤 사이인지는 모르겠지만, 우리는 유가족으로서	#21	두 사람의 관계까지 알고 싶진 않고요. 우리는 법적 가족으로서	#23
7	돌아가고 싶어. 우리가 살던 집으로.	#23	가자, 집으로 가자. 우리가 살던 데로.	#27
8	죽음은 잠깐의 이별일 뿐.	#25	죽음은 두렵지 않아. 널 다시 만나게 해줄 테니까.	#29

・
・
・

3) 포괄적, 비문언적 유사성에 관하여

원고는 제1시나리오의 고층 아파트, 연인 간의 증표, 유서 등의 소재가 제2시나리오의 소재와 유사하여 의거 관계가 인정된다고 주장하나, 위와 같은 소재는 실화인 F 사건을 바탕으로 하였기에 제2시나리오가 제1시나리오와 독립적으로 작성되어 유사한 결과에 이르렀을 가능성을 배제하지 않을 정도로 현저히 유사하다고 보기는 어렵다. 또한, 재판부에서 한국저작권위원회에 감정 촉탁을 실시한 결과와 변론 전체의 취지를 종합하여본다면, 아래에서 보는 바와 같이 제1, 2시나리오는 공통 모티프인 F 사건을 기반으로 한 인물과 관계 유형 등에서 일부 유사한 점이 있을 뿐, 저작권법의 보호 대상인 창작적 표현 형식에서는 유사하지 아니하며, 양자 사이에 포괄적, 비문언적 유사성이 있다고 인정할 수 없다.

가) 줄거리 및 사건 전개

① 제1, 2시나리오는 '동성 관계의 연인 중 한 명이 병에 걸림→투병과 장례 과정에서 벌어지는 차별→연인 중 남은 사람이 법적 권리를 인정받지 못함→상실감과 고독에 따른 자살'을 전체적인 줄거리로 삼고 있다.

그러나 제1, 2시나리오의 전체적인 줄거리의 공통점은 실제 발생한 F 사건을 주된 소재로 함으로써 수반되는 것이며, 이를 저작권침해라고 볼 수는 없다. 나아가 원고의 제1시나리오가 동성 연인의 투병과 장례 과정에서 벌어지는 소외감을 중점으로 다루고 있는 반면, 피고의 제2시나리오는 동성 연인의 죽음 이후 느끼는 상념과 비극의 감정이 1부 여고 동창생, 2부 군대 후임, 3부 회사 동료로 각기 다른 시·공간적 배경과 인물로 이어지고 있으며, 2부에서는 동성 혼인의 합법화가 이루어진 가상현실을, 3부에서는 1부와 마찬가지로 동성 혼인이 법적으로 허용되지 않은 가상현실을 각기 설정하고 있기에, 이는 사건 전개 및 인물 구성과 전체 구조가 제1시나리오와 상당한 차이가 있다.

② 제2시나리오의 주요 시점 인물인 미성년 아이가 제1시나리오에 등장하지 않는다는 점, 그 아이가 인간의 시선을 넘어선 초월적 존재로 그려지고 있다는 점으로 비추어 볼 때, 이는 제1시나리오와 구별되며 제2시나리오의 창작적 표현 요소를 인정할 수 있다.

나) 등장인물의 설정, 성격 및 대응 구도

.
.
.

다) 구체적인 에피소드의 동일성

원고는 제2시나리오의 주요 에피소드가 제1시나리오에 의거하여 현저한 유사성을 보인다고 주장하나, 이는 실제 벌어진 F 사건을 공통 모티프로 한 것이거나 동성애 소재 관련 저작물에서 자주 확인되는 사건 전개로서(을 제3호증의 1, 2, 3, 4, 5), 보편적·전형적 표현 방식에 해당하기에, 아래 표2의 기재 내용과 같이 원고만의 창작성이 인정되지 아니한다.

또한, 원고가 주장하는 제1, 2시나리오 사이의 현저한 유사성은 제2시나리오의 구성 중 1부에 해당하는 내용이며, 2부와 3부의 에피소드는 제1시나리오와 유사성이 있다고 볼 수 없으므로, 이는 제1시나리오와 양적·질적으로 구별되는 제2시나리오의 독창적 표현 요소로 인정할 수 있다.

[표2] 제1시나리오와 제2시나리오의 에피소드 대비표

순번	에피소드 내용	제1시나리오 신 번호	제2시나리오 신 번호	유사성 판단 결과
1	병실에서 쫓겨나다.	#16	#20	유사한 설정이나 등장인물의 수, 병원 직원들의 반응 및 세부 대사의 표현 방식이 상이함.
2	연인의 가족과 언쟁하다.	#20	#22	유사한 설정이나 등장인물의 수와 갈등 정도에 차이가 있고, 제2시나리오에서는 언쟁이 폭력으로 번지는바, 이는 제1시나리오의 전개와 유사하다고 보기 어려움.
3	장례식장에서 소외당하다.	#21	#23	유사한 설정이나 장례식장에서 동성 관계 연인이 배제당하거나 소외되는 것은 이와 유사한 관계의 영상물에서 자주 확인되는 에피소드이므로, 제1시나리오의 독창적인 표현이라 보기 어려움.
4	유산상속에서 배제당하다.	#22	#25	제1시나리오는 인물의 대사로 위와 같은 에피소드가 전개되고 있는 반면, 제2시나리오는 그 상황이 구체적 행위로 묘사되고 있으므로 그 전개 방식에 차이가 있음.
5	같이 살던 아파트에서 투신하다.	#25	#29	유사한 설정이나 이는 제1, 2 시나리오가 공통적으로 모티프를 얻은 F 사건에서 비롯된 아이디어의 영역이므로, 이를 제1시나리오의 독창적 표현이라 보기 어려움.

．
．
．

라) 주제

제1시나리오는 별지2 기재와 같이 "오랜 연인 관계였음에도 불구하고 사회적 차별과 편견으로 인하여 사랑이 부정당하는 아픔"을, 제2시나리오는 "과거, 현재, 미래뿐 아니라 현실과 허구가 보이지 않는 짝패의 흐름으로 연결되어 있다"는 것을 각기 주제로 하고 있으므로, 제1, 2시나리오의 주제가 동일하다고 보기 어렵다.

4) 소결론

그러므로 원고의 제1시나리오와 피고의 제2시나리오의 실질적 유사성은 인정할 수 없다.

다. 소결론

따라서 피고의 제2시나리오가 원고의 제1시나리오에 관한 저작권을 침해한다고 인정할 수 없다.

4. 결론

피고의 제2시나리오가 원고의 제1시나리오의 저작재산권을 침해하였음을 전제로 하는 원고의 청구는 더 나아가 살필 필요 없이 모두 이유 없으므로, 원고의 항소를 모두 기각한다.

*

나는 당신의 판결문을 밑줄을 그으며 몇 번이나 읽었어. 대한민국의 법원은 우리의 진부한 상처를 법률적 언어로 인정해주었지. 현실에서든 픽션에서든 두 사람의 동성 관계가 세상에서 부정당하는 이야기는 시공간을 바꿔 거듭되는 뻔한 동성애 서사였으니까. 재판부가 보기에 여고 동창생의 실화 또한 익숙한 반복의 또다른 버전이었어. 하지만 법적인 승리가 당신의 불안과 자괴감을 덜어주었을까. 우리는 정말 깨끗이 혐의를 벗은 걸까.

나는 당신이 법원에 제출하려 했던 경위서의 내용을 기억해. 감정적 표현이 들어간 그 글귀들은 객관적이지 못하다는 이유로 당신의 책상 위에 남았지. 나는 변호사들이 반대한 그 글을 읽고 나서야 처음으로 당신이 미웠어. 차라리 당신이 처음부터 인정했더라면, 친구의 시나리오를 보고 영화의 모티프를 얻었다고 말했더라면 당신은 그토록 혼자만의 수렁에 빠져 자신의 정당성을 증명하려 하지 않았을 텐데.

당신은 경위서에 비극의 반복을 말하고 싶었다고 썼지. 사람들을 무감하게 만들 만큼 되풀이되는 죽음을 보여주고 싶었다고. 자신이 무언가를 표절했다면 그 상투적인 불행을 베낀 거라고, 세상이 베끼고 따라 하도록 그 시나리오를 여기저기 펼쳐놓았을 뿐 다른 가능성은 모두 한곳에 몰아넣고 빗장을 걸어버렸다고 했어.

나는 〈배부른 구름〉에서 봤던 장면이 떠올랐어. 여고 동창생 중 한 명이 젊은 시절 자해를 시도했던 때. 피투성이가 된 연인을 끌어안고 주인공이 말했지. '세상 사람들에게 바라지 말자. 동정도 박수도 원하지 말자. 인정을 구걸하지 말고 차라리 모두 게워내자.'

그리고 영화에서 한여름의 폭우가 내리지.

배부른 구름이 한순간에 폭우를 쏟아내듯이. 슈퍼맨이 지구를 돌려버리듯이. 당신은 그런 힘을 갖고 싶었던 거야. 죽은 연인들의 입을 빌리고 친구의 아이디어를 훔치면서까지. 더는 산 사람들의 등을 떠밀지 말라고 절박하게 외치고 싶었겠지. 하지만 당신의 진심은 어째서 거짓과 자기방어에 둘러싸여 은폐되었을까. 풀지 못한 그 가책이 당신을 더 가혹한 방향으로 몰고 갈 줄도 모르고.

당신은 밖에서 날아온 화살은 빼냈지만 내면에서 퍼지는 당신 자신의 독은 없애지 못했어. 결백한 희생양이 되기 위해 스스로에게 더 무거운 짐을 짊어지게 했지. 나는 당신만을 위한 은신처가 되기로 맹세했지만 정작 당신은 이 판결 이후 내게 마음의 일부를 닫은 듯했어. 우리 사이에 말로 할 수 없는 틈이 생긴 것 같았지. 오랜 시간이 흐른 뒤에야 나는 당신이 이때부터 스스로에게 온전한 애정을 허락하지 않았다는 걸 알았어. 진실만이, 당신이 내게 허락한 당신의 슬픔과 연약함만이 내가 가진 전부였는데.

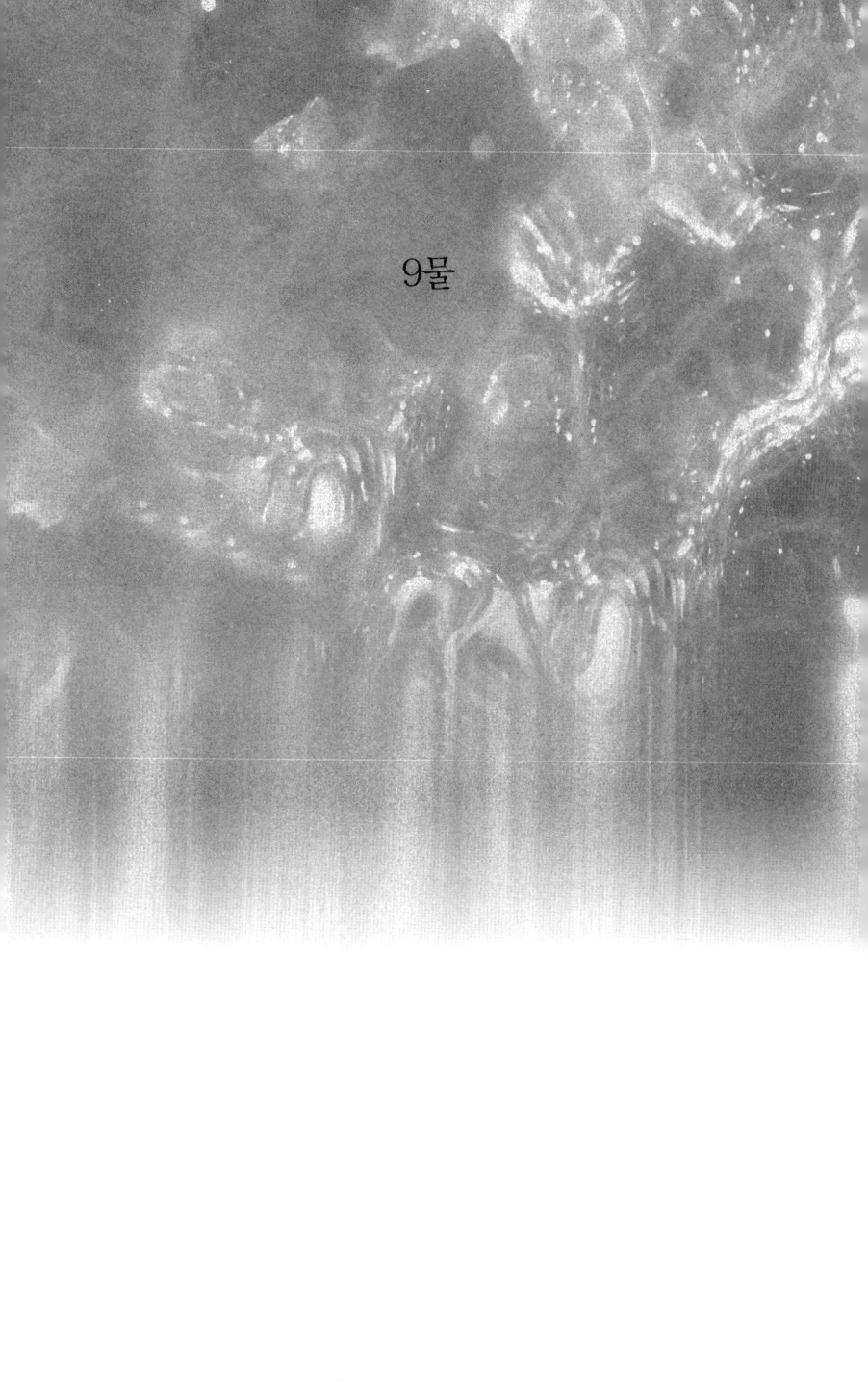
9 물

창밖을 보고 있던 둘희는 별안간 유리창으로 날아온 까만 물체에 흠칫했다. 분명 수조를 탈출한 물방개였다. 물방개가 창틀로 떨어져 얼마쯤 기어가더니 천장으로 날아올랐다. 둘희는 뒷걸음치며 회의실 밖으로 나갔다.

"무슨 일 있으세요?"

강선생이 둘희를 보며 물었다. 둘희는 약하게 숨을 떨었다.

"시후씨…… 어디 있습니까?"

둘희의 당황한 표정에 강선생이 회의실 안을 둘러봤다.

"편의점에 양말 사러 갔습니다. 양말을 또 안 신고 와서……"

별다른 이상이 없는 걸 확인한 그는 둘희 쪽으로 고개를 돌리며 말을 이었다.

"감기 걸릴 것 같아서요. 제가 다녀오라고 했습니다."

둘희는 강선생의 어깨 너머로 회의실을 보다가 뒤늦게 고개를 끄덕였다.

"팀장님, 수조가 신경쓰이세요?"

강선생이 둘희의 마음을 알아차린 듯 물었다.

"아뇨, 저는 괜찮습니다. 그런데 한 마리가……"

둘희는 조금 전 자신이 본 게 진짜 물방개가 맞는지 의심하며 잠시 말을 멈췄다.

"한 마리가 탈출했습니다."

"그래요? 어딨나요? 어디서 보셨어요?"

강선생은 고개로 커다란 반원을 그리며 회의실을 살폈다. 둘희도 그 뒤에 서서 강선생을 따라 실내를 둘러봤지만, 물방개는 보이지 않았다. 강선생은 아마 멀리는 못 갔을 테니 시후가 오면 같이 찾아보겠다고 했다. 둘희는 께름한 얼굴로 테이블 밑을 보다가 다시 뒤늦게 고개를 끄덕였다. 두 사람은 물방개들이 모여 있는 수조를 돌아봤다. 투명한 수조 위에는 검은 플라스틱 덮개가 빈틈없이 닫혀 있었다.

얼마 뒤 사무실로 들어온 시후는 물방개 한 마리가 탈출했다는 소식에 탄성을 내질렀다. 그러고는 곧장 수조 앞에 쪼그려앉아 물방개 수를 세어봤다.

"진짜네? 한 마리가 비네?"

시후는 팔을 걷어붙인 채 탈출한 녀석을 찾아 구석구석을 뒤졌으나 화장실을 포함한 사무실 어디에서도 물방개는 보이지 않았다.

"겁나 신기하네. 어떻게 탈출했지?"

시후는 바닥에 엎드려 수조의 바닥과 옆면에 빈틈이 있는지 손으로 쓸어봤다. 언젠가 물방개가 탈출할 거라는 자신의 예언이 실현된 것에 약간 넋이 나간 듯 보였다.

뒤이은 회의 시간에도 시후는 물방개 생각에 빠져 있었다. 강선생의 브리핑에도 테이블 밑에서 다리를 떨며 귀담아듣지 않았다.

"시후씨?"

강선생의 부름에 시후가 눈꺼풀을 깜박이며 "에?" 하고 되물었다.

"우리 지금 촬영 준비 얘기하고 있었어요. 음식은 제가 점검할 테니 배경 소품은 시후씨가 맡아주겠어요?"

"아, 예."

"배경은 딸기 하우스처럼 꾸밀 건데, 딸기 상자랑 농기구를 갖다놓고……"

"그 여자네 하우스 가서 직접 찍으면 안 돼요?"

시후가 강선생의 말허리를 자르며 끼어들었다. 생각지 못한 제안에 강선생은 당혹스러운 얼굴로 시후를 봤다.

"딸기 하우스가 여기랑 가깝다면서요. 그 여자도 좋아할걸요? 자기네 딸기 홍보도 되고."

"이제껏 그런 경우는 없었어요. 실제 장소가 드러나면 출연자에게 불이익이 갈 수도 있고, 위험 요소가 큽니다."

강선생의 반대에도 시후는 굴하지 않고 아이디어를 꺼냈다.

"그 여자 트럭은요? 트럭에서 개랑 먹방하면 웃길 텐데."

"카메라랑 스크립터 설치를 고려하면 트럭도 어려워요."

강선생이 안경테를 올리며 말했다.

"그 여자 트럭에 내비 없어요? 내비 빼고 거기에 카메라 꽂으면 되잖아요. 아니면 삼각대를 설치하든지. 우리는 짐칸에 있으면 되고."

시후가 트럭에서 실시간 방송을 할 수 있는 방법을 말했다. 오래 생각한 계획이라기보다 섬광처럼 머릿속에 떠오른 단상들인 것 같았다.

"우선 기존 방식대로 준비하십시오. 시후씨 의견은 잘 들었습니다."

둘희가 결론을 내리며 말했다. 서류를 챙겨 회의실을 나오면서 줄곧 을주 생각이 머릿속에서 떠나지 않았다. 그 상태로 자기의 방으로 들어선 순간 실내에 퍼진 짙은 딸기향에 멈칫했다. 책상 위 접시에 강선생이 씻어놓은 딸기가 담겨 있었다. 그 선명한 향기에 둘희는 심장이 빠르게 뛰었다.

을주가 사무실에 등장한 순간부터 둘희는 정신을 집중하기 힘들었다. 그 사람이 풍기는 딸기향과 기운찬 에너지가 둘희를 흔들었다.

처음 바닷가에서 봤을 때도 그랬다. 을주는 자신이 풍기는 달콤한 내음만큼이나 특별한 모습으로 둘희의 시선을 사로잡았다. 그때 을주는 개를 따라 어두운 개펄을 뛰고 있었다. 개와 연결된 줄을 놓쳤는지 개를 따라잡으려고 두 팔을 풍차처럼 내저으며 달렸다. 어둑한 해송 너머로 그 모습을 보던 둘희는 자기도 모르게 가슴이 벅차올랐다. 캄캄한 개펄을 질주하는 개와 여자의 모습이 콧등이 시릴 만큼 감격스러웠다. 그 순간만은 바닷가에 드리운 악의가 우스운 장난처럼 느껴졌다. 한기연의 영화도, 권의 술수도, 언덕에서 벌어졌던 가슴 아픈 사건도 모조리 개와 여자의 철벅거리는 발소리에 부드럽게 뭉개지는 것 같았다.

승합차에 숨은 권의 끄나풀을 본 날에도 둘희는 을주와 개의 도움을 받았다. 그때 둘희는 언덕 아래 표지판 뒤에 숨어 몸을 떨고 있었다. 강선생이 그 승합차에 올라타는 모습을 본 직후였다. 둘희는 강선생에게마저 권의 손길이 닿아 있을 줄은 미처 몰랐다. 강선생은 줄곧 자신은 권을 완전히 믿지 않는다고 말해왔으니까. 자신이 이 일에 뛰어든 건 죽은 아들 때문이지, 권의 개인적 성공을 위해서가 아니라고, 권과 채실장 부부는 태풍경보를 위한 파트너일 뿐, 자신은 그들의 연극에 진심으로 동조하지 않는다고 했다. 그런데 그날 강선생은 권의 비밀 지령이라도 받은 듯 주변을 살피며 은밀하게 승합차에 올랐다. 둘희는 황급히 표지판 뒤에 숨었고, 그 순간 한동안 보이지 않았던 '츠히'의 환영이 나타났다.

츠히

나를 원망하고 추궁하는 츠히……

둘희는 츠히의 형상에 두 발이 붙들려 꼼짝할 수 없었다. 짐승의 살을 발라 뼈마디만 남긴 듯한 몸체와 등 쪽으로 완전히 돌아간 머리.

둘희는 이전부터 불시에 츠히의 형상을 맞닥뜨리곤 했다. 어느 땐 바다의 물빛처럼 멀리서 일렁였고, 어느 땐 땅을 기어가는 벌레처럼 발밑에서 꿈틀거렸다. 둘희가 바라보면 츠히는 무언의 인사를 건네듯 형체가 바뀌었다. 마치 하나의 배아가 몇 배속으로 성숙하며 사람의 형상을 갖춰가듯 뭐라 이름 붙일 수 없는 괴이한 형태가 사람의 얼굴로 빠르게 변했다. 둘희가 아는…… 죽은 친구의 얼굴로……

"괜찮으세요?"

그때 을주가 다가왔다. 둘희는 겁에 질려 앞에 선 사람이 누구인지 알아보지 못했다. 자전거를 붙들고서 황급히 도망쳤을 뿐. 언덕길에 서서 잠시 돌아봤을 때 둘희는 퍼뜩 정신이 들며 을주와 개의 모습이 눈에 들어왔다. 둘희는 그 자리에 못박힌 듯 멈춰 섰다. 기이하게도 개가 츠히를 향해 무섭게 으르렁거리고 있었다.

저 개도 죽은 사람이 보이는 걸까.

사납게 노려보는 개가 거슬리는지 츠히는 사람의 모습에서 다시금 해괴한 형체로 변하더니 이내 사라졌다. 하지만 츠히는 시야에 어른거리는 검은 별무늬처럼 어느 때건 둘희의 어깨를 치며 자신의 존재를 알려왔다. 개펄에 찍힌 발자국에 츠히가 새겨져 있었고, 한밤에 유리창을 때리는 나뭇잎 소리에서 츠히의 목소리가 들려왔다. 그 목소리는 둘희의 게으름을 꾸짖었다. 자신과의 약속을 잊지 말라고, 더 간절히 태풍을 기원하라고 독촉했다. 둘희는 가슴을 조이는 압박감에 못 이겨 조개무덤으로 뛰어가 새하얗게 널브러진 조개 파편 사이를 뒤졌다. 죽은 친구와 나눴던 대화가 불길한 진동처럼 주변을 맴돌았다. 슈퍼맨 마크가 그려진 양말 한 짝. 저기 조개무덤에 숨겨놨어요. 친구가 한 그 장난이 저주로 바뀌어 둘희를 괴롭혔다. 둘희는 살갗이 패도록 날카로운 조개껍데기를 움켜쥐었다. 그리고 또 한번 을주와 개가 나타났다. 개는 이번에도 츠히를 경계하며 둘희의 곁에서 물러나게 해주었다. 하지만 정말 개 때문일까? 둘희는 츠히가 자기의 죄책감이 만들어낸 환영이란 걸 모르지 않았다. 그러니 환영을 물러나게 하는 것 또한 마음에서 비롯되는 작용이었다. 둘희는 어지럽고 뜻 모를 자신의 속내를 들춰보듯 을주와 오복이 앞에 스스로를 데려다 놓았다. 그들이 해변에 산책하러 오는 시간에 맞춰 근처를 배회하며 우연한 만남을 가장했다.

을주는 고소한 흙내음을 풍기며 둘희에게 그들만의 산책 방법을 알려주었다. 그들이 개펄을 내달리는 시간은 경계심이 많고 수줍음을 타는 개가 유일하게 자기의 최고 속력을 만끽하는 때라는 걸. 그런데 이상하게도 오복이가 그쪽에겐 마음을 여는 것 같다고 을주는 뒤이어 설명했다. 둘희는 그 말에 조용히 기뻐하며 개의 아름다운 신체 곡선을 눈에 담았다. 고온에 달군 유리관을 핀셋으로 단숨에 구부려 조형한 듯한 어여쁜 등과 가슴을. 그리고 그 사려 깊은 개를 따라 해변을 걸었다. 걸을 때의 리듬과 보폭으로 상냥함을 표현할 수 있을까. 둘희는 개가 만들어내는 네발 자국 운율에 안정감을 느꼈다. 호감을 느끼는 대상이 생기면 그만큼의 비밀과 고통을 감당해야 한다는 걸 잊은 채.

둘희의 기쁨은 오래가지 않았다. 한낮의 무더위가 채 식지 않은 저녁, 둘희는 해변에서 을주와 함께 있다 한기연과 마주쳤다. 멀리 서 있는 한기연을 발견한 순간 둘희는 자신이 나태한 망상에 빠져 있었음을 자각했다. 자신에겐 책임지고 감당해야 할 현실이 따로 있었다. 저속하고 모순적이라 해도, 둘희는 자신이 떠받치고 있는 한기연의 영화에서 도망칠 수 없었다.

한기연과 츠히, 욕받이 방송과 강선생, 권과 승합차 무리가 둘희의 엄연한 현실이었고, 을주와 오복이야말로 물리쳐야 할 눈속임이자 위험한 유혹이었다. 무엇보다 자신의 짐을 을주에게까지 떠맡길 수는 없었다. 무례하고 잔인한 방식인 줄 알면서도 둘희는 을주를 외면했다. 차갑게 돌아섰고, 아무런 여지도 주지 않은 채 관계를 단절했다.

그런데, 그런데 이 사람은 왜 자꾸 나에게 다가오는 걸까.

겁도 없이, 가면도 없이, 그렇게 향긋한 과일 냄새를 온몸에 가득 묻히고서.

둘희는 다음 출연자 후보로 을주를 추천하는 강선생의 의견에 오래 반대할 수 없었다. 시후 역시 을주가 다양한 닉네임으로 불릴 수 있으니 출연자로 제격이라 했다. 과체중 장애인, 과체중 고아, 뚱녀 페미…… 그러나 그 모든 표현은 을주와 어울리지 않았다. 둘희가 을주에게 박한 점수를 주자 시후는 대표님에게 의견을 묻자며 한기연을 끌어들였다. 한기연이 뭐라고 답할지는 뻔했다. 그 여자한테 어떤 감정을 느꼈어? 그 감정이 우리의 영화에 필요해?

결국 둘희는 강선생에게 최종 결정을 맡겼다. 그리고 강선생은 퇴근 시간이 지나 둘희의 방으로 찾아와 나직하게 말했다.

"팀장님, 저는 저 등대를 볼 때마다 꼭 꿈속에 있는 것 같습니다."

강선생이 창가 너머의 먼바다를 바라봤다. 둘희는 그가 평소와 달리 자기의 속마음을 털어놓고 있다는 걸 알았다.

"부산하게 움직이다가도 저 등대를 보면 문득 머릿속이 고요해집니다. 저 등대가 '이건 다 꿈이다', 그렇게 말해주는 것 같습니다."

둘희는 강선생의 시선을 따라 창밖의 바다를 바라봤다. 일몰이 지난 먼바다에 오렌지색 빛줄기가 유령처럼 일렁였다. 둘희는 크지 않은 목소리로 물었다.

"좋은 꿈인가요?"

"모르겠습니다. 다른 사람의 꿈이니까요. 내 꿈도 아닌데 좋다, 나쁘다 함부로 말할 수 있나요."

둘희는 강선생이 말하는 꿈이 아들의 꿈이라는 걸 알았다. 그의 아들이자 둘희의 친구였던 한 사람. 강선생은 그렇게 말한 뒤 사무실에서 나갔고, 이튿날 을주에게 연락해 면접을 제안했다.

*

"오복이가 참 양반이네요."

면접에서 강선생은 을주와 같이 온 개를 유독 마음에 들어 했다. 점잖게 사무실 바닥에 엎드린 오복이는 간간이 코에 침을 묻히며 실내에 감도는 냄새를 맡았다. 둘희는 짙은 딸기향에 모든 고민이 잼처럼 뭉개지는 것 같았다.

"결정되면 다시 연락드리겠습니다."

둘희는 형식적인 문답을 마치고서 자리에서 일어났다. 그러면서도 머릿속으로는 을주에게 어떤 음식이 어울릴지 생각을 이어갔다. 자신이 몸담은 방송이 어떤 곳인지도 잊은 채 딸기 케이크를 먹으며 디저트 먹방을 하면 어떨까 생각했다. 커피도 마실까? 아니면 달콤한 밀크티? 둘희는 예쁘고 반짝이는 케이크를 앞에 놓고 맛을 음미하는 을주의 모습을 그려봤. 을주가 개를 데리고 사무실을 나가자 강선생이 둘희를 보며 물었다.

"우리도 점심 먹으러 갈까요?"

시후는 서랍에서 컵라면을 꺼내며 말했다.

"맛있게 드시고 오세요!"

건물 밖으로 나가자 겨울 햇볕이 따스하게 내리쬐었다. 둘희는 강선생과 나란히 걸으며 언덕을 내려가는 트럭을 바라봤다. 을주가 트럭을 세우더니 창문 밖으로 고개를 내밀고 소리쳤다.

"태워다드릴까요?"

"고맙지만, 우리는 걸어서 갑니다!"

강선생도 목소리를 높여 말했다. 그때 트럭 보조석 창으로 오복이가 기다란 코를 빼꼼 내밀었다.

"어디로 가세요?"

을주가 다시 소리쳐 물었고, 강선생이 둘희에게 의향을 물었다.

"어디 따끈한 거 먹으러 갈까요?"

그렇게 말하며 강선생이 뛰듯이 길을 내려갔다. 트럭으로 가서 개를 한번 더 보고 싶은 눈치였다.

"팀장님, 혹시 바지락칼국수 어떠세요? 겉절이가 아주 맛있다네요."

간지러움을 참는 얼굴로 강선생이 말했다. 개가 강선생의 손등을 사탕처럼 핥고 있었다.

"네, 그렇게 합시다."

둘희는 바닷바람에 흐트러지는 머리카락을 추스르며 말했다. 조금씩 물이 차오르는 해변에서 갈매기들이 크게 울어댔다. 트럭 짐칸에는 모종삽과 묵직한 포대가 실려 있었고, 흙투성이가 된 고무장화와 연장들도 보였다. 그 여자한테 어떤 감정을 느꼈어? 그 감정이 우리의 영화에 필요해?

차 안에 앉을 자리가 부족해 강선생은 짐칸에 타야 했다. 을주가 민망해하며 개를 뒤에 태우겠다고 했으나 강선생이 먼저 타이어를 밟고 짐칸으로 뛰어올랐다. 을주는 길어야 오 분이면 식당에 도착한다고 말하며 강선생에게 양해를 구했다. 개와 함께 조수석에 탄 둘희는 백미러로 짐칸에 앉은 강선생을 확인했다. 강선생은 걱정하지 말라는 듯 연거푸 손을 흔들어 보였다.

트럭은 해변의 동쪽 길을 향해 갔다. 바람이 세게 불어 강선생의 회색 머리칼이 수초처럼 위로 흐느적거렸다. 옆에 앉은 오복이는 입을 벌리고 혓바닥을 내민 채 숨을 헐떡였다. 개의 숨소리가 가까이 들리자 둘희는 불안감이 조금 누그러지는 듯했다. 하지만 이내 또다른 망상이 밀고 들어왔다. 트럭이 급정거해 개가 유리창 밖으로 튕겨나가는 모습. 둘희는 개를 위한 안전띠가 있으면 좋겠다고 생각하며 다시 강선생을 살폈다.

"천천히 갈까요?"

을주가 둘희를 흘깃 보며 물었다.

"지금도 빠르진 않은데요."

둘희가 애써 차분한 말투를 꾸미며 말했다.

"고기 드세요?"

"네."

"회는요?"

"먹어요."

"우럭매운탕 좋아하세요? 이모가 그것도 잘하거든요. 해달라고 할까요? 아, 지금은 칼국수만 먹는 게 낫나. 우리 이모 회덮밥도 끝내주는데."

둘희는 을주가 내뱉은 이모라는 단어에 가슴이 먹먹해졌다. 사람들은 이모를 그렇게 불렀다. 편안하고 자연스럽게, 아무렇지 않게.

식당에 도착해 스테인리스 문을 열고 들어가자 가운데 자리한 난로가 먼저 눈에 띄었다. 새까만 연탄이 고무 대야에 층층이 쌓여 있었고, 난로 위에선 윤이 나는 은색 주전자가 김을 내뿜었다. 둘희는 식당 천장을 따라 기다랗게 이어져 있는 난로 연통을 올려다보며 자리에 앉았다. 테이블에 하얀 박엽지가 깔려 있어 손을 올리거나 컵을 내려놓을 때 작게 바스락거리는 소리가 났다.

둘희와 강선생은 연탄난로의 온기에 둘러싸여 바지락칼국수와 해물파전을 먹었다. 을주는 맛을 좀 보라며 우럭매운탕을 주문해주고는 식당에서 사라졌다. 벽에 붙은 메뉴판에는 매운탕 중짜와 대짜만 있었으나 을주의 이모가 소짜보다 더 작은 미니 사이즈라며 우럭과 미나리가 듬뿍 든 매운탕을 내어주었다. 음식을 다 먹고 둘희가 계산하려는데 을주의 이모부는 칼국수 두 그릇 값만 받았다. 당황한 둘희가 돈을 더 내겠다고 했지만, 그는 불그스름하고 넓적한 얼굴을 과장되게 찌푸리며 조카가 데려온 손님에게 이 정도 대접도 못하느냐며 되레 성을 냈다. 오복이는 그들이 식사하는 내내 계산대 뒤에 있는 뼈다귀 모양 쿠션에 엎드려 있었다. 사람들 눈에 안 띄는 그곳이 개의 휴식처인 듯했다.

둘희는 식당을 나서며 을주를 찾았다. 가기 전에 한번 더 만났으면 싶으면서도 동시에 자기의 바람이 이루어지지 않길 바랐다. 복잡한 심경을 알아채듯 을주가 뒤늦게 뛰어와 두 사람에게 자신의 딸기 하우스를 구경해보라고 권했다. 둘희는 제안을 거절했다. 을주가 회사까지 태워주겠다고 했지만, 둘희는 그마저도 사양했다. 을주와 오복이의 배웅을 받고 걸어갈 때 강선생이 둘희에게 말했다. 아무래도 오을주씨를 다음 출연자로 정해야 할 것 같다고. 둘희는 강선생의 말뜻을 곧바로 이해할 수 없었다. 강선생은 을주의 이모 내외에게 식사를 대접받았으니 을주가 원하는 대로 방송에 출연시켜주자는 것이었다. 하지만 방송 출연이 고마움에 대한 보답이 될 수는 없었다. 을주를 면접에서 탈락시키는 게 이모 내외를 위하는 일이었다.

둘희는 조금씩 물이 차오르는 바다를 보며 걸었다. 강선생이 몇 걸음 뒤에서 둘희를 따랐다. 둑길을 걷는 동안 둘희는 을주를 떼어낼 방법을 떠올렸으나 마땅한 핑계가 생각나지 않았다. 오히려 어떻게 하면 을주를 다시 만날 수 있을까 하는 욕심이 꿈틀거렸다. 옥녀산이 보이는 굽잇길로 들어서자 묽은 눈이 쏟아지기 시작했고, 둘희와 강선생은 모래사장의 가장자리 길을 뛰었다. 둘희는 사무실로 들어와 눈에 젖은 점퍼를 벗을 때까지 분수에 넘치는 마음을 품은 자신에게 심한 벌을 주고 싶었다.

4물

1

한강이 내려다보이는 오피스텔에서 나는 여러 해를 보냈지. 몇 해의 계절이 지나는 동안 나는 회전문을 통과하듯 일정한 스텝을 밟으며 나의 이십대를 통과했어. 공적인 삶에서 나는 착실하고 평범한 직장인이었고, 다른 사람과의 약속을 지키려 노력하며 내 겉모습을 위장했지. 사람들은 내가 품은 반란의 꿈을 알아채지 못했어. 나의 진짜 현실은 당신의 영화였고, 그 꿈이 실현될 미래의 어느 순간이 나에겐 더 생생하고 중요했으니까.

그 시절을 돌이키면서 나는 남아 있는 자료들을 찾아봤어. 당신의 노트와 당신과 페피가 주고받았던 메일들. 이제 당신은 그 메일 계정을 쓰지 않지만, 내가 알던 비밀번호는 그대로

였어. 당신처럼 보안을 중요하게 여겼던 사람이 왜 아직 그 계정을 삭제하지 않고 남겨뒀을까. 구태여 신경쓰지 않아도 될 만큼 사소한 흔적이 되어버린 걸까. 아니면 당신도 그 시절의 기억을 몇 개쯤은 남겨두고 싶었을까.

내가 이 기록을 '투 디렉터 한'에 올리면 당신은 그제야 방치했던 과거의 자취들을 서둘러 지우겠지. 하지만 걱정하지 않아도 돼. 내가 쓰는 이 이야기에서 당신은 언제나 나의 찬란한 한기연이니까. 게다가 당신이 페피와 함께 도모했던 일들도 그 실체를 명확하게 알 수 없도록 은어들로 표현돼 있으니. 내가 그 흔적의 일부를 여기에 드러낸다고 해서 당신에게 위협이 되지는 않겠지. 당신을 위험에 처하게 할 바엔 당장이라도 허공에 두 발을 띄워 내 삶을 끝장내는 게 나아. 당신을 고통스럽게 하는 또다른 폭로자가 될 바엔 당신이 드리운 장막 안에서 서서히 질식해가는 게 낫겠지.

한기연, 나의 짓눌린 이상주의자.

그 시절 당신과 페피가 진지하게 주고받은 비밀스러운 메일을 보면 웃음이 나. 당신이 혼자 노트에 끄적였던 '태풍경로'의 그림도. 당신은 이 모든 걸 계획하면서 얼마나 혼자 애를 태웠을까. 끊임없이 다가올 일들을 시뮬레이션하면서 미처 알 수 없는 변수들에 대비해야 한다고 믿었겠지.

To. fe-film

From. gamdoknim

제목: (우선 처리 요청) 제작 노트 109

〈개미〉와 〈등대〉의 답보 상태를 타개할 방법 검토.

첨부한 세 개의 문서를 확인 바랍니다.

(패스워드 키워드: 가장 감명깊은 영화 대사는?)

문서 1) 프로젝트 〈개미〉 기획서 변경

1. 제작 관련 전반적 상황: 물적·인적 자원을 중심으로

2. 영화화를 위한 구체적 쟁점

3. 로그라인 초안

문서 2) 제작 취소 건의 자료 폐기 승인

문서 3) 〈등대〉 로케이션 후보 및 향후 실내 스튜디오 확보안

※본 메일은 48시간 내 완전 삭제 요망.

To. gamdoknim
From. fe-film

제목: 〈등대〉 제작 노트 3

첨부한 두 개의 문서를 확인 바랍니다.
(패스워드 키워드: 흥남주물 아저씨의 월요일 점심 메뉴는?)

문서 1) 체제 선전·선동 관련 국내외 연구 자료 총정리 vol. 3
문서 2) 표현의 자유와 인격권 충돌에 관한 국외 판례 총정리 vol. 2

※주말에 끝내주는 '커브'를 가져감.

To. fe-film

From. gamdoknim

제목: 제작 노트 201(첨부 문서 없음)

아래 세 개의 안건을 확인 바랍니다.

안건 1) 프로젝트 〈개미〉 기획서 변경안 최종 승인

안건 2) 〈등대〉 제작 노트 5에 기재된 기획안 개선 의견

1. 개별 트리트먼트의 주요 감정을 명사형으로 기재

예) 분노, 무기력, 박탈감, 비아냥 등

2. 트리트먼트의 감정적 요소를 벤다이어그램으로 시각화

3. '세대별 피해자성 선동'에 관한 최근 실례 참고

* 결론: 전체적으로 활력이 떨어짐. 매체 특성을 고려해 더 간단명료하게. 메시지는 직관적으로.

<u>※본 메일은 48시간 내 완전 삭제 요망.</u>

<u>※이번 주말에 오지 마.</u>

어느 해 가을, 심한 비바람이 도심의 패널 지붕을 잡아뜯던 날, 당신은 늦잠을 자는 내 곁에 다가와 말했어.

"그 바닷가 기억나? 거기로 갈 수 있어."

당신은 그간 준비해온 일을 내게 털어놓았지. 우리의 추억이 깃든 바닷가에 좋은 집이 나왔다고, 오래 비어 있어 내부를 손봐야겠지만 공사가 끝나면 언제든 들어갈 수 있다고 했어. 짧게 압축한 예고편처럼 당신은 앞으로 우리에게 펼쳐질 상황을 얘기했지. 시나리오 완성과 제작사 미팅, 스태프 구성과 배우 섭외, 로케이션 헌팅…… 그 모든 일이 코앞에 닥친 것처럼 흥분한 목소리로 말했지.

"처음부터 다시 시작하는 거야."

당신은 시간이 빠듯하다고, 작업에 몰입할 환경이 필요하다고 했어. 나도 고개를 끄덕이며 당신의 뜻에 동의했지. 하지만 바닷가집으로 가자는 당신의 말은 제안이 아니라 통보였어. 당신이 왜 그렇게 서두르는지 나도 이유를 모르지 않았어. 우리에겐 변화가 필요했고, 바닷가집은 돌파구가 되어줄 수 있었으니까. 정작 내가 걱정하는 건 따로 있었어.

"회사는요?"

내가 어렵게 꺼낸 말에 당신의 표정이 흐려졌어.

"미안, 그건 생각 못했어. 하지만 이번에는 정말 다를 거야."

당신은 모든 걸 쏟아부을 수 있는 '진짜'를 만들자고 했어. 진실한 꿈과 압도적인 환영. 그 말은 당신과 페피가 영화 작업을 두고 쓰는 표현이었지만, 나는 그 말이 권에게서 나왔다는 걸 알았지. 젊은 시절 권이 정치활동을 시작했을 때 지지자들의 마음을 움직인 연설 문구였으니까. 세상을 바꿀 만한 진실하고 압도적인 하나의 꿈을 꿉시다!

나는 직장을 그만둔다는 서운함만큼이나 그로 인해 달라질 경제 사정에도 불안함을 느꼈어. 무슨 돈으로 집을 사서 이사하지? 앞으로 생활비는 어쩌고……

이튿날 오후, 준비된 이벤트처럼 페피가 나타났어. 페피는 자신과 당신이 마련한 깜짝 선물에 내가 기뻐할 거라 기대했어.

"그동안 둘희씨가 직장생활 했으니까 자금 출처는 확실하지."

페피는 그날의 커브를 잔에 따라 나에게 건네며 말했어. 이전처럼 블라인드를 내려 빛을 가리거나 참나무 테이블을 옮겨놓는 과정은 생략했지. 그날 페피는 들뜬 기색으로 서둘렀고, 내가 자기의 말에 더 놀라고 반겨주길 원했어.

"다음주에 집주인이랑 만나기로 했어요. 인테리어는 한선배가 볼 거니까 둘희씨 마음에도 들 거고, 짐 정리나 이사도 신경쓸 거 없어요."

페피는 연달아 계획을 전했어. 나는 높낮이 없는 목소리로 물었어.

"왜 나예요?"

내 질문에 페피는 눈꺼풀을 깜박이며 나를 향해 숙이고 있던 등을 바로 했어. 페피는 나에게, 아니 정확히는 한기연 당신에게 바닷가집을 사주고 싶어했지. 절차상 내가 집주인과 매매하는 방식이었지만 돈은 자기가 댈 거라고 했어. 상속세와 부동산법에 관해 얘기했고, 자기 모친의 사회적인 위치에 관해서도 설명했지. 공직자 가족의 재산 공개 제도와 차명계좌…… 나는 조용히 그 말을 들었지만, 속으로는 페피가 왜 그토록 나를 신뢰하는지 의아했어. 대체 나의 어디를 믿고? 아니면 명의 도용을 종용할 만큼 내가 손쉬워 보이는 건가.

페피가 원하는 건 나의 법적인 신분이었어. 서슴없이 그런 걸 요구할 만큼 페피는 나를 신뢰했지. 동시에 나를 안전하게 사용할 도구로 여기기도 했어. 페피와 그 가족의 탈법을 알아도 될 만큼 나는 그들에게 위협적인 존재가 못 된다는 뜻이었으니까.

페피가 돌아가고 늦은 밤, 당신은 욕조에 물을 받았어. 나는 당신과 마주앉아 내 결심을 꺼냈지.

"모아놓은 돈이 있어요. 거기에 퇴직금을 보태서 페피한테 줄래요."

나는 우리가 바닷가집을 사야 한다면 우리의 힘으로 해보자고 말했지. 당신은 미소를 지으며 나를 뒤에서 끌어안았어. 대견하고 기특하다는 듯이. 나는 당신의 그런 태도가 달갑지 않았지만 순순히 품에 안겼어.

"그렇게 부자예요?"

내 질문에 당신은 페피가 아트 스쿨에 입학했을 때의 얘기를 꺼냈어. 페피가 들어오자 건물에 학생 휴게실이 새로 생겼는데, 몇몇 사람이 페피를 '라운지 보이'라 불렀다고. 조롱과 부러움이 섞인 별명이었지만, 페피는 신경쓰지 않았다고 했어.

"그럼 난 뭘 줘요? 뭐라도 주고 싶어요."

내가 묻자 당신은 대답 대신 두 팔로 나를 힘껏 안았어. 그러고는 수수께끼 같은 말을 했지.

"지구를 구한 슈퍼맨에게 얼마를 줘야 할까?"

나는 가만히 당신을 바라봤고 당신은 내 몸을 돌려 내 안의 의심을 걷어내듯 콧등을 손끝으로 쓸어내렸지.

"아무것도. 지구도, 슈퍼맨도 다 영화 속 환영이니까."

바닷가집으로 옮긴 뒤로 당신은 태풍경보를 이룩할 전체 시나리오 작업에 몰두했어. 〈개미〉와 〈등대〉는 마치 같은 태내에서 자라난 쌍둥이처럼 당신의 내부에서, 당신의 심장박동에 따라 두 개의 프로젝트로 자라났어. 당신은 스스로 만드는 허구의 세계에 깊이 잠겼고, 그 이미지 속에서 펄떡펄떡 헤엄쳤지. 진실로 이 세상에 존재할 가치가 있는 장면과 목소리, 그것만이 당신에게 기쁨과 활력을 주었으니까. 제작과정을 계산하며 시나리오를 쓰는 일은 구차하고 너저분한 노동의 연속이었어. 당신은 포기하고 싶을 때마다 자기의 길을 개척한 선구

자들의 회고록이나 전기를 읽으며 묵묵히 스스로의 땅을 일구었어. 나는 바닷가집으로 옮긴 뒤 당신이 더 오래 내 곁에 머물러서 좋았지. 우리의 짧은 밤에 늘 목이 탔었는데. 고작 이틀에서 사흘로 늘어난 것이었지만, 처음으로 당신과 '생활'을 함께한다고 느꼈어. 소송판결 뒤에 생겼던 우리 사이의 틈도 어느새 사라지는 듯했지.

당신은 오래된 악습들도 고쳐갔어. 어렵게 담배를 끊었고 체력을 기르기 위해 한밤중 달이 뜬 언덕으로 나가 줄넘기를 했어. 나도 당신을 방해하지 않도록 조심하며 주어진 일을 해나갔어. 영화를 위한 자료들을 찾고, 끼니때마다 영양가 있는 식사를 준비했지. 생활비는 당신이 건네준 신용카드로 해결했어. 뒷면에 적힌 서명으로 카드의 주인을 쉽게 알 수 있었지만, 따져 묻지 않았어. 내가 무슨 옷을 입는지, 어떤 직업과 얼마큼의 재산을 가졌는지 더는 의식하지 않았으니까. 애초에 당신과 사귀기 시작한 때부터 사회적인 형식과 조건들에 초연해진 상태였어. 밀물과 썰물을 반복하는 바다와 이울고 차오르는 달, 겨울이면 시베리아에서 수천 킬로미터를 날아오는 재갈매기가 나를 무아지경의 흐름으로 데려갔지. 일출과 월출, 노화와 유화, 창조주와 파괴주…… 끝없이 반복되는 대칭의 리듬 속에서 나는 나 자신을 잊었고, 잊었다는 것조차 잊어버려 꿈속에서 맛본 달콤한 케이크에 입맛을 다시듯 쑥스럽고 그윽한 미소를 지으며 하루를 시작했어.

당신은 옥녀산에 살쾡이가 살았다는 누군가의 얘기에 헤드랜턴을 쓰고 야간 산행을 시작했어. 사람들의 눈을 피해 자유롭게 외출하려면 환한 낮보다 어둑한 밤이 편했으니까. 나는 바구니가 달린 파란색 자전거를 샀지. 페달을 밟으며 근처 해수욕장 두 곳을 모두 돌아볼 만큼 하체가 날로 야무져가갔어. 당신 역시 퇴고에 퇴고를 거듭하며 〈개미〉와 〈등대〉를 연작으로 하는 긴 시나리오를 완성했어. 여러 버전의 이야기를 만들고 수없이 스토리보드를 짜면서 머릿속으로 한 장면 한 장면을 리허설했지.

내가 곁에서 지켜본 그 과정은 자기의 스타일을 새기기보다 그 스타일을 지우려는 몸부림 같았어. 시나리오가 어떤 반응을 얻든 나는 당신과 함께 무언가에 열중했다는 것만으로 만족할 수 있었어. 영화제작뿐 아니라 내 삶이 어떤 결말로 끝나든 가슴을 펴고 엔딩을 맞이할 수 있다고. 끊임없이 주기를 반복하는 바다와 달의 리듬이 신비롭게도 나에게 자신감과 홀가분함을 선사했어. 찬란한 환영 뒤에 환멸이 온다 해도, 나는 내가 꾼 꿈을 후회하지 않을 수 있었어. 당신의 영화 제목에 쓰인 '더없이'라는 말을 다시 한번 깊이 실감했고, 그런 마음가짐이 당신과 함께 몰입한 시간에서 비롯됐다는 것에 조용히 감격했지.

당신이 탈고한 긴 시나리오의 최종 이름은 '츠히'였어.
이 세상에 당도할 새로운 질서,
츠히.

츠히는 고대 신화에 나오는 상상 속 동물 '치豸'를 모티프로 한 조어였어. 인간들이 서로 다투는 말을 듣고 있다가 옳지 못한 자를 향해 외뿔을 들이받는 신묘한 심판관 '치$_{zhi}$'.
생김새는 사자를 닮았으나 기린처럼 짧은 뿔이 있고, 복슬복슬한 털에 뒤덮인 '해치'의 기원이 되는 괴수.
당신의 책상에는 츠히에 관한 자료들이 수북했어. 나는 그 글들에서 법法이라는 글자가 '치'에서 비롯됐음을 알게 됐지. 법은 '물氵이 간다去'라는 뜻이었고, 해치의 상형자가 포함된 옛 글자의 의미로 풀이한다면 '물에서 나온 심판관 치가 의롭지 못한 악인을 들이받으며 나아가는 길'이라는 뜻이었어. 그래, 법의 진정한 모습은 그토록 강하고 아름다운 거야. 당신이 꿈꾸는 미래는 신화 속에서 탄생해 우리의 여정을 인도해주었지. 나는 그때부터 당신을 보듯 츠히를 봤어. 당신의 인내하는 눈빛과 그 안의 어려운 마음들, 돌파하고픈 의지와 노골적인 야심까지 츠히에 담겨 있었으니까.

당신은 그렇게 완성한 두툼한 시나리오를 내게 건네고는 밖으로 나갔어. 해변을 배회하다 저물녘이 되어서야 돌아온 당신이 바닷바람에 붉게 얼어붙은 뺨으로 내게 말했지.

"자기야, 진실을 말해. 잘 읽었다는 말은 하지 마. 괜찮다는 말은 최악이야. 거짓말로 위로할 거면 차라리 날 찔러."

나는 말없이 당신의 셔츠 단추를 풀었어.

"뭐하는 거야?"

"벗어요."

나는 당신의 허리를 끌어안은 채 목덜미에 진한 키스 마크를 남겼어.

"무슨 뜻이야?"

"키스에 무슨 뜻이 있어요?"

나는 상체를 뒤로 젖힌 채 높고 눈부신 나의 새벽별을 바라봤지.

"어떻게 이런 걸 만들었어요?"

"좋다는 뜻이야?"

"비참해요. 그런데 아름다워요."

당신은 기력이 빠진 듯 길게 숨을 내쉬었어.

"어떻게 될지 모르겠어. 처음이야, 이렇게 아득한 거. 장르조차 모르겠어. 멜로드라마? 범죄스릴러? 혼종 같아. 자신이 없어."

"삶이에요. 그게 이 영화 장르예요."

나는 그렇게 말하고서 그간 혹사당했던 당신의 머리에 입을 맞췄지. 당신의 시나리오는 모순덩어리였어. 힘있고 박력 있는 서사와 달리 장면들의 배치는 간결했고, 대사와 지문은 장식적인 형용사가 절제되어 있었지. 이미지는 머릿속에 그려질 만큼 구체적이었지만, 실제로 촬영하기 전까진 어떤 장면이 될지 예측할 수 없어서 활자에 갇힌 시퀀스들이 저마다 안달하는 듯했어. 하지만 그 모든 탁월함을 제쳐두고 내가 감탄했던 점은 당신이 스스로의 틀을 깨뜨렸다는 것이었어.

스스로의 관점이 옳고, 스스로의 가치관이 아름다우며, 그 미학과 가치가 승리한다는 믿음.

당신은 그 믿음을 포기한 채(아니, 포기를 가장한 채) 자신의 자리를 불의 쪽으로 옮겨놓았어. 정의와 아름다움으로 가려는 욕구에 재를 뿌리고, 선악을 판별하려는 이성을 마비시킨 채, 스스로 부패한 몸뚱이가 되어 기만과 술수라는 구더기를 당신의 안으로 받아들였어. 빤히 보이는 거짓말을 늘어놓으며 자신의 변질과 누추를 모두가 볼 수 있는 길 한복판에 높이 내걸었지.

어떻게 그런 용기를 낼 수 있었을까?

나는 그 질문에 어렵지 않게 답할 수 있었어.

나, 내가 당신 곁에 있으니까. 당신은 나를 믿은 거야. 어떤 일이 벌어져도 나 한 사람은 당신을 버리지 않을 거란 믿음, 그 믿음에 의지해 다른 것들은 모두 손에서 내려놓고 더 위험한 쪽으로 모험을 감행할 수 있었던 거야.

 그 숨겨진 고백에 응답하듯 나는 당신의 머리카락을 입에 물고 잘근잘근 씹었지. 치밀어오르는 감격을 억누르지 못해 당신이 "흡!" 하고 소리 낼 만큼 당신의 가슴을 움켜쥐고 입술로 세게 자극했어.

 츠히, 나의 츠히에게.

 당신은 시나리오의 최종본을 만들어 첫 장에 나를 위한 헌사를 적었지. 그리고 그 옆에 앞으로 우리의 상징물이 될 그림 중 하나를 그렸어. 츠히의 모티프인 치%가 상상 속 동물에서 갑골문으로 변해가는 세 개의 형상, 그 형상이 앞으로 우리와 페피가 이뤄나갈 프로젝트의 상징이었어. 머지않아 페피의 연인인 오티스가 우리의 결속에 함께했지.

 '자, 우리는 이제 츠히의 깃발을 펼치고 우리의 동지들을 집결시키자! 언제나 풀죽은 공상에 그치는 낙오자들의 함성을 모아 불의를 보면 외뿔을 들이받는 츠히를 불러내자!'

 그 시절 우리의 구호와 소망은 지금 어디쯤 와 있을까. 여전히 그때처럼 먼바다에서 헤매고 있는 걸까.

　당신이 만든 시퀀스들은 영화 속 이미지가 되지 못했지. 제작 기획서나 영화의 홍보물로도 옮겨가지 못하고 미완의 바람 그대로 시나리오에 박제되었어. 당신이 시도한 파격과 몸부림은 철저히 외면당하고 버림받았어. 시간이 흘러 그 상황을 되짚어 떠올릴 때마다 나는 외려 웃음이 나. 어떻게 웃지 않을 수 있을까. 대체 우리는 어떤 환영을 봤던 거지? 왜 환영 뒤에 환멸이 올 거라고 속단했을까. 환멸이 차라리 깨끗한 절망인 줄도 모르고. 환영은 안팎의 구분도 없이, 철저한 패배나 종말도 없이, 지루하게 되풀이된다는 걸 모르고서.

2

당원 동지들께 올리는 호소문

······다른 곳에 몸담았던 권의원에게 동지라는 말을 허락해주실지 모르겠습니다. 잘 아시겠으나 제 아내는 지난 십구 일간의 단식투쟁으로 몸과 마음이 극도로 쇠진한 상태입니다. 그간 권의원의 행보에 많은 걱정이 쏟아졌으나 결과적으로 뜻한 바를 이루지 못했습니다. 언론은 토사구팽이라 말하지만, 저는 신의와 약속을 깨뜨리고 시대의 염원과 한 사람의 인격을 철저히 기만한 구태 세력에게 고상한 사자성어를 붙이고 싶지 않습니다. 자신의 정치 인생을 내걸고 전무후무한 도전을 감행했던 권의원을 사냥개 취급하고 싶지도 않습니다. 다만 저희의 부족함을 깨달으며 다시금 신발끈을 동여매고 힘차게

뛸 준비를 하겠습니다. 무엇보다 이번 일은 저와 권의원의 실패일 뿐 결코 당원 동지들과 진보 정치의 실패가 아님을 기억해주십시오. 사랑하는 당원 동지 여러분! 부디 여러분은 저들의 적대와 역사적 반동을 용납하지 마시고, 이 모든 시련을 승리로 나아가는 과정이라 여겨주십시오. 가슴을 저미고 영혼을 파괴하는 거듭된 좌절은 저와 권의원의 몫으로 안고 가겠습니다.

존경하는 ○○○ 비상대책위원장님께 큰 숙제를 남긴 듯하여 마음이 무겁습니다. 송구하고 염치없사오나 부디 위원장을 비롯한 새 당 직자들에게 여러분의 변치 않는 애정과 신뢰를 보내주십시오. 앞으로 저는 모든 직책에서 물러나 이 나라의 정치 개혁과 보편적 평등법의 밀알이 되는 일에 앞장서 가시밭길을 가겠습니다. (이어서 좌담회, 입법화 빅캠프 등 내용 추가. <u>긍정적 메시지로 끝맺을 것.</u>)

*

비바람이 몹시 부는 밤,

너는 종이 더미가 담긴 상자를 안고 언덕으로 나간다. 기다리고 있던 한기연이 그 종이들을 삽으로 파놓은 흙구덩이에 쏟는다. 술에 취한 페피는 헤드 랜턴을 이마에 쓴 채 비틀거리며 다가온다. 한 손에 술병을 든 페피가 이런 날일수록 커브가 필요하다고 말한다. 그 말에 한기연이 혼잣말로 중얼거린다.

"두 걸음. 다음 장면으로 가는 데 두 걸음이면 돼. 우리는 그 걸음을 내디뎌야 해."

"아교풀."

위스키에 흠뻑 취한 페피가 웅얼거린다. 증오는 사람들을 묶는 아교풀이 된다고, 우리의 존재가 어떤 이들에겐 강력한 아교풀이라고.

"우리도 아교풀이 필요해!"

페피가 소리치자 한기연이 페피의 가슴을 떠민다.

"아교풀이 뭔데?"

"아교풀 몰라?"

페피가 성질을 부리며 되묻는다. 둘 사이에 서 있던 너는 호주머니에서 휴대전화를 꺼내 인터넷에 '아교풀'을 검색한다. '짐승의 가죽, 힘줄, 뼈 따위를 진하게 고아서 굳힌 끈끈한……' 휴대전화 액정에 빗방울이 떨어진다. 거센 비바람에 너는 자꾸 눈꺼풀이 감긴다.

"광기!" 페피가 소리친다. "아인슈타인이 그랬지. 같은 과정을 반복하면서 다른 결과가 나올 거라 기대하는 건 광기다!"

그 격언에 발을 걸듯 한기연이 말한다.

"정말 아인슈타인이 그 말을 했어? 너 확실히 알고 말해. 위스키 맛에 미네랄 함량은 상관없어."

한기연은 페피의 손에서 술병을 빼앗아 흙구덩이에 붓는다. 꼴꼴꼴 쏟아지는 술 폭포에 두껍게 포개진 종이들이 맥없이 젖는다.

"근거는? 통계는? 현실적 가능성은?"

페피가 자기의 가슴을 때리며 소리친다.

"생각 좀 그만해. 책 좀 그만 읽어. 왜 못 저질러? 혁명은 정적을 잡아죽일 때 성공하는 거야. 다 잡아죽여!"

페피가 중심을 잃고 고꾸라지자 그의 모직 코트가 진흙으로 더러워진다.

"약해빠졌어. 다 잡아서 씨를 말려야 하는데."

페피는 흙바닥에 퍼질러앉아 한기연을 질책한다. 너처럼 말이 되는 말만 고르다 결국 아무 말도 못한다고, 그게 저들이 노리는 억압의 방식이라고. 분에 못 이긴 페피가 자기 머리통에 구멍을 내듯 손끝으로 관자놀이를 쑤신다.

"머릿속에서 파. 파서 없애버려. 이게 옳은가, 이게 맞나, 이 방법이 선한가, 그따위 생각들은."

"했어. 없앴어."

"거짓말."

한기연이 무섭게 페피를 노려본다. 페피도 물러서지 않는다.

"척만 했지. 시늉이었지. 진짜로 해야 겨우 한 걸음 떼는데."

"그래서 뭘 얻는데?"

한기연이 묻자 페피가 질기디질긴 고무를 씹듯 얼굴을 찌푸린다.

"얻는 사람은 그런 말 안 해. 결과도 과정도 생각 안 해. 회상도 반성도 안 해. 너처럼 철저하게 계획 안 해. 그냥 가서 죽이고 자리를 차지해."

페피가 술병을 높이 들어 입안에 커브를 붓는다. 한기연은 뺨으로 흘러내리는 빗물을 닦아낸 다음 끊었던 담배를 다시 입에 물고 주머니 안을 더듬는다. 너는 한기연에게 라이터를 갖다주기 위해 집으로 뛰어간다. 거센 빗줄기가 너의 뺨과 목덜미를 때린다. 네가 막 주차장으로 들어설 때 바람을 타고 날아온 종이 한 장이 너의 얼굴을 뒤덮는다.

메신저로 퍼지는 가짜 뉴스에 대한 반박 자료……

너는 종이를 잠시 내려다본다.

츠히의 시나리오, 불발에 그친 한기연의 영화.

너는 이 문서를 작성했던 오티스를 떠올린다. 지금 이곳으로 부르면 오티스가 와줄까. 너는 페피와 한기연이 거칠게 부딪치게 될까 두렵다.

집안에서 라이터를 챙겨 다시 구덩이로 돌아가자 페피가 땅에 주저앉아 앞뒤로 몸을 흔들고 있다. 페피는 딸꾹질하며 구덩이에 대고 훈계한다.

"너희의 모순은 (꾹) 서사를 포기 못한다는 거야. 다들 지 스토리에만 (꾹) 빠져서 자기 슬픔만 중요하지."

"지금 너는 악당이 되는 장면이고."

한기연이 너에게서 라이터를 건네받는다.

"내가 보기에 너희의 문제는 (꾹) 명령을 못한다는 거야. 쾌락에서 가치를 못 느껴. 기어이 의미를 찾아. 그게 너희의 (꾹) 약점이야."

"자기야, 안 켜진다."

한기연이 너를 돌아본다. 네가 점퍼의 지퍼를 열어 바람막이처럼 한기연의 주위를 두른다. 한기연이 여러 번 라이터의 부싯돌을 돌리지만 불꽃은 솟아나지 않는다.

"다시 갔다 올게요."

"이리 와."

한기연이 너를 끌어당겨 품에 안는다.

"그래도 비 오는 날 (꾹) 태워 죽이는 건 심하지 않아?"

구덩이에 대고 소리치던 페피가 흐릿한 눈으로 너와 한기연을 올려다본다. 두 여자가 끌어안은 모습에 성질이 치미는 듯 페피가 크게 소리친다.

"왜 맨날 너희 둘이서만!"

페피가 엉덩이걸음으로 움직여 너의 두 다리를 꽉 끌어안는다. 손을 뻗어 너의 배를 만지려고 하자 한기연이 페피의 머리를 탁, 탁탁, 소리 나게 때린다.

"됐다."

너는 불꽃이 솟아난 라이터를 조심스럽게 감싼다. 한기연이 종이에 불을 붙여 구덩이에 던지지만, 빗물과 바람 때문에 불길은 쉽게 커지지 않는다.

"안 봐. 나는 안 볼 거야."

페피가 말한다. 그리고 한기연이 낮게 소리 낸다.

"쉬고 싶어."

너는 속기사처럼 그들의 대화를 받아 적고 싶다. 실패의 흔적을 불살라 없애는 대신 두루 너르게 퍼뜨려 미래의 영화를 위한 영토로 삼고 싶다. 너희가 얼마나 안일했는지, 너희를 토벌한 세상의 아교풀이 무엇인지, 반란이 민란으로 번지기 위해 무엇이 필요한지.

너와 한기연은 시원찮은 라이터로 여러 개의 불쏘시개를 만들며 끙끙댄다. 바람이 불자 불길의 푸른 중심이 뒤집히며 불안하게 일렁인다. 가까스로 불씨를 키운 뒤 네가 일어서자 한기연이 피우던 담배를 너에게 건넨다. 잠시 들고 있어달라는 뜻이었으나 너는 담배의 필터를 물고 깊이 빨아들인다. 페피는 다시 코알라처럼 너의 다리에 달라붙어 자기의 머리를 쓰다듬어달라고 애걸한다. 탁, 탁탁, 한기연이 이번에도 페피의 머리통을 때린다. 너는 흰 연기를 내뿜으며 생각한다.

우리에게 무엇이 부족했을까. 단호함, 잔혹함, 불같은 여론과 동조, 기다림(아니, 이건 이미 차고 넘쳤어).

구덩이로 흙탕물이 흘러들지만, 화염은 너희가 품었던 꿈을 집어삼키며 타오른다.

"너 그렇게 힘들면 외국 나가. 오티스랑 같이 나가서 살아. 왜 이러고 살아?"

한기연이 흐느적거리는 페피의 팔을 잡아 돌리며 말한다. 페피는 한 팔이 결박당한 채 아주 골이 난 표정으로 한기연을 쏘아본다. 입안에 뭐가 들어갔는지 혀를 날름거리다가 푸르르 푸르르 입술을 떤다.

"둘희씨, 한기연 말 듣지 마. 하자는 대로 하지 마. 내가 그 속을 모를 줄 알고! (꾹)"

한기연이 페피의 머리통을 연달아 때린다. 태어나 처음으로 담배를 피운 너는 속이 메스껍다. 하지만 가슴이 미어지는 통증보다 니코틴과 타르가 뇌간을 쪼아대는 듯한 감각이 차라리 견디기 낫다. 너와 한기연 그리고 페피는 비바람이 몰아치는 언덕에서 습하고 거센 바람을 무진장 들이마신다. 구덩이에서 솟아나는 독한 연기도 흡입한다. 컴컴한 바다에서 등대 빛이 흐릿하게 일렁인다. 세 사람은 비 맞은 생쥐 꼴이 되어 몸을 떤다. 번갈아 재채기하며 얼굴에 달라붙은 재를 떼어낸다. 너는 멀고 미약한 빛을 보며 구덩이 속에서 타고 있을 너희의 해시태그를 떠올린다. #사랑을_밝혀_우리의_등대로

3

페피,

나는 당신의 진짜 이름을 부를 수 없지. 그렇다고 '당신'이란 친밀한 호칭을 붙이기도 싫어. 내가 이렇게 주저하는 걸 알면 당신은 아마도 이렇게 말할 테지.

'그냥 너라고 해. 이참에 서로 편하게 말을 놓자.'

하지만 나는 당신과 편한 사이가 되고 싶지 않아. 나에겐 당신과 한기연이 주고받는 친밀함조차 버겁고 불편하니까. 겉으론 내색하지 않았지만 셋이 있을 때면 나는 둘 사이에 낀 부록이 된 듯한 느낌이었어. 당신과 친해질수록, 당신이 내게 잘해줄수록 나는 오히려 당신을 쉽게 미워할 수 없어 괴로웠지.

귀하,

이 말은 어떨까. 언젠가 당신에게 전해진 어느 외국인의 편지처럼. 나는 한국어로 번역되어 프린트된 그 메일을 우연히 한기연의 책에서 봤지. 처음엔 그 종이에 적힌 '귀하'가 누구를 가리키는지 몰랐어. 문장이 어색한 이유가 외국말을 번역해서 그렇다는 것도 금세 눈치채지 못했지.

귀하, 흥미로운 메시지 잘 받았다. 우리 조직의 많은 자료를 전한다. 집회 구호들과 선전 문구도 함께다. (이미지, 영상, 공익광고, 그 외) 한국의 권력 쥔 세력은 귀하의 주장을 돈키호테 취급한다. 익숙하다. 귀하와 나는 안다. 돈키호테는 일관되고 끈질기게 환상을 향했고 혁명을 일으켰다. 알다시피 돈키호테는 투표에서 이겼고 자기의 투구를 지켰다! (우리도 이겼다. 귀하도 해낼 것이다. 부디 지금 당한 어려움을 벗어날 것이다.) 끝으로, 귀하는 산초가 틀림없다. 내가 알기로 산초는 엄청난 수다쟁이다. 그리고 훌륭한 왕이었다. 그의 작은 섬에서.

페피, 귀하의 작은 왕국,
(귀하라고 부르니 우리 사이가 더 멀고 낯설어지는 것 같아서 좋네.) 귀하는 나를 비밀스럽게 귀하의 공간으로 초대했지. 나는 방문자를 주눅들게 만드는 드넓은 정원을 지나 마치 거대한 두부를 수수깡 위에 올려놓은 듯한 건물로 향했어. 귀하는

약속 장소를 말해주며 자신이 운영하는 빵집이라고 했지만, 그곳 어디에도 손님으로 보이는 방문객은 없었고 빵 냄새도 나지 않았어.

실내는 박물관이나 미술관처럼 층고가 높았고, 바닥에는 희고 매끄러운 석재가 깔려 있었지. Y자 모양의 복도 끝에 엿가락을 구부린 듯한 계단이 구불텅하게 솟아 있었어. 층계를 보자 나는 공업소 골목에 있던 귀하의 영화 감상실이 떠올랐어.

휘황찬란한 왕국을 두고 왜 그런 곳에 있었던 걸까. 어째서 우리의 오피스텔을 부러워했지?

그날 나는 등받이가 둥근 벨벳 소파에 앉아 귀하를 기다렸어. 남향의 통창으로 정오의 햇빛이 비쳐들었지만 나는 서늘함에 손끝이 시렸지. 주변은 생활 소음 없이 고요했고 어디에서도 오븐의 열기나 시럽향 같은 것은 느껴지지 않았어. 넓고 환하고 청결한 곳이었지만, 오래 머물고 싶지는 않았어. 불현듯 가구에 쌓인 뽀얀 먼지나 아무렇게나 걸려 있는 옷가지들이 그리웠지. 나는 점점 더 그곳이 불편해져 소매끝을 만지작거리며 조금씩 소파 가장자리로 옮겨갔어.

"으아, 신나라!"

얼마 뒤 엘리베이터를 타고 내려온 귀하가 소리쳤지. 나는 느닷없이 은색 벽이 양쪽으로 갈라지며 사람들이 튀어나오는 것에 놀랐어. 귀하의 옷차림에도 당황했지. 언제나 밑단이 너저분한 바지에 구겨진 셔츠를 입던 귀하가 멀쑥한 정장에 머리까지 단정히 빗어넘긴 모습이었으니까. 귀하의 뒤로 검은 슈트를 입은 남자들이 따라 내렸어. 어디를 봐도 평범한 빵집 직원들처럼 보이진 않았어. 나는 혹시나 그들 가운데 오티스가 있을까 주의깊게 봤지만 그를 찾을 순 없었어. 그렇다고 사람들 앞에서 귀하에게 오티스의 안부를 물을 수도 없었지.

"오 분만. 옷 갈아입고 올게요."

귀하가 손바닥을 펼치며 말했어. 서둘러 뛰어가면서도 귀하는 나를 돌아보며 흥얼거렸어.

"한기연이 알면 얼마나 샘날까!"

잠시 후 나타난 귀하는 본래의 모습처럼 무릎이 튀어나온 잿빛 면바지에 회색 라운드 티로 갈아입은 차림이었지. 귀하는 나에게 자리를 옮기자고 했어. 나는 귀하를 따라 밖으로 나가 녹색 면봉처럼 일정하게 손질된 소나무들을 지나쳐갔지. 내가 오티스에 대해 묻자 귀하는 허공에 검지를 그으며 '피융' 하는 소리를 냈어. 비행기를 타고 캐나다로 갔다는 뜻이었어.

"여동생 결혼식 갔어요. 나도 같이 가자는 걸 겨우 도망쳤네."

귀하는 오티스의 아버지가 교도관이라며 자기를 보면 감옥에 처넣을지 모른다고 농담했어. 나는 웃음 대신 갈퀴로 모아놓은 낙엽 더미와 풋사과가 매달린 나무를 번갈아 봤지. 아래

쪽에 널따란 테니스코트가 펼쳐져 있었어. 지대가 높다는 생각은 못했는데, 내가 걸어가는 정원 아래로 경사가 완만한 비탈길과 물이 빠진 야외 수영장이 보였어. 공원에 있을 법한 운동기구들도 낮은 돌담을 따라 설치돼 있었어. 내가 의아한 얼굴로 기구들을 보자 귀하가 말했어.

"우리 아버지 취향."

"빵은 어딨어요?"

"빵? 배고파요?"

"아뇨, 빵집이라고 하니까……"

내가 말끝을 흐리자 귀하는 거친 쇳소리가 나는 철문을 열며 말했어. 빵이 있긴 하지만 맛이 없다고. 세금을 아끼려고 빵집 시늉만 내는 거라고. 나는 여전히 아리송했지만 고개를 끄덕이며 귀하를 따라 뜰로 들어섰지. 거기서부터는 볕이 잘 들지 않았는데도 나무와 꽃들이 무성하게 자라 있었어. 귀하는 붉은 벽돌이 깔린 오솔길을 지나 집채만한 마로니에 나무 앞에 서더니 나에게 잘 따라오라고 말했지. 그러고는 줄사다리를 타고 나무를 오르기 시작했어. 나는 아연한 표정으로 귀하를 올려다봤어. 우거진 나뭇가지 사이에 자그마한 오두막이 송이버섯처럼 튀어나와 있었지. 귀하가 손을 휘저으며 소리쳤어.

"올라와요, 어서!"

그날 귀하는 내가 가져간 서류들은 꺼내보지도 않았어. 카키색 파우치 안에는 새로운 프로젝트의 기획서가 담겨 있었는데도 말이야. 그때 나는 귀하의 연인인 오티스와 함께 사람들의 인터뷰를 찍는 영상을 구상하고 있었지. 그 인터뷰로 한기연의 츠히를 다시 시작하고 싶었어. 하지만 귀하는 서류가 담긴 파우치를 구석에 밀어놓고는 먼지가 풀풀 날리는 자줏빛 침낭을 펼쳤어. 귀하가 발을 내디딜 때마다 오두막의 판자가 불안하게 삐걱거렸지. 정말이지 그곳은 톰 소여와 허클베리 핀이 머리를 맞대고서 야한 잡지를 들춰볼 법한 좁고 침침한 나무집이었어. 벽과 선반, 탁자가 온통 목재로 되어 있었고, 사방에서 축축한 이끼 냄새가 났지. 튀어나온 못에는 굵은 밧줄과 램프가 걸려 있었고, 입구와 벽에도 뜨개질한 판초가 어지럽게 드리워져 있었어. 판초를 보자 나는 설익은 언어유희처럼 내가 봤던 편지 속 산초가 떠올랐어. 외국인의 편지가 끼워져 있던 『돈키호테』라는 책도.

왕이 된 산초 판사.

한기연은 그 에피소드에 포스트잇을 붙여놓고서 페이지 귀퉁이에 귀하의 이름을 적어놓았지. 페피라는 별명이 아닌 귀하의 실명을.

"그 고집불통은 뭐 좀 먹어요?"

귀하가 한기연의 안부를 물었어. 잠은 좀 자는지, 아직도 자기를 빌어먹을 쓰레기라 욕하는지. 나는 시선을 떨구며 답을 피했어. 보름 전 귀하와 한기연은 날 선 목소리로 서로에게 악담을 퍼부었지. 귀하는 츠히의 성공을 위해 다른 방식을 도모해야 한다고 주장했고, 한기연은 완강히 반대했어. 귀하가 말한 방식은 좀더 자극적인 영상을 만들어 군중심리를 이용하는 것이었고 한기연은 결과를 예측할 수 없다며 강하게 거부했어. 적나라한 말다툼 끝에 한기연은 귀하에게 꺼지라고 소리쳤고, 귀하는 귀까지 벌겋게 달아오른 얼굴로 쉽게 발을 떼지 못했지. 오피스텔을 나서며 귀하가 나에게 속삭였어.

"연락해요, 꼭. 한선배 잘 돌봐주고요."

통나무로 된 벽에서 서늘한 바람이 새어들었어. 귀하는 귀퉁이에 있는 헝겊 보따리에서 털장갑과 목도리를 꺼내 나에게 건넸지.

"난 어떻게든 해내려는 거예요, 알죠?"

귀하가 핫팩 두 개를 손에 쥐고 세차게 흔들었어. 그런 다음 큼지막한 스테인리스 컵에 커브를 따라 들이켰지.

"같이 마셔요."

내가 말하자 귀하는 반가운 기색을 띠며 구부정한 자세로 선반을 살폈어.

"컵이 하나밖에 없네요."

나는 고개를 끄덕이며 귀하가 마셨던 잔을 들었지. 싸늘한 몸에 술기운이 퍼지자 긴장이 누그러지는 것 같았어. 귀하와 나는 술맛이 어떻다는 식의 떠들썩한 묘사 없이 한동안 잔 하나를 주고받으며 번갈아 독주를 마셨어. 그날 귀하는 한기연이 자리에 없는데도 줄곧 한기연을 의식했고, 꺼내는 얘기마다 한기연을 끼워넣었지.

"나랑 친해지면 애인을 배신하는 거 같아요?"

귀하가 비상식량이라며 치즈가 박힌 육포를 건네며 말했어.

"몇 번 초대했잖아요."

"아."

"아?"

"감독님이 바쁘셔서……"

"흐, 감독님……"

"와도 되는지 몰랐어요. 장난일 거라 해서."

"진심이었어요. 난 실없는 인간이지 허튼소리는 안 해요. 그게 그건가?"

귀하는 내 표정을 살피며 술을 들이켰고 진저리치듯 어깨를 떨었지. 그래, 나도 알고 있었어. 귀하가 진심으로 나와 친해지고 싶어한다는 걸. 하지만 나는 귀하에게 질투와 동경을 동시에 느꼈고 우리가 가까워져 귀하의 또다른 모습을 보게 될까 두려웠지. 한기연과 귀하가 다투지 않았다면, 그래서 한기연을 속인 채 귀하를 만나러 와야 하지 않았다면, 나는 계속 거리를 두며 한기연을 통해서만 귀하와 관계를 맺었을 거야. 잠깐이지만 직원들을 대하는 귀하를 보면서 나는 거만한 왕족인 귀하가 내 앞에서 산초로 위장해 있다는 걸 알아챘지.

허구 속 이상향에 빠져버린 돈키호테와 그 광인을 따라다니는 산초.

그게 귀하가 선택한 환상이었나?

나는 한기연이 『돈키호테』에 표시해놓은 산초의 에피소드를 읽은 뒤 객줏집에서 벌어진 투표 이야기를 찾아봤어. 그 책에 끼워진 편지에서 투표 이야기를 읽었으니까. 알다시피 돈키호테는 투표에서 이겼고 자기의 투구를 지켰다!

소설에서 돈키호테는 이발사의 세숫대야를 자기의 투구라고 우기지. 술집 사람들은 처음엔 콧방귀를 뀌다가 돈키호테의 일관되고도 강력한 주장에 설득당해 그 물건이 대야인지 투구인지를 놓고 투표를 벌이고, 결국 돈키호테의 승리로 끝나. 한기연은 그 대목에 굵게 밑줄을 그어놓았어. 나는 한기연이 어떤 생각으로 그 에피소드를 읽었는지 헤아릴 수 있었어. 한기연은 누군가의 광증이 '정상'으로 승인되는 과정에 집중했던 거였어. 그리고 자신에게도 산초 같은 충직한 친구가 필요하다고 여겼을 테지.

하지만 귀하가 정말 산초일까? 산초는 돈키호테를 진심으로 이해했을까?

내가 보기에 소설 속 산초는 돈키호테의 망상을 이용했어. 완전히 부정하지는 않았지만 그렇다고 진짜로 믿지도 않은 채, 자기의 모험을 위해 돈키호테의 착란에 동조한 거지. 그런데도 내가 놀랐던 건 산초의 반쪽 믿음이 돈키호테의 망상을 하나둘 현실로 바꿔간다는 거였어. 마치 환영이 먼저 있고, 현실은 그 환영대로 만들어지는 또다른 허구인 것처럼. 우리가 늘 말해왔던 대로 현실이란 우리의 꿈을 비추는 한 편의 영화인 것처럼.

산초는 돈키호테가 우격다짐으로 강요하는 일들을 툴툴대면서도 끝까지 수행했어. 돈키호테의 허구 속 인물이었던 둘시네아 공주를 찾아 편지를 건넨 뒤 답장까지 받아오지. 허풍인 줄 알았던 돈키호테의 약속도 실현되었어. 산초에게 섬을 통치하게 해주겠다던 돈키호테의 허언 말이야. 그 약속이 우연히 이루어져 산초는 섬의 통치자가 되지만, 얼마 못 가 자리를 박차고 나오지. 아무때나 말하고 아무 말이나 떠들 수 있는 자유를 위해. 산초에겐 권력이나 풍족함보다 '말하는 자유'가 중요했으니까. 산초가 돈키호테에게 바라는 유일한 요구 사항도 자기의 말을 막지 말라는 거였어. 그리고 돈키호테는 비루먹은 말 로시난테에 올라 산초의 충실한 청자가 되어주지.

나는 그 소설에 귀하와 한기연의 모습이 담겨 있을 것 같았어. 뭐라도 단서가 될 만한 장면을 찾기 위해 앞뒤가 안 맞고,

도무지 논리적이지 않은 사백 년 전의 그 이야기를 읽었지. 그리고 나는 한기연의 마음을 짐작할 수 있었어. 한기연이 왜 귀퉁이에 귀하의 별명이 아닌 진짜 이름을 적었는지를. 한기연은 자기의 망상을 뉘우친 돈키호테처럼 자신도 끝까지 영화를 하지 못하리라 예감했던 거야. 돈키호테가 그랬듯 훗날 자신도 자책과 후회에 빠지면 그때 귀하가 산초처럼 자신을 일으켜주길 바랐겠지.

하지만 귀하가 그럴 수 있을까? 회한에 빠져 눈물을 펑펑 쏟는 한기연을 귀하가 일으켜줄 수 있을까? 귀하가 이렇게 말할 수 있을까?

'일어나세요! 우리 같이 세상의 흑마술을 풀어 가요. 실패와 좌절 때문에 가슴이 아프다면 모든 실패는 저에게 떠넘기세요. 우리 다시 모험을 떠나요!'

그날 귀하는 혼자만의 생각에 빠져 있는 내게 불쑥 물었지.
"둘희씨는 왜 애인한테 존칭 써요?"
나는 대답하는 대신 귀하를 똑바로 바라봤어. 남다르게 매력적인 자기의 외모를 크게 의식하지도, 의심하지도 않는 한 사람의 얼굴을.
"그렇잖아. 한선배는 반말하는데, 둘희씨는 감독님, 감독님. 둘만 있을 때도 그래요? 침대에서도?"

내가 언짢은 표정을 짓자 귀하는 당황한 목소리로 내게 곧장 사과했어. 나 역시 조금은 미안한 마음이 들었지. 한기연이 있었다면 귀하의 도발을 더 거칠게 받아치며 한바탕 우스운 실랑이를 벌였을 테니까. 하지만 그날 내겐 귀하의 짓궂은 장난을 받아넘길 여유가 없었어. 게다가 귀하의 농담은 평소와 달리 특유의 자학이 어려 있지도 않았지. 이제껏 귀하가 어떤 우스갯소리를 해도 조롱에 가장 초라해지는 대상은 늘 자신이었는데 말이야. 그날 우리의 대화는 묘하게 어긋났고 귀하의 농담은 불발에 그쳤어. 안부 인사와 술, 그걸로 끝이었어. 우리 두 사람에겐 처참할 정도로 나눌 이야기가 없었지. 한기연 말고는, 한기연의 영화 말고는.

"어서 자라서 내 자릴 차지해요."

사과의 연장인 듯 귀하가 말했어. 나는 대답하지 않았지. 나는 이미 다 자랐고, 귀하를 대신할 준비를 끝마쳤으니까. 한기연의 영화가 만들어졌다면, 그래서 츠히의 세상이 왔더라면 나와 한기연은 더는 귀하가 필요치 않았을 거야.

귀하와 나는 다시 침묵에 휩싸여 가운데 놓인 스테인리스 컵을 내려다봤어.

"우리 띠동갑이죠?"

귀하가 우리의 끊긴 대화를 이어붙였어.

"아뇨, 전 생일이 빨라서 말띠예요."

"아, 말띠. 우리 모친이랑 같네. 참, 내가 그 말 했어요? 옛날에 그 바닷가집에 신빨 좋은 무당이 살았대요. 바닷가집으로 가기 전엔 어디 산속에 숨어살았나봐. 우리 모친이 전국구 무당을 다 만나고 다녔거든. 내가 그 집을 산다니까 놀라더라고."

"어머님이……"

조심스러워하는 나에게 귀하가 고개를 끄덕였어.

"응, 엄마가 점에 미쳤었어요. 하도 죄를 지어서. 그 양반이 장관 될 때 수십 곳을 보러 다녔는데 그 무당만 맞혔대요. 청문회에서 미끄러질 거다, 삼 개월만 기다려라, 그다음에 관운이 트인다. 기가 막힌 거지. 엄마가 고마워서 가방 하나를 사서 가니까 앓아누웠더래요. 입술이 퍼렇고 눈에 초점이 없는 게 말도 못하고 신음만 끄억끄억. 뭘 하나 맞히면 귀신이 그렇게 괴롭힌대요."

"신기하다. 진짜 그런 게 있나?"

"둘희씬 본 적 없어요?"

귀하가 컵에 담긴 위스키를 마셨어. 문득 나는 공업소 골목에서 수레 소리를 들었다던 한기연의 말이 떠올랐지. 그때의 한기연이 그리웠어. 느닷없는 발작이나 기침처럼 견딜 수 없이 한기연이 보고 싶었지.

"정성이 중요하대요."

귀하가 나에게 빈 잔을 건네며 말했어.

"뭘 이루려면 정성을 들여야 한대요. 우리 모친이 그때만 해도 나름 신선했거든. 여성 정책도 만들고 법안도 밀어붙이고. 아무튼 그런 거 하나씩 하다가 호주제 폐지가 중요하다, 그거부터 모가지를 따자. 그래서 뻔질나게 로비하고 사람 만나고 갖은 수를 썼는데 그래도 안 되는 거야. 그래서 또 그 무당을 찾아가니까……"

"정성을 들이래요?"

"아니, 들여도 소용없대요. 사람이 가야 한다고. 노인네들 죽어 묻힐 때까지 기다리라고. 근데 무서운 게, 죽어도 소용없더래요. 그 사람들이 자식을 낳고 또 낳고 계속 이어지니까. 사람은 죽어도 사상은 안 죽어."

쓥, 귀하가 잇새로 바람소리를 냈어. 나는 말없이 컵 손잡이에 달라붙은 잡풀을 떼어냈지. 오두막의 통나무 벽에서 탄닌 향이 진동했고, 나는 고목의 내장 속에 들어앉아 수액을 마시는 듯 온몸이 홧홧했어.

"그 무당이 내 사진을 보고 흉노라고."

"흉노?"

"초원에서 말 타고 살던 애들. 내가 그 흉노족 족장이었대요. 이름도 말해줬는데, 무슨…… 츠무탄? 살생을 무진장 했나봐. 사람이랑 짐승을 안 가리고."

나는 전생과 현생을 오가는 귀하의 이야기에 말문이 막혔어.

"무당이 우리 모친한테 아등바등 돈 모아봤자 나중에 흉노족 자식이 다 말아먹을 거라고 했대요."

"용하네."

"다 맞혔지."

그때 오두막의 벽면이 고오오옹 울림소리를 내며 흔들렸고, 귀하와 나는 동시에 나무벽을 돌아봤어.

"여기, 괜찮은 거죠?"

"몰라요. 나도 오랜만에 와서."

내가 화장실은 어떻게 가느냐고 묻자 귀하는 어서 술을 다 마셔서 화장실을 만들자고 했지. 나는 경멸하듯 귀하를 봤고 귀하는 "조준을 잘하면……"이라고 말하다가 무언가 떠오른 듯 귓바퀴를 만지작거렸어. 비바람이 몰아치던 날, 우리가 언덕으로 나가 종이 더미를 태웠던 일을 생각하는 듯했어. 그때 새벽이 되어서야 술이 깬 귀하는 자기 뒤통수에 왜 이렇게 큰 혹이 생겼느냐고 물었지. 한기연은 귀하의 귀를 세게 잡아당기며 따귀를 맞지 않은 걸 다행인 줄 알라고 말했어.

"한기연이 지금 우릴 보면 얼마나 배 아플까."

귀하는 다시금 그 자리에 없는 한기연을 놀려대며 커브를 마셨지. 귀하와 나는 독주 한 병을 비운 뒤 언제 곯아떨어졌는지 모르게 잠들었어. 어느덧 해가 저물어 있었고 추위에 떨다 깨어난 귀하와 나는 차례로 줄사다리를 타고 오두막에서 내려왔지. 술기운에 비틀거리며 드넓은 잔디밭을 지날 때 구운 식빵 그림이 그려진 흰색 탑차와 마주쳤어.

"맛없어요. 나가서 라면 사줄게."

탑차를 유심히 보는 나에게 귀하가 말했어. 하지만 나는 그날 귀하와 같이 편의점에 들어가 라면을 먹지 않았어. 나는 귀하의 산초 놀이에 동참하고 싶지 않았으니까. 귀하가 싫어서 그런 것은 아니었어. 귀하는 여느 때처럼 내게 잘 대해주었고 귀하가 가진 풍요를 의심 없이 나와 나누었지. 한편으로 나는 이런 사람이라면 어쩌면 다른 관계로 위장한 채 더 복잡한 일을 꾸며볼 수도 있겠단 생각도 들었어. 그러니까 나는 비로소 한기연의 마음을 이해할 수 있었던 거야. 언제나 수수께끼 같았던 한기연과 귀하의 관계가 구체적인 그림으로 머릿속에 그려졌지. 나는 한기연과 귀하가 과거의 어느 시기엔 연인 사이였을지도 모른다는 생각이 들었어. 틀림없이 두 사람은 우정이 아닌 다른 관계를 한 번쯤 시도해봤을 거라고. 그리고 지금의 관계는 그 시도의 결과이자 두 사람의 타협점일 거라고.

나는 귀하에게 인사를 건넨 뒤 택시를 잡아탔어. 그러고는 한기연에게 연락해 바닷가집으로 와달라고 부탁했지. 심한 허기나 갈증처럼 나는 못 견디게 한기연이 보고 싶었어.

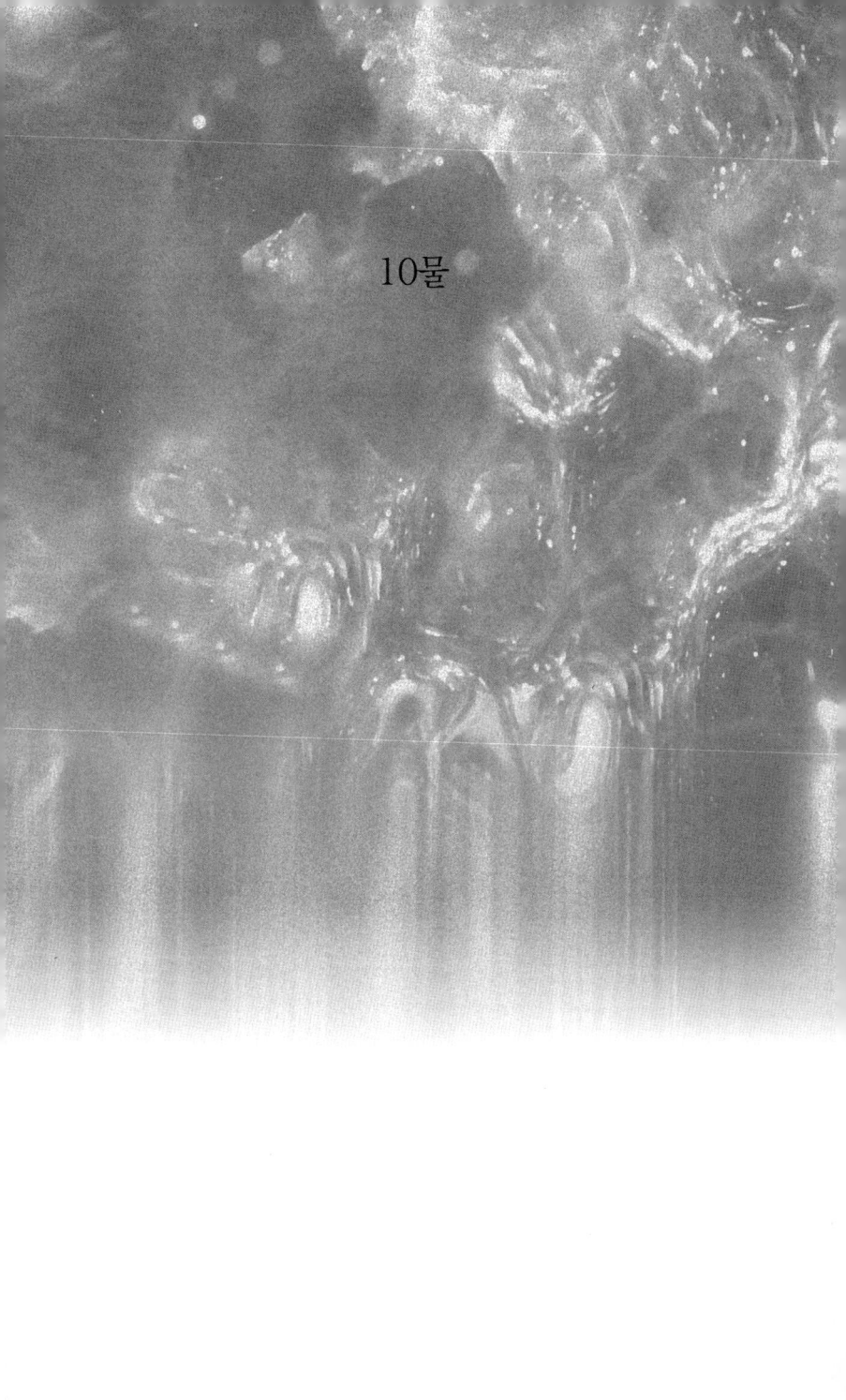

10물

욕받이로 나서기 전 을주는 서랍에서 태권도복을 꺼내며 백조를 떠올렸다. 자고로 도복은 털갈이를 막 끝낸 백조처럼 새하얘야 한다고 을주의 언니인 진주가 말했었다. 을주와 네 살 터울이었던 언니는 국기원 품새 대회에서 유소년답지 않은 태극의 음양 표현으로 표창장을 휩쓴 유망주였다. 중학생이 되자 언니는 도 대표 선수가 되어 소년체전에 나갔고, 지역 행사 때면 이마에 태극 문양의 띠를 두른 성인 남자들 틈에서 당찬 뒤돌려 차기와 돌개 차기로 관중의 박수와 탄성을 자아냈다.

 눈부신 백색 자태. 을주는 언니가 단전에서 끌어올린 기합과 함께 송판을 쪼갤 때면 미운 오리 새끼 시절을 건너뛴 백조 한 마리를 보는 듯했다. 자매간의 흔한 질투나 열등감을 느끼는 대신 을주는 언니를 진심으로 우러르며 사랑했다. 동생은 언니의 1호 팬이었고 언니는 동생의 경호원이었으니까. 진주는 을주의 남다른 손 모양을 공책에 그려 돌려보는 애들 앞에서 집게주먹 지르기로 음악실 소고를 박살 냈다. 그 다혈질의 태권 소녀를 어찌 좋아하지 않을 수 있을까. 을주는 살갗이 벗겨져 피가 맺혀도 손등을 툴툴 털고 마는 언니의 기백과 강단에 반했다. 오진주가 사춘기가 되어 히스테리를 부리기 전까진 그랬다. 이마에 난 화농성 여드름만큼이나 성질이 더 울룩불룩해진 언니는 틈만 나면 손거울로 자기 얼굴을 비춰봤고, 을주의 등때기를 발가락으로 쿡쿡 찌르며 잡다한 심부름을 시켰다. 을주는 독재자의 힘에 굴복하며 속으로 다짐했다. 나중에 오진주가 올림픽에 나가 메달을 따면 내가 인터뷰하리라. 우리 진주 언니는요, 성깔이 더러운 이중인격자고요. 자기 도복에 케첩이 튀었다고 동생 옆구리에 후려차기를 날리는 양아치예요.

 을주는 열다섯 여름에 멈춰 있는 언니의 사춘기 시절을 떠올리며 미지근한 물에 과탄산소다를 풀어 도복을 담갔다. 한동안 때를 불리고 목깃을 따라 칫솔질했는데도 누릿한 얼룩은 사라지지 않았다. 이튿날 아침, 딸기 하우스에 도착해 도복을 입어본 을주는 또다른 문제에 봉착했다. 을주의 두 허벅지가 바지 안에서 터질 듯이 부풀어 도무지 폼이 안 났다. 허리에

끈을 둘러 바짝 조이자 뱃살이 불룩하게 밀려나왔다. 몇 년 사이 을주는 딸기에 과당이 쌓이듯 몸 구석구석에 살집이 늘었다. 전신 거울 속 을주의 모습은 흡사 두둑한 전대를 허리에 찬 배추 장수처럼 보였다.

쇠락한 운동선수의 기를 다시 불러오듯 을주는 딸기 상자와 토분을 한쪽으로 밀어두고 두 주먹을 가볍게 쥔 채 주춤서기 자세를 취했다. 뒷굽이 자세로 오른다리에 무게중심을 실었다가 주특기인 반달차기를 날리자 엉덩근이 얼얼하게 당겨오며 무릎부터 발등까지 저릿한 전기가 통했다.

"봤어? 멋있어?"

을주는 평상 귀퉁이에 엎드린 오복이를 돌아봤다. 그다음 다시 거울을 보며 가벼운 스텝으로 리듬을 탔다. 눈앞에 선 상대의 관자놀이를 겨누듯 을주는 발등을 안쪽으로 감으며 오른다리를 사선으로 쭉 뻗었다.

빡.

고요한 하우스 안에 둔탁한 음향이 울렸다. 을주는 몸이 굳어 눈꺼풀만 깜박이다 엉거주춤한 자세로 가랑이를 봤다. 흰 도복 사이로 연초록색 팬티가 보였다. 집에 가서 다른 도복을 가져올까. 을주는 거울 위에 걸린 전자시계를 봤다. 09:17. 사람들이 오기로 한 시간까지 사십여 분이 남아 있었다. 집에 갔다 오면 차분히 앉아 인터뷰 답변을 연습할 겨를이 없었다.

강준길은 을주의 이메일로 총 스무 개의 질문을 보내왔다. 필수 질문 여섯 개를 제외하고 나머지는 빼거나 추가해도 된다고 했다. 촬영 장소는 회사 사무실이었고, 복장에 대한 당부는 따로 없었다. 그런데 메일을 받은 그날 오후, 을주는 판타지아 펜션 앞을 지나다가 우연히 김시후와 마주쳤다. 펜션 건물을 리모델링하는지 건축자재를 실은 대형 트럭이 뚜, 뚜, 뚜, 경고음을 내며 좁은 골목에서 후진하고 있었다. 을주는 담벼락에 붙어서서 트럭이 지나가길 기다리다 뒤쪽에 멈춰 선 행인을 힐끔 봤다.

차 세우지 마시오. 다솜 어린이집.

김시후가 어린이 외양을 한 형광 표지판을 품에 안고 있었다. 을주는 김시후의 엄마가 윗동네 어린이집의 원장이란 사실이 떠올랐다. 을주를 알아본 김시후가 대뜸 말을 걸었다.
"나도 아는데, 학교에 그 눈썹 사진."
을주는 등줄기를 훑고 가는 불쾌감에 김시후를 빤히 봤다.
"부상 투혼 오을주, 여기에 피 흘리면서, 에?"
자기 눈썹을 검지로 가리키며 김시후가 헤실거렸다. 을주는 열이 훅 올라 공회전하는 트럭의 뒷바퀴를 향해 괜스레 구시렁댔다.

"하, 참, 답답하시네, 핸들을 끝까지 돌렸다가 살살 풀면서 후진해야지."

을주는 허공에 핸들을 감아 돌리는 시늉을 하며 트럭 운전사에게 훈수를 뒀다. 하지만 이미 머릿속에선 수치스러운 사진 한 장이 펄럭이고 있었다. 왼쪽 눈썹이 빨갛게 피로 물든 을주의 열아홉 살 사진. 당시 을주는 소년체전 준결승전에서 상대의 돌려 차기에 맞아 눈가가 찢어졌다. 응급처치 후 동메달 결정전에 나갔으나 온 세상이 정육점 쇼케이스 조명처럼 붉게 보이는 통에 제대로 싸워보지도 못하고 패했다. 그런데도 학교에선 장애와 불우한 환경에 굴하지 않는 오을주 학생의 악바리 정신을 기념한다며 복도 게시판에 을주의 사진을 확대해 내걸었다. 사진 속 을주는 바셀린을 잔뜩 발라 번들거리는 얼굴로 울고 있었다. 자세히 보면 코밑에 흐르는 콧물도 보였다. 졸업식 전날 밤, 을주는 그 액자 유리를 깨부수고 자기의 사진을 불사르고 싶었으나 교무부장이 이모부의 절친이자 이모네 식당 단골이란 걸 떠올리며 참았다. 그러니까 김시후는 그때 을주가 미처 처분하지 못한 망신살의 흔적을 멍석처럼 바닥에 깔아 벌써부터 욕받이 연습을 시키는 것이었다.

교통 체증을 일으키던 트럭이 마침내 펜션 앞마당으로 들어서자 대기 줄 맨 끝에 있던 꼬마가 앞으로 튀어나갔다. 김시후는 을주를 뒤따르며 골목을 벗어날 때까지 말을 붙였다. 학교 선배고 동네 주민이니까 을주씨가 지원금을 많이 받아갔으면 좋겠다고. '을주씨'라는 호칭에 가소로워하며 을주는 걸음을 재촉했다. 주차 금지 표지판을 옆구리에 낀 김시후도 보폭을 빨리하며 계속 나불댔다. 자기가 을주씨의 욕받이 명칭을 정하긴 했지만 오해는 말라고, 대표님이 자기를 총애해서 어쩔 수 없다고, 요즘 물방개 정신교육도 시키고 있으니 을주씨 방송에선……

"대표가 누군데요?"

을주가 우뚝 걸음을 멈췄다. 김시후는 온몸이 형광 초록빛인 어린이 주차 요원을 땅에 내려놓았다.

"팀장님 이모래요. 이름은 모르고, 그냥 대표님. 원래 이런 일이 보안이 철저해요."

김시후가 말했다. 그러더니 목소리를 낮추며 회사의 숨겨진 대의를 설명했다. 참 길게도 중언부언한 그 말을 압축하면, 자기네 회사는 돈이면 다 된다는 이 썩어빠진 사회에 경종을 울리기 위해 일종의 혐오 노동을 한다는 것이었다. 전염성이 강한 혐오 바이러스를 막기 위해 욕받이 백신을 맞아 면역력을 키우자는 건데, 진짜 목적은 그렇게 남의 아픈 데를 찌르며 비웃지 말자는 거라고. 을주는 코웃음이 비어져나오는 걸 참느라 침을 꼴깍 삼켰다.

"내가 보낸 메일 봤어요? 링크 들어가서 노래 들어봤어요?"

김시후의 말에 을주는 애매하게 고개를 끄덕였다. 실은 김시후가 보낸 메일을 읽기는커녕 그의 메일 계정을 스팸으로 등록해버렸다. 김시후는 메일로 보낸 그 노래가 〈욕+받이〉 방송의 주제곡 같은 거라며 계속 떠벌렸다.

"그 노래도 〈돌팔매〉잖아요. 1989년도에 오은주가 부른 건데, 어, 잠깐, 오은주…… 오을주?"

김시후는 또 한 건 했다는 표정으로 콧구멍을 넓히며 씨익 웃었다. 그러고는 당최 어디로 튈지 모르는 자유연상 화법으로 얘기를 이어갔다. 자기가 물방개한테 개구리를 먹이로 주는 것도 개구리가 돌에 맞아 죽는 속담의 주인공이기 때문이고, 지금 우리 현대인은 인터넷이란 우물에 갇힌 개구리 꼴인데, 이 속담에도 개구리가 나오고…… 을주는 정신 사납게 다리를 떠는 김시후의 어깨 너머로 어슴푸레 보이는 백사장을 바라봤다. '이 횡설수설의 중심 문장을 찾으시오.' 답은 간단했다. 오은주의 〈돌팔매〉를 들어보라. 그 노래의 가사가 우리 회사의 사훈이다. 타인에게 무심코 돌을 던지는 집단 폭력에 맞서 우리 회사는 반어법과 충격요법으로 〈욕+받이〉 방송을 만든다. 그런 말을 하면서 김시후는 눈동자를 반짝였다. 을주는 다시금 침을 삼키며 비웃음을 억눌렀다. 그사이 트럭은 건축자재를 모두 내려놓고서 골목을 빠져나갔다.

을주는 김시후가 동네에 떠도는 소문을 모른다고 짐작했다. 하긴 을주 자신도 해변 앞에서 편의점을 하는 고모부가 아니었다면 몰랐을 것이다. 재작년 겨울에 언덕집 근처에서 벌어진 실족사 사건과 경찰이 옥녀산 아래 폴리스 라인을 치고서 접근을 막았던 일. 김시후는 그 사건의 내막과 몇몇 황색 언론이 짜깁기해 보도한 음모론에 무지했다. 아니면 모르는 척하는 건가? 을주는 김시후의 비죽 튀어나온 코털을 보며 그의 속마음을 추측해봤다. 아니, 김시후에게 감춰둔 속내 따윈 없었다. 그는 상대의 반응을 예상하며 몇 수 앞을 내다볼 만큼 두뇌를 풀가동하지 않았다. 김시후는 밤잠을 설쳐가며 모범답안을 달달 외우는 노력파가 아니었다. 그는 문제를 보는 순간 감으로 정답을 찍어낼 만큼 직감과 순발력이 번뜩이는 타고난 임기응변형 인간이었다. 가만 들어보니 그 직감이 을주에게도 꽤 쓸모가 있었다. 을주는 하우스 안에서 인터뷰 영상을 찍자는 김시후의 제안에 고개를 끄덕였다. 그의 말처럼 오복 딸기를 홍보하기 위해서가 아니었다. 을주는 둘희에게 자신의 하우스를 보여주고 싶었다. 트럭 안에서 실시간 방송을 하자는 김시후의 아이디어에도 솔깃했다. 트럭에서 라이브 방송을 하면 중간에 내빼기에 좋았다. 을주는 김시후와 조개구잇집 앞에서 기분좋게 손을 흔들며 헤어졌다. 그리고 그날 거래처 중 하나인 식자재 마트에 딸기 납품을 끝낸 뒤 집에 돌아와 〈돌팔매〉를 들어봤다.

누구야
누가 또 생각 없이 돌을 던지느냐
무심코 당신은 던졌다지만 내 가슴은 멍이 들었네

귀에 익은 뽕짝 멜로디가 을주의 방안에 흘렀다. 을주는 노래를 따라 부르며 인터뷰 때 어떤 착장이 좋을지 옷장을 살폈다. 그나마 색바램이 덜하고 목둘레가 덜 늘어난 스웨터들을 살피다 자기도 모르게 트레이닝 백으로 손을 뻗었다. 을주는 옅은 군내를 풍기는 가방 안에서 도복을 꺼냈다. 어찌 보면 〈욕＋받이〉 방송도 시합이자 겨루기였다. 상대가 여럿이고, 아무리 발차기를 날려도 유효 타점을 얻지 못한다는 점이 다를 뿐, 이 일에도 맷집과 승부욕이 필요했다. 을주는 도복을 세탁물에 담가놓은 뒤 소파에 드러누워 강준길이 보내온 질문지를 다시 봤다.

손을 수술하지 않은 이유는? 대형견을 키우는 이유는? 태권도를 시작한 계기는 무엇인가?

답변을 생각할수록 을주는 아버지인 오갑천씨가 떠올랐다.

자기 삶에 아버지의 영향력이 이토록 크다는 것에 놀랐고, 자신이 아빠를 '아버지'로 회상한다는 것에 당황했다. 을주에게 엄마 정일숙씨는 언제나 '엄마'였다. 그런데 아빠는 왜 뜬금없이 하늘에 계신 내 아버지가 됐을까.

가족에 관한 기억이라면 떨어진 밥알 한 톨이라도 살뜰히 주워먹을 만큼 을주에겐 오 인 직계가족으로 살았던 그 시절이 애틋했다. 되감고 떠올릴 추억을 찾다가 어린 손녀들을 앉혀놓고 며느리를 험담하던 할머니의 심술궂은 회상까지 긁어모아 아련한 옛이야기로 각색할 지경이었으니까. 너희 엄마가 손이 커서 집에 재떨이 하나도 안 남을 거라고 내가 그리 말렸건만, 어느새 둘이 살림을 차려 애까지 뱄더라는 이야기. 을주는 그 연애담에 살을 붙여 당시 아버지의 상사와 엄마의 단골 세탁소 주인이 주선했다던 을지로 사거리의 맞선 자리와 거기에 나온 부모님의 앳된 얼굴을 그려보곤 했다. 손버릇이나 말버릇처럼 생각에도 익숙한 습관의 길이 있다면 을주에겐 가족과 관련된 기억이 그랬다. 언제 먹어도 만족스러운 일요일의 짜장라면처럼 언제 떠올려도 심장이 조여들며 죽고 싶은 마음에 휩싸였다. 을주의 가슴은 파쇄기를 통과한 종잇장처럼 수십 갈래로 찢어졌다. 이가 시리고 피부까지 화끈거렸다. 언제라도 을주는 오열과 설움의 바다에 빠져 굳이 허우적대지 않은 채 고요히 시신 한 구로 수장될 수 있었다. 아차차, 이젠 안 되나? 내가 죽으면 오복이 산책은 누가 시켜. 이모부는 무릎이 결려서 빨리 못 뛰잖아. 이모도 나 죽으면 담배나 뻑뻑 피울 테고, 하우스 딸기들은 다 어쩔 건데.

을주는 부연 물안개를 자아내는 가족의 기억에서 물러섰다. 욕받이로 나설 때 필요한 입장 곡은 처량맞은 단조 멜로디가 아니었다. 손끝으로 거칠게 턴테이블을 비벼대는 디제잉의 스크래치 사운드였다. 금붙이를 몸에 주렁주렁 달고서 '왓썹, 룩 껍' 같은 된소리 발음을 쏟아내는 갱스터랩. 이 욕받이 플로우에서 '갑천이 딸 을주'가 되는 건 곤란했다. 굳이 지금 필요한 아버지의 유산을 찾는다면 자기의 약점을 숨기지 않고 들이미는 차력사 같은 패기랄까.

아버지는 총각 시절 아마추어 복싱 선수였다. 라이트헤비급치곤 스텝이 날래고 허리가 유연했던 아버지는 국산 타이슨이란 별명을 붙여준 묵직한 원투펀치가 장기였다. 그러나 아쉽게도 콧대가 약한 게 흠이었는데, 아버지 말로는 별로 아프지 않게 스쳤는데도 피가 줄줄 흘렀다고 했다. 쿨럭쿨럭 육혈이 낭자한 통에 당사자인 아버지는 놀라고, 콧대를 박살 낸 상대도 흠칫하고, 심판은 지혈을 명령하며 시합을 멈췄다. 아버지는 비강 깊숙이 솜뭉치를 밀어넣고서 마우스피스를 우물거리며 호기롭게 다시 링 가운데로 나갔으나 또 같은 부위를 얻어맞아 휘청였다. 아버지의 물코는 해빙을 맞은 개울처럼 기세

좋게 핏물을 내뿜었다. 공공연한 약점이 있다는 건 깨진 형광 등 위를 맨발로 걷는 것과 같다고 아버지는 말했다. 그렇더라도 겁먹고 주춤대지 말고 까짓거 죽기밖에 더 하느냐는 식으로 악 소리를 내지르며 돌파해야 한다고 했다. 처음엔 피가 나겠지만 나중에는 굳은살이 박여 결국 자기만의 질긴 맷집이 될 거라고. 선수 시절 아버지는 고개를 돌려 피하라는 코치의 말을 따르지 않았다. 외려 얼굴을 빳빳이 든 채 칠 테면 쳐보라는 식으로 피칠갑한 콧등을 들이밀었다. 그리고 아버지의 그 객기는 첫딸인 진주에게 이어졌다. 아버지는 언니가 태권도 시합을 앞둔 날이면 언니와 이마를 맞대고 엄숙하게 말했다.

"봐라, 진주야. 사람 죽이는 건 총이 젤 빠르고 쉽다. 시합은 때려눕히는 게 목적이 아니야. 핵주먹은 반칙이고 김빠지는 거야. 너는 내일 당당하고 팽팽하게 겨뤄라. 안 될 것 같고 죽을 것 같은 스릴을 느껴봐. 일대일로 깨끗하게. 축구나 농구처럼 다른 사람이 못 도와준다. 시방 너는 한 마리 짐승이고 야생이고 귀신이고…… 아빤 여자들도 군대에 가야 된다고 본다."

딸애의 젖니가 나기도 전에 아버지가 아기의 팔뚝과 다리통을 주무르며 뼈의 굵기와 강도를 측정해봤다는 얘기는 엄마가 해줬다. 아버지는 아기가 잘 빨고 있는 젖병을 일부러 떼어내 딸에게 악착과 근성이 있는지 살폈다. 딸의 기질과 약간 들린 콧방울이 자기를 빼다박았다는 걸 확인한 아버지는 딸에게 글러브 대신 앙증맞은 어린이 도복을 입혀주었다. 그 과정은 둘째 딸 을주가 태어난 뒤에도 반복되었다. 어린 진주와 을주는 아버지의 등쌀에 밀려 태권도장과 수영장을 거쳐 동네 검도장을 떠돌았다. 아버지는 딸들에게 호언장담했다. 너희가 크면 명문대 나와 의사나 판검사 된 사람보다 특기 하나를 제대로 키운 사람이 더 대접받을 거라고. 아버지는 을주가 대학을 졸업하던 시기에 불어닥친 공무원 시험 열풍을 미처 예상하지 못했다. 의대 입시 준비반이 초등학생 때부터 성행하고, 그때나 지금이나 판검사 출신들이 사법을 넘어 정치계에서 세를 불려가리란 걸 몰랐다. 아버지는 어떻게 한 치의 의심 없이 그렇게 큰소리칠 수 있었을까.

지금 와 을주가 돌이켜보니 당시 아버지의 교육 방침은 나름대로 낭만적인 인생관에서 비롯된 것이었다. 인간은 모름지기 자기의 신체를 단련하고 악기 하나는 다룰 줄 알아야 하며 죽고 나면 관을 들어줄 여섯 명의 친구가 필요하다는 것이 아버지의 지론이었다. 그 인생관이 아버지 혼자만의 것은 아닌 듯했다. 을주는 〈욕+받이〉 방송에 나온 '586' 출연자를 본 다음 아버지의 삶을 그 또래들의 일대기와 나란히 세워봤다. 아버지도 그 세대처럼 60년대 베이비붐 시기에 태어나 부모에게 전쟁 후일담을 듣고 자랐을 테지만, 5공화국 시절 대학에 들어간 80년대 학번은 아니었다. 아버지는 쪼들리는 형편 탓에 가까스로 최종 학력 중졸로 학업을 마치고 동생들의 학비를 보태기 위해 공돌이 전선에 뛰어든 시골 출신의 장남이었다. 그렇긴 해도 아버지는 최루탄을 던지며 전경 버스에 기어오르는 대학생들 못지않게 하모니카를 불며 뜨거운 목젖으로 민중가요를 토해낼 줄 알았다. 풍물 시장에서 산 중고 통기타를 독학해 자작곡을 만들기도 했으며, 무엇보다 자식들만은 남부럽지 않은 예체능 교육으로 밥벌이에 치여 사는 일개미보다 삶의 풍류를 즐길 줄 아는 베짱이로 키우고 싶어했다. 그러니까 아버지의 교육열은 당시 살 만해진 도시의 서민층이 티브이 드라마와 광고 속 이미지에서 착안한 전형적인 경제 부흥기의 거품이었달까.

허세라면 그리 해롭지 않은 허세였고, 그 사교육을 받았던 기억은 을주의 회상에 적당한 기름기가 되어주었다. 그리고 자식 교육에 바짓바람을 날리던 오갑천씨의 허세와 기름기는 본인이 사내들과 우정을 맺는 방식에도 스며들었다. 돌아가신 부친의 삶에서 지울 건 지우고 가릴 건 가리는 게 자식의 도리겠으나 반골 기질이 다분한 을주는 아버지를 떠올리면 미씨촌과 과붓집이란 단어가 엮여나왔다. 을주는 어릴 때 엄마를 따라서 갔던 동네 계모임에서 민기네 아줌마가 했던 말을 또렷이 기억했다.

"진주네 아빠 또 과붓집 갔어?"

그때 엄마가 뭐라고 답했더라. 왜 그때 엄마의 대답은 잊어버리고 믿기네 아줌마가 말한 아버지의 과붓집 입실과 미씨촌 나들이만 기억하는 걸까. 어째서 하늘에 계신 내 아버지의 인생사에서 맑고 깊은 우물물은 놔두고 물위에 떠워진 텁텁한 나뭇잎만 씹어대는 걸까.

하여간 오갑천씨와 정일숙씨는 지겹게도 으르렁댔다. 어쩌면 박 터지는 부부싸움 와중에 오간 아버지의 욕설이나 엄마의 비명이 어린 을주의 전두엽에 각인되었을지도 몰랐다. 일년 내내 먹이고 가르친 은혜는 잊고, 개중에 사네 마네 하며 드잡이한 일만 차곡차곡 일기장에 써서 학교 선생 앞에서 부모를 욕보이는 푼수 같은 계집애가 을주였으니까.

싸울 땐 서로에게 육두문자를 퍼붓던 부모는 어찌저찌 애도 셋이나 낳았고 숯불 돼지갈빗집도 차려 근방에서 손꼽히는 맛집으로 번창시켰다. 봄이면 백화점 바겐세일 매장에서 식구 수대로 새 옷을 장만했고, 여름이면 바리바리 짐을 싸들고 계곡과 바다로 휴가를 떠났다. 온 나라가 숨가쁘게 들썩이며 아파트 평수와 자가용의 엔진 마력을 높여가던 시기였다. 아홉시 뉴스에선 근면과 성실 하나로 대성한 중공업의 창업주들과 시대착오적인 데모질로 포승줄에 묶여 잡혀가는 대학생들이 헤드라인을 장식했다. '왜'와 '어떻게'라는 의문이 교묘하게 삭제되고 은폐된 채 대한민국이란 국가 공동체를 향해 엄지를 치켜들며 와르르 취해가던 시대였다. 외환 위기가 닥쳐오기도 했으나 그조차 금 모으기 운동이라는 기상천외한 협동심을 앞세워 국민적 차력을 선보였으니까. 을주는 유년 시절을 떠올리면 자연스레 조국의 그 호시절이 영화의 배경음악처럼 함께 펼쳐졌다.

간절히 아들을 바랐으나 '딸딸이 아빠'에서 '딸딸따리 아빠'가 된 오갑천씨는 중절 수술을 고민하다 낳은 막둥이에게 자신의 모자란 부성을 뉘우치듯 '여의주'라는 이름을 붙여주었다. 아버지는 막내 여의주를 끔찍이도 예뻐했다. 여의주가 아장거리며 식구들의 귀염을 독차지할 때쯤 아버지는 갈빗집 위층에 싸게 나온 당구장을 인수했다. 아버지는 쪽문을 열고 들어가야 하는 당구장 안쪽에 '학생용 다이'를 만들어 교복 입은 남학생들이 꽁초를 피우며 게임을 즐기게 해주었다. 가슴과 골반에 딱 달라붙는 원피스 차림의 백인 여자가 당구대 모서리에 걸터앉아 마세를 치는 대형 사진을 정면 벽에 걸어놓고 손님들의 안색을 밝혀주기도 했다.

아버지는 늦둥이의 말랑한 볼에 입바람을 불어넣으며 또 호언장담했다. 우리 여의주가 크면 세계적인 미녀 당구 선수가 될 거라고, 이 아빠가 철저한 조기교육으로 뒷바라지해줄 거라고. 하지만 막내는 당구 큐를 손에 들 만큼 자라지 못했다.

담배 연기 가득한 당구장에서 푸르뎅뎅한 초크를 굴리며 놀다 짜장면을 흡입하는 아저씨들에게 뺨을 꼬집히며 요구르트를 얻어먹었을 뿐, 당구대 위를 굴러가는 색색의 공을 내려다볼 만큼 키가 크지 못했다. 오갑천씨의 예언은 하나도 맞는 게 없었다.

을주가 회상하는 기억의 마지막날, 아버지와 엄마는 진주와 여의주를 데리고 신도시에 아파트를 분양받은 동생네 집들이에 갔다. 그날 오뉴월 감기에 약을 먹고 곯아떨어지는 바람에 의도치 않게 가족 외출에서 열외당한 을주는 얼핏 잠결에 들었던 아버지의 말을 기억했다.

"자게 둬. 씨감자 하나는 두고 가야지."

그렇게 을주는 일가족 전원 사망이라는 교통사고에서 운좋게 홀로 차량에 탑승하지 않은 차녀가 되었다. 한파와 어둠이 지나고 다시금 일조량이 길어지면 황량한 벌판에 심겨 가족의 기억을 이어갈 못난이 씨감자.

09:41. 인터뷰 십구 분 전.

을주는 가랑이가 찢어진 도복을 잡동사니 상자에 욱여넣고 평상에 드러누웠다. 아직 인터뷰의 답변 하나도 제대로 준비하지 못했지만, 을주는 딸기 잎 하나를 손에 쥐고 뱅그르르 돌리며 이리저리 잡생각을 굴렸다. 얘기할 때 사족이 긴 것도 아버지를 닮았나? 카메라로 찍는데 화장이라도 할 걸 그랬나?

그해 여름 을주는 거친 해풍을 맞으며 오래 울었다. 바닷가에 앉아 해돋이와 해넘이를 본 것 말고는 을주는 그 시절 자신이 통과한 삶의 장면이 흐릿했다. 어쩌면 생존을 위해 일부러 망각했는지도 몰랐다. 분명한 건 그때 을주는 태권도는커녕 학교 체육 시간에도 도통 발바닥을 땅에서 삼 초 이상 떼지 않는 운동 불호자였다는 것이다. 지각을 해도, 급식 반찬으로 좋아하는 피자빵이 나와도, 요의를 참고 참아 오줌보가 부풀어도 을주는 어깨를 늘어뜨린 채 느릿느릿 움직였다. 그렇게 걸음을 떼는 것조차 버거워 차라리 누가 자기를 공처럼 굴려줬으면 하고 바랐다. 돌이켜보면 당시 을주는 심각한 우울증을 앓고 있었다. 을주는 몸속의 장기 어딘가에서 끊임없이 피가 새어나가는 것 같았고 자신이 얼마 못 가 심장마비나 과다 출혈로 급사할 거라 여겼다. 죽는 게 두려웠지만 사는 것도 끔찍했다. 심장에 손을 얹고서 멎어라, 멎어라, 멎어버려! 저주를 걸면서도 배가 고프면 라면이나 빵을 우걱우걱 씹어 삼켰다.

무심하게도 시간은 흘러흘러 을주는 중학생이 되었고, 구령대에 오르면 멀리 옥녀산이 보이는 중학교에 입학했다. 봄맞이 교실 꾸미기가 한창이던 때였나. 을주는 운동장에서 도복을 입고 가는 무리와 마주쳤다. 깡마른 팔다리에 구운 오징어처럼 낯빛이 그을린 학생들이 머리 위에 푸른색 매트를 이고 지나갔다. 오진주 같았으면 엄마한테 도복을 삶아달라고 했을 텐데. 을주는 그들의 꾀죄죄한 태권도복을 보며 생각했다. 그들을 따라 체육관으로 간 을주는 담벼락에 기대 힘찬 구령과 함께 팡, 팡, 미트를 후려치는 소리를 들었다. 그리고 그날 집에 돌아와 언니의 태권도복을 찾았다. 을주는 옷 보따리를 풀어 마구 헤집다가 문득 사십구재 때 식구들의 옷더미를 태우며 이모가 했던 말이 떠올랐다. 우리 진주, 저승 가서도 태권도 재밌게 잘해라.

그리움이 극에 달하면 얻어맞은 기억까지 그리워진다는 걸 을주는 깨달았다. 을주는 같이 햄버거를 먹다 자기 도복에 케첩이 튀었다며 동생의 옆구리에 발차기를 날리던 언니가 보고 싶었다. 언니는 발차기를 날리기 전에 을주에게 사과하라며 협상을 시도했으나 을주는 식은 감자튀김을 언니의 소맷부리에 던지며 약을 올렸다. 잠시 뒤 을주는 순식간에 날아든 언니의 발등에 허리가 S자로 꺾였고, 욱신거리는 옆구리를 부여잡고서 죽도를 휘둘렀다.

"이 깡패 같은 년, 대가리를 쪼갤까보다!"

을주는 언니의 머리를 향해 연속으로 죽도를 내리쳤다. 그다음 을주의 몸이 붕 떠올랐다. 을주는 강력한 펀치나 발차기에 맞는 순간 몸이 붕 날아가는 만화 속 장면이 과장이 아님을 그때 알았다. 일 초, 이 초, 이 초 반. 반대편 벽까지 날아가서야 엉덩이가 바닥에 닿은 을주는 반사신경처럼 티셔츠를 올려 복부를 내려다봤다. 놀랍게도 발자국 크기만한 보랏빛 멍이 뱃가죽에 새겨져 있었다. 아아, 다시 한번 그 발차기에 숨을 헐떡일 수만 있다면, 다시 한번 오진주에게 맞아 갈비뼈에 금이 갈 수만 있다면, 생애 단 한 번이라도 엄마의 꾸지람을 다시 들을 수 있다면. 창피해서 너희랑 못 살겠다고, 여자애들이 손톱자국이나 내고 머리나 쥐어뜯을 일이지 누가 동생 갈비를 작살내느냐며……

한방을 쓰던 언니와 날마다 원수처럼 싸우던 그 시절, 을주는 태권도가 싫었다. 태권도 시합은 우스꽝스러운 자세로 발만 뻗대는 캥거루 싸움처럼 보였다. 을주는 가슴팍에 붙은 태극기 문양이 구질구질해 보였고, 맨발로 매트 위를 뛰는 선수들의 모습에선 헝그리 정신이 물씬 느껴졌다. 그렇다고 을주가 볼링이나 테니스처럼 장비발을 세우는 스포츠를 좋아한 것도 아니었다. 그즈음 을주가 약간이나마 흥미를 붙였던 운동은 징 박힌 운동화를 신고 탁 트인 잔디밭을 내달리는 축구였다. 그조차 프리킥에 왼쪽 관자놀이를 정통으로 맞아 음식을 씹을 때마다 귀에서 사이렌소리가 들린 뒤로 그만둬버렸지만.

그러나 삶의 무시무시한 공습경보를 통과한 을주는 그런 거친 헐떡임이 두렵지 않았다. 오히려 잠든 아드레날린을 깨우며 어떻게든 씨감자의 본분을 다하겠다는 의지를 북돋웠다.

내가 마시는 이 물은 감자알 다섯 개의 양분이고, 내가 틔우는 싹은 그 다섯 알의 얽히고설킨 열망이다. 어떤 혹한과 혹서가 닥쳐와도, 가슴을 푸르게 멍들이는 역병이 몰아쳐도 나 혼자 드레드레 영글리라.

을주는 앞으로 자신의 삶에 미끄럼을 막아줄 특수 밑창 따윈 없다는 사실을 받아들였다. 슬라이딩할 때 피부 마찰을 줄여줄 잘 가꾼 잔디 구장도 없었다. 산다는 건 맨발로 멋없게 발을 뻗대야 하는 겨루기였다. 을주는 맹수에게 쫓기듯 맨몸으로 재빨리 다리를 움직여야 했다. 태권도의 팔각형 매트 위에서 손을 쓰는 건 반칙이었다. 그러고 보니 남보다 장갑의 새끼손가락 구멍이 더 커야 하는 을주에게 태권도는 꽤 아늑한 종목이었다. 태권도의 기본자세는 두 주먹을 가볍게 쥐어 손톱을 숨기는 거니까.

그때부터 을주는 도복과 그 안에 입은 속옷이 땀으로 흠뻑 젖도록 뛰었다. 심장을 쥐어짜고 근육이 찢기는 고통에서 쾌감을 느꼈다. 을주는 밤늦도록 체육관에서 미트를 후려쳤고, 이따금 학생은 집에서 부모님이 걱정 안 하시느냐는 학교 경비원의 잔소리를 들었다. 겨울 전지훈련을 앞두고 무릎인대가 늘어나 침대에 몸져누웠을 때도 악력기를 짤각거리며 머릿속으로 발차기 동작을 끊임없이 시뮬레이션했다. 죽은 오진주 귀신이 씌었나? 을주는 쓸쓸히 도복을 손빨래하며 생각했다.

혼이든 영이든, 후회든 그리움이든 상관없었다. 시합에 나갈 때면 을주는 언니가 되었다가 언니한테 개기는 동생이 되었다가 딸을 응원하기 위해 경기장을 찾아 함성을 내지르는 엄마와 아빠가 되었고, 세 자매 중 제일 키가 크게 자란 막내가 되었다. 을주는 차례로 오 인 가족의 역할을 바꿔 맡으며 끈끈한 가족드라마를 써나갔다. 어쩌면 그렇게 망상 속에서 연기하는 가족이야말로 살을 맞대며 궁상맞게 사는 현실 속 식구보다 더 아름다운 가족애를 만들어주는지도 몰랐다. 환상통을 앓듯 을주는 혈육을 향한 상사병을 앓았고, 스스로에게 신체적 학대를 가하고 있음을 오랫동안 인정하지 못했다.

어느 늦은 밤, 반주 삼아 마신 막걸리에 불콰하게 취한 경비원이 체육관에 들어서며 을주에게 말했다. 밤길 어두운데 어서 집에 가라고, 박세리도 담력 키우려고 혼자 밤에 무덤가에 갔다지만 여학생에게는 귀신보다 외로운 남자가 더 무서운 법이라고. 을주는 둥근 천장을 보며 고함을 내질렀다. 으아아아아아아악. 놀라 뒷걸음치는 경비원에게 을주는 태연히 말했다.

"이렇게 소리지르면 돼요."

을주는 자신을 걱정하는 사람들에게 말해주고 싶었다. 전 괜찮아요. 우리집에선 이모와 이모부가 절 보살펴줘요. 함께 사는 사촌들도 있고, 우리 반 짝꿍이랑 같이 팬질하는 아이돌도 있어요. 그런데 저는 여기서 이렇게 몸을 괴롭히는 게 좋아요. 할 수만 있다면 바늘로 찌르고 칼로 그어서 고통에 몸부림치며 깨어나면 좋겠어요. 다행이다, 꿈이었구나, 죄다 꿈이었어, 그렇게 안심하며 진짜 현실로 돌아가고 싶어요. 꿈과 현실을 모래시계처럼 뒤집을 수 있으면 좋겠어요. 꿈에서 오진주는 왜 같은 말만 할까요. '죽을래? 죽고 싶어?' 먼젓번엔 민기네 아줌마가 저한테 전화해 말했어요. 꿈에 너희 엄마가 나왔다고, 암말도 없이 자꾸 사이다 병을 따서 주는데 아무래도 너희 엄마가 가슴에 얹힌 게 있어서 그런 것 같다고. 너는 괜찮지? 아줌마가 물었지만 저는 목소리가 안 나왔어요. 저는 종일 입안에 소금물을 머금고 있는 것 같아요. 이걸 어디다 뱉어야 할지……

가을비가 쏟아진 뒤 영하로 뚝 떨어지는 환절기의 기온처럼, 을주는 운동을 멈추면 덮쳐오는 외로움과 설움이 두려웠다. 그렇게 고통에 움찔거리며 뜬눈으로 밤을 새우면 온몸이 거대한 귀로 변한 것 같았다. 까무러치고 낑낑대는 세상의 앓는 소리가 생생하게 들려왔다. 을주는 그때의 그 소리를 고향에 돌아와 다시 들었다. 오복이에게서, 옥녀산 언덕집 여자에게서. 그 여자가 눈물이 괸 얼굴로 해변을 헤맬 때, 그 여자가 손을 떨며 오복이를 어루만질 때 을주는 알아챘다. 둘희의 말 없는 몸짓과 표정에서 을주는 느낄 수 있었다. 냄새처럼, 전류처럼 둘희의 무언가가 을주에게 흘러들었다. 실안개처럼 차고 막막한 마음의 습기가 을주의 피부에 스몄고, 을주는 하나의 꿈을 반복해 꾸듯 그 감정을 되새겼다.

죽을래? 죽고 싶어? 너 자꾸 그렇게 자학하면 진짜 나한테 죽는다.

오진주의 공감을 또 듣고 싶어 어제의 자학과 오늘의 자학을 견주며 어느 쪽이 더 불쌍해 보이는지 동정심을 실험하던 을주였으니까. 을주의 촉수는 신음하는 주파수에 감응했고, 자석처럼 아픈 이들에게 끌렸다. 그리고 을주는 오복이를 통해 경험했다. 심장이 뛰는 따뜻한 몸을 만질 때 손끝이 얼마나 달콤해지는지. 그 접촉의 기쁨을 알았기에 다시금 내면의 술렁임을 밖으로 꺼내 애정어린 관계로 단단해지는 과정을 시도해보고 싶었다. 보답이나 호응이 없더라도 을주는 둘희의 사연에 눈 딱 감고 뛰어들고 싶었다. 돌팔매가 날아오면 까짓거 좀 얻어맞을 수도 있었다.

인터뷰를 준비하며 을주는 아직 공개 기간이 만료되지 않은 지난 〈욕+받이〉 방송을 봤다. 캣맘으로 나온 여자가 포슬포슬한 왕만두를 먹는 라이브 방송이었다. 여자는 후후 김을 불어가며 만두를 반으로 쪼갠 뒤 그 위에 열무김치를 얹어 먹었다. 별생각 없이 화면을 보던 을주는 여자의 모습에 오열하고 말았다. 출연자는 '캣맘 십일 년 차'라는 욕받이 명찰을 달고 열심히 음식을 씹고 삼켰다. 동동주가 이렇게 혀에 착착 붙으면 금방 취할 텐데 큰일이라며 여자는 뺨에 손등을 대고 열을 식혔다. 방송에서 주정 부리면 우리 애가 질색할 거라면서 아들 얘기도 꺼냈다. 출연자는 열 살 된 자기 아들도 같이 고양이를 챙겨주고 있다고 했다. 자기가 아프면 아들이 대신 배식 박스를 돌며 고양이들을 돌봐준다고.

"동네 여대생들이 걔를 캣소년이라 부른대요."

출연자가 자랑스레 말했으나 채팅창에선 신개념 맘충이라는 욕설이 쏟아졌다. 을주는 한 시간 넘게 만두와 열무김치를 안주 삼아 동동주 한 주전자를 말끔히 비우는 여자의 방송을 끝까지 봤다. 여자가 머리에 한 고양이 귀 머리띠가 너무도 노골적이어서, 사람들의 비난에도 꿋꿋이 캣소년과 고양이들에게 영상 편지를 남기는 여자의 태도가…… 너무도 숭고해서…… 부러워서…… 을주는 눈물을 펑펑 쏟으며 냉동실의 만두를 꺼내 전자레인지에 돌렸다.

*

을주가 욕받이로 나서는 날, 해변의 석양은 유난히 아름다웠다. 저물녘이 되자 안개가 걷히며 남쪽 곶부터 투명한 겨울빛이 떠올랐다. 차고 맑은 바람이 구름을 흩뜨렸고 바닷물을 돌돌 굴리며 먼바다로 썰물을 끌어갔다. 트럭에 앉아 창턱에 팔을 걸친 을주는 아이의 홍조처럼 동그랗게 일렁이는 수평선을 바라봤다. 언덕배기의 적송과 마른 참억새가 바람에 사락거리며 기분좋은 마찰음을 냈고, 숨을 들이마시면 짙은 솔향이 콧속으로 화하게 스며들었다. 이렇게 좋은 날에 너희는 고작 그런 짓을 벌이다니! 해안선을 따라 떼 지어 나는 갈매기들이 을주를 향해 외치는 듯했다. 을주는 이런 풍경과 이런 색조 아래서 오복이와 한가로이 모래사장을 걷고 싶었다.

"그쪽 창문 좀 닫아줄래요?"

조수석 아래 몸을 옴츠린 시후가 말했다. 시후는 을주와 시선을 마주치지 않은 채 카메라의 앵글은 괜찮은지, 조명 각도는 알맞은지 촬영 세팅을 점검했다. 트럭 앞유리에는 흡착 브래킷으로 고정한 카메라 거치대가 붙어 있었고, 운전석 선바이저에는 조도가 높은 미니 조명이 달려 있었다. 리허설 겸 카메라 테스트를 할 때 시후는 출연자의 얼굴에 그림자가 진다며 버스 하차벨같이 생긴 동그란 스팟 조명을 대시보드와 차창에 붙였다 떼길 반복했다. 강선생은 시후가 촬영 용품과 소품을 마련하기 위해 새벽까지 서울의 인쇄소와 전자상가를 오가며 고생했다고 말했다. 을주는 귀 뒤에 가는 드라이버를 꽂고서 바지런히 오가는 시후를 보며 하마터면 고맙다는 말이 나올 뻔했다. 누가 골똘히 정성을 쏟는 걸 보면 자기도 모르게 마음의 초점이 흐려지는 게 을주의 약점이었다. 이 녀석은 이걸 정말 노동이라고 여기나? 을주는 묘하게 짠한 기운을 풍기는 시후의 거북목을 보다가 괜스레 목을 흠흠 가다듬었다.

시후가 손을 들어 짐칸에 있는 강선생에게 오케이 사인을 보냈다. 그런 다음 사무실에 있는 둘희와 통화하며 흡사 베테랑 촬영감독처럼 말했다.

"팀장님, 그림 괜찮죠?"

오늘 방송에서 시후와 강선생은 트럭 화물칸에 머물며 현장을 지켜보기로 했다. 둘희는 사무실에 남아 인터뷰 영상의 송출과 채팅창 관리를 맡았다. 여러모로 잔손이 많이 가고 어떤 돌발 상황이 벌어질지 예측하기 힘든 방송이었다. 다행히 기온은 영하 밑으로 크게 떨어지지 않았지만, 일몰 후의 바닷바람이 변덕스럽고 매서웠다. 시후는 버러지들이 얼어죽는다며 핫팩을 주물러 수조에 줄줄이 붙였다. 강선생과 시후는 두툼한 점퍼를 입고서 물방개 수조와 로또 게임판 곁에 움츠리고 있어야 했다. 을주 역시 트럭 백미러로 불 켜진 편의점 간판을 보며 긴장을 늦추지 않았다.

"라이브 시작 오 분 전!"

화물칸에 있던 강선생이 뒤쪽 창을 톡톡 두들기며 말했다. 시후는 차에서 내려 차문을 닫기 전 오복이를 힐끔 보며 웃었다. 을주는 못마땅한 표정으로 운전석의 창문 버튼을 검지로 세게 잡아당겼다.

 시간을 되돌려 라이브 시작 칠십 분 전, 트럭을 끌고 언덕으로 온 을주는 시후가 건넨 어깨띠를 보고 화가 났다. 분노가 총알처럼 관자놀이를 꿰뚫은 기분이었다. 을주는 자신이 방송에서 머리띠를 두른다는 건 알았지만 오복이까지 욕받이 띠를 해야 하는지는 몰랐다. 촌스러운 유광 남색 띠에는 소름 끼치는 문구가 적혀 있었다. 미친 거냐고, 가나다만 쓰면 다 말인 줄 아느냐고 이마에 핏대를 세우며 항의했다. 사전 협의도 없이 노출 신을 찍어야 한다며 다짜고짜 카메라를 들이대는 세트장의 여배우가 된 심정이었다. 을주는 모멸감으로 등에 난 솜털이 곤두섰고, 아직 방송을 시작도 하지 않았다는 것에 옅은 구역감이 올라왔다. 방송이고 뭐고 이 개탄스러운 현실을 모조리 통통배에 태워 다른 차원의 우주로 내쫓고 싶었다.
 을주는 시후와 강선생 그리고 사무실에 있는 둘희에게 일제히 공지했다. 정식으로 오복이에게 사과하지 않으면 오늘은 물론이고 내후년 이맘때까지 사납고 험한 악운에 시달리게 될 거라고. 가뭄에 말라붙은 논두렁처럼 을주 안의 인의예지가 쩍쩍 갈라진 상태였다. 하지만 막상 연장자인 강선생이 순순히 허리를 굽히자 을주는 속으로 좀 움찔했다. 사무실에 있던 둘희도 밖으로 나와 자기들의 생각이 짧았다며 상황을 해명했다. 그러나 정작 을주의 야수성을 열어젖힌 시후는 양쪽 입술 끝을 늘어뜨린 채 사과하지 않고 버텼다. 으레 해온 일에 법석을 떤다는 듯 시후는 짝다리로 서서 눈머리만 비볐다. 을주는 자신의 우발적 폭행을 막기 위해 입술에 침을 바르며 냉랭하게 말했다.

"한 사람은 입이 없나봐? 이거 누가 만들었어요?"

"그거? 충무로 하나컴인쇄."

시후가 천연스럽게 대꾸하자 둘희와 강선생이 맥빠진 얼굴로 동료를 돌아봤다. 억울하다는 듯 시후가 목소리를 높였다.

"아니 그럼, 사람 무는 개를 그냥 둬요?"

방송 오십 분 전, 을주가 팔을 감아 돌리며 시후에게 다가섰다. 아무래도 을주는 트럭을 몰고 병원에 들렀다가 파출소로 향해야 할 듯싶었다.

"사람이 개를 때리면? 그것도 안락사시켜야겠네?"

을주가 쏘아붙이자 시후도 가슴께를 펴며 맞섰다.

"시켜야지. 난 사형 제도 찬성이야. 중국은 미성년자 성폭행범은 선고 즉시 사형이야."

"뭔 소리야?"

"범죄는 나쁘지!"

욱하고 토기가 올라오듯 시후가 소리쳤다. 을주는 시후의 뚱딴짓소리에 헛웃음을 터뜨렸다. 뻗대기만 하는 적반하장의 태도가 아니꼬워 을주가 팔을 걷어붙이며 눈동자를 부라리자 시후도 면도한 지 오래된 거뭇한 턱을 들이밀었다. 원경에서 두 사람을 찍으면 마치 작별을 아쉬워하는 한 쌍의 연인처럼 보였을 터였다. 을주가 자신의 선수 경력을 상기시키듯 발목을 돌리며 빈정거렸다.

"어떻게, 상하이까지 헤엄쳐 가볼래?"

건들대는 태도로는 시후도 뒤지지 않았다.

"뻗어, 뻗어, 오랜만에 여자 다리 좀 만져보자."

"하…… 입냄새."

"으, 코에 블랙헤드……"

"이게 진짜, 너 우리 오복이 송곳니 무섭다?"

"차하, 들었어요? 개 위에 사람 있네, 개 위에 사람 있어!"

시후가 머리에 쓴 비니를 벗어던지며 강선생을 봤다. 어찌나 눈을 크게 뜨는지 강선생은 시후의 외까풀 눈이 그렇게 커다래질 수 있는지 처음 알았다. 시후는 개만도 못한 자신의 인권을 한탄했으나 격한 감정으로 말이 헛나왔고, 다른 사람들도 시후 말의 오류를 인지하지 못했다. 강선생은 시후의 등을 두들기며 슬며시 을주와의 거리를 떼어놓았지만, 을주와 시후는 더 강한 자력으로 서로를 끌어당겼다. 둘희는 편두통이 심한 얼굴로 손목시계를 봤다. 그때 빵하고 경적이 울리듯 왕 하고 개가 짖었다. 을주가 트럭에 있는 오복이를 돌아봤다.

싸우지 마. 소리치지 마. 을주야, 그만해!

오복이가 목을 길게 빼며 우렁우렁 짖었다. 그 소리를 들은 을주가 높낮이 없는 음성으로 말했다.
"너 봐주지 말래."
"사기치네, 싸우지 말라잖아."
을주가 흠칫하며 시후의 전신을 훑었다.
"개 키우냐?"
"키웠다, 구 년. 내 동생이었다."
시후가 검지로 자기 뺨을 짚으며 옆얼굴을 쭉 디밀었다. 말린 꽃잎 하나가 스며든 듯 불그죽죽한 흉터가 보였다. 개에게 물린 자국이라 했다. 중학생 때 같이 살던 진돌이란 개에게 물렸는데, 어른들은 사람 문 개를 가만 놔두면 안 된다고 했지만 자기는 끝까지 보호했다고. 내가 물어서 그래요, 내가 먼저 그랬어요, 그렇게 진돌이를 두둔하며 지켜줬다고 했다.
그래서, 너 지금 우리 오복이한테 복수하려는 거야?
그렇게 물으려던 을주는 순간 눈빛이 멍해진 시후를 보며 말을 삼켰다. 당시의 당혹감과 통증이 후유증처럼 올라오는 듯 시후가 목울대를 꿀렁이며 숨을 크게 토했다. 을주가 눈을 가늘게 뜨며 물었다.

"개를…… 왜 물었는데?"

"장난친 거야. 귀를 물었는데 진돌이가 놀랐나봐."

시후가 돌연 두 톤 정도 낮아진 목소리로 말했다. 그러고는 자책과 그리움을 고아 만든 뜨거운 국물을 삼키듯 미간을 구기며 오복이에게 걸어주려던 어깨띠를 쥐어뜯었다. 또 한번 오복이가 왕 하고 짖었고, 을주는 편의점의 고모부를 경계하며 언덕 아래를 돌아봤다. 강선생이 부드럽게 시후의 팔에 팔짱을 끼고서 을주와 먼 쪽으로 끌어당겼다. 주춤거리며 걸음을 떼던 시후가 뒤늦게 자기의 의도를 설명했다. 이 정도 욕에 발끈하면 실전에서 바로 무너진다고, 초장부터 세게 나가야 개한테 함부로 못한다고. 그러고는 울컥한 표정으로 주머니에서 뭔가를 꺼냈다.

"나도 이런 거 해주고 싶지. 근데 그게 맞냐고!"

머쓱함을 숨기려 시후가 또다시 외까풀 눈을 크게 떴다. 땀으로 젖은 손바닥 위에는 개나리색 나비넥타이가 놓여 있었다. 아무래도…… 이 친구와는 어렵겠네. 을주는 검은 고무줄이 달린 나비 모양 타이를 보며 생각했다. 좋아하는 노래와 감동적인 영화를 주제로 빙고 게임을 하면 시후와 자신은 영원히 공통 목록을 찾지 못할 터였다. 도무지 취향이 안 맞았고 색감을 고르는 안목이 판이했다. 도베르만 성견한테 병아리 노랑이 어울려?

그러나 다른 이의 투박한 진심에 자기도 모르게 마음의 초점이 흐려지는 을주는 설레는 표정으로 오복이의 목에 타이를 매주는 시후를 그저 두고 볼 수밖에 없었다.

방송 이십오 분 전, 을주가 트럭에 올랐다. 한바탕 전초전을 치른 뒤 홀가분해진 그들은 각자 맡은 자리로 돌아갔다. 을주는 긴장한 표정으로 트럭 보닛에 시선을 고정했다. 해와 구름이 빠르게 엇갈리며 푸른 강판에 그림자를 만들었다. 을주는 크게 숨을 들이마신 뒤 자기의 이마에 붉은 머리띠를 동여맸다. 마치 회복할 가능성이 희박한 줄 알면서도 부러진 식물의 줄기에 막대를 묶어주듯이.

on air 오늘의 욕받이가 개와 함께 트럭 좌석에 앉아 있다. 욕받이는 빨간 바탕에 흰색 글자가 적힌 띠를 머리에 두르고 있다. '페미는 정신병이다.' 실시간 채팅창이 뜨겁다. 이전과는 다른 욕받이 명찰과 촬영 콘셉트에 시청자들이 흥분한다. 방송 화면 상단에는 욕받이의 나이와 직업, 가족관계, 신체적 특징이 간략하게 기재돼 있다. 물끄러미 채팅창을 보던 욕받이가 옆자리로 손을 뻗어 작은 화분을 들어올린다. 화분에는 딸기 묘목이 심겨 있고, 긴 덩굴줄기에 앙증맞은 딸기가 조랑조랑 열려 있다. 욕받이가 통통한 뺨에 보조개를 만들며 빙긋 웃는다. 화분을 높이

들고 입을 벙긋거리며 열매를 따먹는다. 마치 운동회 때 실 끝에 달린 쿠키를 따먹는 모습 같다.

어우야 무슨 짓이야??

화면에서 옹달 구린내

투엑스라지님아 어금니 보철 다 보여요

페미랑은 절데 엮이믄 안된다~ 아악 도망가~ 그뿐이다

손가락은 d졌니?

페미 정신병× 네가 정신병○

연예인 300억 빌딩 기사 보다가 이거 보니까 좀 살겠네

66세 공직 은퇴 아줌마·· 나 또한·· 조실부모한 슬픔·· 아무·· 상관 없는 일에도 시댁에선 가정교육 운운!!·· 설움 삼키며 인성··예의··실력 더 갖추려 평생 노력··

또다른 화면에선 인터뷰 영상이 나온다. 딸기 하우스의 반원형 지붕으로 환한 햇살이 비치고 욕받이가 허리 높이의 재배 장치를 따라 걸으며 잘 여문 딸기를 딴다. 짧은 인서트 화면이 끝나고 널찍한 평상에 앉은 욕받이가 손을 흔들며 인사한다. 하의는 청바지를, 상의는 태권도복을 입고 있다.

인터뷰　여기가 내 일터예요. 보시다시피 초록이 많죠?

지금 한창 수확철인데, 올해는 현장체험을 늘렸어요. 주로 어린이나 가족 단위 손님이 와요. 내일은 복지재단에서 일곱 명이 예약돼 있어요. 돈은 크게 안 되는데, 사람들한테 자연을 느끼게 해주면 좋죠. 밖에 있는 토끼 봤어요? 내년에는 닭이랑 오리도 키울 거예요. 오복딸기를 기반으로 오복농장을 만드는 게 내 꿈이에요.

사무실에서 영상을 보던 둘희는 을주를 인터뷰할 때 느꼈던 감정이 되살아났다. 그날 위아래로 괴이하게 옷을 입은 을주는 어딘가 광기어린 신비주의자 같았다. 화장기 없는 얼굴은 야릇하게 상기돼 있었고, 흡사 기적의 현장을 안내하듯 뒤엉킨 넝쿨 사이를 분주하게 오갔다. 둘희를 비롯한 직원들에게 평상에 누워보라고 권하더니 흙의 방선균 냄새를 맡아보라는 둥, 뿌리가 물을 빨아들이는 소리가 들리지 않냐는 둥 사이비 신도 같은 말을 했다. 인터뷰 도중엔 허공으로 손을 뻗어 날벌레를 잡는가 하면 개를 불러 자기 무릎에 앉혔다. 전체적으로 산만하긴 했으나 인터뷰의 민감한 질문들을 피하지는 않았다. 농장에 관해 말할 땐 자기 생활에 믿음을 가진 사람의 여유가 풍겼다. 위엄이랄까, 쉽게 망가뜨릴 수 없는 내면의 단단함이 느껴졌다. 영민한 눈으로 숨을 헐떡이는 개에게도 그런 우아함이 있었다. 둘희는 부드러우면서 강인해 보이는 개의 신체를 감탄어린 눈으로 바라봤다. 카메라 렌즈가 개의 호박색 눈동자를 제대로 담아내지 못하는 게 아쉬웠다.

 on air 태평한 얼굴의 욕받이가 투명한 그릇에 담긴 딸기를 하나씩 집어먹는다. 봉긋한 딸기 끝에 슈거파우더를 톡톡 뿌려 먹고, 튜브에 담긴 꿀을 딸기 위에 쭈욱 짜서 먹고, 싱그러운 빨강 위에 새하얀 휘핑크림을 치이익 뿌려 먹는다. 채팅창에서 휘핑크림만 따로 먹어달라는 요구가 나온다. 욕받이가 입을 크게 벌려 치이익 휘핑크림을 입안에 뿌린다. 그러곤 옆에 앉은 개를 본다. 기다렸다는 듯 개가 입을 크게 벌린다. 치이익 크림을 조금 뿌려주자 개가 만족스러운 표정으로 입을 쩝쩝거린다.

 다음 순서는 딸기케이크. 욕받이가 동그란 케이크를 들어올리며 불규칙한 치열이 보이도록 활짝 웃는다. 짙은 초콜릿 시트 위에 윤기 흐르는 딸기가 빼곡하게 올려져 있다. 욕받이가 그중 하나를 집어 개에게 휘익 던지자 개가 민첩한 동작으로 단숨에 받아먹는다. 마이크를 통해 개의 씹는 소리가 들린다. 욕받이가 빵칼로 케이크를 자른 다음 한 조각을 손에 들고 와앙 베어먹는다. 약 이십 초 만에 한 조각을 해치운다. 채팅창에선 사냥에 실패한 개와 원시인이 동굴로 돌아가 야생 딸기로 허기를 채우는 모습 같다고 말한다. 그걸 본 욕받이가 눈주름을 가득 만들며 시원스레 웃는다. 욕받이는 채팅창에 올라오는 말에 실시간으로 반응한다. 누군가 발음 좋고 성량이 풍부한 희극배우 같다고 하자 금세 낯빛이 빨개진다. 저속한 욕설도 이어진다. 가족관계와 몸매에 대한 험담이 페미니즘이란 단어와 뒤섞여 비속어로 쏟아진다. 그 욕을 집중해 보던 욕받이가 좌석 아래를 주섬주섬 더듬더니 흰 우유와 딸기청을 들어올린다. 티스푼으로 딸기청을 떠서 우유가 담긴 컵에 넣고 빙빙 휘젓는다. 수제 딸기우유를 꿀꺽거리는 욕받이의 목넘김 소리가 생생하게 전해진다.

한편, 시후는 트럭 화물칸에 움츠리고 앉아 자기의 명치께를 주먹으로 쳤다.

"팀장님 지금 좋아요?"

벌써 십 분째 바뀌지 않는 채팅창 고정 문구에 시후는 체한 듯 속이 갑갑했다. 시후의 과장된 몸짓에도 강선생은 팔짱을 낀 채 노트북 화면만 주시했다. 두 사람의 머리 위로 삼각뿔 모양의 텐트 천이 앞뒤로 너풀거렸다. 바람이 세게 불었으나 방한 텐트 덕분에 춥지는 않았다. 외려 시후는 열이 올라 점퍼의 지퍼를 주욱 내렸다. 을주가 신이 난 얼굴로 케이크를 먹을 땐 이마를 긁적이며 구시렁댔다.

"저건 너무 예쁘지 않아요? 오브제가 너무 예쁘잖아."

시후는 모니터 속 사치스러운 초콜릿케이크를 노려봤다. 저건 방송 콘셉트와 맞지 않는다고, 다른 출연자들과의 형평성에도 어긋난다며 연신 불만을 토로했다. 쉽게 먹을 수 있고 비싸지 않은 서민 음식, 적당히 자극적이면서도 먹기 편한 메뉴를 준비하는 게 방송의 원칙이었다. 그런데 둘희는 평소답지 않게 음식 메뉴를 바꾸더니 자기가 직접 소품을 챙겼다. 단골 빵집에 전화해 까다롭게 케이크를 주문했고, 자전거를 타고 직접 가서 케이크를 받아왔다. 텐트 역시 둘희가 가져온 것이었다. 전날 회의에서 둘희는 자신이 트럭 화물칸에 있겠다고 했고, 시후는 당연하다는 듯 고개를 끄덕였다. 애초에 시후는 트럭 짐칸에 쪼그려앉아 고생할 마음이 없었다. 채팅창 관리는 자신의 일이었으므로 자신이 인터넷 속도가 안정적인 사무실에 있는 게 마땅했다. 그런데 강선생이 월권을 휘두르며 시후와 둘희의 역할을 바꿨다. 추운 밤에 여자를 짐칸에 있게 할 수 없다나? 시후는 강선생의 똥폼에 머리가 어질어질했다. 둘희가 아무리 설득하고 고집을 피워도 강선생은 입을 꾹 다문 채 요지부동이었다. 어떨 땐 강선생이 팀장인 둘희보다 권력이 더 세 보였다. 대체 팀장님이 무슨 욕을 볼 줄 안다고! 아니나다를까, 둘희는 벌써 몇 마리째 펄펄 뛰는 활어를 다 놓치고 있었다.

딱 페미하게 생겼는데? 또또또 개 키우는 한녀야? 저도 장애인입니다, 결정장애. 고아면 장모리스크는 없겠네? 오늘 먹방은 딸기 먹은 개고기다!

지원금을 끌어모을 쌍끌이 저인망은 팽개치고 둘희는 구멍 난 뜰채로 피라미만 건져냈다. 둘희가 상단에 고정한 문구는 욕도 아니었다. 복스럽게 잘 먹는다는 게 덕담이지 욕인가? '옵니다, 뚱보의 시대는 와요'가 욕이냐고. 시후는 하나같이 프로페셔널함이 떨어지는 동료들 틈에서 자기의 재능이 질식해가는 현실이 원통했다.

인터뷰 〔자막〕 손에 관해 말해본다면?
태어날 때부터 이랬대요. 엄마는 아기 때 수술해주려고 했는데 아버지가 반대했어요. 여자 몸에 칼 대면 안 된다고. 엄마가 성질이 나서 나랑 언니랑 데리고 집을 나가려고 하니까, 아버지가 나갈 거면 이혼 도장 찍고 가라고, 그래서 엄마가 화딱지가 나서 내가 왜 나가냐고 네가 나가라고, 아버지는 내 집에서 내가 왜 나가냐고 너도 나가지 말라고…… 아무튼 그 얘기만 나오면 짐을 쌌다 풀었다 하도 싸우니까 엄마가 지겨워서 혼자 몰래 병원 예약하고 수

술 날짜를 잡았대요. 그걸 알고 아버지가 술에 곤죽이 돼서 죽은 고모 얘길 했대요. 아버지가 열몇 살 때 고모가 태어났는데, 아기가 울음도 크게 못 울고 목에서 쉰 소리가 나고 가래가 끓고 해서 〔자막〕(긴 얘기/편집) ……할머니가 할아버지 몰래 동네 사람들한테 돈을 꿔서 읍내 큰 병원에서 아기 목 수술을 받았는데, 며칠 뒤에 패혈증으로 죽었대요. 할아버지가 가시나 몸에 칼을 대서 멀쩡한 애를 죽였다고 집이 또 난장판이 됐대요. 아버지는 그때부터 어디 가서 가족 얘기를 하면 자기는 3남 2녀가 아니라 3남 3녀라고 했대요. 둘째 여동생이 아기 때 죽었지만 그애도 자기 형제라 여자 형제가 셋이라고. 〔자막〕(긴 얘기/편집) ……우선 애가 클 때까지 기다리자고, 애가 커서 스스로 결정하게 하자고, 그렇게 결론이 났대요.

〔자막〕 장애와 불우한 환경이 페미니스트가 되는 데 영향을 미쳤나?

on air 케이크에 이어 말랑한 딸기찹쌀떡을 우물거리던 욕받이가 카메라를 보며 소리친다. "어? 다음 대답 있는데? 내가 왜 수술 안 했는지 말했는데?" 욕받이가 카메라를 향해 작전 타임을 뜻하는 수신호처럼 양손으로 T자를 만든다. "스톱 스톱, 영상 멈춰봐요."

사무실에 있던 둘희는 인터뷰 영상을 멈췄다. 그렇게 일시정지 버튼을 누르고도 방금 자신이 뭘 했는지 어리둥절했다. 이제껏 출연자가 영상 송출을 좌지우지한 적은 없었다. 회사 단톡방에 시후의 메시지가 연달아 올라왔다. '팀장님, 그냥 계속 틀어요!' 둘희는 마우스에 손을 얹은 채 깜빡이는 커서를 바라보며 갈등했다. 화면 속 을주가 입가를 탁탁 털고 자세를 고쳐 앉았다. "질문하고 답을 했으면 사람들한테 보여줘야지, 이렇게 끝내면 오해하잖아요. 그러니까 부모님이 내가 크면 스스로 결정하게 하자고 합의를 봤는데, 내가 어떻게 했게?"

> 턱살공주님 지금 당쇼크 왔음
>
> 수술을 안 했으니까 니 족발이 그 모양이겠지?
>
> 망한 집구석 특: 아랍상 애비+무식+여혐+흙=미친세계관
>
> @@@오늘 제 27살 생일인데 힘내라고 한마디만 해주세요@@
>
> 팩트〉비만은 자기탓임
>
> 지금 혐오 댓글 쓰는 인간들 옆에 국적 표시해야 함
>
> 딸기 홍보하려고 나온건데 사람들 순진하다
>
> 인생살면서,,,명심해라꼭,,,가족도때론,,,짐이고형벌,,,공/수래공/수거,,,감동문구퍼가기☞

페미나치의 2016 강남역 폭동은 어떻게 생각하나요?

on air   게슴츠레한 눈으로 채팅창을 보던 욕받이가 무의식적으로 개에게 손을 뻗어 등을 쓰다듬는다. "안 궁금한가보네? 내가 말하고 싶으니까 그냥 할게. 나는 이게 내 손이라서 좋아. 어릴 때 친구랑 약속하면 새끼손가락을 걸잖아. 나는 진짜 비밀을 말할 땐 새끼손가락을 건 다음 애끼를 문질렀어. 그럼 비밀은 더 깊어지고 내 애끼손은 반짝이는 거지." 욕받이가 율동을 하듯 손목을 뱅글뱅글 돌린다. "앵벌이? 내가 앵벌이면 지원금 좀 클릭해봐. 오백 원씩 모아서 재벌 되게. 아냐, 난 수영도 배우고 검도도 했어. 우리 아버지가 허세가 좀 있어서 학원 많이 다녔거든. 어, 애끼손가락도 뼈가 있긴 한데, 작고 가늘어." 그때 욕받이의 시선이 모니터에서 벗어나 창 너머로 향하더니 입에 지퍼를 채우는 시늉을 한다. "알았어요, 끝. 인터뷰 틀어요."

트럭 앞에서 팔을 휘젓던 시후가 어깨를 축 늘어뜨렸다. 시후는 성질이 난 얼굴로 을주를 쏘아보며 소리 없이 입 모양으로 거친 말을 내뱉었다.

20:34. 을주는 대시보드 위에 놓인 전자시계를 확인했다.

딸기케이크만 몇 입 먹고 끝내려 했는데 생각보다 크림이 달아서 이성을 놓아버렸다. 을주는 손끝에 스며든 과육의 향기를 맡으며 오늘 자신이 세운 원칙을 어기지 않았는지 되짚었다. 사과하지 않기, 욕하지 않기, 굴종도 거만함도 없이 나 자신의 품위를 지키기, 감정을 숨기지 않기, 책임질 수 있는 데까지 책임진 다음 트럭을 몰고 튀기.

막상 방송을 시작하고 나니 그다지 복잡할 것도, 움츠릴 것도 없었다. 을주는 전에 없이 머릿속이 맑았고 곁에 있는 오복이도 점잖았다. 편집을 당한 손가락 얘기도 물러서지 않고 끝까지 했다. 하우스에서 그 질문에 답할 때 을주는 이상한 고양감을 느꼈다. 꼬깃꼬깃 접혀 있던 을주의 자존감이 어렵게 펴지더니 어느새 딸기 잎 사이를 날아다니는 배추흰나비처럼 가볍게 팔랑거렸다.

이게 나야. 이게 내 모습이야. 당신들은 이런 나를 받아들여야 해, 있는 그대로. 아무 조건도 선택지도 없이, 나의 모습 그대로를 공기처럼 들이마시고 계절처럼 받아들여야 해.

을주는 이제껏 누군가에게 이런 요구를 해본 적이 없었다. 부모에게도, 가까웠던 친구에게도 자신을 있는 그대로 받아달라고 말하지 못했다. 돌이켜보니 그간 자신이 내보인 당찬 태도는 그만큼 내면이 연약하다는 방증인 것 같았다. 제대로 자라기도 전에 늙어버린 아이처럼, 자신의 과한 넉살과 예의범

절은 지나친 사회화의 부작용인지도 몰랐다. 을주는 누가 공격하기도 전에 가슴을 풀어헤치며 약점을 폭로했을 뿐, 인정받고 싶다는 자신의 진짜 감정은 꼭꼭 숨겨뒀다. 불시에 뻗어 나온 불행의 칼날을 피하기에 급급해서 불운이 난도질하는 자신의 삶이 어떤 방향으로 나아가고 있는지 투명하게 보지 못했다. 그러니까 을주는 그 모든 일을 '불운'이라 여겼다. 자신의 손과 가족의 사고 그리고 성적 지향성까지. 을주는 무작위로 섞은 카드에서 모두가 원하는 에이스나 다이아몬드 대신 우중충한 클로버를 뽑은 것처럼 우연의 갈림길에서 자신은 늘 불운하다고 체념했다.

하지만 그날 하우스의 평상에 앉아 자신에 관해 말할 때 을주는 입안에서 나오는 말들이 빛 속에 부유하는 과즙의 향처럼 가뿐하게 떠오르는 것 같았다. 동시에 묵직한 닻처럼 마음의 중심이 그곳에 단단히 고정돼 있었다. 자신의 손으로 일군 땅과 매일매일 반복했던 노동의 시간이 든든하게 뒤를 받쳐주고 있었다. 을주는 의외의 떳떳함이 샘솟았고, 어린애 생떼 같은 자기애가 쏟아졌다. 있는 그대로 나를 수용해달라고, 그저 받아들여달라고, 내가 당신에게 그리할 테니 당신도 내게 그렇게 해달라고, 그것이 내가 진정으로 바라는 삶이자 세상의 모습이라고 카메라를 보며 끈질기게 요청했다.

욕받이로 나서지 않았다면 미처 깨우치지 못했을 이상향이었다. 을주는 삶의 전환점이 될 그 순간 둘희가 함께 있다는 사실에 또다른 의미를 부여했다. 카메라 뒤에 서서 자신을 보고 있는 둘희가 자신에게 일어난 변화의 낌새를 알아차려주길 바랐다. 수백이든 수천이든, 익명의 사람들이 어떤 말을 떠들든 자신에게 상처를 입히지 못할 테지만, 단 한 사람의 무심한 시선에는 치명상을 입으리란 걸 을주는 진작 예감했다.

on air "타임, 타임." 기다란 티스푼으로 컵 바닥에 남은 딸기청을 긁어먹던 욕받이가 또다시 카메라를 향해 수신호를 보낸다. 인터뷰 영상에선 질문이 자막으로 나오고 있다. 〔자막〕 극단적 여성주의의 폐해는? 욕받이가 꿀로 반짝거리는 티스푼을 쥐고서 괄괄하게 말한다. "야, 페미 좀 그만 괴롭혀. 지금 내가 페미가 아니란 걸 왜 증명해야 되는데? '나는 공산당이 싫어요'야? 지금부터 내가 좀 직설적으로 말할게. 내가 보기엔 페미니 586이니 그런 게 중요한 게 아니야." 욕받이가 난시가 심한 사람처럼 눈을 가늘게 뜨고 채팅창을 읽는다. "……뭐 언제는 직설적이 아니었……" 욕받이가 등을 펴고 카메라를 본다. "그래, 나는 여기서 피해자는 안 될 거야. 너희도 내 앞에서 가해자 못해. 너희가 나한테 아무리 욕해도 나한테는 안 들려요, 안 들려요……" 욕받이가 자기 얼굴에 꽃받침을 하며 잔망스럽게 손을 흔든다. "아니, 조실부모한 아주머님, 은퇴하셨으면 취미활동 즐기면서 편하게 사시지 왜 자꾸 여기서 시댁 식구 흉을 보세요…… 시누이가…… 시누이가 인격모독을 했어요?" 모가지를 쭉 빼고 구두점이 많은 문장을 읽어가던 욕받이가 짧은 한숨을 토한다. 조갈이 나는 듯 휘핑크림 스프레이를 들고 입안에 치이익 뿌린다. 엎드려 있던 개가 자기도 달라는 듯 입맛을 다시자 욕받이가 "안 돼"라고 또박또박 발음한다. 그러더니 부스럭거리는 소리를 내며 개껌 하나를 꺼내 개에게 준다. "시누이랑 안 보고 산 지 이십 년이면 길 가다 마주쳐도 못 알아볼 판인데 왜 자꾸 구박받은 걸 되새기세요. 가만 보니 다들 상상 속 허깨비랑 싸우고들 계셔. 내 손가락이 몇 개인지, 내가 개를 키우는지 소를 키우는지는 상관없어. 문제는 누굴 미워하고 싶은 자기 마음이야. 그래, 미워할 수 있지. 근데 미우면 좀 구체적으로 미워하란 말이야. 다른 사람 말에 휘둘리지 말고, 우르르 몰려가지 말고. 당신들은 진짜 내 모습을 미워하는 게 아니야. 그냥 '페미'라는 이름표에 대고 화풀이하고 싶은 거야. 이 방송이 마음껏 욕하라고 판을 깔아주니까 옳다구나 돌팔매질을 하는데……" 욕받이가 숨 참고 잠수하듯 눈을 깜박이며 채팅창을 읽는다. 입술을 모으고 콧잔등을 찌푸리다가 비속어의 홍수 속에서 고개를 쳐든다. "내가 한 가지만 말해줄게요. 이거 다 거짓말이야. 난 페미 아냐. 페미 맞는데, 페미로 신청한 거 아니라고. 장애랑 고아랑 청년 빚쟁이로 했어. 근데 페미가 됐네? 무슨 뜻인지 알겠어요? 이 방송은 가짜라고. 가짜로 역할을 주고 연기하게 하는 거야. 당신들 돈 뜯어내려고. 여기 나왔던 업소녀가 정말 업소녀야? 정말 업소녀면 또 어쩔 건데. 세상일이 그렇게 딸기 따듯 간단한 줄 알아요? 딸기 따는 데도 기술이랑 훈련이 필요하다고. 왜 자기가 보고 싶은 것만 편집해 봐요? 뭐? 좌표 찍으라고? 그래, 여기가 어딘지 가르쳐줄까? 여기 주소가……" 그때 차문이 열리는 소리가 들리더니 어떤 손 하나가 불쑥 튀어나와 카메라 렌즈를 옆으로 돌린다. 방송 화면에는 좌석에 엎드린 개가 뼈다귀 모양의 껌을 울겅울겅 씹어대는 모습이 나온다. 채팅창에서 욕받이를 비춰달라 아우성친다. 몇 초의 정적. 평화롭게 개껌에 잇자국을 내던 개가 불시에 말초신경이 자극받은 듯 귀를 움찔하며 고개를 든다. "소금!" 욕받이의 목소리가 들린다. 순간 개가 좌석 시트를 긁으며 상체를 수그리더니 공격 자세를 취한다.

강선생은 사납게 들썩이는 개의 입술에 놀라 차 안에서 몸을 뺐다.

"죄송해요. 물러서세요."

건조한 목소리로 경고한 을주가 다시금 오복이를 보며 "소금, 소금!"이라 외쳤다. 개가 송곳니를 닥닥 부딪치며 난폭한 음성으로 짖었다. 주춤주춤 물러나던 강선생이 뒤에 서 있던 시후와 충돌했다. 두 사람은 오복이를 주시한 채 서로의 팔을 붙들었다. 그때 건물 안에서 둘희가 구둣굽 소리를 내며 뛰쳐나왔다. 트럭 가까이에 멈춰 숨을 고르는 둘희에게 강선생이 외쳤다.

"조심하세요! 개가 아주 사나워요!"

을주와 둘희는 헤드라이트 불빛에 기대어 서로의 표정을 살폈다. 당황한 쪽은 오히려 을주였고, 둘희는 침착한 얼굴로 한 걸음씩 다가갔다. 광분한 개가 어깨를 세운 자세로 아르르르 떠는 소리를 냈다.

"물러서요. 안 그러면 우리 오복이 미쳐요."

그 말에 둘희가 동작을 멈추고 을주의 어깨 너머로 개를 봤다. 어여쁜 호박색 눈에 빨간 실핏줄이 못자국처럼 가득했다. 금방이라도 을주의 무릎을 뛰어넘어 둘희를 물어뜯을 기세였다. 둘희는 다시금 을주와 지그시 시선을 맞춘 채 거리를 좁히려 시도했다. 느릿하게 팔을 뻗어 을주의 이마 부근을 손으로 쓸어내렸다. 스르륵 욕받이 머리띠가 땅으로 떨어졌다. 그 순간 멀리 억새밭에서 마른 잎들이 흔들렸고, 백사장을 훑고 온

큰바람이 고운 모래를 언덕에 흩뿌렸다. 반사적으로 고개를 숙여 눈을 찌푸린 두 여자.

캉.

방심한 순간 트럭의 차문이 닫히더니 곧장 후진해 언덕을 내려가기 시작했다. 둘희가 뒤늦게 창유리에 손자국을 내며 트럭을 쫓았지만 따라잡기엔 무리였다. 둘희는 멈춰 서서 시후를 돌아봤다. 팔 위에 노트북을 얹은 시후는 짧게 고개를 내저었다. 실시간 방송용 카메라가 꺼졌다는 뜻이었다. 트럭은 가파른 비탈길을 거침없이 내려갔다. 착잡한 표정으로 뒷머리를 어루만지던 강선생이 놀란 목소리로 둘희를 막아섰다. 둘희가 주차장에서 자전거를 끌고 나오고 있었다.

"쫓아가시게요? 제가 차를 갖고 오겠습니다. 제 차를 타고……"

강선생의 말이 채 끝나기도 전에 둘희는 자전거에 올라타 비탈길을 활강했다. 가속도가 붙은 자전거는 길가의 자갈들을 사방으로 튕기며 득달같이 언덕을 내려갔다. 멀거니 그 모습을 보던 시후가 뜨악한 얼굴로 제자리에서 펄펄 뛰었다.

"물방개! 우리 물방개!"

시후가 해변을 굽이도는 도로를 가리켰다. 트럭의 화물칸 위로 밤의 검정과는 톤이 다른 거뭇거뭇한 점들이 퍼져갔다. 짐칸에 둔 수조가 쓰러지면서 자유를 되찾은 물방개들이 밤하늘을 비행했다. 시후는 끔찍한 흉몽에서 깨어나려는 듯 자기의 머리카락을 쥐어뜯었다. 강선생은 터벅터벅 주위를 오가다 흙바닥에 떨어진 붉은 띠를 집어들었다. 옥녀산 가까이 D자 모양의 상현달이 떠올라 있었고 먼바다에 켜진 등대가 맑은 주홍빛으로 어른거렸다. 새해의 첫 주일, 바다의 만조가 모래사장 깊숙이 차오르는 밤이었다.

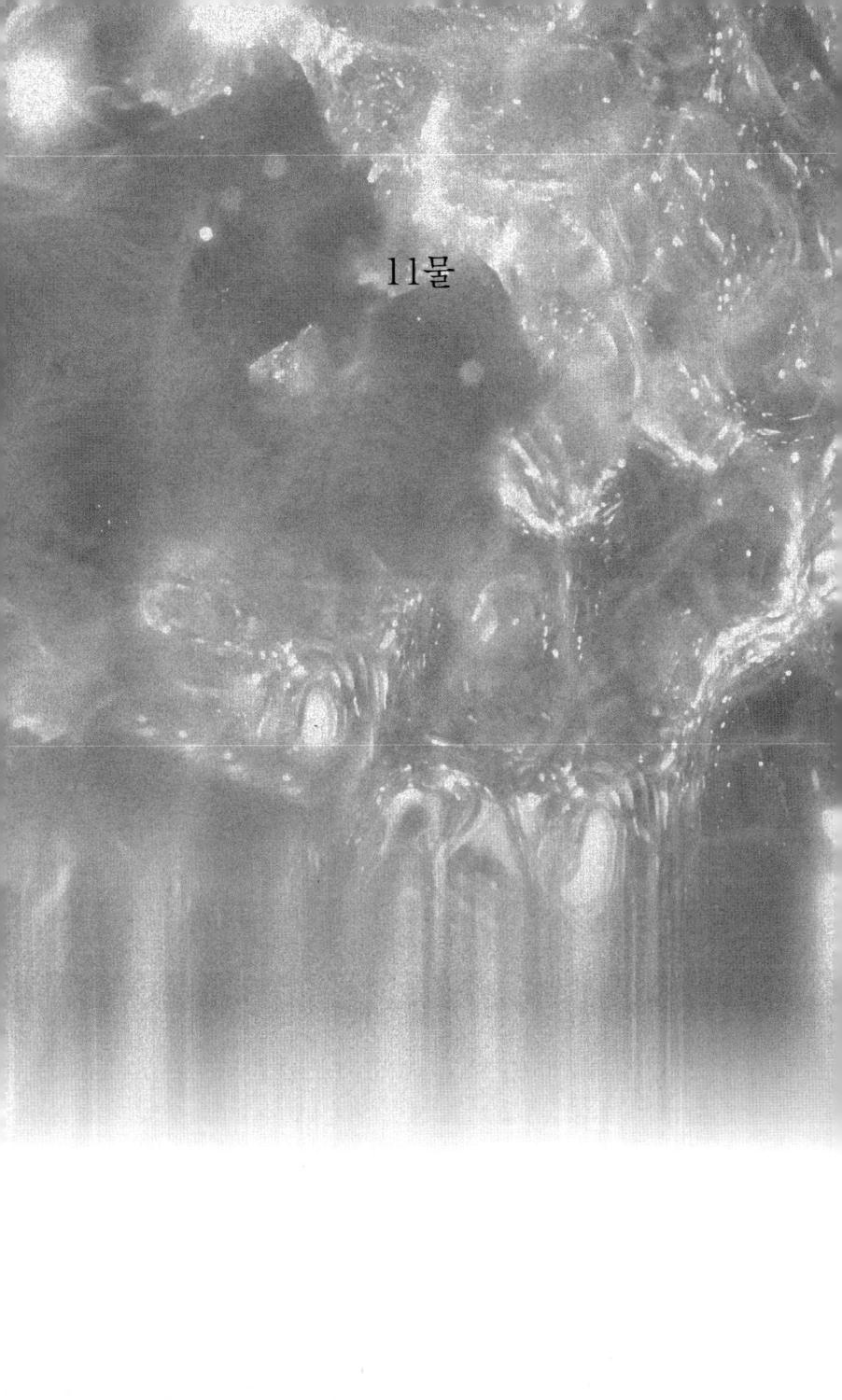
11 물

둘희는 도망치고 있었다. 처음엔 트럭을 쫓아갔지만 목표물이 우회전해 눈앞에서 사라지자 방파제 쪽으로 핸들을 틀며 힘껏 페달을 밟았다. 그때 자전거 체인이 크랭크에서 빠져 털털거리지 않았다면 그대로 도로를 따라 밤새 질주했을 것이다. 둘희는 자전거를 가로등 옆에 눕혀놓고 바다를 향해 등을 폈다. 하늘과 바다가 전부 먹빛이었다. 밀려오는 바닷물이 펄에 박힌 조개껍데기를 뒤집었고, 얼어붙은 들판에서 찢긴 비닐이 음산하게 나부꼈다. 둘희는 정신없이 밖으로 나오느라 휴대전화를 챙기지 못했고 얇은 카디건에 슬랙스 차림이었다. 집요하게 한 방향으로만 불어오는 갯바람이 육체와 정신을 동시에 부르트게 했다. 둘희는 얼얼해진 귓바퀴를 손으로 문지르며 느닷없이 흐르는 눈물을 소매로 닦아냈다. 추워서 그런 거겠지, 너무 추우면 눈물이 나기도 하니까. 둘희는 울음에 의미를 두지 않으려 애쓰다 경적이 울리는 소리에 뒤를 돌아봤다. 버스 한 대가 헤드라이트를 밝히며 다가오고 있었다.

저는 울고 있는 게 아니라 정신을 차리고 있는 겁니다.

낮은 제방 위로 올라서며 둘희가 손을 흔들었다. 저 버스를 잡아타는 게 이 악몽에서 깨어날 마지막 기회라는 듯. 그러나 감속하던 버스는 둘희 앞에 다다라 검은 배기가스를 토해내며 빠르게 지나갔고, 둘희는 팔등으로 코를 틀어막은 채 바다 쪽으로 돌아섰다.

거기에 삵이 있었다.

한기연이 말했었던 삵, 둘희는 마주치고 싶지 않았던 짐승.

삵이 개펄 어귀 연갈색 풀대 사이에서 번쩍이는 눈동자로 둘희를 쏘아봤다. 멈칫하며 몸이 굳은 둘희는 순식간에 변색하며 빛나는 삵의 안광에 시선이 사로잡혔다.

어쩜 저렇게 쏘아볼까. 쏘아보는 건…… 아름답구나. 눈이 아니라 별 같아.

그 순간 둘희는 증오라는 단어가 가슴에 와 박혔다. 생명체의 눈빛이 바로 그 증오에서 촉발됐다는 것이 불현듯 깨달아졌다. 잡아먹으려는 증오와 잡아먹히지 않으려는 증오. 둘희 역시 눈자위에 힘을 주며 삵을 경계했으나 수풀에 포복한 야행성 짐승의 광채가 몇 배 더 강렬했다. 그 미움이 너무도 찬란해서 둘희는 자신을 쏘아보는 삵의 증오를 감당할 수 있었다. 미움받는 먹잇감으로 사는 게 자신의 천공에 박힌 운명의 별자리 같았다.

삵은 사람을 먹을까. 먹어본 적 있을까. 없다면 지금 시도해볼 작정인가?

둘희는 재작년 겨울에 죽은 친구가 떠올랐다. 그 친구는 기암괴석 아래로 추락했고, 바위에 널브러져 한참이나 피를 흘렸다. 바다에 간조와 만조가 오가는 동안 차가운 해류가 그의 피를 게걸스럽게 핥아먹었을 것이다. 야생동물이 접근해 손가락 몇 마디와 눈알을 파먹었다는 소문도 들렸다. 둘희는 지금 자신이 마주한 삵이 그 훼손과 무관하지 않다는 걸 직감했다.

너는 사람을 먹어본 적이 있는 삵이야. 또 시도할 수 있고 그걸 부끄러워하지 않을 삵이야.

멀리 해안가에서 폭죽 소리가 울리자 삵의 시선이 횡과 종으로 움직였다. 푸른 동공이 적색과 녹색으로 굴절하며 황홀하게 빛났다. 빛의 춤사위에 둘희는 자기도 모르게 앞으로 손을 뻗었다. 어리석게도 제방 위에서 휘청거리던 둘희는 발을 헛디뎌 경사면 아래로 처박혔다. 짧은 비명 뒤에 상체를 일으켰을 때 삵은 온데간데없었다. 둘희는 벗어진 구두를 찾으려 차가운 펄을 더듬었다. 바다를 안다고 생각했는데, 이 바다의 잔혹함을 통과했다고 자부했는데, 둘희는 이제껏 자신이 한 번도 펄에 빠진 적이 없다는 걸 실감했다. 하반신을 덮쳐오는 개펄의 냉기에 턱과 어깨가 절로 떨렸다. 어둠과 손잡은 추위가 사방에 좁은 벽을 둘러치며 살갗을 죄어왔다. 둘희는 유일한 온기인 자신의 입김으로 손을 녹이며 머리카락 사이의 핀을 풀었다. 가발을 벗겨내고 틀어올렸던 머리를 풀어헤치자 뜻밖에도 명료한 각성이 찾아들었다.

저 삵은 츠히야. 츠히를 먹고 츠히에 씌어 나를 저주하려고 따라온 거야.

둘희는 다리를 절며 어둑한 해안도로를 걸었다.

고깃배가 그려진 식당 간판이 나타나자 둘희는 눈앞이 핑 돌 만큼 심한 허기를 느꼈다. 겨울 바다의 운치를 즐기러 온 여행자처럼 무심히 문을 열고 들어가 뜨끈한 국수 면발을 삼키고 싶었다. 둘희는 김이 피어오르는 은색 환기통을 올려보다가 식당 뒤편으로 갔다. 거기서부턴 포장하지 않은 흙길이었다. 새벽 나절 내렸던 진눈깨비 때문에 땅이 질퍽했고 걸음마다 구두 발자국이 찍혔다. 흡연자가 아니면서도 둘희는 담배 생각이 간절했는데, 어쩌면 한기연이 내뿜는 연초 연기가 그리운 건지도 몰랐다. 아니면 그저 깊은 한숨을 내쉬고 싶은지도.

밭두렁을 따라 노랗게 시든 배춧잎이 이랑에 늘어져 있었다. 방향이 불분명한 어둠 속에서 개 짖는 소리가 들렸고, 한적한 농가의 불빛들이 물기에 어른거렸다. 둘희는 다시금 손등으로 눈물을 닦아내며 이대로 계속 가면 한기연이 자신을 용서하지 않으리란 예감이 들었다. 지금이라도 일탈을 멈추고 회사로 돌아가 엉망이 된 상황을 수습해야 했다. 하지만 둘희는 조금씩 가까워지는 딸기 하우스의 지붕을 보며 제발 저곳에 을주의 트럭이 있기를, 을주가 저기에서 자신을 기다리고 있기를 바랐다.

언제쯤이면 내가 저물녘 해변을 보며 당신과 당신의 개를 떠올리지 않을 수 있을까요. 둘희는 그렇게 을주에게 속마음을 털어놓은 다음 자신의 뻔뻔한 미련을 끝내고 싶었다. 을주를 멀리하게 된 건 그 누구도 아닌 둘희 자신의 비루함 때문이었다.

을주와 해변을 걷다 한기연을 마주쳤던 날, 둘희는 처음으로 자신의 고고한 맹세가 허물어질 수도 있음을 깨달았다. 둘희의 삶을 이끌어가던 거센 힘과 애정의 성곽이 작은 핀 하나에 우르르 무너져버리는 느낌이었다. 그날 바다의 낙조는 유난히 노랗고 불그스름했고, 깨진 새알처럼 불길한 빛으로 바다에 가라앉았다. 둘희는 노송이 자란 군락에서 혼자 걸어나오는 한기연을 발견했다. 실루엣만으로도 둘희는 연인의 형상을 알아볼 수 있었다. 그런데 이상하게도 언제나 둘희를 사로잡았던 그 모습이 그날은 다르게 보였다. 마치 몸밖에서 자신을 보는 것처럼, 관계 밖에서 관계의 이면을 맞닥뜨린 것처럼, 둘희로선 한 번도 가져보지 못했던 시선으로 한기연이 보였다.

"왜 그래요? 무슨 일 있어요?"

멈칫하는 둘희에게 을주가 물었다. 둘희는 저멀리 아는 사람이 있다고 말하지 못했다. 단지 처음 느끼는 자신의 감정이 낯설고 두려워 그 자리를 빠르게 벗어났을 뿐. 어리석게도 그때 둘희는 자신이 외면하면 한기연의 눈에서도 자기의 모습을 지울 수 있을 거라 생각했다. 둘희는 을주와 오복이를 내버려둔 채 캠핑촌의 피서객들 틈으로 도망쳤다. 그 이후로 둘희는 그때 한기연과 자기의 거리만큼 떨어져 있는 행인들을 눈으로 더듬으며, 그들의 모습이 얼마큼 자세히 보이는지 확인했다. 한기연은 그때 날 봤을까? 소스라치게 놀라며 도망치는 내 뒷모습을 봤을까?

그날 석양빛은 오래된 상처의 고름처럼 누렇게 흘러내렸고, 뜨거운 여름빛이 모래와 공기 속의 습기를 빠르게 증발시켰다. 둘희는 그때의 풍경을 되새기며 그 순간으로 되돌아가 이렇게 말하는 자기의 모습을 꾸며냈다. '저 사람이 내 전부예

요. 난 이만 가봐야겠어요. 한기연이 날 기다려요.'

하지만 둘희는 되돌아갈 수 없었다. 한번 한기연을 향한 사랑을 의심하게 되자 끊임없이 마음의 골이 깊어졌고, 그 계기가 사소한 마주침이었단 것에 더 큰 허탈감이 들었다. 대체 무슨 일이 있었던 거지? 왜 나는 한기연이 다르게 보였을까. 한기연과 내가 나누던 비밀과 애정이 어째서 그 짧은 순간 너무도 보잘것없이 느껴졌을까. 둘희는 그 변화가 을주 때문이리라 여기고 더는 을주를 가까이하지 않기로 결심했다. 한기연을 향한 자신의 마음을 지키고 싶었고 그럴 수 있으리라 생각했다.

그러나 그때로 돌아가 잘못 꿴 실수의 털실을 풀어낼 때면 둘희는 자신의 변절과 함께 기이한 쾌감이 딸려나오는 것을 느꼈다. 한기연을 외면하며 돌아서던 순간 둘희는 분명 옅은 승리감을 느꼈다. 그 감정마저 없었던 것으로 물릴 수는 없었다. 둘희는 스스로의 변심에 놀라면서도 마침내 자신도 한기연처럼 느끼게 된 것인지 궁금했다. 침대에서 한기연이 즐기던 방식을, 거리를 두고 연인의 몸을 관조하던 시선을 이제 나도 지니게 된 걸까.

잠자리에서 한기연은 둘희의 도드라진 굴곡들을 혀로 자극하다 발갛게 부풀어오르는 순간 돌연 동작을 멈추고 지그시 바라봤다. 마치 모래밭에 파놓은 물길로 파도의 흰 거품이 부글거리는 걸 보듯이. 한기연은 자신의 타액으로 반짝거리는 둘희의 몸을 감상했다. 밤마다 둘희는 얼마나 그 시선을 바랐는지. 연인의 손을, 터치를, 자신의 내부를 깊숙이 꿰뚫는 격렬하면서도 섬세한 그녀의 모든 동작을.

하지만 절벽에서 벌어진 사고 이후 그들의 애무는 시들었다. 그 뜻밖의 사고는 한기연과 둘희 그리고 페피를 막다른 길로 몰아갔고, 세 사람은 서로를 잡아당기던 힘을 잃고서 각자 자신의 방식대로 서로에게서 돌아섰다. 세 개의 점으로 이루어진 삼각형이 꼭짓점을 잃고 멀어지다 이윽고 손쓸 수 없이 변형돼버렸다. 멀어지게 된 표면적인 이유는 불운한 추락사를 대하는 세 사람의 의견 차이였다. 그러나 둘희는 그 갈등이 더 복잡하고 오래된 것임을 알았다. 적어도 둘희가 감지한 불화의 시작은 어느 오후 한기연이 자신에게 적나라한 질문을 던졌을 때였다. 그날 한기연은 둘희에게 경구피임약을 복용해본 적이 있느냐고 물었다. 둘희는 당혹감에 웃음을 흘렸고, 이제껏 그래왔던 것처럼 앞으로도 그럴 일은 없을 거라 말했다.

"그래도 알아둬. 콘돔이 더 편하겠지만, 네가 주도하는 방법도 있으니까."

"무슨 뜻이에요?"

"뜻이라니?"

되묻는 한기연의 얼굴은 악의 없이 차분했다. 둘희는 홍차와 함께 먹던 롤빵을 접시에 내려놓고서 한기연의 옷깃을 부드럽게 움켜쥐었다.

"내가 다른 사람이랑 그러기라도 한단 말이에요? 남자랑?"

목덜미를 붙들린 한기연은 웃음기 없는 표정으로 말을 이었다.

"사람 일은 모르는 거야. 넌 아직 어리고, 또……"

"또?"

둘희는 거의 입술이 닿을 듯 한기연의 얼굴을 가까이 잡아끌었다.

"탐이 나니까. 사람들이 널 가만 내버려두질 않겠지."

둘희는 자신의 콩트에 동참해주지 않는 한기연의 태도에 맥이 빠져 움켜쥔 손의 힘을 풀었다. 서로의 미래를 열어두는 한기연의 조언은 진지했다. 너그러움의 이면에는 연인이 떠날까 두려운 마음이 있단 걸 둘희도 모르지 않았다. 하지만 두 사람이 함께한 지도 거의 십 년이 다 되었다. 아직도 확인시켜줘야 할까? 당신의 백발이 더 많아지고 당신과 내가 영원히 동년배의 추억을 나눌 수 없어도, 내 사랑의 순도는 조금도 줄어들지 않으리란 걸. 오히려 나는 당신이 쇠약해져 갓난아기처럼 내 손길을 갈구할 미래의 어느 때를 은밀하고도 기쁘게 꿈꾸고 있단 걸 선서하듯이 읊어줘야 할까.

둘희는 애정의 깊이를 맹세하지 않아도 될 만큼 자신과 한기연이 딛고 선 땅이 단단하다고 믿었다. 한기연에게 거짓말을 해놓고도 속인 사실을 잊을 만큼 둘희는 오만했다. 페피의 집에서 있었던 만남을 한기연이 모를 거라 속단했다. 설령 한기연이 안다 해도 둘희는 말 그대로 버선 속을 뒤집듯 한 귀퉁이도 빠짐없이 자신의 진심을 드러내 보일 수 있었다.

그런데 느닷없이 피임약이라니. 둘희는 자신을 단죄하는 한기연의 방식에 수치심을 느꼈다. 한기연은 임신의 위험이라는 빤하고 원시적인 무기로 둘희를 휘두르려 했고, 바닥을 기고 가시에 찔려가며 둘희가 통과하고자 애썼던 이해의 시간을 멸시했다. 대체 내가 왜 그랬는지 모르는 거예요? 내가 왜 당신 몰래 페피를 만났는지? 내가 페피를 어떤 마음으로 대하는지?

둘희는 함정에 빠진 기분이었다. 한기연의 방어적인 태도와 둘희의 피해 의식이 더해져 두 사람 사이에 구덩이가 생겨났고, 관계의 온기는 급격하게 냉각되었다. 누가 얼마나 더 견디고 있는지 저울질하기 시작하자 그간 지켜온 균형이 속절없이 무너졌다. 불운한 추락사는 그들에게 들이닥친 또다른 화근이었을 뿐, 둘희는 더 근원적인 괴리가 한기연과 자신 사이에 있다고 느꼈다. 해안가 절벽에서 일어난 사고는 단지 그 진실을 일깨워주는 각성의 계기였을 뿐이었다. 둘희는 불시에 친구를 잃은 고통만큼이나 그 일에 대응하는 한기연의 태도에 큰 상실감을 느꼈다. 한기연은 표절 시비 때처럼 자신의 자리를 지키고 방어하는 데 전력을 쏟았다. 둘희는 연인 관계에서 느끼는 실망과는 다른, 졸지에 자신의 삶 전체가 한낱 불쏘시개가 되어버린 듯한 허망함이 밀려들었다. 더없이 사랑하고 더없이 스스로를 깎아 바다의 벽까지 가려 했던 한기연. 언제나 찬란하게 빛나던 둘희의 새벽별이 한순간에 빛을 잃고 탁한 어둠으로 스며버린 듯했다.

어둑한 농장의 앞뜰까지 왔으나 그곳에 을주의 트럭은 없었다. 둘희는 구석에 움츠려앉아 돌 끝으로 바닥에 깔린 넝마를 쪼았다. 하우스도 불빛 없이 적요했고, 토끼들이 사는 직사각형 우리에서도 이따금 둔탁하게 나무틀을 떠미는 소리만 들렸다. 둘희는 어둠을 향해 돌을 던지고는 자신의 무릎 사이로 이마를 숙였다. 어디에도 한기연을 잊게 해줄 피난처는 없었다. 둘희는 또다시 혼자 막막함과 추위를 견뎌야 했다. 바람이 불자 털짐승들의 누릿한 배설물 냄새가 풍겨왔다. 둘희는 숨을 크게 들이마신 뒤 엉덩이를 털고 일어나 바닥에 깔린 석고보드를 통통 밟으며 하우스의 입구로 갔다.

하우스의 파이프 기둥은 어지러운 전기선에 휘감겨 있었다. 둘희는 그 선들을 눈으로 따라가다 문의 손잡이를 세게 잡아당겼다. 애꿎은 문틀을 발로 걷어차고도 분이 풀리지 않자 문틀에 덧댄 비닐을 손끝으로 파고들었다. 비닐이 두꺼워 손톱

힘만으론 뚫리지 않았다. 둘희는 하우스 주변을 두리번거리다 노란 컨테이너 상자 쪽으로 갔다. 그 안을 뒤적여 무기로 쓸 만한 쇠붙이를 찾았다. 끝이 뭉툭하게 닳은 모종삽과 손잡이에 스프링이 달린 전정가위가 보였다. 둘희는 가위를 집어들고 하우스의 옆구리를 찢었다. 비닐을 뚫었으나 은박으로 된 단열재가 내부를 가로막고 있었다. 구둣발로 단열재를 떠밀어 개구멍을 만든 다음 비닐의 틈을 벌려 하우스 안으로 들어갔다. 생각할 겨를도 없이 팔다리가 제멋대로 동작을 이어가는 듯했다. 둘희는 흡사 인형의 긴 머리칼을 붙잡고 질질 끌고 가는 심술궂은 아이처럼 딸기 넝쿨을 손에 휘감은 채 녹색 부직포가 깔린 길을 성큼성큼 걸어갔다. 줄기 끝에 매달린 딸기들을 떼어 바닥과 천장을 향해 힘껏 내던졌다. 그러다 과실의 향긋한 냄새에 홀려 손에 묻은 딸기 조각을 입안에 넣었다. 기다란 재배 장치 아래 웅크려앉아 앙갚음하듯 딸기를 와락 뜯어 허겁지겁 삼켰다.

*

하우스에 들어선 을주는 크지 않은 목소리로 둘희를 향해 말했다.

"뭐하는 거예요?"

을주가 스위치를 올려 백열등을 켜자 오복이가 평상을 가로질러가 모퉁이에 앉았다. 을주는 섣불리 움직이지 못한 채 둘희를 보며 그대로 서 있었다. 딸기를 훔쳐먹던 둘희는 딸기 베드 아래에서 눈을 번뜩이며 숨을 쌕쌕거렸다. 산발한 머리에 온몸에 덕지덕지 진흙이 묻은 꼴이 마치……

 을주는 주머니에서 휴대전화를 꺼내 어딘가로 전화를 걸었다.

 "이모, 응, 바빠? 바쁘다고? 나 하우스로 칼국수 두 그릇만 갖다줘. 아니, 곱빼기 말고 따로 두 그릇. 아, 몰라, 도깨비랑 먹을 거야. 내가 지금 못 가니까 그렇지. 도깨비라는데 경찰을 왜 불러. 아니, 무섭진 않아. 그럴 것 같아……"

 을주는 까치발로 서서 고개를 갸웃거리며 침입자의 상태를 살폈다. 통화를 마친 다음 휴대전화를 쥐고서 노래를 찾기 위해 스크롤을 내렸다. 이모에게 큰소리쳤지만 내심 긴장됐다. 약이 바짝 오른 도깨비가 자신에게 욕하고 손찌검해도 반푼이처럼 아무런 방어도 못할 것 같았다. 하우스에 들어서서 둘희를 본 순간 을주는 자신의 심장 뛰는 소리가 귓가에 울릴 만큼 그녀가 반가웠다. 그렇기에 더 겁이 났다. 농장을 난장판으로 만들어놓은 불청객에게 따뜻한 국수를 먹이려는 건 누가 봐도 덜떨어진 행동이니까. 하지만 을주는 자신과 둘희 모두에게 진정제가 필요하다고 생각했다. 흥분을 가라앉혀줄 음식과 음악이.

을주는 평상 위에 휴대전화를 내려놓고서 온풍기 앞으로 갔다. 휴대전화에서 장엄한 트럼펫 연주와 함께 귀에 익은 전주가 흘러나왔다. 을주는 새빨간 우체통처럼 생긴 기계의 전원 버튼을 눌렀다. 지이이잉 엔진 돌아가는 소리가 울리며 기계에 달린 팬이 빠르게 회전했다. 그 진동음과 함께 하우스 안에 노래가 울려퍼졌다.

동해물과 백두산이 마르고 닳도록

을주는 평상 뒤 캐비닛으로 걸어가 선반 위를 헤집었다. 주유소 점퍼를 옆구리에 끼고서 입을 만한 하의를 찾았으나 세탁하려고 몽땅 집으로 가져가는 바람에 농장에 남아 있는 바지가 없었다. 을주는 잡동사니 상자에 쑤셔넣었던 도복 바지를 찾아 손에 들고서 둘희가 있는 쪽으로 갔다.
"……일삼삼 일칠사 육이공. 마을금고, 오을주."
둘희의 앞에 서서 을주가 말했다.
"부치세요, 이백만원."
시선을 떨군 채 중얼거린 을주는 둘희의 구두가 온통 진흙투성이인 걸 보고는 순간 무릎이 들썩였다. 둘희에게 자기의 양말과 신발을 내어주고 싶어 온몸이 굼지럭댔다.

"손해배상 하라는 겁니까? 우리 방송을 망쳐놓고?"

둘희가 쏘아붙였다.

"그쪽 방송 잘 끝났는데 뭘 그래요? 김시후가 스타킹 뒤집어쓰고 남은 라이브 시간 채웠어요. 지원금도 자기가 갖겠다던데?"

을주가 점퍼를 펼쳐 둘희의 어깨에 덮어주며 말했다. 둘희는 팔을 휘저으며 점퍼를 뿌리쳤고, 그 바람에 둘희의 팔꿈치와 을주의 앞니가 콩 하고 부딪쳤다. 침묵과 어색함이 애국가와 함께 하우스 안을 채웠다. 을주는 떨어진 옷을 집어 오들오들 떠는 도깨비에게 다시금 걸쳐주었으나 이번에도 도깨비는 인간의 가증스러운 호의 따윈 필요 없다는 듯 몸을 틀어 옷을 내팽개쳤다.

"병 주고 약 줍니까?"

"입술이 파래."

"누가 이렇게 만들었는데."

"개펄에서 굴렀어요? 설마 이 차림으로 여기까지 걸어온 거예요? 이 날씨에?"

그만큼 내가 보고 싶었느냐는 말을 삼킨 채 을주는 둘희 앞에 허리를 수그렸다. 을주가 점퍼의 밑단을 오므려 지퍼를 채우려 하자 둘희가 탁, 하고 손등을 밀쳐냈다. 을주는 연달아 날아드는 구박에도 뭐라 대꾸도 못하고 쿨쩍 콧물을 삼켰다.

회사 팀장이면 뭐해, 순 바보라니까. 날 밝을 때 오면 되지 뭐하러 두 시간 넘게 기다려.

을주는 오리걸음으로 재배 장치 아래를 통과하며 속으로 중얼거렸다. 찢겨나간 필름이 바람에 들썩이며 하우스 안으로 한기가 스며들었다. 비닐 막의 상태로 보아 당장 응급수술이 필요하다고 판단한 을주는 손뼘으로 찢긴 부분의 가로세로 길이를 쟀다. 아무래도 예쁜 여자는 좀 사악한 구석이 있었다. 이렇게 찢어놓으면 하우스의 전체 필름을 통째로 갈아야 한단 것도 모르면서. 농사를 지어봤어야 알지. 내년엔 농진청 빚이 더 많아지겠네.

긴장하면 평소보다 더 수다스러워지는 을주는 역시나 속으로만 구시렁대며 평상 쪽으로 갔다. 입구의 전구 하나만 켜져 있어 하우스 안이 전체적으로 어둑했다. 둘희가 환한 빛을 꺼릴 것 같아 일부러 다른 조명을 켜지 않았다. 습식 온풍기 덕에 실내에 조금씩 온기가 돌았고, 자동 재생으로 설정해놓은 휴대전화에선 국악 버전의 애국가가 흘러나왔다. 쩌렁쩌렁한 태평소 연주와 함께 야무진 목청의 소리꾼이 남산의 소나무에 경탄을 보냈다.

"왜 도망갔습니까? 왜 우릴 속였어요? 상생 지원금 받으면 수술하고 싶다고요?"

공구 벨트를 허리에 차는 을주에게 둘희가 따져 물었다. 을주는 그녀와 실랑이를 벌이고 싶지 않았지만 울컥하는 서운함을 누르지 못하고 오복이를 보며 작게 종알거렸다.

"아무데나 상생이래. 누가 속이고 싶어서 속였어? 먼저 시작한 사람이 누군데."

을주가 입술을 비죽거리며 사람 키만한 비닐 롤을 바닥에 눕히고는 등을 구부려 롤에 감긴 비닐을 풀었다. 그렇게 숨가쁘게 움직이면서도 을주는 말을 멈추지 않았다.

"마음이 불안하다고 그랬죠? 그때 오복이랑 같이 바닷가 걸을 때, 내가 왜 잠을 못 자느냐고 물으니까 불안해서 못 자는 것 같다고 했잖아요."

운동화를 벗고 비닐 위에 올라선 을주가 구불텅한 비닐을 손으로 탁탁 펼치며 말했다. 아무래도 손이 더 필요할 것 같았지만 둘희에게 부탁하기엔 입술이 떨어지지 않았다. 비닐에서 파지직 정전기가 일어났고 위를 펼치면 아래가, 아래를 누르면 위가 오그라들어 을주의 손발을 바쁘게 했다.

"그래서 내가 찾아봤거든요. 불면증 치료, 숙면하는 법, 마음이 불안한 이유…… 그러다 알고리즘으로 어떤 명상 채널이 떴는데, 나이 지긋한 할머니가 선불교 이야기나 수행자들의 책을 읽어주는 거였어요. 목소리가 무슨 기계음처럼 '했다— 했는가— 아난다여— 수보리여—' 그렇게 말끝을 내리면서 낭독하는 거였는데……"

을주는 마루를 걸레질하듯 부러진 곡괭이 자루를 앞세우고 엉덩이를 치켜든 자세로 쭈욱 비닐을 펼쳐나갔다. 반대편 모서리까지 도착해 허리를 세우고는 흘깃 둘희가 있는 쪽을 봤다. 딸기 베드에 가려 몸통은 보이지 않았지만 둘희의 흙 묻은 구두와 바닥에 나뒹구는 주유소 점퍼가 보였다. 도복 바지는 어느새 오복이가 평상으로 물고 가 자기 배 아래 깔고 있었다. 오복이는 휴대전화에서 들려오는 어린이 합창단 버전의 애국가가 듣기 좋은지 고박고박 졸았다. 을주는 공구 벨트 주머니에서 도톰한 커터 칼을 뽑아들며 말을 이었다.

"거기에 어떤 스승이랑 제자 이야기가 나오는데, 어느 날 제자가 스승을 찾아가 말했대요. '마음이 불안합니다, 제 마음이 불안하지 않게 해주십시오.' 그러니까 스승이 '불안한 그 마음을 가져오너라. 내가 불안하지 않게 해주겠다', 그랬더니 제자가……"

을주는 한 템포 말을 멈추고 칼날이 나아가야 할 방향을 눈으로 가늠했다.

"제자가 아무 대꾸도 못하고 가만히 있다가 한참 뒤에 말하길……"

비닐 끝을 잡고 막 칼질을 시작하려던 을주가 얼굴을 들고 앞을 봤다. 둘희가 가까이 서 있었다. 둘희는 가볍게 두 주먹을 움켜쥐고 해쓱한 낯빛으로 말했다.

"전화 좀 쓰겠습니다."

"이거 도와주면요. 그리고 점퍼 입으면."

잠시 후 을주가 세운 칼날이 둘희가 붙잡은 비닐 끄트머리까지 단번에 미끄러졌다. 벙벙한 점퍼를 입은 둘희가 할일을 마쳤다는 듯 손에서 비닐을 놓자 을주가 눈을 크게 떴다.

"붙이는 것도 도와줘야죠!"

두 사람은 식탁 유리를 옮기듯 비닐을 마주 들고서 보폭을 맞춰 하우스의 벽면으로 향했다. 을주가 찢긴 부위에 비닐을 갖다대자 둘희가 따라 했고, 둘희가 비닐의 평형을 맞추자 을주가 모서리에 공업용 스테이플러를 박았다. 타카, 타카! 비닐의 귀퉁이를 차례로 고정한 을주가 손바닥으로 비닐 막의 가운데를 주욱 쓸며 둘희에게 다가갔다. 둘희의 코앞에 멈춰 선 을주는 숨을 참으며 입술을 오므린 채 비닐의 남은 모서리에 철심을 박았다. 이번에야말로 자기 몫의 할일을 전부 끝냈다는 듯 둘희가 말없이 딸기 베드를 따라 걸어나갔다. 을주는 비닐 위에 접착식 단열지를 꼼꼼하게 붙이고는 손끝으로 구석구석 더듬었다. 그때 둘희가 저만치에서 다시 다가왔다.

"잠금장치."

간결한 어투와 함께 둘희는 휴대전화를 내밀었다. 을주는 자기의 손이 안 보이게 비스듬히 등을 돌리고 서서 액정에 암호 패턴을 그렸다.

"그래서 제자가 뭐라고 했습니까?"

휴대전화를 받아들며 둘희가 물었다. 의문문이었으나 표정은 그다지 궁금해 보이지 않았다. 아무려나 을주는 반색하는 얼굴로 이야기의 결말을 이어갔다.

"어디까지 말했죠?"

"마음을 가져오너라. 내가 불안하지 않게 해주겠다."

"응, 그래서 제자가 한동안 아무 말도 못하다가 이렇게 답했대요. 마음을…… 찾을 수가…… 없습니다."

어절 사이의 여백을 한껏 과장하며 을주가 말했다. 둘희는 무덤덤한 얼굴로 마주선 을주를 빤히 봤다.

"끝입니까?"

둘희가 물었고, 을주는 빠뜨린 게 있나 싶어 머릿속을 뒤적이다 시무룩하게 고개를 끄덕였다. 둘희는 용건을 마쳤다는 듯 그대로 몸을 돌려 멀어졌다. 그 모습을 보던 을주가 흡사 배수를 끝내고 탈수 코스로 넘어간 통돌이 세탁기처럼 급작스럽게 목소리 톤을 바꾸며 하고픈 말을 토해냈다.

"왜 우릴 모른 척해요? 오복이랑 나! 사람이 그렇게 변덕스러워도 되는 거예요?"

이 모든 사달의 장본인은 바로 당신이라는 듯 을주는 목청을 높였다. 둘희는 대꾸도 없이 좁은 통로를 허짓허짓 걸어갔다. 그러나 오래 가지 못하고 걸음을 멈췄고, 짧은 탄식을 내뱉으며 을주에게 돌아왔다. 손에 들린 을주의 휴대전화가 수신음으로 격렬하게 진동했다. 휴대전화 화면에 '이모부'라는 발신자 이름이 찍혀 있었다. 을주는 검지를 뻗어 '거절' 버튼을 옆으로 젖힌 다음 청문회를 이어갔다.

"말해보라고요. 대체 왜 그런 일을 하는 거예요?"

"그런 일이요?"

"아무 죄 없는 사람들을 힘들게 하고 있잖아요."

"힘들게 한다고요? 내가?"

졸지에 범인으로 몰린 억울한 목격자처럼 둘희가 자기 가슴을 손으로 짚었다.

"아무 죄가 없다? 죄? 왜 그런 말을 함부로 씁니까?"

추호도 자신은 그 손쉬운 판단에 연루되고 싶지 않다는 듯 둘희는 눈망울을 크게 뜨며 자기 가슴을 손끝으로 내리눌렀다. 마치 맨손으로 살갗을 뚫어 자기의 심장을 꺼내려는 듯, 스스로 인신공양의 제물이자 제사장이 된 것처럼 가슴팍을 누른 손아귀에 힘을 줬다. 을주는 둘희의 그런 과격한 반응을 이해할 수 없었다.

"이모님 때문이에요? 이모님이 그 회사 대표예요?"

을주가 시후에게 들었던 얘기를 말하자 둘희는 핏기 없는 얼굴로 당황한 표정을 지었다. 눈꼬리를 약하게 떨며 둘희가 말했다.

"스스로 아주 떳떳하다고 여기죠?"

"내가요?"

이번에는 을주가 자기 가슴을 쿡 찌르며 되물었다. 을주는 상대가 잘못 짚은 심리 분석에 어리둥절했고 둘희의 얼굴에 비친 경멸감에 당혹스러웠다.

"살면서 제일 후회한 일이 뭐냐고 물었을 때, 후회할 시간에 딸기 한 그루를 더 심겠다고."

둘희는 인터뷰 영상을 찍던 날을 얘기하고 있었다. 을주는 그날 자신이 뭐라고 답했는지 떠오르지 않았다. 예기치 않게 도복 바지가 찢어져 당황스러웠을뿐더러 정돈된 말을 준비할 시간이 부족했다. 그리고 무엇보다 나는 당신이 우리 하우스에 와준 게 기뻐서 흥분한 상태였는데……

"아니에요. 나는 인생의 주제가 후회인 사람이에요."

기나긴 부연을 압축해 이야기의 반전을 만들듯 을주가 말했다. 그러나 스토리텔링이 부족했는지 공감을 불러일으키지 못했다. 둘희는 희미하게 비웃음을 띠며 고개를 내저었다. 어차피 이런 논쟁 따윈 무용하다는 듯 비관주의자의 표정을 하고 말했다.

"어떤 고통은 고통을 지속하는 게 유일한 해결책이에요. 사람이 다 당신처럼 깨끗한 줄 압니까? 세상은 그렇게 단편적이지 않아."

듣기에 따라 칭찬일 수도 있으나 을주는 가슴이 저릿했다. 당장이라도 속옷까지 발가벗어 복합적이고 신랄한 모순에 가격당한 자신의 내면을 샅샅이 내보이고 싶었다. 을주는 둘희의 눈에 자신이 한낱 얄팍한 권선징악의 사람으로 비친 것 같아 서글펐다. 단 한 사람의 무심한 시선. 그래, 이런 느낌이구나.

"그래서 다 같이 허우적대자는 거예요? 욕받이 통에서?"

"깨닫게 하는 겁니다. 누구나 욕받이가 될 수 있다고, 한 사람도 예외가 없다고."

"왜 그래야 해요? 나는 그런 게, 역겨워요."

실제로 을주는 둘희의 염세주의가 안타까웠고 옅은 구역감이 일었다. 하지만 자기의 말이 상대에게 어떤 타격을 입힐지는 예상하지 못해서 일그러지는 둘희의 안색에 흠칫하지 않을 수 없었다. 둘희는 안쪽의 기둥 하나가 무너진 듯 입술을 떨며 눈을 감았고, 이내 다 붕괴될 순 없다는 듯 어금니를 꽉 물었다.

"개한테 사람 물라고 훈련시키는 건 괜찮고?"

"물지는 않았어! 겁만 준 거지!"

"오복이는 당신 때문에 살인 개가 될 거야."

"이 나쁜…… 악당 년아!"

순식간에 분노에 점령당한 을주가 언성을 높이며 손에 든 커터 칼을 내던졌다. 칼집의 둥근 모서리가 둘희의 가슴팍에 날아가 부딪혔다. 을주는 당황해 곧장 사과했다. 화가 나 무심코 손을 뻗었을 뿐 자신이 칼을 든 줄 몰랐다고, 실수라고, 나도 똑같이 때리라고, 거의 무릎을 꿇듯 몸을 움츠렸다. 둘희는 을주를 쏘아보며 뒷걸음쳤다. 본때를 보여주겠다는 듯 줄기에 달린 딸기들을 우두둑 떼어 을주에게 던졌다. 을주는 자신에게 날아드는 딸기를 멍멍한 눈으로 보다가 나뒹구는 딸기를 주워 괘씸한 침입자에게 다시 던졌다. 둘희 역시 새 인질들을 뜯어 빨간 포탄을 날렸다. 그때 화면이 잘못 눌렸는지 둘희의 점퍼 안주머니에 있던 휴대전화에서 다시금 애국가가 울려퍼졌다. 국가대표 소프라노의 기교어린 열창이 크나큰 볼륨으로 하우스 안을 채웠다. 둘희는 을주가 총애하는 무농약 유기농 베드로 걸어가 아이들의 모가지를 댕강댕강 꺾으며 농부의 가슴에 피멍을 만들었다. 이 전쟁을 지속할수록 자신만 심각한 피해를 입는다는 걸 자각한 을주는 손바닥을 펼쳐 항복을 선언했다.

"그만, 그만! 우리 밖에 나가서 얘기해요!"

그러나 둘희는 멈출 생각이 없어 보였다. 양손 가득 딸기를 움켜쥐고서 당장이라도 상대의 뺨에 딸기 씨를 박아주겠다는 듯 황새걸음으로 을주에게 다가갔다. 을주가 주춤하며 몸을 피하려는 순간 둘희가 을주의 얼굴을 부여잡고 사납게 입을 맞췄다. 문자 그대로 입술 박치기라는 표현이 알맞은, 일방적이고 파괴적인 스킨십이었다. 을주의 양볼을 부여잡은 둘희의 손에서 으깨진 딸기즙이 흘러내렸다.

 이 기상과 이 맘으로 충성을 다하여

휴대전화에서 울리는 성악가의 고음이 옥타브를 높이며 귀청을 때렸다. 맑디맑은 인간의 두음에 코러스를 넣듯 오복이가 하울링을 보탰다. 자의 반 타의 반으로 호흡이 틀어막힌 을주는 자기 영혼의 일부를 하우스의 천장으로 띄워보내 지금의 키스신을 내려다보게 했다.
 아아, 나는 첫 키스인데, 여자랑 하는 건 처음인데……
 파하.
 서로의 입술에서 놓여난 두 여자가 날숨을 터뜨렸다. 불시에 고백 공격을 받은 을주는 못내 쑥스러워 시선을 떨어뜨렸다. 둘희는 손에 묻은 딸기즙을 혀끝으로 스윽 핥고는 미련 없이 돌아섰다.
 "어디 가요! 칼국수 먹고 가!"
 을주가 소리쳤으나 둘희는 걸음을 재촉하며 꽁무니를 뺐다. 주유소 점퍼에 엉덩이까지 파묻힌 뒤태가 을주는 마음에 꼭 들었다. 당하고는 못 배긴다는 듯 을주는 도망자를 추격해 손목을 낚아챈 다음 기습 입맞춤을 되갚아주었다.
 쪽.

오복이가 짧고 엄중하게 꾸짖었으나 이번에는 서로의 혀가 맞닿은 키스라 쉽사리 결론이 나지 않았다. 듀엣 춤의 클라이맥스를 장식하듯 을주가 둘희의 허리와 뒤통수를 손으로 받치며 뜨거운 숨을 불어넣었고, 그 순간 양손에 묵직한 스뎅 쟁반을 든 이모부와 시선이 딱 마주쳤다. 쟁반에 두 손이 붙들려 엉덩이로 하우스의 방풍막을 들이밀며 등장한 이모부는 을주의 상태를 보고선 그 자세 그대로 후진해 무대에서 퇴장했다. 콧등을 침으로 코팅한 오복이가 이모부를 향해 달려나갔고, 어두침침한 하우스에 애국가의 피날레가 잦아들었다. 반투명한 비닐문 밖으로 쫓겨난 방해꾼이 애햄, 하는 기침 소리를 내며 말문을 열었다.

"하나는 매생잇국이야. 이모가 국수 반죽이 다 떨어졌대. 해물파전도 가져왔으니까 천천히 드시고 가세요."

조카에게 하는 말인지, 조카의 지인에게 하는 말인지 모를 말투로 이모부는 자신이 들고 온 음식 메뉴를 설명했다. 을주와 둘희는 달아오른 얼굴로 각자의 입가를 닦아냈다. 접촉의 욕구를 충분히 해소하지 못했다는 듯 두 사람은 가쁜 숨을 내쉬며 서로의 안색을 살폈다. 선정적인 감촉에 이어 더욱 파격적인 상황에 맞닥뜨린 을주는 사리 판단이 마비된 머릿속을 깨우려 자기의 뺨을 살짝 때렸다. 반면에 둘희는 구태여 달콤한 환상에서 깨어날 필요가 없었다. 설핏 건너다본 평상 너머에 츠히가 서 있었으니까. 츠히는 원망 섞인 얼굴로 둘희를 바라봤다. 죽은 이를 망각한 채 다시 설레고, 다시 행복을 느끼는 친구의 모습을.

둘희는 도움을 청하듯 을주를 봤으나 을주는 이미 비닐 막을 열고 밖으로 나간 뒤였다.

지금 내 눈에 죽은 사람이 보인다고 말하는 게 무슨 소용이 있을까. 결국 나는 츠히에게서 벗어나지 못할 텐데.

둘희의 의지가 만들어내는 츠히는 어디에나 존재했고, 그 맹목은 광증도 강박도 정신적 해리도 아니었다. 오히려 평화롭고 간결한 마음의 평정이었다. 둘희는 혼자만의 선문답을 꾸며냈다.

마음을 가져오너라. 내가 불안하지 않게 해주겠다.

아니요, 불안은 저의 소명입니다. 제 마음은 저편에 있습니다.

둘희는 멀찍이 물러서서 상과 벌을 저울질하는 츠히에게 다가갔다. 친구의 두 손이 짐승의 이빨에 물어뜯긴 듯 너풀거렸다. 그리고 그 손을 마주잡는 순간 마치 옥외 계단의 녹슨 난간을 붙잡았을 때처럼 비릿한 쇠 냄새가 코끝에 스쳤다.

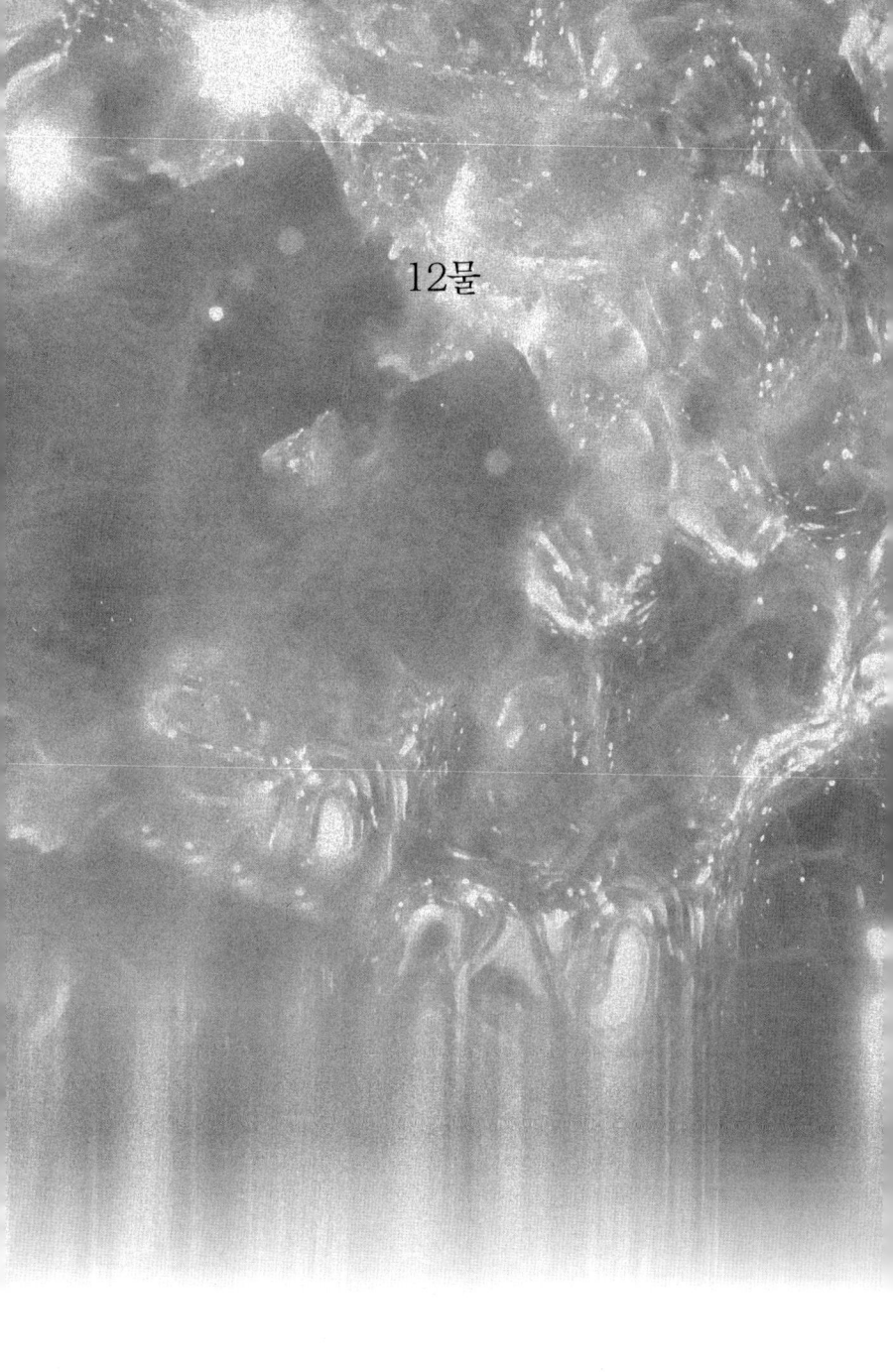
12물

1

 강선생은 계단을 오르기 전 자신이 올라야 하는 경사를 눈으로 가늠했다. 실재의 계단과 기억 속 계단, 두 차원의 층층대를 머릿속에서 하나로 포갰다. 예나 지금이나 층계의 기울기가 가팔랐고 옆 건물에서 용접기 굉음이 들려왔다. 난간을 잡고 살얼음이 낀 발판을 몇 개 오르자 금세 손바닥에 불그스름한 녹이 묻어났다. 강선생은 손의 불결한 부분이 닿지 않게 조심하며 반대편 손에 들고 있던 빨간 하트를 입에 쏙 넣었다. 사탕에서 혀가 얼얼할 정도로 강한 단맛이 배어났다. 딸기맛인 줄 알고 샀는데 톡 쏘는 사이다맛과 함께 복숭아향이 입안에 감돌았다. 어렴풋한 분유맛도. 한데 내가 분유를 먹어본 적이 있던가.

그는 발바닥에 힘을 주며 비탈을 올랐다. 몸은 위로 향해 갔으나 회상은 아래로 파고들며 밑바닥의 기억을 끄집어냈다. 애들 엄마가 첫애를 낳고 몸집이 백두장사처럼 불어났던 시절, 아내는 밤중에 부스스 일어나 손등에 분유를 톡 떨어뜨려 온도를 감지했다. 아마도 그때 그는 아내의 요청에 따라 아기가 남긴 분유를 몇 번 먹었던 듯싶었다.

동우는 비싼 분유일수록 더 잘 먹었다. 박봉인 공직자의 가계를 거덜내는 고급 입맛이었는데, 그나마도 뱃구레가 작아 반 이상을 남기기 일쑤였다. 애엄마가 억지로 젖병 꼭지를 들이밀면 동우는 잔뜩 골이 난 얼굴로 고무 꼭지를 혀로 밀어냈다. 대놓고 언짢아하던 그 표정이란. 강선생은 아들을 생각하면 유독 까탈스럽고 고고했던 갓난아기 시절이 먼저 떠올랐다. 커서도 예민하고 가리는 게 많던 녀석이었다. 고기를 먹어야 키가 큰다고 아내가 아무리 꼬드겨도 어린애가 김밥에서 당근만 골라 빼먹었다.

"아버지가 그러셨어. 고봉밥에 청국장을 뚝배기째 다 비워도 삼겹살이나 갈비는 몇 점 안 드셨어."

그러니 안달할 거 없다고 강선생은 아내의 조바심을 가라앉혔다. 제 할아버지를 닮았으면 키도 크고 힘도 셀 거라며 내심 아이의 편식을 흡족히 여겼다. 강선생의 부친은 칠순을 앞두고까지 공사판에서 막일을 하던 타고난 강골이었다. 부친은 자기 손으로 경부고속도로를 깔고 동대문운동장을 개보수한 것도 모자라 수십 년 뒤 그 경기장을 허물 때도 팔팔한 젊은 애들 못지않게 한 사람 몫을 해냈다며 자신의 원기와 근면함을 과시했다. 아버지의 칠순 날, 동우는 조부가 분진을 들이마시며 번 돈을 절값으로 넉넉히 받았다. 강선생은 옥색 저고리를 입은 아버지의 등과 동우의 훤칠한 어깨가 자신의 삶을 떠받치는 두 개의 기둥이라 믿었다. 누가 봐도 먼저 쓰러질 기둥이 어느 쪽인지 쉽게 알아맞힐 수 있었다. 그러나 조부 쪽은 구순을 앞둔 지금까지 세끼 식사를 말끔히 비우며 자기 발로 동네 노인정을 오갔다. 그에 반해 손자는……

강선생은 아드득 사탕 모서리를 깨물었다. 자기의 젖이 좋아 우리집 애들이 남들보다 병원 신세를 덜 지며 살았다던 어머니의 공치사가 잔잔히 떠올랐다. 어머니 또한 비록 정신이 깜박깜박 꺼지기는 해도 여태 천수를 누리고 있었다. 두어 개 남은 이로 곶감도 먹고 회도 먹고 염소 고기도 오물오물 잘 씹어 먹었다. 그러니 세상일이란 게 참 앞뒤가 안 맞지. 조부모도, 부모도 육십갑자를 돌아 멀쩡히 살아 있는데, 어째서 너만 그렇게……

그래서 누구 탓을 하고 싶은 거냐고 악에 받쳐 부들부들 떨던 애들 엄마의 목소리가 강선생의 뒷골을 잡아당겼다. 그때 그는 자기의 손바닥만 내려다보며 낮게 내뱉었다.

"탓이 아니라, 이치가 그렇잖어. 사람 팔자도 유전이라는데."

대체 어떤 고약한 운명이 내 아들을 그리로 데려가 고꾸라뜨린 걸까. 강선생은 자기 집안과 애들 엄마 집안의 가족력을 두 개의 지도처럼 맞붙여놓고 동우라는 도착점에 맞춰 우연과 필연의 행로를 연결해봤다. 애들 엄마네 집안은 명망 높은 서예가와 처용무 전승자를 배출한 남원의 기예가 핏줄이었다. 확실히 동우는 외가의 예술가 기질을 물려받아 신발끈 하나를 묶어도 맵시 있게 뽐낼 줄 알았다. 두뇌든 체질이든 결국 삶을 좌우하는 건 물려받은 유전이라고 강선생은 오랫동안 단정해왔다. 그렇다면 동우의 그것도 집안 내력일까. 우리 집안에 결혼 못한 총각이 한을 품고 갔나. 애들 엄마네 할아버지가 두 집 살림에 처첩을 둔 난봉꾼이랬는데, 그 피가 동우에게 흘러간 건가.

강선생은 머릿속 족보를 들추며 아들의 그것이 어떻게 생겨났나 기원을 헤아려봤다. 그는 사는 형편뿐 아니라 죽는 모양까지도 피붙이의 큰 그림자를 벗어나지 못한다고 여겨왔다. 객사로 일찍 떠난 백부와 군대 훈련소에서 무릎 십자인대가 파열됐던 강선생 본인, 거기에 더해 옥상 물탱크를 살피다 그대로 낙상해 저승길로 갔다던 먼 친척 어른까지 그는 꼼꼼히 돌아봤다. 뒤늦게 회심해 나가는 성당에서의 생활도 그의 기본 토양을 갈아엎진 못했다. 도리어 예배당에 앉아 악운의 기원을 되짚어볼수록 그는 핏줄로 이어진 자책과 뉘우침을 떨쳐낼 수 없었다. 차라리 내 자식이 아니었으면 그 불상사가 없었을까. 내가 아버지가 아니었다면, 우리 동우가 숨통이 트였을까.

강선생은 계단 끝에 다다라 가슴을 펴고 숨을 골랐다. 벽돌로 받쳐 열어놓은 옥상 문 너머로 접혀 있는 파라솔이 보였다. 눈비에 젖고 햇빛에 삭아 다홍색 천이 엉망이었다. 강선생은 의자에 다가가 앉으려다 물이 고인 것을 보고 화단으로 몸을 돌렸다. 칠이 벗어져 누덕누덕한 회반죽 벽이나 옆 건물에 설치된 커다란 광고판이 예전 풍경 그대로였다. 강선생은 사탕을 마저 다 먹고선 쭈글쭈글해진 볼 안쪽을 혀로 더듬었다. 이런 게 광고 효과인가. 아침에 외출 준비를 하던 그는 전날 방송에서 봤던 딸기의 잔상이 남아 시고 달콤한 군것질거리가 당겼다. 강선생은 약속 시각보다 이르게 공업소 골목에 도착해 머쓱한 얼굴로 작은 슈퍼로 들어가선 좌판을 내려다보며 중얼거렸다.

"요즘 애들은 뭘 좋아하나."

강선생은 마치 어린애에게 사줄 생각인 것처럼 혼잣말했으나 정작 하나뿐인 손주는 저멀리 캐나다에 살았다. 백일이 지날 무렵 한 번 봤을 뿐 강선생은 그 아이의 취향에 무지했다.

오토라고 했지. 오토 베일리. 강선생은 아기의 이름에 동우의 흔적이 있는지 짐작해봤다. 동우의 영어 이름이 뭐였더라. 오티스 아니었나. 혹시 연우가 오빠를 기리기 위해 제 아기에게 비슷한 이름을 붙여준 게 아닐까.

"아빠, 거기선 그게 아무렇지도 않아요."

추수감사절 연휴에 맞춰 가족과 함께 한국에 왔을 때 연우는 작심한 듯 말했다. 강선생은 무심결에 코웃음을 치고 말았다. '그래, 선진국이구나, 좋은 나라야.' 그렇게 맞장구치면 됐을걸 딸애의 하소연을 너그러이 받아주지 못했다. 오랜만에 와도 이 나라는 변하질 않는다고, 대놓고 속물투성이에 더 뻔뻔해졌다는 딸애의 야박한 평가에 강선생은 반감이 들었다. 한국을 욕하는 게 꼭 자신을 멸시하는 것 같았다.

"그래도 어디 가서 그런 말 하지 마라."

강선생은 모나지 않게 타일렀다. 누워서 침 뱉기라는 속담까지 예로 들진 않았으나 영리하고 사회성 밝은 딸애가 알아서 헤아려주길 바랐다.

"거기도 사람 사는 데고, 사람 사는 데는 규범이란 게 있기 마련이야. 티를 내지 않을 뿐 다 영향을 미칠 거다."

강선생이 자분자분 덧붙이자 딸애가 사납게 말끝을 세웠다.

"그러니까요. 티를 내지 말아야죠. 혐오가 뭐 좋은 거라고 티를 내요?"

아닌 게 아니라 그 나라에선 그런 내색을 하는 게 죄이긴 한 모양이었다. 속마음이야 어떻든 남의 사생활을 공적으로 떠들거나 그걸 빌미로 불이익을 주는 건 법으로 처벌받는다고 딸애는 쏘아붙였다. '그래, 나도 안다. 공부하고 있어.' 강선생은 자신이 보는 공청회 자료나 외국의 사법 사례를 입안에서만 공글리며 좌석 깊숙이 등을 기댔다. 그때 그들은 택시를 타고 자유로를 달리는 중이었다. 강선생은 옆에 앉은 택시 기사를 의식해 딸과의 언쟁을 이어가지 않았다. 뒷자리에 앉은 사위와 딸이 영어로 대화를 주고받았다. 차라리 그렇게 외국말로 하는 게 낫기도 했다. 강선생은 남들 앞에서 동우 얘기를 적나라하게 펼치고 싶지 않았다. 처음 만난 손주가 애틋하긴 했으나 차를 타고 멀리 가는 나들이도 썩 내키지 않았다. 그즈음 강선생은 지하철이나 엘리베이터를 타면 불안을 느꼈다. 열차의 가속도가 두려웠고, 부웅 올라가는 밀폐된 엘리베이터가 생경하고 미심쩍었다. 평생 아무렇지도 않게 오르내리던 집 앞의 육교가 겁이 나 멀리 건널목으로 돌아가기도 했다. 그날도 택시가 속력을 높일 때면 강선생은 숨이 가빠지며 금방이라도 차가 뒤집힐 것처럼 공포가 일었다.

노르스름한 턱수염을 기른 외국인 사위는 강선생의 속도 모른 채 앞에 앉은 장인의 어깨를 주무르며 말을 붙였다. 강선생은 웃는 얼굴로 고개만 끄덕일 뿐 바로 대꾸를 못하고 통역해주는 딸의 입만 바라봤다. 대학에서 국제정치학을 전공하고 언론사에서 기자로 일한다는 사위는 오래 품은 소망인 양 임진각에 가보고 싶어했다. 그는 판문점이나 비무장지대의 역사를 강선생보다 더 잘 아는 듯했다. 그의 조부모가 헝가리에서 태어난 유대인 출신으로 전쟁 때 죽을 고비를 무수히 넘겼다는 말을 길게 했다. 다 따라잡을 수 없는 세계사 연감에 강선생은 턱짓하며 추임새만 넣다가 얼결에 그들의 여정에 따라나서게 된 거였다.

그날 임진각의 가을하늘은 맑고 푸르렀다. 바깥바람을 쐬어주자 아기는 연하고 통통한 뺨으로 방글방글 웃었다. 강선생은 자청해 아기 띠를 하고서 오토에게 둥개질을 해주었다. 통일전망대에 올라 멀리 능선을 향해 손을 뻗으며 언제 다시 볼지 모르는 손주에게 속으로 외가의 가계를 읊어주었다.

아가, 너의 외증조부가 저기 함경도에서 오셨다. 육이오 때 부산으로 피난을 가 마산 여자를 만났고, 이 할아비도 태생은 부산 갈매기란다. 너희 엄마는 군산에서 태어나 전주와 대전을 오갔지만, 학교는 춘천에서 다녔지. 네 엄마는 중고등학교를 나온 춘천을 자기의 고향으로 여긴단다. 대학을 졸업하고 캐나다로 가서 네 아빠를 만났는데, 생각해보면 그 나라에 먼저 간 건 너희 외삼촌이었다. 외삼촌, 강동우. 애야, '외'자는 빼버리자. 네 삼촌 말대로 그건 가부장제의 흔적이니까. 네 삼촌은 가부장제가 언젠가는 공룡처럼 멸종할 거라 했다. 삼촌은 싫은 게 많은 사람이었다. 고기, 술, 술 먹고 행패 부리는 남자. 이 할아비는 평생 행패 부리는 인간들 틈에서 살았는데 말이다.

탁 트인 초록 들판과 상쾌한 산들바람에 강선생과 일행은 한결 마음이 부드러워졌다. 그들은 바람개비가 늘어선 공원을 걷다가 철책선이 이어진 길을 따라 한적한 카페로 들어갔다. 강선생은 준비해간 명함을 사위에게 건넸다. 삼십여 년의 공직생활 동안 한 번도 먼저 꺼내 보이지 않았던 종이쪽이었다. 이제는 퇴직해 민간인 신분이었으나 그래도 사위에게 번듯하게 보이고 싶어 책상 서랍을 뒤져 몇 장 챙겨왔다.

"기념품 삼아서 가져가."

그는 사위와 이마를 맞대고 앉아 명함에 찍힌 태극 로고를 보여줬다. 셔츠 깃 사이로 부숭부숭한 털이 난 사위는 어설픈 발음으로 고맙다고 말하고는 양손으로 명함을 받아들었다.

"이건 나도 못 읽겠네."

딸애가 명함의 한자를 손으로 짚었다.

"법무부 교정공무원 강준길……"

강선생이 영어로 된 명함 뒷면을 번갈아 보여주며 설명했다. 사위는 엄지를 치켜들며 감탄했고, 딸애도 모처럼 얼굴의 그늘을 지우고 웃음을 보였다.

"정말 의미 있는 일을 하셨대요."

딸애가 사위의 말을 통역해주었다. 그다음에 영어로 뭐라 덧붙였는데, 강선생은 왠지 딸애가 넋두리하는 게 아닌가 싶었다. 택시 안에서 한국을 홍보하던 말투와 비슷한 것 같았다. 자격지심인 줄 알면서도 강선생은 모르는 말로 속닥거리는 딸애의 속내를 비틀어 상상하게 됐다.

'그래, 의미 있지. 의미 있는 일이지만 천대받지. 한국은 그래. 남의 직업을 쉽게 무시하고 노동자나 기술자를 업신여겨. 우리 아빤 평생 전국의 교도소를 옮겨다녔어. 덕분에 나도 이사를 엄청 다녔고. 아빠는 집에서도 담장 안에 갇혀 살았어. 한 번도 자기 일을 자신 있게 말한 적이 없어. 우리한테도 입단속을 시켰지. 괜히 남들 입에 오르내릴 필요 없다면서 말이야.'

"아빠, 한국에는 사형 제도가 있어요?"

망상에 잠겨 있는 그에게 딸이 물었다. 강선생은 금테 안경을 고쳐 쓰며 자신이 아는 사형수 얘기를 들려주었다. 한국에서 마지막으로 사형이 집행된 건 1997년이지만, 여전히 전국 교도소에 몇몇 사형수가 있다고. 그들 중 한 명은 몇 년 전 탈옥을 시도했는데, 출역 나가는 작업장에서 파이프와 전선을 모아 사다리를 만들어서 담장을 넘었다고 했다.

"출역? 그게 뭐지?"

딸애가 묻자 강선생은 수용자가 작업장에 나가 일하는 것이라고 설명했다. 사위는 연신 입술을 벌리며 딸이 옮겨주는 애기를 경청했다. 강선생은 조금 기분이 들떠 그 사형수가 벌인 탈옥과 실패의 원인을 자세히 얘기했다. 사형수는 철조망으로 된 담장을 넘으려고 담요까지 챙겼으나 세번째 담장에서 사다리가 부러져 떨어지면서 결국 교도관들에게 붙잡혔다고. 그 사건 이후 사형을 집행해야 한다는 여론이 거세졌고, 해마다 잔혹 범죄가 일어나면 사형제 부활에 대한 찬성 의견이 높아진다고 말했다. 과거에 사형을 집행했던 선배 교도관들이 밤새 술집을 돌며 정신을 잃을 정도로 술을 마셨다는 후일담까지 전하자 사위가 고개를 가만 내저으며 강선생의 허벅지를 다독였다.

"그 사형수는 무슨 죄를 지었어?"

무릎에 앉혔던 아기를 사위에게 옮겨주며 딸애가 물었다. 강선생이 대답을 머뭇거리는데, 때마침 오토가 팔을 휘젓다가 테이블 위에 있던 포크를 댕그랑 떨어뜨렸다. 덕분에 강선생은 부녀자 살인 같은 험한 말을 입에 담지 않아도 되었다. 사위가 빵 부스러기가 묻은 포크를 집어들며 뭐라고 중얼거리자 딸애가 어깨를 으쓱하며 표정이 굳었다. 별안간 두 사람이 말다툼하는 듯 다소 언성을 높였다.

"왜, 뭐라는 거니?"

강선생이 나지막이 물었다. 딸애가 붉게 달아오른 얼굴로 고개를 내저었다.

"몰라, 내가 사형제를 부활이라고 표현한 게 잘못됐대. 아빠, 이제 여기에 대고 말해요."

딸애가 휴대전화의 번역기 앱을 열어 시범을 보였다. 사위는 난감하다는 듯 양손을 펼쳐 보였고, 강선생은 두 사람의 눈치를 살피다 콧방울을 슬쩍 오므렸다. 좀전부터 실내에 구린내가 떠돌았는데, 그 정체를 아기의 부모에게 일러준 거였다. 사위가 미루지 않고 아기를 안은 채 일어났고, 딸애도 기저귀 가방을 들고 따라나섰다. 사위가 일어설 때 명함이 바닥에 떨어졌지만 딸애와 사위는 보지 못했다.

깐깐쟁이네. 맞춰 살기 힘들겠어.

팔자걸음인 사위의 뒤태를 보며 강선생은 명함을 슬그머니 주웠다. 안 그래도 강선생은 뭘 먹을 때마다 글루텐 프리인가 뭔가를 요구하는 사위의 입맛에 피로를 느꼈다. 그렇지만 한편으론 동우의 잔소리가 헛수고는 아니었구나 싶어 안심이 되기도 했다. 동우는 자기보다 두 살 어린 연우에게 사람 보는 눈을 설파했다. 남자든 여자든 자상한 사람, 남의 고통에 무심하지 않고 폭력을 미워하는 사람, 그 미움이 불변의 신념이 되지는 않는 사람. 얼마나 귀 따갑게 쏘아댔는지 곁에서 듣던 강선생마저 외울 정도였다. 그 이상형에 딱 들어맞진 않아도 사위는 사람을 대하는 태도가 공손하고 아기 보는 품새가 능숙했다. 똥 기저귀를 갈고 돌아온 그가 자기의 선물이 어디로 갔느냐며 부산을 떨자 강선생은 못 이기는 척 안주머니에서 종 잇조각을 꺼내 다시금 건넸다.

어금니에 들러붙은 사탕 쪼가리를 혀로 밀어내며 강선생은 먼 데를 봤다. 바람을 등진 채 홀로 거기에 서 있자니 전날 방송이 찬찬히 머릿속에 재생되었다. 페미니스트를 욕받이로 세운다는 계획은 보기 좋게 엎어졌다. 그래도 채팅창의 욕설을 받아치는 을주만은 해변의 폭죽처럼 요란하게 빛났다. 살아 있었다면 우리 동우도 저랬을까. 비웃음을 사든 말든 자기의 삶을 꺼내 보이며 당당한 욕받이가 됐을까. 애먼 부모를 끌고 와 제멋대로 동정심을 부려놓는 사람들 앞에서 동우도 을주처럼 판을 뒤집었을까.

강선생은 동우가 출연했다는 방송 영상을 보지 못했다. 그 실시간 방송은 '24컷'이란 타이틀로 촬영된 파일럿 프로그램이었다. 출연자가 좋아하는 음식을 먹으며 스물네 개의 질문에 답하는 형식이었다. 구태여 입 밖으로 꺼내진 않았으나 강선생은 지금의 〈욕+받이〉 방송이 동우의 영상에서 시작되었다는 걸 알았다. 실시간으로 채팅창에서 날아오는 저속한 질문을 피하지 않고 오히려 적극적으로 시청자들의 비난과 조롱을 받아친다는 방송의 콘셉트도 유사했다. 진짜 사람의 얼굴을 보여주며 편견에 맞선다는 동우의 취지가 욕받이 명찰을 단 출연자에게 시청자들이 욕값을 준다는 방식으로 변질되었지만.

　동우는 애초 스물네 명으로 기획했던 〈24컷〉의 첫 회 출연자이자 마지막 얼굴이 되었다. 강선생은 평소 담력이 큰 성정이었으나 자식의 죽기 전 모습을 볼 수 있을 만큼은 못 되었다. 더욱이 그 모습이 사람들에게 조롱을 받는 장면이라면…… 동우는 어디 가서 흠 잡힐 아이가 아니었다. 부모의 외양과 비교해 잘 빚어진 겉모습뿐 아니라 소위 스펙이라 일컫는 사회적 잣대로 봐도 그랬다. 동우의 조부는 자기의 씨에서 나온 손주 중 잘 여문 열매를 꼽자면 동우가 세 손가락 안에 든다며 흡족해했다. 강선생은 내심 아들이 첫째 손가락이 되길 바랐다. 지금은 단지 그애가 자유롭게 빛과 바람을 누리길 기도할 뿐이었다. 강선생은 어느 집, 어느 거리에 머물든 보이지 않는 창 너머 어둑한 곳에서 아들이 자신을 지켜보고 있다고 느꼈다. 자식을 못 미더워하던 아비의 뒤늦은 숙제를 조금은 순한 눈으로 봐주지 않을까 기대하며……

　과거의 강선생은 아들의 습성을 이해하기 힘들었다. 어려서부터 동우는 극도의 수줍음을 타다가 말문이 터지면 속사포처럼 속내를 쏟아냈다. 상대의 반응을 살피며 차근차근 얘기하라고 가르쳐도 어린 동우는 곧 목소리를 잃을 것처럼 긴박하게 말을 토해냈다. 아내는 그런 게 영재들의 특성이라며 아이를 변호했다. 마치 폭포수처럼 단어가 머리에 쏟아지는 거라고, 공연히 죄수 대하듯 아이의 잠재력을 옥죄지 말라며 강선생의 훈육을 제지했다. 실제로 동우는 또래보다 아이큐가 높았다. 한글과 숫자를 빨리 익혔고 학원에 보내놓으면 얼마 안 가 경시대회에 나가 상을 받아왔다. 애엄마는 그게 달가웠을지 몰라도 강선생은 내심 불안했다. 영재는 실패 앞에서 평범한 이들보다 더 혹독한 좌절을 겪기 마련이었다. 더구나 동우는 어려서부터 비밀이 많고 유혹에 약했기에 강선생은 아들의 영특함과 개성을 경계했다. 언젠가 사기범으로 입소한 수용자가 자기는 멘사 회원이라고 떠들어댔던 게 머릿속에 떠올랐다. 그는 호감형 외모에 말이 아주 빠른 별종이었다. 재소자에 관한 법령과 판례를 줄줄 외울 만큼 두뇌가 명석했다. 가정환경이 좋았다면 학구형 판검사가 됐을지도 모를 수재였다.

"그 좋은 머리로 왜 그렇게밖에 못 살아요."

순찰 때면 강선생은 창살 가까이 다가가 수용자에게 말을 붙였다. 제대로 교화해 세상으로 나가 남부럽지 않은 삶을 꾸려보라며 진심으로 격려했다. 그러나 그는 본래 지니고 있던 분열증이 수용소에 있는 동안 더 심해졌다. 담당 교도관들이 돌아가며 그가 정해진 복용량의 일약을 삼키는 걸 지켜봤으나 그는 어금니 뒤에 약을 감춰놓거나 목구멍에 살짝 걸쳐놨다가 돌아서서 뱉어냈다. 약을 먹으면 머리가 멍해져 자기의 본모습이 사라진다고 불만을 토로했다. 강선생은 좀 멍해지는 게 나을지도 모른다며 넌지시 설득했다. 세상은 맹하고 느린데, 본인만 도드라지고 빠르다면 시류에 맞춰 손발을 조절하는 게 진정으로 영리한 처신 아니겠냐며 수용자를 다독였다. 어쩌다 그와 면담할 때 강선생이 하게 되는 말도 대체로 비슷했다.

사회는 인재나 영재를 바라는 게 아니다. 틀에 맞춰 적당히 자기를 굽히는 보통내기들을 선호한다. 다수가 좇는 관습을 모조리 저열하다고 매도할 수만 있겠나. 눈에 띄게 만개해봐야 더 일찍 모가지가 꺾일 뿐, 때론 타협하고 우회하는 것이 현명한 몸가짐이자 오래 살아남는 처세다.

그리고 언젠가부터 강선생은 수용자에게 했던 말을 동우에게 되풀이했다. 심지어 장례식장의 영정을 보면서도 어째서 아비의 말을 듣지 않았느냐며 아들의 분방함을 탓했다.

"드물게 맑고 순수한 청년이었어요. 동우는 제가 보장합니다."

채실장은 한껏 잠긴 목소리로 동우를 평하며 눈시울을 붉혔다. 경황없는 와중에도 강선생은 묻고 싶은 말을 억누르며 그에게 격식을 차렸다. 채실장같이 높은 사람이 동분서주하는 모습이 고맙고 절실하던 때였다. 채실장은 몰려온 기자들에게 자초지종을 설명하고 왜곡 기사에 반박 보도문을 내는 등 동우의 장례를 총괄했다. 벼락이 내려치는 듯한 변고에 강선생은 판단력과 이성이 넝마가 된 상태였다. 무슨 단체라는 사람들이 끝도 없이 조문을 왔고, 동우의 이름과 사진이 박힌 악의적인 기사가 실시간으로 인터넷에 올라왔다. 슬픔을 느낄 여유조차 없었다. 강선생은 종일 뿌연 연기에 싸인 듯 정신이 흐릿했다. 애들 엄마는 혼절과 통곡을 오갔고, 임신한 몸으로 이국에 있던 연우는 어떻게 오빠 소식을 뉴스를 보고 알게 하느냐며 곧장 얘기를 전하지 않은 강선생을 원망했다.

그랬기에 그는 채실장의 말에 위안을 받았다. 비록 그의 애도가 자신의 조직을 앞세운 복잡한 셈법을 거쳐 나온 거라 해도 강선생은 뭐라도 붙들고 버틸 수 있는 구명줄이 필요했다. 채실장은 온정어린 말로 조의를 표할 줄 알았고 사고의 원인이 동우 개인의 탓만은 아니라고 했다. 그는 혼탁하고 몰인정한 이 사회야말로 동우를 그 지경으로 몰고 간 장본인이라 꼬집었다. 입에 발린 말이라도, 강선생은 그의 위로에 기대어 잠시나마 충격받은 마음을 진정시킬 수 있었다. 그러나 시일이 지나 사태를 되짚어볼수록 그는 채실장의 모범적이고 발 빠른 대응에 의심이 갔다. 그렇지 않은가. 동우의 행실과 의도를 드높이는 건 그 사건의 배후에 있는 그들의 입장을 변명하는 것 외엔 다른 이유가 없었다. 세상이 더럽고 추악하다면, 그런 세상과 맞서려는 동우에게 최소한의 무기를 들려 보내는 게 기성세대의 책임 아닌가. 채실장은 동우와 어떤 관계였나. 선후배 사이라고 했으나 둘은 나이 차이가 꽤 났고, 강선생이 알기에 두 사람 사이에 지연이나 학연의 끈도 없었다. 가만 보니 채실장을 필두로 한 몇몇 단체가 동우의 죽음을 장작 삼아 자기들이 원하는 방향으로 여론을 만들어가려는 게 보였다. 강선생은 뒤늦게 퍼즐이 맞춰지며 점점 울화가 치밀었다. 동우의 관을 앞세워 너희가 향하려는 목적지가 어디냐. 철모르는 아이에게 네 꿈이 이뤄질 수 있다고 부추기며 시야에 착시를 일으킨 사람이 누구냔 말이다. 지금 너희가 내뱉는 음절 하나하나에 협잡과 책략의 낌새가 자욱하다. 내 아들 동우를 선량하고 무구한 희생자로 만들어 어떤 과실을 따먹으려고? 누구의 살을 발라 누구의 입에 넣어주려고? 우습게 보지 마라. 동우의 아비도 배울 만큼 배웠고 남들이 가진 만큼은 가졌다. 흉악범들과 날마다 부대끼며 철창밥을 먹었던 나다. 우리 동우의 얼굴이 시위나 집회의 깃발처럼 나부끼다 사람들 발에 짓밟히게 둘 수는 없단 말이다. 가만 안 둔다. 죽일 수도 있다. 나는 이미 죽음을 각오했다.

강선생은 말 그대로 가슴에 비수를 품었다. 동우를 물들이고 꼬드긴 자들을 남김없이 처단해버릴 태세였다. 강선생은 평소에도 수용자들에게 자신과 그들의 차이는 천 쪼가리 한 장이라고 말해왔다.

"나라고 다를 게 없어요. 이 옷 하나만 바꿔 입으면 우리의 처지가 바뀌는 겁니다."

　강선생은 진정으로 수용자들의 죄가 자신의 죄목이 될 수도 있다고 생각했다. 수인복과 제복의 차이는 거창한 도덕이나 양심의 유무가 아니었다. 철창의 안팎을 좌우하는 건 자기 자신의 그릇이나 운을 낮추어보는 의심의 눈이었다. 수용자들은 놀라우리만치 자기의 운을 과신했다. 범죄를 저지르고도 잡히지 않을 거란 낙관이 그들의 내면에 팽배했다. 강선생은 그런 식으로 자신의 운을 시험하지 않았다. 역사의 진보나 인간의 선한 심성이란 말에도 회의적이었다. 형법과 처벌에 억눌려 있을 뿐 생명체란 본디 남의 살맛에 오감이 동하도록 설계된 육체였다. 아버지로서 그는 성심을 다해 자식들에게 피가 튀지 않도록 칼날을 막아줬다. 그랬기에 자식들이 사랑이니 인정이니 기름진 고민을 늘어놓을 때 그는 인생을 통째로 도둑맞은 것처럼 기가 막혔다.

　"오빤 자신을 사랑하는 법을 몰라. 그래서 자꾸 남들의 인정을 갈구하는 거야."

　연우는 부자간의 대화를 거부하는 제 오빠의 심정을 강선생에게 대신 전했다. 강선생은 숨이 꽉 막혀 눈앞이 노래졌다. 사랑의 귀퉁이라도 알려면 애초에 그런 건 없다는 걸 받아들이는 게 시작이었다. 동우에겐 무뎌지는 훈련이 필요했다. 그 애는 늘상 살아 있기만 했다. 대체 자기가 선 땅이 파라다이스라 외치는 인간이 몇이나 되겠나. 그깟 성욕이 뭐 대수라고. 어묵 반찬 하나로도 교살이 벌어지는 게 담장 안 세상이었다. 담장 밖이라고 다른가. 성이란 것도 다 관습이고 학습 아닌가. 그는 종일 폭발 직전의 절절 끓는 사내들 틈에서 시달렸기에 소위 수컷의 본능과 아귀다툼에 훤했다. 암컷이라고 별반 고귀할 것도 없었다. 본래 사람 몸뚱이가 고결하게 먹고 싸라고 만들어진 살덩이가 아니란 말이다.

"인생사 간단하다. 쉽고 단순하게 봐야 너도 편해지는 거야. 남이 바닥을 쓸면 너는 걸레질을 하고, 남이 네 발을 밟으면 너도 어깨를 한 대 치는 거야. 누가 좋아서 장단 맞추냐. 어떻게 다 하고픈 대로 소원을 풀고 살아."

강선생은 아들을 깨우쳐주고 싶었다. 그는 이미 동우의 사춘기 시절에 아들의 성향을 짐작했다. 수건 솔기에 숨겨놓은 이쑤시개도 눈대중으로 적발하는 게 그의 일이었다. 잠자리에서 누가 뒤척이고 잠꼬대를 하는지로 다음날 벌어질 불상사를 감지하는 게 그의 특기였다. 투명하리만큼 빤히 보이는 아들의 표정에서 동성애 하나 못 읽어내면 그게 어디 아비라 할 수 있을까.

"아니야, 아빠. 동성애는 '하는' 게 아니야. 왜 이렇게 못 알아들어!"

동성애를 그만두면 안 되느냐는 말에 동우는 제 머리를 쥐어뜯으며 항변했다. 그러더니 자기들 소굴에 그를 초대했다. 음습하고 외진 공업소 골목으로 강선생을 불러들였다. 허울은 좌담회고 소통의 자리였으나 강선생은 그들의 말이 사회 부적응자의 넋두리 같았다. 남의 하소연에 적당한 표정을 지으며 속마음을 감추는 일은 어렵지 않았다. 그런데도 그는 명치에 얹힌 의문과 반감이 도저히 사라지지 않았다. 거기에 모인 젊은이들은 저마다 자신을 소수자라 일컬었다. 세상이 정의롭고 공평하지 못해 자신들이 차별받고 있다고 호소했다. 강선생은 어쩔 수 없이 교도소의 수용자들이 떠올랐다. 자기만 무시당한다는 과대망상을 품고 독거실을 쓰겠다며 난동을 부리는 수용자들의 생떼와 아집이. 물론 동우와 그의 친구들은 죄인이 아니었다. 하지만 그들도 담장 안에 갇혀 사는 건 마찬가지였다. 그들의 담장은 젠더나 퀴어 같은 이국말로 그럴듯하게 꾸며져 있었다. 한데 성이란 게 대체 뭔가. 뭐 그리 중요하다고 자기의 삶을 전부 그 구덩이에 몰아넣느냔 말이다. 강선생은 천불이 날 것 같은 조갈에 들고 있던 생수를 연거푸 들이켰다.

 옛 이발소 자리에 꾸민 그곳에서 그들은 구호를 내질렀다. 앳되어 보이는 아이들이 법조항 몇 개만 바꾸면 세상이 총천연색으로 탈바꿈할 것처럼 가슴을 들썩였다. 강선생은 그 청년들을 이끄는 몇몇 나이든 이를 눈여겨봤다. 그들이 내뱉는 진보와 개혁이란 말에서 강선생은 무책임과 방종을 읽었다.

주먹을 내지르는 연사들에게서 자아도취에 빠진 미성숙의 죄를 봤다. 담장 안에서 그런 일탈은 자기 목숨을 내어놓는 짓이었다. 동료들의 생명과 가족들의 안전까지 팔아치우는 도박이었다. 그 노름판의 손장난에 그의 아들 동우가 미혹되었다. 법이라니, 저런 색종이 같은 깃발을 치켜든다고 법이 바뀌나? 강선생은 수용실 복도 책상에 배치된 법전을 그들 한가운데 내던지고 싶었다. 법 앞에서 만인은 평등하다는 훈화를 구구절절 덧붙이지 않아도 강선생은 매일 그 강령을 실천했다. 구치소의 미결수들은 때때로 교도관에게 사법 관련 면담을 요청했고 강선생도 그들을 위해 비석 같은 법전을 펼쳐 항소에 필요한 조문을 찾아주었다. 그 법은 강선생이 만드는 게 아니었다. 다만 그는 만들어진 법에 따라 수용자와 동료들의 안위를 지킬 뿐이었다. 악법이라면 마땅히 개정하고 뜯어고쳐야겠으나 그런 경우일지라도 그건 의지나 선의라기보다 돈과 세력의 문제였다. 동우가 따르는 저자들이 그럴 힘이 있나? 고작 서너 석밖에 안 되는 국회의 의석으로, 학자금 대출이나 받을 게 빤한 초년생들의 푼돈으로, 천년만년 핏줄을 타고 내리며 세워온 철옹성을 벽돌 하나라도 무너뜨릴 수 있느냔 말이다.

　강선생은 그날 인파에서 빠져나와 홀로 옥외 계단을 올랐다. 반발심이 들수록 더 혹독한 철칙으로 자신을 단속해온 그였다. 생경하고 아득할지언정 그는 아들이 속한 집단을 한심하게만 치부하며 아버지로서 해야 할 역할을 끊어버릴 순 없었다. 가여움이나 딱하게 여기는 마음 또한 상황을 헤쳐나가는 데 도움이 되지 않았다. 평생을 그래온 것처럼 그는 비집고 나오는 감정을 삭이며 자문자답을 이어갔다. 만약 저들도 담 안에 갇힌 수용자라면, 교도관으로서 나는 저들을 보호할 책임이 있다.

그는 인내심을 발휘하며 한동안 관련 책과 영화를 찾아봤고 그쪽으로 생각을 트이게 하려 애썼다. 결론은 간단했다. 답은 이민뿐이었다. 그는 머릿속으로 할말을 다듬은 뒤 동우에게 이야기했다.

"이 넓은 세상에 너 하나 자유롭게 살 나라가 없겠니. 보니까 동성애는 사형제보다 더 찬반이 첨예하더라. 존치냐 폐지냐, 그런 탁상공론의 문제가 아니야. 돼지고기를 먹는 나라와 안 먹는 나라처럼, 수백 년이 흘러도 바뀌지 않는 국가의 유전자 같은 거야. 어느 나라는 발각되면 몰매를 맞고 징역을 사는데, 어느 나라는 멀쩡히 시청에서 목사가 결혼식 축도를 해주지 않니."

강선생은 동우에게 생이별을 제안했다. 절이 싫으면 중이 떠나야 했다. 그는 아들이 모국을 등지고 제 연인과 대낮에 손잡고 활보할 수 있는 새 터전으로 떠나길 바랐다. 아들 하나 없는 셈 치며 살 테니 너는 네 살길을 찾아가라고, 동우를 위해 끌어모은 돈의 액수까지 구체적으로 말해주며 자기의 결심을 어렵게 꺼내 보였다. 그런데 동우는 절을 바꾸겠다고 했다. 썩은 기둥을 다시 세우고 지붕을 새로 얹겠다며 강선생의 권유를 비겁하다고 여겼다. 당장에 안 되더라도 꾸준히 하나씩, 땅을 다지고 대들보를 날라 새집을 짓겠다고, 그리하여 중도 살고 고양이도 살고 새도 날아오고 나그네도 쉬어가는 만인의 사찰을 만들겠다고 열의를 불태웠다.

"우리가 머릿돌이 될 겁니다! 우리의 투쟁 위에서 진정한 평등의 헌법이 다시 써질 겁니다!"

동우는 청년 활동가로 언론과 인터뷰를 했다. 정치 모임에 가담했고 시위에 앞장섰다. 옮아버린 거였다. 바이러스가 옮듯이 동우의 정신은 그 소굴의 의협심에 점령당했다.

"혹시 그 단체에서 널 위협하니? 정치인은 우리랑 달라서 있는 그대로 다 믿으면 안 돼. 너무 깊이 연루되면 너만 다치는 거야."

애들 엄마의 애걸복걸에 더해 강선생도 동우의 결심을 돌려 세우려 했다. 뜨거운 주전자 밑의 아이를 낚아채듯 그는 한시라도 빨리 아들을 위험에서 건져내고 싶었다. 그럴수록 동우는 부모를 적대시했고, 한줌뿐인 단체의 소속감으로 자기의 사상을 중무장했다. 어느 잡지에서 동우가 자신의 아버지를 교정직 공무원이라 밝혔을 때, 강선생은 너의 그 알량한 공명심이

가족을 곤경에 빠뜨렸다며 처음으로 아들에게 손찌검했다.

"사는 건 어차피 징역살이야. 나라고 매일 교도소 왔다갔다 하는 게 얼씨구나 좋았겠니?"

후끈거리는 손바닥을 움켜쥐며 강선생은 아들을 노려봤다. 뺨과 목이 불긋해진 동우는 목소리를 떨었다.

"아빠, 세상은 바뀔 수 있어. 정말이야. 싸우고 소리치는 사람들이 바꿔왔어. 그래서 노예제도 사라지고 흑인도 투표권을 얻고 여자도 교육받게 된 거야. 그렇게 된 지 다 얼마 안 됐어. 힘들게 싸워서 하나씩 얻어낸 거야."

"야 인마, 너 지금 애비를 가르쳐?"

괴이하게도 그때 강선생은 울먹이는 아들의 면전에 일평생 내세운 적 없던 가장의 권위를 앞세웠다. 그토록 시시하고 볼품없이, 참고 참았던 밥벌이의 고단함을 판에 박힌 신세타령으로 내뱉고 말았다. 범죄를 저지른 수용자들 앞에선 언제나 예의를 갖춰 존칭하던 그였다. 그에겐 아들에게 얼마든지 차분하게 건넬 격려의 말이 수두룩했다.

'○○○번 수용자, 우리 같이 시간을 견딥시다. 작업하고 밥 먹고 세수하면서 일상의 자질구레한 일을 해나갑시다. 그렇게 살다보면 수용자의 바람대로 진실이 승리할 날이 오겠지요. 어느 신부님의 말씀대로 1심, 2심, 3심으로도 안 되면 역사와 하느님의 심판인 4심을 기다려봅시다.'

그렇게 다독일 게 아니라면 숫제 아들을 가둬버렸어야 했다. 윽박지르며 따귀 몇 대로 끝낼 게 아니라 아예 쇠고랑을 채워 창살을 둘러쳤어야 했다. 하루가 멀다고 잡혀온 운동권 학생들이 구치소를 채워가던 시절에도 그랬다. 어느 부모는 자식이 갇혀 있는 게 그나마 마음이 편하다고 했다. 어디서 한뎃잠을 자며 쫓겨 다니는 것보다 세끼 밥은 먹여주는 구치소가 낫지 않겠냐고, 부디 몸 상하지 않게 자식을 잘 돌봐달라고 교도관들에게 머리를 조아렸다. 강선생은 자신이 더 단호했어야 했다고 후회했다. 그는 자신의 결단성 부족을 무수히 자책했다. 내 아들이 저기에 갇힌 죄수라면 얼마나 좋을까. 동우가 떠난 뒤엔 푸른 수의를 입은 청년들을 애달픈 눈으로 바라봤다. 아득할지언정 그들에겐 형 집행 기간이 분명하게 제시돼 있었다. 시간은 어김없이 흐르니 기다리기만 하면 그들에겐 당도할 미래가 있었다.

아비로서 그는 직무유기였고 해직감이었다. 하루에 삼사만 보를 뛰며 철문을 여닫던 그는 이제 어떤 문도 완전히 닫아놓을 수 없었다. 일생을 자기의 철칙으로 세상을 틀 지웠던 그는 정작 동우가 갇혔던 독방은 숨기기에 급급해 창문 하나 시원하게 열어주지 못했다.

강선생이 퇴직하던 날, 후배 한 명이 우스개를 던지며 눈물을 대신했다. 그는 자신들이 죄수들의 노예라며 선배의 석방을 축하했다. 틀린 말은 아니었다. 그와 동료들은 갇힌 수용자를 위해 심부름꾼처럼 뛰어다녔으니까. 후배는 집에서도 자신은 돈 버는 일에 묶여 산다며 처지를 한탄했다.

"그래, 부모란 자리가 그렇지. 종신형이야."

강선생은 아들이 떠났을지언정 자기의 직분을 내던지지 않았다. 그는 감히 동우에게 자유와 해방을 들먹이며 그애를 멀리 보내려 했던 자신의 과오를 남김없이 되짚어야 했다. 세상의 이치로도, 그 자신의 방침으로도 그편이 가장 옳았다.

2

"아니요. 제가 내려가겠습니다. 그래요? 계단이 미끄러운데."
 강선생은 휴대전화로 통화하며 옥상 입구로 갔다. 문 아래에서 층계를 올라오는 발소리가 들렸다. 얼마 뒤 밤색 머플러를 두른 채실장이 양손을 뻗으며 강선생에게 인사했다. 강선생은 얼른 그와 손을 마주잡고 반갑게 흔들었다. 환하게 웃는 채실장에게서 낯익은 향기가 났다. 동우가 뿌리던 향수 냄새였다. 젖은 통나무나 이끼에서 날 법한 짙은 숲 내음. 아들이 먼저였을까, 아니면 채실장의 취향이 동우에게 옮겨갔을까. 한때 강선생은 그 순서를 추측해보았으나 이제는 구태여 고민하지 않았다. 여전히 채실장이 같은 향수를 쓴다는 데 마음이 놓일 뿐. 강선생은 둘희에게 채실장의 소식을 전하고 싶었다.

팀장님, 걱정하지 마십시오. 우리의 적은 달라지지 않았습니다.

"제가 모시러 갔어야 했는데, 일찍 오셨어요?"

채실장이 뒤따라오는 비서들을 물리며 강선생에게 말했다. 강선생은 채실장에게 해가 비치는 양달을 권하며 나란히 서서 골목 풍경을 바라봤다. 간간이 돌풍이 불어 점퍼의 모자가 뒤집혔으나 바닷가의 해풍만큼 바람 끝이 사납지는 않았다. 채실장은 특유의 희고 곱다란 얼굴로 그에게 안부를 물었다. 큰 목소리를 내는 법 없이 느긋하게 말하는 억양도 전과 다름없었다. 속된 말로 남들이 부러워하는 특권층의 수저를 물고 태어난 사람이었다. 뭐가 부족해 이런 일에 뛰어들었을까. 강선생은 이따금 채실장의 감춰진 동기를 가늠해봤다. 전해듣기로 채실장의 부친은 엘리트 코스를 밟고 퇴직한 군 장성 출신이었고 모친은 법조계의 유명 인사였다. 하지만 모친과는 시끌벅적하게 불화한 모양이었다. 그렇다고 아들의 돈줄을 완전히 끊은 건 아니어서 채실장의 활동자금이 전부 그 모친의 부동산에서 나온다고 했다. 비자금을 비롯해 은닉한 재산이 차고 넘쳐서 아들의 헤픈 씀씀이를 감당하고도 남는다고 했다. 강선생이 출퇴근하는 바닷가집은 그들 집안의 대단한 부동산도 아니어서 그와 비슷한 별장이 지중해 몰타섬이나 캘리포니아 연안에 몇 채씩 있다는 소문도 돌았다.

"어머님은 차도가 있으신가요?"

다소 해쓱해 보이는 채실장의 안색을 살피며 강선생이 물었다. 세밑에 그의 모친이 뇌경색으로 쓰러져 중환자실에 입원해 있다는 신문 기사를 유심히 봤던 터였다.

"나아지고 계세요. 제 목소리도 알아들으시는 것 같고."

입가의 미소를 완전히 지우지 않은 채 채실장이 말했다.

"고비를 잘 넘기실 겁니다."

"제가 사고 하나를 크게 치면 화가 나서 벌떡 일어나실 것 같은데요."

"따로 준비하고 계신 게 있나보지요?"

"도시락이야 많죠. 의욕이 안 나서 그렇지."

채실장이 코트 주머니에서 가죽장갑을 꺼내며 말했다. 도시락 폭탄이란 표현은 그가 즐겨 쓰는 비유였다. 실제로 그가 어린 시절부터 용돈이나 집안의 명품을 빼돌려 소재가 불분명한 해외 단체의 기부금으로 탕진했다는 얘기가 허다했다. 하지만 채실장은 본질이 온실 속 화초였다. 지금도 한기에 못 이겨 장갑 속에 길고 고운 손가락을 숨기고 있었다.

"여기도 얼마 안 남았어요. 저쪽부터 골목 끝까지 주욱 다 팔렸다고 하더라고요."

채실장이 녹색 천막의 슈퍼를 가리키며 말했다. 강선생이 사탕을 산 가게였다.

"이 건물도 위험한 건가요?"

"버텨야죠. 흥남주물 사장님도 여기에 뼈를 묻으신다고 했는데, 돌아가시니 자식들이 못 버티더라고요. 그래서 이 건물은 아예 재단 소유로 넘겼습니다."

"잘하셨네요. 여기는 상하이 임시정부 같은 데니까요."

강선생의 입발림에 채실장이 얼굴을 찌푸리며 웃었다. 그러더니 몸을 낮춰 속삭였다.

"저희 가문은 매국노예요. 증조할아버지가 친일 인명사전에서 자기 이름을 빼려고 금덩어리를 무슨 단체에 엄청나게 갖다바쳤대요. 아닌 게 아니라 저도 낫토를 김에 싸 먹으면 그렇게 숙변이 나오더라고요."

귀를 기울이고 듣던 강선생은 농담의 진위를 알기 위해 채실장의 눈빛을 살폈다. 채실장은 감춰둔 속내 따윈 없다는 듯 어린애처럼 입가를 크게 찢으며 웃었다. 남자를 좋아하는 사내라면 이런 미소에 호감을 느낄 수도 있을까. 강선생은 장난이 심한 이 중년 남자의 속내를 종잡기 힘들었다.

강선생이 공업소에 찾아온 것은 동우의 이야기를 담은 영화 제작을 논의하기 위해서였다. 채실장 쪽 사람이 강선생에게 연락해 동우가 활동했던 이 사무소에서 만나자고 전했다. 이전부터 채실장은 기록과 전달이 중요하다고 강조했다. 역사의 현장에 머물고, 그 기록을 모아 호소력 있는 작품으로 제작하는 것. 그런 행동 강령은 아마도 채실장의 아내인 '감독'의 입김에 의해 만들어진 듯싶었다. 그들 부부는 자기들의 업무에 은어를 붙여 소통했다. 감독과 제작실장, 촬영팀, 시나리오, 로케이션과 영화 감상실…… 모든 일이 그러하듯 특정 업무에 적응하려면 먼저 그 조직에서 쓰는 언어에 익숙해져야 했다. 강선생은 특히 '태풍경보'란 표현을 새겨두었다. 그 말은 그들이 원하는 법안이 국회에서 통과되는 것을 뜻했다. 그 목표를 위해 그들은 세부 프로젝트를 만들어 끊임없이 변화를 도모했고 조직의 모든 인력과 자원을 그 맹렬한 폭풍우를 일으키는 데 집중했다. 채실장과 그의 아내는 태풍경보를 총괄하고 조직을 이끌어가는 공동 수장이었다.

강선생은 태풍경보를 위한 세부 프로젝트들에도 이름이 있다는 걸 알아갔다. 〈개미〉와 〈등대〉. 그리고 그 전체 타이틀은 츠히. 비밀리에 일을 진행하기 위해 암호를 쓰는 건가 싶었으나 꼭 감추기 위해서만은 아닌 듯했다. 채실장과 그의 조직은 조직원들에게도 별호를 붙였고, 흡사 영화 속 인물을 대하듯 현실과는 다른 정체성을 부여했다. 정체성이라고 하는 게 맞을까. 강선생은 왜 그렇게 그들이 실명과 다른 이름을 짓고 나이나 성별을 제쳐둔 채 서로를 강박적으로 동료로만 대하려는지 온전히 이해하기 힘들었다. 특히 채실장과 감독이 부부 사이임을 온 국민이 다 알고 있는데, 대체 무슨 속셈으로 조직

안에선 서로를 선후배로만 대하는 건가. 그의 경험과 상식으로 차 떼고 포 떼는 그런 호명 방식은 수용자들을 수감 번호로 부르는 것과 비슷했다. 담을 경계에 두고 안과 밖을 구분하듯 그들은 영화라는 기이한 담장을 경계로 전력을 쏟아야 할 일과 허울만 갖춰야 하는 일을 구분했다. 어쩌면 채실장의 아내가 한때 유명했던 영화감독이라 그런 별스러운 수식이 필요한 건지도 몰랐다. 그들은 자신들의 활동이 진정한 영화를 만드는 거라 여겼다.

'모두가 동시에 함께 꾸는 꿈, 사랑의 원천에서 솟아나는 강력한 꿈의 이야기.'

그들은 자기들의 염원을 한데 모아 만든 영화가 현실에서 실현될 날을 고대했다.

강선생은 좀더 사무적인 방식으로 그 상황을 이해했다. 〈개미〉라 이름 붙인 프로젝트는 보편적 평등법이었고, 〈등대〉는 온라인상에서 혐오 표현을 금지하는 법안이었다. 채실장의 아내인 감독은 재선 의원 시절 〈개미〉를 성사시키기 위해 정치적으로 강하게 척을 지던 보수당에 입당하는 파격을 시도했다. 그러나 그 밀실 야합이 통하지 않아 감독은 단식투쟁까지 하며 버텼으나 결국 배신자 딱지에 더해 무능한 패배자가 되어 주저앉았다. 한데 대중의 마음이란 게 참 알 수 없는 것이 사람들은 그 처절한 실패에 동정을 보냈고 감독은 다음 선거에서 다시 의원직을 꿰찼다. 그리고 채실장은 보이지 않는 곳에서 〈등대〉 프로젝트를 위해 바닷가집에 '등대팀'을 꾸렸다. 채실장은 〈등대〉를 시작으로 실패했던 〈개미〉를 다시 시도하고 마지막엔 〈돈키호테〉를 성사시켜야 한다고 말했다. 돈키호테란 새로운 혼인 관계를 위한 헌법 개헌을 국민투표에 부치는 것이었다. 그렇게 해서 궁극적으로 동성 결혼을 합법화시키는 것. 이를 위한 기나긴 여정에서 특정 법안이 계류되거나 폐기된다 해도 조직은 결코 개개의 작전을 완전히 포기하지 않기로 했다. 먼바다에서 소멸했던 태풍이 정기적으로 되돌아오듯 그들은 대를 이어 조직의 비전을 이어나갈 것을 결의했다. 그리고 동우는 그 소수의 혈맹에 속해 있었다. 동우는 강선생의 자식이기에 앞서 이 암중모색을 거듭하는 조직의 자식 세대이자 채실장과 감독의 정치적 핏줄이었다. 동우가 떠난 그 자리에 지금은 강선생이 있었다.

일층 사무소에서는 여러 명의 촬영 스태프가 짐을 부렸다. 그들은 말 그대로 카메라와 조명 등의 장비를 가져온 진짜 스태프였다. 감색 코트의 보좌관이 강선생과 소파에 마주앉아 그날 진행할 촬영의 내용을 브리핑했다. 아마도 보좌관은 이번 프로젝트의 조연출쯤 되는 듯싶었다.

"오늘은 간단한 스케치만 할 겁니다. 들으셨겠지만 전체 스토리는 동우씨를 중심으로 풀고요. 거기에 신화 속 이미지를 중첩시켜 한국의 인권 상황을 상징적으로 담을 겁니다."

눈썹이 짙고 턱이 둥근 보좌관은 대뜸 강선생에게 고맙다고 덧붙였다. 강선생이 없었다면 이 영화는 물론이고 〈등대〉의 진행도 지지부진했을 거라며 새삼 강선생의 역할을 강조했다. 사람을 붕 띄워 자기의 목표를 이루는 데 능란한 사내였다. 강선생은 보좌관이 한 손에 말아 쥔 시놉시스의 표지를 봤다. 눈에 익은 츠히의 그림이 보였다.

"반가운 친구네요."

우므러진 시놉시스에 시선을 둔 채 강선생이 말했다. 보좌관이 눈썹을 들썩이며 그림이 안 보이게 은근슬쩍 시놉시스를 무릎 아래로 내렸다.

"그쪽 팀장님은 잘 계시나요?"

예의상 묻는다는 투로 보좌관이 물었다.

"다행히 아직 잡혀가진 않았습니다."

"얼마간은 무리하지 않는 게 좋겠죠. 이 건은 등대팀과 상관없이 갈 겁니다."

"저도 등대팀입니다."

강선생의 부드러운 도발에 보좌관은 도움을 바라는 듯 뒤를 봤다. 채실장은 창가 쪽 세면대에 걸터앉아 이쪽 대화에는 무심하다는 듯 먼지 쌓인 책들을 들춰봤다. 잠시 멈췄던 용접기 굉음이 되쳐 들려왔고 보좌관의 음성도 덩달아 높아졌다.

"다음 스텝은 빠르게 갈 겁니다. 5월에 기상청 문이 열리면 〈등대〉가 통과될 테고 그다음 프로젝트도 다시 하나씩……"

"어디요? 기상청이요?"

강선생이 어리숙한 표정으로 눈을 껌벅이자 보좌관은 숨을 크게 들이마시며 대답했다.

"여의도요."

"아하."

강선생은 고개를 끄덕이면서 무릎 아래로 숨긴 그의 손을 슬쩍 끌어올렸다.

"제목은 이건가요?"

강선생의 손이 닿자 보좌관이 과한 동작으로 팔을 뒤로 뺐다. 두 사람의 시선이 잠시 허공에서 부딪쳤고, 보좌관이 하는 수 없다는 듯 쥐고 있던 시놉시스를 테이블 위에 올려놨다. 오므라진 미색 표지에는 '외뿔'이라는 제목과 그 뿔이 달린 신화 속 동물이 선명하게 찍혀 있었다. 의롭지 못한 악인에게 뿔을 들이받는다는 심판의 상징물.

"아직 가제고요, 추후에 더 작품성 있는 걸로 붙여야죠."

"용작두 어떨까요? 용작두, 개작두."

뒤쪽에 있던 채실장이 짓궂은 어투로 끼어들었다. 그는 여전히 세면대에 걸터앉아 흡사 작두날을 흉내내듯 양손을 탁탁 부딪치며 회의의 분위기를 바꾸려 애썼다. 보좌관이 소리 나게 웃으며 그 노력에 호응했지만, 강선생은 조용히 자기의 의견을 꺼냈다.

"저는 츠히로 하면 좋겠습니다."

찬물을 끼얹은 듯 일순 웃음이 잦아들며 침묵이 흘렀다. 채실장이 온순한 말씨로 물어왔다.

"〈츠히〉를 보셨어요?"

"〈츠히〉를 썼다는 내용만 봤습니다."

"거기에 올린 글이요? 그건 죄다 명예훼손감입니다. 그 라디오 인터뷰도 그렇고, 호소문을 비꼬아 쓴 것도 그렇고, 선을 한참이나 넘었어요. 얼렁뚱땅 넘어갈 일이 아닙니다."

불쾌감을 억누르듯 보좌관이 입가를 움찔거렸다. 강선생은 불화의 불씨를 키우며 보좌관이 꺼리는 얘기를 이어갔다.

"정치 프로 인터뷰야 다 비슷한 거 아닌가요. 호소문도 명칭이나 단식 기간은 조금씩 다르지 않습니까."

"아버님은 괜찮으신가요? 다른 글에는 동우씨 얘기가……"

흡사 강선생의 신변을 걱정하는 듯 보좌관이 말끝을 흐렸다. 그는 이전에도 둘희에게 연락해 동우라는 실명을 쓴 걸 문제삼았다. 다른 사람처럼 가명을 쓰든가, 아니면 그 엉터리 망상 글에서 동우의 사고 얘기를 빼라고 종용했다.

"싹 다 거짓입니다. 감독님은 누구보다 동우씨의 명예를 최

우선으로 두셨어요."

보좌관의 과민반응에 강선생은 의아하다는 표정을 지었다. 그가 말하는 감독이 누구인지 분명치 않아서였다. 그들이 쓰는 은어 속 감독인지, 아니면 둘희가 '투 디렉터 한'에 올린 이야기 속 인물인지, 그도 아니면 애초에 그 둘이 같은 인물인지…… 강선생은 궁금증이 일면서 동시에 전혀 알고 싶지 않기도 했다.

"왜 그런 이름을 써서 오해를 불러일으키는지 모르겠네요. 대체 거기 나오는 한기연이 누굽니까?"

보좌관이 격양된 목소리로 물었다. 그는 자기의 반감에 동조를 바라듯 채실장을 바라봤지만 채실장은 아무런 대꾸도 하지 않았다. 강선생이 차분하게 입을 열었다.

"글쎄요. 한기연이 누구인지 중요할까요. 읽는 사람이 알아서 생각하겠지요. 저야 그런 쪽에는 일자무식이니 잘 모르긴 해도 그런 걸 뭐라고 하나요, 상징이라고 하나, 한 가지에 여러 의미가 있는 거 말입니다."

강선생은 채실장의 생각을 묻듯 그를 보았다. 채실장은 담담히 강선생의 말을 듣기만 했다. 계속 그가 말해주길 바라는 표정이었다. 어쩌면 지금 내뱉는 말들로 강선생의 의중을 파악하려는 것인지도 몰랐다.

"왜 그런 거 있잖습니까. 강철로 된 무지개. 그게 일제강점기의 현실을 뜻하기도 하고 또 겨울의 찬바람을 뜻하기도 하고, 그러면서 절망을 극복하려는 의지를 가리키는 거라고 하던데, 저야 시도 모르고 영화도 모르고 정치는 뭐가 어떻게 돌아가는지 모르지만, 그 글에 나오는 한기연도 그런 게 아닌가 했습니다. 우리가 태풍이니 등대니 말해도 다른 사람은 그게 뭔지 모르지 않습니까?"

"그런 식으로 사실과 허구를 뒤섞으면 곤란하죠. 특히나 표절 문제는…… 어떻게 그런 식으로 가짜 판결문을 꿰어맞췄는지."

보좌관의 말투는 여전히 날 서 있었지만 강선생은 천진한 목소리로 대꾸했다.

"예술이라는 게 다 그렇지요. 허구로 꾸며낸 것이니."

"그건 낙서죠. 이 일은 엄밀해야 합니다. 이번 영화는 진짭니다. 동우씨는 실존 인물이니까요."

"조금 전엔 신화 속 이미지가 나온다고 하지 않았나요?"

"맞습니다. 스토리텔링을 위한 거죠. 진실을 잘 전달하기 위해."

"부디 진실을 전해주십시오. 그래서 말인데, 저는 등대팀이 이 프로젝트를 맡았으면 합니다. 츠히를 만든 원작자에게 동의를 구해야죠."

강선생의 말이 마치 압정처럼 발등에 박힌 듯 보좌관이 발

딱 일어섰다.

"이건 진짜 극장에 걸리는 겁니다. 인터넷 방송이랑은 다르죠."

"우리 방송도 동시 접속자 수가 꽤 됩니다."

"원한다면 아버님은 촬영팀에 모실 수 있습니다."

"어떤 촬영팀이요?"

"네?"

"원체 촬영팀이 많아서요."

강선생은 쉽사리 경계를 풀지 않았다. 말문이 막힌 보좌관이 소파에서 일어나 주변을 서성였다. 채실장은 요지부동의 자세로 앉아 강선생의 말을 곱씹는 듯한 표정을 지었다. 중재안이 생각났는지 보좌관이 팔을 걷어붙이며 다시 소파에 걸터앉았다.

"그쪽 막내 이름이 뭐였죠?"

"김시후요."

"그 친구도 같이하고 싶으세요?"

"촬영에 편집에 진행까지, 뭐 하나 빠지는 게 없긴 합니다."

"좋습니다. 그럼 스태프에 두 명 더 포함하죠."

"우리 팀은 셋입니다. 게다가 팀장님은 그 뭐라더라…… 메가폰을 잡으셔야죠. 명색이 원작자인데."

"아까부터 무슨…… 누가 원작을……"

열이 오르는 듯 보좌관이 모직 코트를 벗어 이발 의자에 툭 내던졌다. 채실장은 그제야 자리에서 일어나더니 강선생 앞에 낮은 나무의자를 끌고 와 가까이 마주앉았다.

"강희씨랑 찍고 싶으세요?"

"〈츠히〉는 팀장님의 아이디어니까요."

"하지만 강희씨는 동우에 대해 잘 모릅니다. 물론 둘이 친구 사이긴 했지만요."

"다른 사람은 동우를 잘 아나요? 실장님은 동우를 잘 아셨어요?"

강선생의 질문에 채실장이 시선을 떨어뜨렸다. 웃음기어린 표정이 사라지고 몸 깊은 데서 통증이 이는 듯 안색이 흐려졌다. 채실장은 조금 전 둘희의 실명을 내뱉었다. 둘희가 아닌 강희, 채실장과 그 조직이 그토록 가리고자 했던 실제 이름을 입 밖으로 꺼낸 것이었다.

"말이 퍼질까봐 비밀로 했지만, 실은 감독님이 직접 이번 작품을 맡으실 겁니다."

다시금 보좌관이 끼어들었다.

"어떤 감독님이요?"

"그 감독님이요."

"어이쿠."

강선생이 연극적으로 놀란 표정을 지었다.

"동우씨를 위해서도 그게 좋습니다. 정말 오랜만에 내놓는 재기작이니까요. 해외에서도 관심을 보일 거고, 영화제 쪽과도 일정을 조율중입니다."

"아직 영화를 찍지도 않았는데요?"

"이름이 있으시니까요."

"이름이 있으시죠."

"대외비입니다, 모든 것이."

"걱정하지 마십시오."

"등대팀에도요."

"어쩌나요, 저도 등대팀인데."

"아시다시피 그쪽 팀장은 혼란스러워할 겁니다."

"실은 저도 혼란스럽긴 합니다."

"현실과 망상을 혼동하고 있어요. 정상이라고 보기 힘듭니다."

"당최 현실이 헷갈리긴 하죠."

"이 프로젝트는 아주 명확해요. 감독님의 재기작, 실존 인물 동우씨의 기록, 그리고 피날레는……"

"츠히, 츠히죠."

강선생이 온화한 미소로 말했다. 보좌관은 또 압정이 발등에 박힌 듯 자리에서 일어났다. 듣고 있던 채실장이 가만히 물었다.

"츠히를 원하는 이유가 있으신가요?"

"뭐라고 할까요, 괴이쩍다고 할까요. 발음도 그렇고 그림도 그렇고. 우리 동우에게도 긴가민가한 면이 있었죠. 안 그렇나요? 동우의 사고 말입니다."

"그 부분은 미정으로 처리할 겁니다."

부산하게 소파 뒤를 오가던 보좌관이 끼어들었다.

"무슨 처리요?"

"불확실성이요. 어떤 상황인지 정확히 알 수 없게."

"아까는 아주 명확하다고 하셨는데."

"동우씨는 현실이니까요. 현실이지만 모호하게, 그러니까 짐작이 가면서도 아이러니한 모순으로 그려내는 겁니다. 다각적으로 보면 동우씨의 사고는……"

마땅한 단어를 고르던 보좌관은 숨을 내뱉듯 툭 쏟아냈다.

"사회적 타살이니까요."

"경찰은 실족사라 결론지었습니다. 초행길에 무리하게 야간 산행을 하다가 난 사고라고요."

"네, 그렇게 마무리했죠."

"다른 의견이신가요?"

"아버님, 동우씨를 그렇게 내몬 건 이 사회입니다. 동우씨는 그 방송을 하고 힘들어했어요."

"욕받이 방송 말이군요."

"아뇨, 그땐 욕받이가 아니었죠."

"네, 그땐 진짜 감독님이 찍으셨으니까요. 우리 같은 아마추어가 아니라."

보좌관은 괜한 화두를 꺼낸 게 후회스러운 듯 입술을 감쳐 물었다. 채실장은 두 손을 모아 턱 아래 대고는 생각에 잠겼다. 강선생은 과거에 바로 이곳에서 채실장이 자신에게 했던 말을 떠올렸다. 그는 원망에 휩싸인 강선생에게 말했다.

"죽었다고 생각지 마십시오. 동우는 살아 있습니다. 당장 밖에 나가 동우와 같은 아이를 한 명이라도 만나보세요. 동우가 살아 있다면 아버님은 어떤 일을 하시겠습니까?"

강선생은 그 질문의 답을 찾기 위해 스타킹을 뒤집어쓰고 카메라 앞에 섰다. 덕분에 여론의 파도를 탄 채실장의 조직은 그들이 이른바 '등대'라 칭하는 혐오 표현 금지법을 밀어붙일 수 있었다. 그들의 말처럼 국회의 본회의가 열리면 조직의 바람대로 법이 통과될 가능성도 컸다. 그러나 등대팀은 한계에 다다랐다. 팀장인 둘희는 걷잡을 수 없을 만큼 망상이 커져 그 안에 고립되었고, 회사의 재정은 악화일로를 걷고 있었다. 머지않은 침몰을 예견하듯 수조의 물방개도 모두 탈출해버렸다.

"더 이어가기 힘들겠네요. 제 용건은 말씀드렸습니다. 오늘 여기 오는 김에 그쪽에서 쓰던 승합차를 몰고 왔습니다. 그쪽 사람들과 담판을 짓다 제가 차 열쇠를 압수했는데, 알고 계시지요?"

강선생이 호주머니에서 차 열쇠를 꺼내며 말했다. 성탄절 아침, 강선생은 둘희가 승합차를 끌고 성당 앞을 지나가는 걸 봤다. 그는 자신이 책상 서랍에 둔 열쇠를 둘희가 가져가 차를 몰고 다닐 줄은 몰랐다. 하지만 둘희를 자극할까 두려워 캐묻는 대신 위험 요소를 없애기로 했다.

보좌관은 키를 받아들지 않고서 다시 언쟁을 걸어왔다.

"사실 유족의 동의를 꼭 얻어야 하는 건 아닙니다. 이건 예술이고, 창작의 영역이니까요."

"조금 전엔 사실이라고 했잖습니까. 동우는 실존 인물이라고."

"이건 동우씨 한 사람의 일이 아닙니다. 동우씨는 변화를 원했습니다. 그 변화가 조금씩 오고 있고요."

"실장님? 사람들을 철수시키셨으면 차도 제자리에 가야겠지요?"

강선생이 시선을 돌려 채실장을 마주봤다. 채실장은 마법에 걸린 듯 꼼짝하지 않은 채 고요히 숨을 내쉬었다. 사십대 후반의 나이에도 정갈한 몸가짐과 팔등에 도드라진 푸른 힘줄이 우아하고 아름다웠다. 처음 이곳에 왔던 날, 강선생은 여러 사람 속에서 아들이 끝없이 찬사를 퍼부은 '천진한 미소'의 주인공이 누구인지 쉽게 찾아낼 수 있었다. 그애는 하고픈 말이 있으면 폭포수처럼 쏟아내던 녀석이었으니까. 비록 아버지가 아닌 제 일기장에 대고 한 말이었으나 사내들의 소지품 검사가 일상인 강선생에게 아들의 방에서 애인의 흔적을 찾는 건 셔츠의 단추를 끄르는 것만큼이나 수월했다. 확실히 채실장은 이 조직의 꽃이 될 만큼 외적 조건과 출신이 우월했다. 하지만 그것뿐이니? 네가 어떤 비난도 두렵지 않다고 할 만큼 통째로 너를 사로잡은 매력이 고작 그것뿐이었어? 강선생은 아들에게 간절히 묻고 싶었다. 동시에 전혀 알고 싶지 않기도 했다. 왜 저 사람을…… 어째서 저런 거짓투성이의 겁쟁이를……

"언제 한번 놀러오시죠. 잘하는 식당으로 모시겠습니다."

강선생이 테이블에 차 열쇠를 올려두고 끝인사를 건넸다. 채실장은 막 몽상에서 깨어난 소년처럼 어리둥절한 눈으로 강선생을 올려다보더니 뒤늦게 일어나 악수를 청했다. 두 사람은 가볍고 형식적인 손동작을 주고받았다. 언제 그쳤는지 모르게 잦아들었던 용접기 소음이 다시 울렸고, 강선생이 밖으로 나가려 문을 열었을 때 한쪽에서 전화를 받던 보좌관이 채실장에게 다가가 입을 열었다. 채실장의 모친이 돌아가셨다는 소식이었다.

*

사망 선고다. 저 법이 국회에서 통과되면 대한민국의 자유민

주주의는 사망 선고를 받는다. 정보통신망 보호라는 그럴듯한 허울로 동성애와 에이즈가 판을 치고 중국과 북괴의 빨갱이들이 나라의 근간을 뒤흔들어도 우리는 두 눈 뜨고 당할 수밖에 없다. 우리가 인터넷으로 댓글을 달고 의견을 모아도 반국가 세력은 우리에게 '혐오'라는 프레임을 씌워 벌금을 물리고 우리의 공동체를 파괴할 것이다. 남자를 흉내내는 가짜 페미니즘과 흉측한 게이들이 발가벗고 활보하는 건 합법이고, 건강하고 윤리적인 가정생활을 권장하는 것은 불법인가? 그 법에서 규정하는 '선량한 풍속'은 대체 어느 나라의 전통이고 사회질서인가. 추악한 범죄와 문란한 성병에서 우리의 아이들을 반드시 지켜내야 한다. 성 오염과 악의 세력에 대항해 역사에 기록될 성스러운 방파제로 나서자!

5물

오티스,

나는 오티스에 대해 어떻게 말해야 할지 모르겠어요. 오티스가 좋아했던 실험적인 글처럼 나도 세련되게 오티스의 이야기를 쓰고 싶지만, 알다시피 나는 '촌스러운 비련의 여주인공'이잖아요. 아직도 그 역할을 떨쳐내지 못했네요. 이왕 구닥다리일 바에 더 처량맞게 흐느낄까봐요. 철철철 쏟아질까봐요.

다 지나가버린 아픔처럼

파인 물고랑처럼

오티스는 내 기억을 따라 흘러가요. 그 옛날 옥녀가 치마폭을 흔들던 자리, 그 위태한 비탈에서 멀리멀리 달아나 오티스가 이 해변으로 들어서는 장면부터 다시 시작해요.

굽이진 남쪽 도로

그 회색 길을 따라……

……오티스는 한가로이 바닷가에 왔습니다. 본래 목적인 '감상회'는 제쳐둔 채 바닷물이 빠지기가 무섭게 페피를 이끌고 해루질을 하러 나갔지요. 서너 시간 만에 뭍으로 나온 그들은 온몸에서 개펄을 토해내며 뜨거운 라면을 먹었습니다. 보는 눈이 없는 뻘밭에서 무슨 짓을 했는지, 그들은 방수 옷을 입고 팔꿈치까지 오는 기다란 고무장갑을 꼈음에도 눈썹부터 발등까지 온통 진흙투성이였지요. 정작 바구니에 담긴 조개는 얼마 안 됐습니다.

페-필름에서 오티스를 처음 봤을 때, 나는 거구에 가까운 오티스의 체격에 놀랐고 그의 입맛에 연이어 당황했습니다. 외모에서 풍기는 오티스의 분위기는 선지해장국이나 스테이크를 즐기는 육식남에 가까웠으니까요. 하지만 의외로 오티스는 바질향과 호밀의 질감을 좋아하는 빵순이였습니다. 신체조건으로만 보자면 '순이'보다 '돌이'라는 별칭이 자연스러웠지만, 오티스는 성별에 따른 그런 뻔한 지칭에 질색하는 사람이었습니다. 바닷가집에서 열리는 감상회 때도 그는 순이와 돌이의 유구한 결탁의 역사를 비판하며 그 핏줄의 대물림이 지상의 모든 기호를 오염시켰다고 성토했지요. 그렇지만 오티스는 퍽 모순적이어서 페피의 빵집에 드나드는 스스로를 '이촌동 빵순이'로 칭하며 자조했습니다. 공식적으로 오티스는 페피가 운영하는 빵집의 매니저였습니다. 하지만 그는 매출이나 고객 관리보단 골방에 틀어박힌 채 고전 영화를 보며 쪽글을 쓰는 데 열중했습니다. 오티스가 정성을 쏟는 일은 한기연의 추천 영화와 함께 그에 대한 코멘트를 정리해 웹 매거진을 제작하는 것이었지요.

한 달에 한두 번 오티스는 바닷가에 왔습니다. 해루질에서 돌아오면 페피는 만취해 곯아떨어졌고 남은 사람들은 거실에 모여 자정을 넘기도록 느슨한 대화를 나눴습니다. 명목은 영화 세미나였으나 오티스는 그저 자신이 궁금한 것을 한기연에게 물었습니다.

"여전히 이 세상에 영화가 중요한가요? 영화를 믿으세요? 영화 하는 인간을 믿을 수 있어요? 그 믿음이 흔들릴 땐 어떻게 하죠?"

그런 의문들에 더해 오티스는 또래 청년들이 할 법한 평범한 질문도 던졌습니다.

"마흔은 어떤 나이예요? 나이가 든다는 건 어떤 의미죠?"

"마흔? 이제 난 오십이 넘었는데?"

한기연은 오티스의 질문을 두루뭉술 넘어가지 않았지요. 쉽사리 답을 주지 않으면서도 오티스 스스로 질문을 다듬어가며 답을 찾을 수 있도록 답했습니다. 애초에 한기연은 사교와는 거리가 먼 성향이었으나 질문하는 사람을 아꼈기에 오티스의 궁금증에도 성의껏 응했습니다.

"나대도 돼요. 한번 마음껏 나대봐요."

한기연은 평소 쓰지 않는 표현을 쓰며 오티스를 격려했습니다. 나부대는 모습이 아름다운 것은 꽃을 찾는 나비와 질문하는 인간뿐이라며 자신보다 어린 오티스와 나의 도전을 지지했지요. 선배들의 실패를 딛고 더 멀리 나아가라고 했고, 기성세대를 향한 오티스의 불신과 반감을 자신의 몫으로 받아들였습니다. 한기연은 어떤 대답을 하든 곁에 앉은 나를 부드러운 시선으로 바라봤습니다. 어쩌면 한기연은 나에게 또래 친구를 만들어주고 싶었는지도 모릅니다. 오티스를 통해 연인의 속마음을 짐작하고 싶었는지도요. 나는 조금씩 오티스의 존재를 고맙게 받아들였습니다. 그가 찾아와 거리낌없이 묻고 궁금해하면서 나와 한기연 사이에 신선한 공기가 불었으니까요.

한기연　나는 내 삶의 숫자를 24로 한정했어요. 나이, 시간, 돈, 그게 무엇이든 24가 기준이죠. 숫자가 필요한 분야에 모두 24를 적용하는 거예요. 한 살부터 백 살까지가 아니라 1부터 24까지, 그다음 다시 1.

질문자　왜 24예요?

한기연 영화의 최소 단위니까요. 일 초에 스물네 컷. 혹은 경련이라고 할까, 스물네 번 부르르 떨며 깨어나는 거죠. 생각해봐요. 일 초에 스물네 컷이 돌아간다는 건 그 사이사이에 스물네 번의 어둠이 있다는 거예요. 깜—박, 어둠—빛. 보이는 것에 속아선 안 돼요. 컷과 컷 사이의 어둠을 붙잡아야 해요.

나와 오티스는 감상회가 끝나면 한기연의 말을 글로 정리했습니다. 나는 매번 오티스의 또렷한 복기에 감탄했지요.

"어떻게 그렇게 다 기억해요? 녹음한 것 같아."

오티스는 두부맛이 나는 과자를 와작거리며 대수롭지 않게 말했습니다.

"둘희씨는 푹 빠져 있었으니까요. 나도 누구랑 있을 땐 그래요. 무슨 말을 했는지 하나도 기억 안 나."

오티스의 그 말은 자신이 나와 한기연의 관계를 안다는 걸 암시하고 있었습니다. 내색하진 않았으나 오티스는 우리가 연인 사이라는 걸 짐작하고 있었지요. 나는 그 알아차림이 반가우면서도 한편으론 나와 닮은 오티스의 모습이 불편했습니다. 오티스를 보노라면 마치 나의 적나라한 증명사진을 보는 듯한 기분이었으니까요.

"페피랑 있을 땐 술 마셔서 그런 거 아니에요? 냄새만 맡아도 취한다면서요."

 나 또한 페피와 오티스의 관계를 넌지시 드러냈습니다. 나는 오티스가 페피의 음주 습관을 못마땅해하는 걸 여러 번 목격했으니까요. 오티스는 마치 신호등처럼 속마음이 얼굴에 훤히 비치는 사람이었습니다. 바닷가집으로 이사한 후에도 페피는 계속 '보리, 구리, 위스키의 밤'을 주도했는데, 오티스는 그걸 불만스러워했습니다. 그날도 오티스는 페피가 간질환으로 죽을 거라며 짓궂은 예언을 했지요. 내가 악담한 걸 이르겠다고 하자 오티스는 악담이 아니라 인과법칙이라 반박했고, 어차피 페피는 간이건 쓸개건 그것들이 어디에 붙어 있는지도 모를 거라며 웃었습니다.

"그런 게 귀여워. 백치미엔 못 당한다니까."

 오티스의 험담은 언제나 애정어린 구박으로 흘러갔습니다.

"쉽지 않죠. 그 나이에 해맑아 보이기가."

 우리는 각자 자신이 맡은 연하의 애인 노릇을 한탄했지요. 나와 오티스는 타인의 동정이나 의심의 눈초리는 단호하게 차단하면서도 우리를 바라봐줄 관객의 시선을 갈구했습니다. 나는 오티스를, 오티스는 나를 스크린처럼 바라봤지요. 우리는 그 빛줄기를 위해 우리에게 호의적이지 않은 현실은 암전시켜야 했습니다. 어차피 현실이란 스크린을 흘러가는 하나의 환영에 불과하니까요. 그렇게 믿어야만 했으니까요. 오티스와 나에게 한기연이 말한 영화의 교리는 종교의 진리와 쉽게 호환되었고, 깊이 파고드는 동시에 돌파해 넘어서야 할 인생의 화두가 되었습니다.

  한기연 영화는 특별한 게 아니에요. 숨쉬는 것처럼 자연스러운 의식의 현상이에요. 영화마다 저마다의 생로병사가 있고, 영화 스스로도 모르는 영화의 무의식이 있어요. 내가 하는 일은 영화가 잘 꿈꿀 수 있게 재료를 만드는 거예요. 충분한 이미지를 공급해주면 영화는 알아서 꿈을 꿔요. 의도적인 연출하고는 달라요. 가령 〈더없이 오래 사는 따개비〉에서 조명이 튄 장면이 있어요. 찍을 땐 몰랐고 편집할 때도 못 알아챘죠. 나중에 스크린으로 보고서야 이상한 그을음을 발견했어요. 그게 내가 좋아하는 장면이에요. 내 꿈에 나왔으면 좋겠어요. 그런 보이지 않는 음영들이 쌓여 관객의 피부에 스며드는 거죠. 피부 같은 거예요. 만질 수 있고 부피가 있고…… 학교 다닐 때 조형 수업을 들으면서 나무를 깎은 적이 있는데, 나무마다 특유의 뒤틀림이 있었어요. 그걸 무리해서 다듬으면 나무가 쪼개져요. 내버려둬야 해요. 엇나가고 왜곡되게. 그 왜곡을 겹쳐놓고서 영화가 무슨 꿈을 꾸는지 따라가봐요. 집요하게 자기의 착시를 꺼내봐요.

질문자 1 두려워요. 내가 틀렸다고 할까봐.

한기연 어차피 다 꽝이에요. 삶과 죽음의 대전제를 잊지 말아요. 어떤 걸 뽑아도 결국에는 꽝이에요. 전부 다음 기회에 쩜쩜쩜.

질문자 1 그럼 영화 자체도 무의미한 거 아닌가요?

한기연 맞아요. 그게 정해진 결말이죠. 하지만 결말을 알아도 영화를 보지 않나요? 오히려 난 결말을 알고 영화를 보는 걸 좋아해요. 스토리나 반전에 놀라지 않고 영화 전체의 리듬을 음미할 수 있으니까요.

질문자 2 사랑은요? 사랑도 그럴 수 있어요? 결말을 알고도 시작할 수 있어요?

이 대목을 옮겨 적을 때 오티스는 잠시 허리를 펴고 창밖을 봤습니다. 페피와 한기연은 각자 다른 방에서 잠들어 있었고, 거실 유리창 너머에는 적막한 어둠이 내려앉아 있었지요. 오티스와 나는 여러 개의 쿠션에 기대어 감겨오는 눈을 비볐습니다.

"이 질문 좋았어요. 정곡을 찔렀어."

오티스가 비스듬히 세운 팔에 머리를 얹고서 내게 말했습니다.

"상대는 안 찔렸을걸요."

"진짜?"

"응, 우리만 찔렸어."

"나이들면 감각이 둔해지나?"

"감각은 모르겠는데, 확실히 밤은 못 새우나봐요."

나의 말에 오티스가 웃으며 보드라운 솜 쿠션을 끌어안았습니다. 창 너머에서 음산한 바람이 불어왔고 거실의 유리창이 달캉거렸지요. 정적 속에서 오티스가 말을 이었습니다.

"난 둘희씨가 편해요. 그냥 막 편하다는 게 아니라 뭐랄까, 템포가 맞아요. 같이 있으면 쓸쓸한 기분이 덜한데……"

"괴리감?"

내가 말하자 오티스가 웃었습니다. 오티스는 상체를 쭉 뻗어 기지개를 켜고는 앞에 놓인 노트북의 터치패드를 문질렀습니다. 그렇게 모니터에 시선을 둔 채 마음의 거리에 관해 말했습니다. 어려서부터 또래들과 있을 때 느꼈던 소외감, 게이들과 어울리면서도 완전히 사라지지 않았던 이질감을 잠잠히 털어놓았지요. 오티스는 그 쓸쓸함이 꼭 동성애자라서 느끼는 감정만은 아닌 것 같다고 했습니다. 기후나 절기처럼 사람에게도 저마다 다른 온도와 습도가 있는데, 자신에게 페피는 너무 맑고 한기연은 우기처럼 습하지만, 나에겐 시베리아의 장작불 같은 온기가 있다고 했습니다.

"시베리아? 너무 추운 거 아니에요?"

"난 추위가 좋아요. 둘희씨한테선 극지방의 한기가 느껴져요."
"칭찬이에요?"
"고백인데."

오티스가 쑥스럽게 말끝을 흐렸습니다. 물론 그 수줍음은 연인 사이의 호감이 아니어서 오티스는 페피 앞에서처럼 낯빛을 붉히지 않았지요. 나 또한 오티스에게 동질감을 느꼈습니다. 오티스와는 교집합이 많았으니까요. 음주와 흡연, 유흥에 익숙하지 않았고 둘 다 '묻지 마 사랑'에 빠져 있었습니다. 나와 오티스는 한 사람만을 끝까지 사랑하는 구닥다리 낭만을 꿈꿨습니다. 그 꿈이 이뤄지지 못하리란 걸 예감했고 그 불안이 현실로 드러날까봐 두려워했지요. 우리에게 영화란 불길하고 슬픈 느낌으로부터 우리를 보호해주는 커다란 장막이었습니다.

"이 부분 좋았어요. 황제 이야기."

오티스가 사이트에 올려둔 한기연의 또다른 인터뷰를 얘기했습니다. 수년 전 한기연이 모교의 학보사와 주고받았던 짤막한 대화였지요. 그때 한기연은 부패한 사회 현실을 꼬집는 학생의 질문에 '황제의 시계'를 비유로 들었습니다. 기득권의 자의적인 기준과 잣대가 변덕스러운 황제의 시곗바늘 같다고 한 대목이었습니다.

"그 황제는 진짜 있었어요."

나는 일어나 서재로 갔습니다. 빽빽하게 책이 꽂힌 책장에서 검은 표지로 된 두툼한 제본 서적을 꺼냈지요. 첫 장에 페피 어머니의 이름이 한자로 쓰여 있었습니다. 그 책은 구한말부터 일제강점기까지 어느 조선인 관리가 영어로 쓴 일기를 페피의 어머니가 한국어로 옮긴 개인적인 복사물이었습니다. 나는 페이지를 넘겨 오티스에게 보여주고 싶은 부분을 찾았습니다. 1905년, 새해 첫날에 쓴 일기였지요. 대여섯 줄의 짧은 기록에는 일기의 주인이 목격한 황제의 이기주의와 야만성이 담겨 있었습니다. 당시 황제는 자신이 편하도록 마음대로 시간을 바꾸었습니다. 오후 두시에 일어나 여섯시까지 빈둥거리다가 열두시에 예정된 행사를 치르기 위해 시곗바늘을 열두시로 돌려놓으라 명했지요. 그러면 황제의 명령에 따라 대한제국에 열두시가 선포되었습니다.

황제는 파렴치하고 거지같은 허영심덩어리다. 황제는 영원히 살 것인가? 아마 그렇지 않을까?

책에서 시선을 뗀 오티스가 나에게 말했습니다.
"하지만 황제는 죽었죠."
"그리고 다른 황제가 등장하고, 또 죽고, 또 나오고."
내 말에 오티스가 씁쓸한 웃음을 띠었습니다. 나는 일기의 주인이 친일 행적으로 비난받는 인물이란 걸 말하지 않았습니다. 그가 우리나라의 애국가를 작사했다는 설명도 덧붙이지 않았지요. 다만 한기연의 시계 비유가 어디에서 비롯됐는지 말해주고 싶었습니다. 영화로 치면 그건 오마주일까요? 고작 인터뷰에서 그것과 연관된 비유를 썼단 이유로 한기연을 비난하는 건 가당치 않았습니다. 하지만 나는 비유의 출처를 알게 됐을 때 내가 얼마나 놀랐는지, 그 당혹스러움을 누군가와 조금이나마 공유하고 싶었습니다. 설혹 한기연을 향한 오티스의 신뢰에 균열이 생긴다 해도 그에게 알려줘야 한다는 의무감이 들었습니다.

"우리 나갈까요?"

오티스는 밤바다를 산책하자고 했습니다. 우리는 뜨거운 유자차를 보온병에 담아 해변으로 나갔습니다. 위스키는 필요 없었고 담배 연기도 질색이었지요. 늦겨울의 찬 공기와 철벅거리는 물소리만으로도 우리는 흠뻑 취했으니까요. 오티스는 그 밤이 끝나가는 것과 겨울이 가는 것을 아쉬워했습니다. 개펄에 밀물이 차올라 해변의 풍경이 달라진 것에 얼떨떨해했고, 흰 조개껍데기를 한 움큼 집어 자기 머리 위에 흩뿌렸습니다.

"오티스, 오티스, 똑바로 걸어요."

나는 비틀거리다 넘어지는 오티스를 일으켜세웠습니다. 그렇게 내가 붙잡아주는 것에 신이 난 듯 오티스는 익살을 부리며 휘청였지요. 엎어진 자리에 그대로 주저앉아 느닷없이 누군가의 이름을 토해내며 안부를 물었습니다. 민석이란 이름의 첫사랑이라고 했습니다. 나도 곁에 앉아 검은 물결을 바라봤습니다. 추위에 손이 오그라들었고 해변의 가장자리가 빠르게 파도에 잠겨갔지요. 나는 먼바다에서 일렁이는 어렴풋한 노란빛을 응시했지만, 시야에 어둠이 번져 자꾸만 빛의 위치를 놓쳐버렸습니다. 그리고 훗날 그 순간을 돌이킬 때면 나는 등대 빛을 시작점으로 떠올립니다. 무엇을 하든, 어떤 풍경을 보든, 깜—박, 하고 눈을 감았다 뜨는 짧은 순간에도 나는 그 밤의 해변으로 돌아갑니다. 마음 한구석에서 끊임없이 그날의 파도가 부서집니다.

사는 건 어차피 징역살이래요.

오티스가 말했습니다. 내가 소리쳤습니다.

뭐라고요?

아빠가 교도관이에요. 교도소에서 일하는 사람. 여름엔 덥고 겨울엔 무진장 춥고. 집에 오면 아빠는 무릎이 퉁퉁 부어 있어요.

자기 아빠랑 결혼하고 싶어하는 딸이 진짜 있어요? 프로이트가 지어낸 거 아녜요? 아들은 정말 자기 엄마랑 자고 싶어해요?

난 영화가 되고 싶어요. 한기연이 되고 싶어. 한기연이 돼서 페피의 아기를 낳을 거야.

오티스.

응?

닥쳐요.

내 첫사랑 보여줄까요?

아까 민석이가 첫사랑 아니에요?

민석이는 플라토닉. 이거 봐요, 이쁘죠.

와아, 육덕지다.

뭐야, 가식적으로.

여기 이 부분은 잘못된 거 아니에요? 너무 큰데?

이런 걸 두고 어떻게 여자 몸을 좋아하는지 모르겠어.

Y는 X의 결절이에요.

염색체 말하는 거예요? 뭘 거기까지 가요. 그냥 척 봐도 한쪽이 덜떨어졌는데. 근데 성염색체란 것도 따지고 보면 허상이래요.

황제의 시계 같은 건가?

이 남자의 아기를 갖는 꿈을 꿨어요. 중학생 때. 그게 내 첫 영화예요.

내가 미쳤지. 게이랑 첫사랑 얘기를.

매일 꿈에 나오고 미친듯이 날 사랑해주는데, 아침에 일어나면 이상하게 몸이 변해 있는 거야. 어지럽고 구역질이 나고,

꼭 입덧하는 것처럼.

오티스, 임신과 출산은 몽정이 아니에요.

찾아보니까 그런 사람이 있대요. 입덧하는 남자들. 쿠바드 증후군이라고, 임신한 아내 옆에서 실제로 헛구역질을 한대요. 근데 그 병은 나을 수가 없어. 왜냐면 그게 정신질환은 아니니까. 시간이 지나면 조금씩 호전된다는데, 나는, 나한테는, 영화가 그래요.

입덧하고 싶은 거?

그게 더 진실 같아요. 가짜고 망상이지만 그게 내 심장을 뛰게 해요. 가슴을 갈기갈기 찢어놓고 심장을 억지로 멈출 수도 있어. 이 진실을 보여주려면 허구가 필요해요. 뭐야, 사람이 진지하게 말하는데 하품이나 하고.

뇌가 지쳐서 그래요. 오티스가 임신한 다음부터 상당히 피로하네요.

짜잔, 내 양말 어때요?

슈퍼맨? 왜 한 짝만 신었어요?

그거 알아요? 로이스는 클라크가 슈퍼맨인 걸 밝히려고 창밖으로 몸을 날려요. 클라크가 가면을 벗고 자신을 구하게 하려고.

하지만 클라크는 진실을 밝히지 못하죠.

둘희씨, 여름이 오면 우리 일광욕해요. 내가 죽으면 저기 조개무덤에 뿌려줘요. 페피랑 나랑 싸우면 둘희씨는 내 편 들기. 우리 그 공룡들을 개펄에 파묻어요.

양말 한 짝은 어디에 뒀어요? 발 안 시려요?

저기 조개무덤에 숨겨놨어요. 나도 쟤들처럼 하얗게 파묻히고 싶어. 낮에 놓게 봤는데 너무 예쁘더라.

두서없이 말을 늘어놓던 오티스는 앉은 자세로 게걸음을 걷다가 앞으로 고꾸라졌습니다. 우리는 해가 떠오르는 걸 지켜보기로 했지만, 정수리가 쪼개질 것 같은 추위에 앞다투어 집 안으로 뛰어갔습니다. 실내에서 바라본 일출은 조도가 낮은 침대 등처럼 잠깐 사이에 희부옇게 밝아지며 멋없이 끝나버렸지요.

그리고 그해 늦은 봄, 나는 한기연에게 글이 아니라 영상으로 우리의 대화를 담자고 제안했습니다. 스물네 명의 얼굴과 스물네 개의 질문으로 우리의 착시를 선보이자고요. 내가 아이디어를 꺼내자 오티스가 환영하듯 구체적인 방식을 만들어갔습니다. 무겁게 폼 잡는 완성작이 아니라 가볍고 빠른 스트리밍 형식으로 이어가자고 했지요. 우리는 이 세상의 소음에 풍덩 뛰어들기로 했습니다. 욕이 날아오면 욕을 맞고 왜곡이 판을 치면 왜곡을 쌓아올려 우리가 바라는 우리의 환영을 멈추지 말고 시도하자고요.

나, 내가 그 불행의 시작이었습니다.

나는 반대하는 한기연을 피해 몰래 페피의 집으로 갔습니다. 오티스는 내 설익은 계획이 사그라질까 걱정하며 나를 응원해주었지요. 오티스는 내가 왜 이 프로젝트를 결심했는지 이유를 알았습니다. 한기연의 영화를 위해, 답보 상태에 빠진 〈등대〉를 실현하기 위해 내가 위험을 무릅쓴다는 걸 말하지 않아도 헤아렸지요.

그리고 오티스는 자신이 〈24컷〉의 첫번째 얼굴이 되겠다고 나섰습니다. 그해 겨울이 되었을 때 오티스와 나는 방송 준비로 들떴습니다. 동틀녘 해변에서 둘만의 대화를 나눴던 것처럼 오티스와 나는 손발이 잘 맞는 동료였지요. 우리는 인터넷에서 게이를 지칭하는 비속어 중 하나를 골라 우리의 방식대로 변형했습니다. 세상의 더러운 말들을 끌어안아 그 오물 속에서 우리만의 꽃을 피워내고 싶었습니다. 사람들은 혀를 차거나 한심해할 수는 있어도 그보다 더 심한 욕으로 오티스를 상처 입힐 수는 없을 테니까요. 오티스는 비속어가 적힌 명찰을 가슴에 달 때 줄곧 폭소했고 라이브 방송에선 채팅창의 난삽한 반응을 즐겼습니다. 비웃고 훈계하는 이들을 향해 '빵순이 웅꼬꼬'라는 자기의 별칭이 옥수수를 쪼아먹는 닭의 울음소리처럼 어여쁘지 않냐고 되물었지요. 자신의 사랑에 항문이란 신체기관이 전부가 아니듯 아마도 레즈들은 이른바 가위 자세를 그다지 즐기지 않을 거라고 수다를 늘어놓았습니다.

카메라 뒤에 서 있던 나는 종잡을 수 없는 오티스의 이야기에 또다시 급격히 피로해졌습니다. 하지만 동시에 두 발이 허공에 떠오른 듯 후련한 해방감을 느꼈지요.

우리는 모 언론의 기사처럼 불화하지 않았습니다. 방송이 끝난 뒤 오티스는 상심해 산길을 배회하지 않았습니다. 오티스의 야간 산행은 여름의 일광욕처럼 오티스가 해보고 싶어하던 레저였을 뿐. 그가 넉살을 부리며 자기의 죽음과 장례식에 관해 떠들었던 것도 그날 하루만이 아니었습니다. 그런 식의 유언은 오티스가 지인들을 부드럽게 자극하는 연극이었습니다. 그만큼 자신을 사랑해달라고, 곧 죽어 사라진다 해도 후회와 아쉬움이 없을 만큼 지금 이 순간을 마음껏 누리자고, 그렇게 서로를 일깨우는 손뼉 소리 같은 것이었습니다.

그런데도 몇몇 언론은 오티스의 죽음이 과격한 정치활동과 무리한 미디어 노출로 인한 극단적 선택이라 말했습니다. 그들은 오티스의 삶과 죽음을 입맛대로 요리해 자기들의 배를 채웠습니다. 그 사건을 빌미로 오티스가 속해 있던 단체의 난폭성과 비도덕성을 공격했고, 대중은 오티스의 결말이 그가 선택한 인생의 당연한 결과라 여겼습니다.

오티스의 사고는 명백한 실족사였습니다. 그의 휴대전화에 추락 직전의 영상이 고스란히 담겨 있었습니다. 헤드 랜턴을 쓴 오티스의 얼굴과 연인에게 인사하듯 손을 흔들며 재간을 떠는 모습, 뒤이어 절벽 끝에서 발을 헛디뎌 비명을 내지르는 마지막 장면까지. 오티스의 휴대전화는 액정에만 금이 간 채 절벽 아래 낙엽들 틈에서 온전한 상태로 발견되었습니다. 경찰은 그 영상물을 증거 삼아 오티스의 죽음이 바닷가 절벽에서 벌어진 사고사라 결론지었지요. 그런데도 인터넷에는 오티스가 출연했던 라이브 방송과 인터뷰가 짜깁기되어 자극적이고 교묘한 가짜 드라마로 퍼져갔습니다. 익명의 게시자들은 오티스의 사생활을 들춰내며 그의 애정사가 특정 정치 세력의 더럽고 이중적인 실체라며 조롱했습니다.

오티스의 명예를 지키려는 이들도 두고만 보지 않았습니다. 한기연은 뜨겁게 달궈진 여론의 한복판에 서서 해명하고 반박했습니다. 사고 직전에 오티스가 출연한 라이브 방송은 그 불운한 사건과 무관할뿐더러 정부 인사의 연이은 비리로부터 여론을 돌리려고 오티스의 비극을 이용하지 말라고 항변했지요. 카메라 뒤에선 페피와 함께 오티스의 희생이 그들의 조직에 어떤 의미를 갖는지 회의했습니다. 그의 헌신을 등불 삼아 변화의 불길을 일으켜야 한다고 목소리를 높였습니다. 나는…… 죄인인 나는…… 오티스를 쉬게 해주고 싶었습니다. 더는 그를 우리의 목적에 이용하지 않길 바랐습니다. 그 죽음의 활용법에서 정작 내가 알던 오티스의 생기는 튕겨나갔습니다. 오티스는 투사였지만 추모사에 묘사된 것처럼 죽음을 불사하는 강한 결기로 라이브 카메라 앞에 선 것은 아니었습니다. 외려 오티스는 사람들을 웃기고 싶어했고 함께 웃음을 터뜨릴 수 있는 친구를 원했습니다. 오티스는 섬세하고 예민했지만 낯모를 이들의 비아냥에 무릎이 꺾일 만큼 허약하진 않았습니다. 내가 알던 오티스는 여론의 파도를 일으킬 폭풍우도, 시대의 아픔을 떠안은 영웅도 아니었습니다. 오티스는 현실과 허구의 자리를 뒤바꾸는 영화의 전위를 꿈꾸는 혁명가이면서, 자기의 우상인 한기연의 말투를 따라 하는 철부지 몽상가였습니다. 오티스는 다독가에 빵순이였으며 첫사랑에게 고백하지 못한 십대 시절을 가슴 아파하는 미련퉁이였습니다. 연인이 진흙 묻은 윗옷을 벗을 때면 신호등처럼 얼굴이 빨개지는 타고난 숙맥에다 인터넷 사이트에서 금발의 미중년이 나오는 영상을 수집하는 사냥꾼이었습니다. 내가 아는 오티스는, 오티스는……

끝을 알고도 사랑할 수 있어요? 둘희씨는 그럴 수 있어요?

하여튼 오티스는 궁금한 게 많았습니다. 언제나 다른 이의 질문을 발신자 본인에게 되돌려주면서 상대가 답을 내놓으면 그 대답에 토를 달았지요. 오티스는 같이 힘을 모아 정해진 결말을 바꾸자고 했습니다. 촌스러운 비련의 여주인공 노릇은 집어치우고 저 부당한 시곗바늘을 뽑아버리자며 열을 올렸습니다. 오티스는 타인이 덧씌운 질서에 주저앉는 대신 무질서의 소용돌이에 흔들릴 자유를 원했습니다. 오티스는 프렌치토스트를 맛있게 만들었고, 빵과 함께 카드에 글을 적어 잠든 친구 곁에 놓아주는 다정한 살림꾼이었습니다. 그리고 그 카드에 적힌 문구는 내 삶에 새겨져 눈앞에 착시를 드리웁니다.

삶은 스물네 컷의 환영, 우리 같이 진실한 꿈을 꿔요.

이 나뭇결의 뒤틀림을 없애면 나의 세계도 함께 쪼개져버릴 것 같습니다.

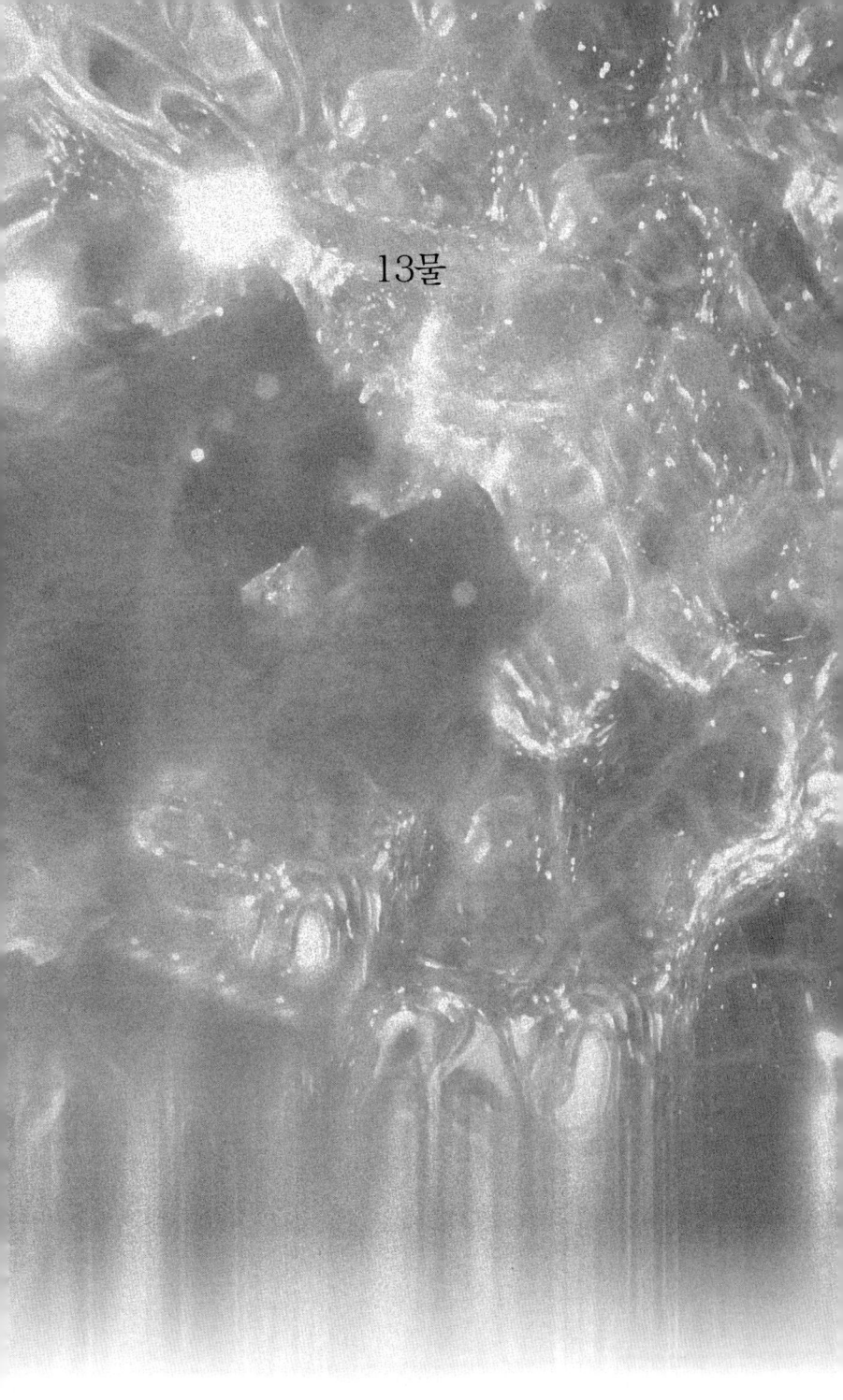

13물

1

 시후는 한강 다리를 건너며 바이크의 RPM을 몰아붙였다. 핸들의 오른쪽 스로틀을 쥐어짜며 사랑하는 '키아'의 고음으로 온몸을 내던질 때 시후는 자유를 느꼈다. 정말이지 키아의 고음은 꽝꽝 얼어붙은 냉동창고로 머리통을 날려버리는 북극 한파의 고음이었다. 지옥에서 샷건을 쏘며 서릿발을 퍼붓는 저세상의 옥타브랄까. 어떤 지저분한 새끼는 키아의 가성이 최음제 효과를 낸다지만, 이건 흥분제가 아니었다. 방부제였다. 영혼이 늘어지지 않게 깨워주는 신경의 주삿바늘. 뭐랄까, 한없이 투명한 블루? 허공을 향한 질주? 사막 한가운데에 막 별빛이 쏟아지고 머릿속은 쨍하고 맑은데 가슴은 또 되게 감미롭고 슬픈……

여기까지 생각을 이어갔을 때 시후의 사색을 깨는 전화가 걸려왔다. 고음의 냉기가 순식간에 눅눅해지며 휴대전화 액정에 '노인네'가 떴다. 강선생이었다. 시후는 강선생을 그렇게 이름 붙였다. 인터넷에서 사전을 검색하면 '노인네'는 노인을 낮잡아 부르는 말이고 유의어로 노친네와 늙으신네, 관련 속담으로는 '정신없는 노친네 죽은 딸네 집에 간다'가 나왔다. 처음에 시후는 속담을 보고 죽은 노인이 딸네 집에 간다는 말인 줄 알았다. 그런데 죽은 건 노인이 아니라 딸이었다. 어우, 살벌하네, 무슨 이런 속담을? 노인이 죽은 딸이 그리워 집에 찾아가는 걸 이딴 식으로 비꼰다고? 딴생각하는 사람한테 놀림조로 쓰는 말이라고?

〈욕+받이〉 방송에 참여한 뒤로 비속어가 입안에 맴돌면 뜻과 맥락을 찾아보는 게 시후의 새로운 습관이었다. 보통은 의미를 안 다음 쓰지 않지만 노인네는 그냥 썼다. 회사 업무 외에 잡일을 시키는 사람은 낮잡아 불러도 되니까.

"시후씨, 지금 서울이지요?"

전화를 받자 노인네가 말했다. 시후는 전방의 국회대로 사거리를 응시하며 쏘아붙였다.

"왜 자꾸 전화해요!"

바이크를 멈춘 시후는 딱 신호 대기 시간 동안만 통화를 받아주리라 다짐했다. 계획대로라면 지금쯤 시후는 딸기 누텔라

크로플을 해치운 다음 북악스카이웨이에서 코너링을 즐기고 있어야 했다. 그러나 시후는 본인이 자부하는 만큼 싹수없는 성미가 못 되는 타입이어서, 아침부터 날아든 강선생의 부탁을 뿌리치지 못했다. 강선생은 국회의사당의 지도 이미지를 메신저창에 띄우며 시후에게 사진 촬영을 요구했다. 시후씨라면 기동력이 좋아 여의도에서 수족관까지 반시간도 안 걸릴 거라나.

"간 김에 물방개도 사오고요."

시후는 끼워 파는 미끼상품에 마음이 동했다. 안 그래도 버러지들이 작별인사도 없이 떠나버려 사무실이 텅 빈 듯 옆구리가 시렸다. 강선생의 부탁으로 길을 나서며 시후는 자신의 입사 소식을 듣고 친구들이 나불대던 계명이 떠올랐다. 이런 식이라면 시후는 그들의 예언이 맞았음을 인정할 수밖에 없었다. 친구들에게 자신이 회사에서 제일 어리다고 하니까 새끼들이 킬킬거리며 신입사원의 미래를 점쳤다.

"자, 따라 해봐! 나한텐 그래도 되는 줄 알았어요?"

친구들은 '엄마한테는 그래도 되는 줄 알았습니다'라는 유명 글귀를 응용해 '어린 남자한텐 그래도 되는 줄 알았나?'라는 타이틀을 내걸고 거기에 해당하는 말들을 떠들었다. 요약하면 이 나라에서 이십대 남자로 살아남기 위해선 '어머님은 짜장면이 싫다고 하셨어'라는 가사의 노래처럼 자체 검열과 죄인 된 마음을 정신머리에 탑재해야 한단 소리였다. 쉽게 말해 이 시대의 젊은 남자는 짜장면값이나 다름없다는 것. 물가 상승의 척도로 지목당해 걸핏하면 올랐다고 두들겨맞는 짜장면값처럼, 젊은 남자는 심심하면 먹살 잡혀 끌려나와 온갖 사회문제의 온상으로 지적당했다. 그러니 알아서 행동 요령을 숙지해 예비 범죄자 취급을 받거나 글러먹은 MZ 세대의 최신 사례가 되는 걸 피해야 했다. 첫째, 면허는 없다고 하거나 운전 생초보라고 할 것. 둘째, 허리 디스크가 있어서 무거운 건 못 든다고 앓는 시늉을 할 것. 셋째, 집에 분리 불안형 개나 고양이가 있다고 밑밥을 깔아놓을 것. 그래야 쥐꼬리만한 수당에 코가 꿰여 야근과 당직을 반복하는 붙박이 신세를 면할 수 있으니까. 친구들은 이외에도 백스물두 개의 세부 수칙이 있지만, 너희 회사에는 아홉 살 연상녀와 육십대 늙다리뿐이라니 너는 우선 이 세 가지만 복창하라며 침을 튀겼다.

그러나 시후로선 멀쩡한 야마하 R6를 두고 걸어서 출퇴근할 순 없는 노릇이었다. 게다가 회사 주변이 온통 아는 얼굴들이라 틈만 나면 짐 들어달라, 버스 언제 오냐, 한겨울에 양말은 왜 안 신고 다니냐, 눈만 마주쳐도 오만 트집에 무료 봉사를 요구하며 시후를 못 털어먹어 안달이었다. 괜히 시후가 헬멧으로 얼굴을 숨기는 게 아니었다. 이 조선땅에선 나이가 문턱이자 계급이었다. 시후의 문턱은 애들이 킥보드로조차 쉽게 넘나들 만큼 하찮았다. 물속에 빠진 걸 꺼내줬더니 자기 보따리를 내놓으라는 놀부 심보들이 연중무휴 시후의 옷깃을 잡아끌었다.

그날 국회의 정문을 통과할 때도 시후는 대놓고 괄시당했다.

"어디 가십니까?"

정복을 입은 경찰관이 철문 앞에서 시후를 막아섰다. 시후는 방한 마스크를 쓴 제도권의 하수인과 당당히 대치했다. 시후도 헬멧을 쓰고 있어 피차 서로의 눈만 보였다. 시후가 문살 너머의 의사당 건물을 가리키며 말했다.

"저기 가는데요."

"무슨 일로 가십니까."

"예?"

"무슨 일로 가시는 겁니까?"

순간 시후는 머릿속이 뒤엉키며 심장이 방망이질했다. 진짜 목적을 말해도 되는 건가? 설마 그게 불법은 아니겠지?

"국민이 국회의사당 가는데 왜 막아요?"

시후는 불평등한 국방의 의무와 세금 징수의 횡포에 다달이 핍박당하는 국민답게 의연히 답했다.

"막는 게 아니라 용건을 확인하는 겁니다. 그리고 이륜차는 저기 후문으로 들어가 주차하시는 게 나을 겁니다."

경찰이 묻지도 않은 주차 공간을 일러주며 시후의 입장을 지연시켰다. 그때 시후의 뒤에서 흰머리 여자가 뚜벅뚜벅 다가왔다.

"어디 가십니까."

경찰이 똑같이 물었다.

"도서관 갑니다."

아무런 추가 질문 없이 그 방문객은 정문을 통과했다. 누가 봐도 명백한 차별이었다. 더군다나 저 안에 도서관이 있다고? 국회가 무슨 대학교야?

경찰의 안내에 따라 후문을 통과해 바이크를 세운 시후는 너른 풀밭을 대각선으로 가로질렀다. 역시나 또 정복을 착용한 경비대원이 시후를 멈춰 세웠다. 잔디를 밟지 말고 인도로 다니라는 잔소리였다. 시후는 치안 공무원을 손짓해 가까이 불렀다. 그러고는 뜯긴 만큼 돌려받지 못할 국민연금 고갈 세대의 기세를 앞세워 물었다.

"누가 암컷이에요?"

"예? 뭐라고요?"

"여기 두 마리 중에 누가 암컷이고 수컷이에요?"

시후가 우뚝 선 돌조각상을 가리켰다. 밝은 회색빛 석상이 시후의 키를 훌쩍 뛰어넘어 우람하게 서 있었다. 분위기는 흡사 피라미드 앞의 스핑크스 같았고, 코 평수가 무지하게 넓은 것으로 보아 더운 나라에서 온 남방계형 짐승인 듯싶었다.

"그런 건 없는 것 같은데."

칼주름을 잡은 군청색 바지의 경비대원이 두 개의 석상을 번갈아 봤다.

"없어요? 그럼 둘이 무슨 사이예요?"

"무슨 사이도 아닌 것 같은데."

"아니라고요? 그럼 이건 무슨 나무예요?"

"이건 무궁화."

정답을 아는 퀴즈가 나왔다는 듯 경비대원이 답했다. 시후는 고개를 끄덕이며 메마른 무궁화 나무에 둘러싸인 해치를 휴대전화 카메라로 찍었다. 아무 사이도 아닌 해치 두 마리가 좌우에 서서 국회의사당 앞을 지키고 있었다. 하늘은 구름 한 점 없이 푸르렀고 멀리 게양대의 태극기가 바람에 펄럭였다. 경비대원은 시후가 불온 세력의 끄나풀인지, 아니면 그냥 좀 모자란 얼뜨기인지 판가름하려는 듯 자리를 뜨는 와중에도 슬쩍슬쩍 돌아보았다.

"저기요, 여기 도서관은 어디로 가요?"

시후가 소리치며 다시금 국민의 지팡이를 질문 자판기로 활용했다. 위치를 확인한 시후는 여전히 헬멧으로 신분을 숨긴 채 도서관으로 향했다. 난생처음 국회 잔디밭을 밟아본 김에 도서관에 들어가 인증 사진을 찍고 싶었다.

그날 아침 불쑥 전화를 걸어와 국회의사당에 가서 해치 사진을 찍어달라는 강선생의 부탁에 시후는 인터넷 주소를 메신저창에 띄웠다. 애써 찍을 필요도 없이 검색하면 사진이 좌르르 나오니까. 그런데도 강선생은 '정성'이 중요하다며 이번 일을 맡아주면 내일은 쉬어도 좋다고 월권을 했다. 심한 월요병 환자인 시후로선 군이 팀장의 결재를 고집하지 않고 그 협상을 받아들였다. 그간 티를 팍팍 내던 강선생의 집착이 급기야 회사일에 악영향을 끼치는 순간이었다.

시후는 노인네의 아이템 모으기를 잘 알았다. 처음엔 아리송했는데, 이참에 확신했다. 추리를 확증하는 데 오래 걸리지도 않았다. 해치의 연관 이미지를 검색한 지 몇 분 만에 시후는 눈에 익은 강선생의 흔적을 찾아냈다.

노인네 꺼   이것도   ?

첫번째 그림은 강선생이 서랍에 넣어두고 수시로 꺼내 보는 종이 뭉치에 찍힌 이미지였다. 두번째는 꾀죄죄한 그 종이 더미에 끼워져 있던 카드 속 그림. 이건 뭐였더라, 이거…… 이거…… 미간을 찌푸린 시후는 십여 초 만에 회사 주차장에 세워진 검은 승합차를 떠올렸다. 세번째 그림은 그 승합차에 붙은 스티커 이미지와 똑같았다. 그 차는 원래 해변의 공터에 반쯤 버려져 있었다. 그 안에서 머리를 바싹 깎은 남자들이 우르르 내리는 걸 본 적도 있지만 어차피 그 공터는 폐차 직전의 캠핑카나 찢어진 어망 따위가 마구잡이로 뒹구는 곳이라 시후는 오래 관심을 두지 않았다.

'해치, 부적, 여의도, 성당, 노인네……'

도서관 건물로 향하며 시후는 이 미스터리의 앞뒤를 맞춰갔다. 성당 신자인 강선생이 자기 캐릭터와 어울리지 않게 새벽녘 조개무덤에서 부적을 태운다는 건 이미 알고 있었다. 본인은 아무도 모르게 은밀히 끝냈다고 믿겠지만, 해변의 캠핑촌 직원이 시후의 중학교 친구이자 유명한 떠버리였다. 그 녀석이 어느 날 난데없이 너희 노인네가 바닷가에서 불장난을 한다고 말했을 때 시후는 자기의 부모님을 그렇게 부르는 줄 알고 버럭했다. 하지만 걔가 그 정도로 패륜아는 아니었다. 친구는 자신이 찍은 밤바다 사진을 확대해 보여줬다. 그 안에 벙거지를 쓴 노인네의 모습이 있었다. 낮은 해상도에 옆모습이었지만, 사진 속 구부정한 옆태는 틀림없이 강선생이었다.

시후는 강선생의 해치 아이템과 국회의 연관성을 추리하며 도서관 앞 놀계단을 올라갔다. 시후가 어릴 때부터 학교의 매점 빵 하나라도 마주앉아 겸상하고 싶지 않았던 유형이 있다면 장래희망에 '대통령'을 적는 가능성 부자들이었다. 굵기가 굶다못해 공중화장실의 변기를 박살 내는 그 자기애의 쾌변자들은 세상을 무슨 삼각김밥 먹듯 세 입에 삼켜버리려는 대식의 꿈을 품었다. 그리고 그 고위험군의 자아도취가 판을 치는 곳이 바로 여기, 여의도의 국회라고 시후는 의심 없이 단정지었다. 시후에게 정치는 월드컵이나 올림픽처럼 때마다 되돌아오는 시끌벅적한 행사였다. 떼로 모여 소리치다가 이기면 꽃다발을 목에 걸고, 지면 다음 기회를 노리는 패거리 소동. 남 보기에 좀 자극적인 방송을 만드는 회사의 직원인지라, 시후도 한동안 신문 기사를 찾아보긴 했으나 와중에도 정치판 소식은 단호히 스크롤을 내렸다. 국회의사당에 와서 이렇게 도서관에 들어가려고 유리문을 밀어젖히는 건 시후의 인생에서 낯선 장면이었다.

"잠시만요, 출입증 받으셔야 합니다."

도서관의 첫번째 게이트에서 시후는 또다시 저지당했다. 이놈의 국회는 뭐 이리 문턱이 많아. 내가 진짜, 폭력 쓸까? 부글거리는 속마음과 달리 시후는 다소곳이 안내 데스크 앞에 서서 출입에 필요한 절차를 밟았다. 우선 기관 사이트의 회원가입이 필요했다. 그다음엔 신분증을 보여줘야 했고 소지품은 전부 보관함에 맡겨야 했다. 어이없게도 시후의 배트맨 모양 헬멧은 보관함 안에 들어가지 않았다. 도무지 이 나라와 나는 일절 들어맞는 게 없구나.

다시금 키아의 고음으로 귓속을 가득 채우며 시후는 바이크에 올랐다. 물방개를 만나러 가기 위해 수족관 주소를 내비게이션 앱에 입력하는데, 우악스러운 스피커 고음이 시후의 귀청을 때렸다. 키아의 북극한파 고음에 똥물을 뿌리는 괴성이었다. 돌아보니 시신경을 테러하는 시뻘건 현수막과 그 현수막을 망토처럼 두른 트럭이 서 있었다. 무슨무슨 법에 결사반대한다는 구호가 북조선 뉴스의 아나운서 억양으로 울려퍼졌다. 트럭 짐칸에 실린 브라운관에선 지직거리는 영상이 흘러나왔다. 화면을 보던 시후는 순간 몸이 굳었다. 공포영화의 귀신처럼 모니터 안에서 사람의 얼굴이 튀어나오는 것만 같았다.

시후는 바이크를 세우고 그 앞에 쪼그려앉아 휴대전화로 예전 기사를 찾아봤다. 트럭 스피커에서 나오는 '동우'라는 이름과 법안을 검색하니 관련 사건들이 나왔다. 노란 폴리스 라인이 쳐진 살벌한 기사 사진에서 뿌연 형체가 눈에 들어왔다. 해변 추락사 현장에 노인네가 버젓이 박제돼 있었다. 머리카락이 파래처럼 뒤엉킨 강선생은 바다에 서서 절벽을 올려다보고 있었다. 그의 시선이 어디를 향하는지 시후는 알았다. 그 위에 있는 거라곤 비틀어진 소나무와 억새밭 그리고 그들의 회사뿐이었다.

사람이 궁지에 몰리면 뇌의 시냅스가 전기 합선처럼 파박거리며 정보 처리 속도가 놀랍도록 빨라진다는 걸 시후는 그때 실감했다. 의식 저 밑에 잠겨 있던 단서들이 경광봉처럼 번쩍이며 이 상황의 전체 윤곽을 보여주었다. 그는 아둔했던 자신을 자책하며 손바닥으로 이마를 탁탁 때렸다.

정신없는 노친네 죽은 딸네 집에 간다.

그러니까 강선생이 언덕집에 오는 일은 정신없는 노친네의 행동이었다. 해변에서 죽은 아들을 만나러 오는…… 어우, 왜 내가 눈물이 나지? 어우, 노인네, 왜 이렇게 진심이야.

시후는 말간 콧물을 들이마셨다. 키아의 냉동창고 고음마저 시후의 북받치는 감정을 얼려버리진 못했다. 시후는 바이크에 올라 고막의 오존층을 파괴하는 노이즈의 주범을 뒤쫓았다. 저 트럭의 꼬락서니를 영상으로 찍어놔야 했다. 찍어서 뭘 어떻게 할지는 몰라도, 시후는 가만히 앉아 돌팔매에 얻어맞는 개구리가 아니었다. 죽은 딸네 집에 가는 마음을 짜장면값처럼 두들겨패는 것들. 정성을 들일 줄도 모르고 마구잡이로 보색 대비를 남발하는 저 현수막.

시후는 휴대전화의 카메라를 켠 채 지저분한 피사체를 따라갔다. 그때 시후의 휴대전화에서 진동이 울리며 메시지가 떴다.

〈욕+받이〉 실시간 방송이 곧 시작된다는 알람이었다.

2

on air 오늘의 욕받이가 화면에 등장한다. 흰색 털모자에 검은색 롱코트를 입은 욕받이가 짐벌 카메라를 손에 든 채 걷고 있다. 털모자에는 이전 욕받이들의 명찰이 붙어 있다. '586' '다둥이 흙엄마' '업소녀 칠 년 차'.

양쪽 코트 깃에도 나머지 명찰이 와펜처럼 비뚜름하게 달려 있다. 샛노란 모직 명찰이 검은색 트위드 원단과 대비되어 선명하게 눈에 띈다. '쉬는 중 계속 쉬는 중'과 '캣맘 십일 년 차', 그 아래 '빵순이 웅꼬꼬'가 보인다. 팔뚝에는 붉은색 띠가 옷핀으로 고정돼 있다. 마치 기다란 완장처럼 붉은색 띠가 펄럭인다. '페미는 정신병이다.'

"오늘은 물방개 로또가 없습니다. 반성문 낭독도 없고

저는 용서를 빌지도 않을 겁니다."

 욕받이가 방송 시작을 알리며 어디론가 걸어간다. 얼굴 너머로 '빠루'나 '금속'이라고 적힌 간판이 얼핏 비친다. 주변에서 용접기 굉음이 들려온다.

씨부렝, 갑자기 왜 라이브를?

누구세요?

걷는 자세가 구부정~~~

됐고, 가서 빵떡면 가져와

오늘은 욕 금지냐?

on air 걸어가는 욕받이의 보폭에 따라 화면이 흔들린다. 비좁은 모퉁이를 돌아선 욕받이가 화면을 돌려 건물의 옥외 계단을 보여준다. 오래된 철제 계단이 붉은 외벽에 설치돼 있고, 그 옆으로 부식된 가스관과 아치형 창문이 작게 보인다. 욕받이가 계단에 올라서며 말한다.

 "저는 이 방송을 만드는 회사의 팀장입니다. 제가 라이브를 하는 이유는 모 국회의원이 정보통신법 법안을 발의하며 우리 방송을 반사회적인 미디어의 사례 중 하나로 들었기 때문입니다. 그 법이 통과되면 앞으로 이 라이브는 못할 겁니다."

팀장이 여자였네. 몇 살이야?

말투는 왜 국어책을 읽으십니까?

솔직히 이거 너무 유해함. 나 이거 보면서 살찜

영상 지우고 튈 준비하나?

난 이 방송 좋았는데, 의지두 되구 친했는데

팀장니므 피부에 수분 부족...기미랑 눈주름이...

욕받이가 계단을 오르며 채팅창을 본다. 화면의 초점이 맞지 않아 욕받이의 얼굴이 한 번씩 뿌옇게 흐려진다. 시청자들이 채널 운영에 관한 질문을 던진다. 출연자는 어떤 기준으로 선발하는지, 이 콘셉트는 누가 처음 떠올렸는지, 월급은 얼마인지, 출연자 중에서 내가 봐도 회생 불능이다 싶은 인간은 누구였는지 묻는다. 욕받이가 난간을 붙잡고 서서 대답한다.

"지금 그게 뭐가 중요합니까? 다 끝나가는 마당에. 나도 여기에 욕받이로 나왔고, 내 욕은 위에 가서 공개하겠습니다."

짐작한 것보다 둘희는 그리 떨리지 않았다. 아마도 지금쯤 강선생과 시후가 라이브를 보고 휴대전화로 연락했을 터였다.

그러나 둘희는 전화기를 꺼놓았고, 자신의 계획을 아무와도 상의하지 않았다. 을주에게 털어놓고 싶었으나 이 구렁텅이에 을주를 끌어들일 순 없었다.

을주의 방송이 있던 날, 을주는 이모부에게 건네받은 쟁반을 들고 다시 하우스 안으로 왔다. 바닷가집으로 돌아가려는 둘희를 붙잡아 앉히고서 조심스레 새로운 방송 콘셉트를 제안했다. 욕이나 비난이 아니라 응원의 말을 채팅창에 고정해보라고 했다. 똑같이 캣맘을 출연시키되 비난이 아니라 지지와 칭찬의 말로 돈을 모아보라고. 사람이 사람을 미워하는 건 바꿀 수 없겠지만, 무수히 쏟아지는 말 중에서 어떤 것에 집중하고 어떤 목소리를 크게 키울지는 선택할 수 있다고 했다. 기사의 헤드라인을 정하는 책임자처럼 을주는 팀장인 둘희가 방송의 흐름을 바꿔보길 원했다.

그날 을주는 평상에 음식을 놓고 앉아 또박또박 말을 이었다. 둘희는 이야기의 주제와 상관없이 눈앞의 정경을 오래 기억하고 싶었다. 자신이 이 순간을 그리워하게 될 거란 예감이 들었다. 세월이 흘러 기억이 흐려지면 지금 이 순간도 하나의 이야기가 될까. 반복해 떠올리고 더 자주 되뇌면서 사실보다 허구에 가까운 한 편의 영화가 될까.

"어떤 소설가가 그러는데, 인간은 자기가 이해할 수 없는 걸 이야기로 만든다고 합니다."

둘희가 어렵사리 말을 꺼냈다. 을주는 김이 피어오르는 매생잇국을 숟가락으로 천천히 휘저으며 다음 말을 기다렸다.

"그래서 나는 가짜 이야기가 아주 많이 필요해요."

둘희는 자기의 관자놀이를 손끝으로 누르며 말을 이었다.

"여기에 거짓말이 너무 많습니다."

"괜찮아요. 어차피 소설가도 다 가짜를 쓰잖아요."

"아뇨, 그 소설가도 가짭니다. 거짓말을 시키려고 내가 만들었습니다. 그렇게 한참이나 허구에 빠져 가짜를 지어내고 나니 진실이 보였습니다."

"진실이 뭔데요?"

을주가 손을 뻗어 자기의 머리를 겨누는 둘희의 팔을 가만히 끌어내렸다.

"미워하는 나. 화내고 원망하고 이해할 수 없다고 소리치는 나."

"소리쳐요."

을주가 말했다. 둘희는 입술을 다문 채 시선을 떨어뜨렸다.

"먹어요, 불어요."

을주는 둘희의 손에 젓가락을 쥐여주며 국수 그릇을 가까이 밀어주었다. 둘희는 등뒤의 딸기나무들을 돌아봤다. 츠히가 아직 그곳에 있었다. 츠히의 모습을 한 오티스가. 마치 나들이를 나온 아이처럼 오티스는 초록 잎들 사이에 숨어 자신을 훔쳐보고 있었다. 오티스, 명찰을 달면 어때요? 어떤 말을 써야 소란을 피울 수 있을까요?

둘희가 써내려가는 이 영화에서 악역은 권이었다. 한기연은 고립된 예술가였고 페피는 친구의 몽상을 현실로 이뤄가는 산초였다. 그렇다면 나는 어떤 역할일까? 이 허구에서 나는 어떤 무지와 폭력을 깨닫게 하는 장치일까.

한기연의 시나리오는 관객이 원하는 결말을 보여주지 않았다. 현실에서도 한기연은 자신이 바라는 장면을 충분히 만들어내지 못했다. 이제 와 늙고 병든 여자가 죽는 게 무슨 반전이라고. 현실의 카메라는 고작 상복을 입은 권과 눈물을 찍어내는 권의 남편만 비출 뿐이었다. 오티스가 죽었을 때처럼 이번에도 죽음을 대하는 저들의 방식은 상투적이고 안일했다. 둘희는 뉴스 화면으로 송출되는 옛 고위 공직자의 장례식 장면을 바라보며 그 안에서 되풀이되는 이야기의 패턴을 읽어냈다. 한 시대가 저물고 그 정치적 유산을 이어받은 모범적인 한 쌍의 부부. 그들이 만들어내는 애통한 표정과 대사는 끊임없이 복제되어 인류의 또다른 유산으로 대물림될 것이다. 그 영화에서 모략과 다툼이 난무하고 살점이 찢어져 피 흘리는 장면은 은폐되었다. 죄인이 떠나면 남은 죄는 어디를 떠돌지? 둘희는 한기연을 혼자 내버려둘 수 없었다. 혼자서라도 영화를 완성해야 했다.

on air 옥상 문을 열자 화단 회벽에 붙은 선거 포스터가 보인다. '변화의 새바람, 세대교체 젊은 피, 희망 정치 평등 국가······' 굵고 반듯한 글자 위로 유명 정치인의 얼굴이 보인다. 정치인과 그의 남편이 서로를 보며 환하게 웃고 있다.

"이건 사 년 전, 이건 팔 년 전 그리고 이건 십이 년 전."

욕받이가 연이어 붙어 있는 포스터를 하나씩 가리키며 말한다.

"금슬 좋은 정치인 부부시죠. 그리고 나는······"

욕받이가 테이블에 카메라를 올려놓고서 코트를 벗는다. 흰 티셔츠를 입은 욕받이가 카메라 앞에서 가슴을 크게 펼친다. '혐오 세력'이란 검은 글자가 가슴팍에 찍혀 있다.

"뒤에 계신 정치인이 그러십니다. 우리가 혐오를 조장한다고요. 법 이름도 혐오 표현 금지법이죠."

욕받이가 플라스틱 의자를 끌어당겨 앉는다. 삼각대에 카메라를 고정해놓은 뒤 주변을 정리한다. 테이블 위에는 포카리스웨트와 병맥주, 캐슈너트가 담긴 유리그릇, 비스킷 상자, 윗지름이 넓은 자기 그릇이 놓여 있다. 그릇 안에는 식어빠진 우동이 담겨 있다.

"자, 인터뷰하겠습니다. 궁금한 걸 물어보세요. 먼저 이 방송의 필수 질문에 답하겠습니다. 욕먹을 만한 삶을 살았는가? 이런 방송을 만드는 인간이니 욕먹을 만한 인생이겠죠? 난 욕이 무섭지 않습니다. 오히려 사람들의 관심이 고맙죠. 이게 내 일이고 돈벌이니까요. 여기에 나온 사람들도 방송이 끝나고 마지막엔 우리에게 고맙다고 말합니다."

지원금에서 몇 프로 떨어지는데?

on air "얼마 안 됩니다. 그나마 그것도 이제 끝물이고요. 퇴직금이라 생각하고 오늘 상생 지원금을 많이 쏴주십시오. 여러분이 어떤 걸 원하는지 잘 압니다. 하나씩 호응해드리겠습니다."

욕받이가 맥주병의 뚜껑을 따 빠르게 들이켠다. 비스킷 상자를 뜯어 동그란 초콜릿 과자를 한입에 넣는다. 다리를 꼬고 등받이에 허리를 기댄 채 느긋하게 채팅창을 바라본다.

"오늘은 지원금 문구가 없습니다. 까다롭게 고르지 말고 그냥 한심한 혐오 세력에게 돈쭐을 내주십시오."

그렇게 말하며 욕받이가 털모자를 벗는다. 흰색 모자를 아무렇게나 바닥에 떨궈놓고는 머리카락 속을 더듬으며 핀을 푼다. 욕받이가 쇼트커트 스타일의 가발을 벗자 채팅창에서 비웃음이 쏟아진다.

"왜 가발을 쓰느냐고요? 내 취미니까. 사랑도 취미, 욕도 취미, 나한텐 다 우스운 장난입니다. 이게 뭐 대단합니까? 여자 머리 길이로 무슨 트집을 잡으려고."

욕받이가 옆에 벗어놓은 코트를 집어 붉은 띠를 들어올린다. 이마에 띠를 두르려다 손을 떨며 바닥에 떨군다.

"나한테 궁금한 게 그겁니까? 나이, 이름, 남친이 있는지? 그런 건 얼마든지 가짜로 꾸밀 수 있는데? 혐오 세력을 뭘로 보고. 대단하신 국회의원들이 지목하는 악의 축인데, 겨우 출신 대학을 물어봐요? 상상력을 발휘하십시오. 공짜로 얻으려 하지 말고 대가를 지불하세요. 앞으로 십분, 그때까지 지원금이 백만원을 넘지 않으면 이대로 라이브를 끝내고 방송도 완전히 접겠습니다. 넘으면 옷을 하나씩 벗죠. 오늘 지원금 천만원 찍어봅시다!"

그렇게 말한 뒤 욕받이가 그릇을 들고 후루룩 우동을 먹는다. 화면을 보지 않은 채 옆으로 고개를 틀고서 맑은 겨울하늘을 바라본다. 희미하게 철문을 두들기는 소리와 누군가의 이름을 외치는 목소리가 들린다. 면발을 우물거리던 욕받이가 티셔츠에 매달았던 무선마이크를 떼고 전원을 끈다. 그런 다음 의자에서 일어나 옥상 난간으로 간다. 구두를 벗고 난간에 올라 평균대를 걷듯 양팔을 크게 펼친다.

"아, 지루해. 그냥 십 분 지났다고 칩시다!"

욕받이가 카메라를 보며 크게 외친다. 그러고는 난간에 서서 흰 티셔츠를 벗는다. 몸에 달라붙는 살구색 보정 속옷이 드러난다. 긴 머리카락이 흩날려 얼굴을 뒤덮는다.

둘희는 옥상 입구 쪽을 보지 않았다. 주먹으로 문을 때리며 시후가 소리치고 있었다. 둘희는 담담히 시후의 고함을 들었다. 강선생과 을주도 방송을 보며 애를 태우고 있을 터였다. 둘희는 그들에게 미안하고 부끄러웠다. 그러나 그런 이유로 한기연을 외면할 수는 없었다. 한기연에겐 더 크고 강한 폭풍우가 필요했다. 그래야 그 바람을 타고 한기연의 영화가 더 멀리 나아갈 수 있을 테니까. 페피의 말대로 그들에겐 증오라는 아교풀이 필요했다. 둘희는 사람들에게서 야유와 반감을 불러일으키는 방법을 알았다.

on air 난간 위에 올라선 욕받이가 벨트를 풀고 바지를 벗는다. 가슴부터 가랑이까지 하나로 이어진 속옷만 입은 채 카메라를 향해 손을 흔든다. 흡사 체조선수처럼 두 팔을 벌리고서 난간 위를 걷는다. 천천히 앞으로 나아가던 욕받이가 화면에서 사라졌다가 잠시 뒤 몸을 틀어 다시 한

걸음씩 되돌아온다.

　시후는 문손잡이를 비틀며 계속 소리쳤다. 그러나 옥상 문 열쇠는 둘희에게 있었고, 문을 부순다 한들 둘희는 물러설 생각이 없었다. 둘희는 오티스와 함께했던 감상회에서 한기연이 했던 말을 기억했다. 오티스가 물었다. 감독님이 바라는 영화의 결말은 무엇인가요? 한기연은 오래 고민하지 않고 답했다. 넓은 벌판에 사과나무가 있어요. 한 여자가 양동이를 들고 풀밭으로 가서 사과를 주워요. 애써 나무에서 딸 필요 없이 이미 땅에는 잘 여문 사과가 가득 떨어져 있죠. 둘희가 물었다. 그게 감독님이 원하는 피날레인가요? 한기연이 답했다. 내가 아니라 둘희씨와 오티스의 피날레. 나는 사과를 떨어뜨릴 폭풍우. 둘희씨와 오티스가 그 열매를 가져가요.

　그러나 둘희는 그 결말에서 멀어졌다. 설령 탐스러운 과실이 사방에 널려 있다 해도 둘희는 그 열매를 맛보지 못하리라. 둘희는 자신이 폭풍우에 휩쓸린 티끌에 불과하단 것을 받아들였다. 시간이 흘러 어떤 운좋은 세대가 그 과실을 얻는다 해도 그들은 다시 일상이 된 혜택에 권태를 느끼고 또다른 열매를 바라게 될 것이다. 땅을 갈아엎고 품종을 개량하여 더 높이 자란 나무에 기어오를 것이다. 그렇다고 먼지 한 톨이 폭풍우를 원망할 수 있을까? 몸을 던져 저 단단한 나무를 흔들고 싶지 않다고 바람을 거역할 수 있을까? 둘희는 차마 열매를 바랄 수 없었다. 둘희가 바라는 건 자신을 마지막으로 이 폭풍우를 끝내는 것이었다. 사람들이 원망하고 저주하며 비바람이 잦아들길 소원해도 둘희는 그 태풍에 휩쓸려야 했다. 더 험난하고 더 아득한 쪽으로. 한기연이 나아가는 방향이 둘희가 추락해야 할 높이였다.

  on air "끝입니까? 겨우 이 정도예요? 이 정도 돈으로 무슨 사회적 물의를 일으킵니까?"

욕받이가 사뿐히 아래로 뛰어내려 테이블로 걸어온다. 갈증이 나는 듯 이온음료를 마신 뒤 마이크를 켠다.

"여기 지금 미성년자 있습니까? 손들어보세요, 손! 그래, 이제 너희는 다 나가. 앞으로 진짜 욕받이를 보여줄 거니까, 나가!"

욕받이가 털모자와 코트에 달았던 명찰을 하나씩 떼어내 테이블 위에 늘어놓는다. 그런 다음 몸을 조이는 속옷을 벗기 시작한다. 어깨에서 옷을 내려 한쪽씩 팔을 빼내고는 가슴에서 잠시 멈춘다. 장식품을 고르는 사람처럼 진열된 명찰들을 손으로 건드리다 '업소녀 칠 년 차'를 집어든다. 욕받이가 그 명찰에 달린 핀으로 왼쪽 팔을 찌른다. 눈을 감고 얼굴을 일그러뜨린 채 날카로운 철심을 살갗에 찔러넣는다. 몸에 전기가 통하는 듯 욕받이가 눈을 감고 어깨를 떤다.

"너희는 죽어도 나를 이해 못하겠지. 왜 이런 구렁텅이에 빠져 사는지 한심하겠지. 잘 들어, 여자들, 어린 여자들. 아니 남자도 똑같아. 내 말 잘 들어. 사랑 어쩌고 하는 책들 읽지 마. 드라마니 영화니 전부 보지 마. 그거 다 너희를 세뇌하고 중독시키는 마약이야. 너희를 숙주 삼아 기생하려고 만든 거짓말이야. 그런 사기술에 넘어가지 마. 그게 무엇이든 절대로 너희를 착취하는 말을 용납하지 마. 늙은 인간을 조심해. 기성세대는 식인종이야. 너희 몸뚱이랑 영혼을 먹어치우려는 식인종. 믿지 말고 이용당하지 말고 무조건 뿌리치고 도망쳐."

흡사 '업소녀 칠 년 차'의 목소리와 생각을 흉내내듯 욕받이가 말한다. 그러고는 또다른 명찰을 고르며 손가락을 허공에서 팔랑거린다. '쉬는 중 계속 쉬는 중'의 명찰을 손에 든 욕받이가 가슴 부위에 걸친 속옷을 배꼽까지 내린다. 욕받이의 두 가슴이 오후의 환한 햇살을 받아 적나라하게 드러난다. 욕받이가 배에 명찰을 달려고 시도한다. 자기 몸에 주삿바늘을 쑤시듯 고개를 치켜든 채 부들부들 떤다. 은색 핀이 피부를 관통하고, 욕받이가 '쉬는 중 계속 쉬는 중'의 방송 장면을 따라 하듯 맥주를 급하게 들이켠다. 한 병을 다 비우고, 또 한 병을 반쯤 마신 다음 정신을 차리듯 자기의 뺨을 때린다.

"나한테 고마운 줄 알아. 내가 노니까 너희가 대접받잖아. 솔직히 말해봐. 요즘 젊은 애들이 일도 안 하고 방에 갇혀 지낸다고 하면 속으로 다행이다 싶지? 나 같은 거랑 비교하면 너희는 제대로 사는 것 같잖아. 내가 진짜 쉬는 줄 알아? 늘 쉬는 사람은 진심으로 못 쉬어. 나는 내가 원하는 일을, 원하는 시간만큼 하고 싶은 거야. 이렇게 말하면 능력도 없는 게 눈만 높다고 욕하겠지. 나도 힘든 일 할 수 있어. 배달 일도 해봤고 공장에서 박스도 날라봤어. 근데 내가 진짜 못 견디는 게 뭔지 알아? 그동안 뭐했냐고, 남들 대학 가고 좋은 데 취업할 때 넌 뭐하고 살았냐고, 남의 인생을 평가하면서 자존감 채우는 인간들, 그 인간들이 날 방에 가두는 거야. 그래, 나 같은 거라도 있어야 안심되겠지. 날 보면서 저렇게는 되지 말자고 이 악물고 출근하겠지. 내가 밑바닥을 깔아주고 경쟁률을 높여주니까 너희가 기분좋게 정상인 노릇을 하는 거잖아. 아니야? 아니면 돈으로 말해봐. 돈이라도 주면서 욕하라고. 너희의 말이 나한테 어떻게 느껴지는지 내가 보여줄게."

욕받이의 팔과 배에서 피가 흐른다. 통증과 추위에 입술이 퍼렇게 된 욕받이가 경련하듯 손을 떨며 또다른 명찰을 집어든다.

그때 옥상 문이 열렸다.
뒤를 돌아본 둘희는 그대로 몸이 굳었다.

한기연

한기연이 서 있었다. 처음 이곳에서 만났던 모습 그대로. 회색 재킷과 연한 물빛 청바지, 둘희가 반했던 레몬색 모자, 그 모자도 쓰고 있었다. 한기연은 아름답고 단호한 자태로 다가와 카메라를 껐다. 코트를 집어 연인의 몸을 감싸고는 둘희를 가까이 끌어당겼다. 둘희와 눈이 마주치자 한기연이 아픔이 서린 미소를 지었다. 둘희는 뻣뻣하게 선 채로 연인의 입가에 그어진 익숙한 주름을 바라봤다. 손을 뻗어 만지려 하자 한기연이 고개를 기울여 둘희의 손이 자기의 뺨에 닿게 했다. 둘희는 무릎이 꺾이듯 자리에 주저앉았다. 그제야 자신이 왜 이런 일을 벌였는지 이유를 알았다. 한기연을 불러내려고, 이렇게라도 당신을 되찾으려고.

"일어나. 집에 가자."
한기연이 둘희 앞에 몸을 숙이며 말했다. 둘희는 얼굴을 떨군 채 고개를 저었다. 수치심이 밀려들며 오한이 일었다.

"괜찮아, 아무 일도 아니야. 내가 책임질게."

한기연이 둘희의 등을 감싸며 가만히 끌어안았다. 핀에 찔린 부분이 한기연의 몸과 닿자 둘희는 배를 움찔하며 얼굴을 일그러뜨렸다. 둘희는 통증에 숨이 턱 막히면서도 눈물을 흘리는 한기연을 애틋하게 바라봤다.

"장례식장에서 왔어요? 날 구하려고?"

한기연이 고개를 끄덕였다. 둘희가 눈물을 흘리는 그녀의 뺨을 쓰다듬었다. 천천히 이마와 머릿결을 만지고 부르튼 입술을 더듬었다. 우는 얼굴이 어쩜 이렇게 아름다울까. 어쩔 수 없이 둘희는 고통받는 한기연의 모습에 감탄했다. 세상을 구하느라 사랑하는 여자를 구하지 못한 슈퍼맨. 나 때문에 괴로워하는 슈퍼맨.

하지만 현실은 영화와 달랐다. 둘희는 로이스가 아니었고 한기연도 슈퍼맨이 아니었다. 한기연조차 둘희가 만들어낸 환영일 뿐. 둘희는 그 사실이 떠올라 자꾸 눈앞의 한기연을 어루만졌다.

"모자는 뭐야."

둘희가 놀리듯 묻자 한기연이 마지못해 웃는 표정을 지으며 모자를 매만졌다.

"겨우 찾았어."

"과거로 가서? 지구를 반대로 돌려서?"

한기연이 고개를 끄덕였으나 둘희는 그 말을 믿지 않았다.

"아니, 한기연은 없어. 당신은 내가 만든 가짜야."

둘희가 몸을 비틀어 한기연의 품에서 빠져나와 난간 위로 올라섰다.

"내가 이렇게 해주길 바라지?"

"바보 같은 짓 하지 마."

"어떤 시나리오가 좋을까 머릿속에서 늘 계산하잖아. 어때, 이 상황이 당신에게 유리해?"

둘희가 두 팔을 벌리자 코트가 난간 아래로 떨어졌다. 검은 코트가 새의 날개처럼 허공에서 펄럭였다. 둘희는 몸을 움츠린 채 아래를 응시했다. 배와 팔에서 흘러내린 핏자국이 갈색 무늬처럼 피부에 굳어 있었다.

"한기연이…… 보고 싶어……"

"여기 있잖아. 나한테 와."

한기연이 다가서자 둘희가 뒷걸음질치며 밑을 내려다봤다. 까마득한 아래로 심장이 저 혼자 추락하듯 속이 울렁였다. 문득 사방이 몹시 고요했다. 여기가 한계일까. 벽이고 끝일까. 동우씨는 어떤 마음이었나.

"내 손 잡아. 나랑 같이 가자."

"싫어."

어떻게 내가 한기연을 뿌리칠 수 있을까.

어떻게 내가 한기연의 손을 잡을 수 있을까. 한기연은……내가 만든 가짜인데……

둘희는 환영을 보지 않기 위해 두 눈을 감았다. 그러면서도 한기연이 떠나버릴까 겁이 났다. 둘희는 거짓을 지어내서라도 사랑을 이어가고 싶었다. 당신과 내가 더는 같이할 수 없다면 다른 사람이 되자고. 당신이 내게 그랬듯 나도 당신에게 다른 이름을 주고 우리에게 꼭 맞는 이야기를 다시 짓겠다고. 당신은 아무것도 이루지 않아도 좋으니 다만 한기연이 되어 내 곁에서 편히 쉬라고.

둘희는 한기연에게 안기고 싶은 충동을 억누르려 왼쪽 팔에 찔러넣은 핀을 잡아뜯듯 세게 당겼다. 등골에 소름이 돋으며 강렬한 냉기가 머릿속을 때렸다. 팔뚝에서 핏방울이 후드득 떨어지면서 턱이 떨리고 입가에서 침이 흘렀다. 둘희는 자신의 피가 묻은 노란 명찰을 입안에 쑤셔넣었다. 다시금 배에 달린 또다른 명찰을 뜯어내려 할 때 강한 힘이 둘희의 얼굴을 후려쳤다.

물흐름

1

들어오너라. 무슨 일이냐?
저는 이렇게 병에 걸렸습니다.
그래서?
제가 무슨 죄를 지었기에 이런 고통을 겪는 겁니까?
그 죄를 나에게 가지고 오너라. 내가 없애주겠다.
……
죄를 찾을 수가 없습니다.

한기연과 둘희는 가슴부터 발등까지 포개져 누워 창밖의 바다를 바라봤다. 검푸른 먼바다가 못에 박힌 장막처럼 고요했다. 해가 저무는 어스름 사이로 달빛이 밝아오고 있었다.

월출과 일출.

유화와 노화.

한기연과 둘희는 얇은 천 하나 걸치지 않은 채 서로의 무게에 짓눌렸다.

추워요?

둘희가 연인의 몸 위에서 물었다. 한기연에게서 옅은 떨림이 전해졌다. 둘희는 작은 조각배 안에 탄 것처럼 기우뚱 흔들렸다.

창조주와 파괴주.

쌍둥이와 홀둥이.

두 사람은 밀물과 썰물처럼 서로 짝을 이루는 대칭어를 떠올렸다. 창조주가 있다면 그 창세를 무너뜨리는 종말의 신도 있으리라. 쌍둥이가 세상의 기준이라면 인간의 대다수는 태내에 짝이 없는 홀둥이였다. 그리고 한기연은 사랑을 기준으로 그 너머를 궁금해했다. 사랑의 대칭에 있는 건 미움이나 사랑없음이 아니었다. 그 또한 바다의 파도처럼 사랑이란 물결에 깃든 하나의 흐름이었다. 한기연은 '지금'과 대칭되는, 사랑의 반대편에서 밀려오는 또다른 흐름을 알고 싶어했다. 더 광대하고 온전한 근원을 알면 무진장한 이 떨림을 진정시킬 수 있을 것 같다고 했다. 인간의 대칭에 있는 것, 지구의 반대편, 지금 우리의 건너편……

생각났어. 지금 이 느낌이 뭔지.

한기연이 둘희의 긴 머리카락을 두 손으로 모아 높이 올렸다. 둘희는 연인의 어깨에 턱을 대고서 한기연의 눈을 바라봤다. 떨며 숨가빠하는 연인의 몸을 자기의 가슴으로 지그시 압박했다.

나는 사랑을 당한 거야. 너한테 사랑을 당한 거야.

*

팀장님, 제 말 들리세요? 팀장니임- 팀장니임-

들려요.

둘희는 흐트러진 짧은 머리를 한쪽으로 쓸어넘겼다. 빗방울이 바람을 타고 사선으로 흩날렸다. 허벅지에 닿은 모래가 차갑고 축축했다.

강선생님, 듣고 있어요.

둘희와 강선생은 모래사장에 앉아 바다를 바라보고 있었다. 강선생이 김이 서린 안경테를 고쳐 쓰고는 호주머니에서 여러 장의 카드를 꺼냈다. 카드의 모서리가 비바람에 젖어들었다. 둘희는 카드를 받아들고 한 장씩 넘겨봤다.

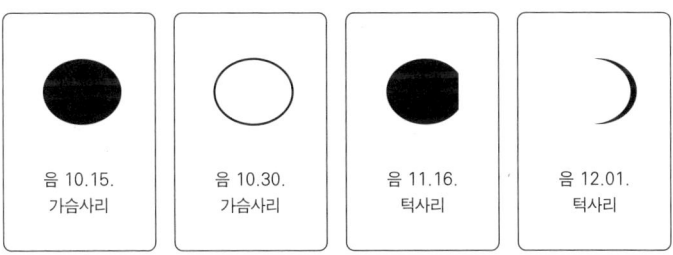

저는 매달 보름과 말일에 정성을 들였습니다. 새벽에 부적을 태우고 넋을 달래며 마음을 쏟았습니다. 팀장님, 우리 동우가 무서우세요? 아니면 팀장님도 우리 동우한테 뭔가를 말하고 싶으세요? 법이라는 글자의 기원을 그려서 이루고 싶으신 게 뭔가요?

강선생이 카드를 도로 가져가 주머니에 넣었다. 둘희는 거추장스러운 머리카락을 넘기며 파도가 더 크게 일렁이길 기다렸다. 빗방울이 쉴새없이 추락하며 검푸른 수면에 우묵한 자국을 만들었다.

되새겨봐야 뭐하겠습니까. 거짓말은 그만두세요. 그런 가발이나 가명도 버리십시오. 그것도 다 값을 치르기 싫어서 그러는 겁니다. 팀장님, 제가 성당에서 무슨 기도를 하는지 궁금하세요? 저는 기도 안 합니다. 그저 거기에 앉아 값을 치릅니다.

저는 습격당했습니다. 욕받이로 출연한 사람이 술병으로 제 머리를 가격했습니다.

아니요, 그 친구는 저랑 같이 바닷가를 떠났습니다. 팀장님 집으로 들어가 팀장님을 해코지하지 않았습니다. 팀장님 머릿속엔 나쁜 게 가득합니다. 그래서 이런 꿈을 꾸는 거지요. 팀장님, 이런 데서 헤매지 마시고 깨어나세요. 한기연이 누굽니까? 권기연이 누구예요? 왜 권기연을 한기연으로 둔갑시켜 거짓말을 지어내는 겁니까?

강선생님.

네, 팀장님.

파도가 깊숙이 밀려오며 모래사장을 적셨다.
제발 닥치세요.

*

개 냄새가 난다.
개가 뛴다.
어여쁜 개.
맞던 개. 무는 개. 딸기 냄새가 나는 개.
개가 목청을 돋우며 짖는다.
개 만세! 환영 만세! 모래야 문장 되고, 별아 씬 되어라!

*

지구를 돌려버리잖아요. 이 세상을 반대 방향으로 돌려버리잖아요.

*

페피가 투명한 화병에 꽃을 꽂았다. 한기연은 욕실에서 씻고 있었다. 페피는 남은 위스키와 화병을 들고 서재에 있는 둘희에게 갔다. 책상 앞에 앉아 있는 둘희에게 페피가 말을 걸었다.

이거 어디에 둘까요?

둘희는 돌아보지 않은 채 작은 목소리로 내뱉었다.

감독님이 나한테 피임약 먹으래요.

왜?

왜인 것 같아요?

제대로 말해요.

말할 게 없는데 뭘 말해요?

그걸 말해요. 말할 게 없다고. 뭘 한 적도 없는데 무슨.

둘희가 노트북을 닫고 의자에서 일어섰다. 그 빈자리에 페피가 앉아 다시 노트북을 열었다. 서재를 나가려던 둘희가 페피를 돌아봤다.

암호도 모르면서.

아무거나 눌러보지 뭐.

페피가 손바닥을 비빈 후 과장된 동작으로 자판을 누르다가 뒤에 선 둘희를 흘깃거리며 중얼거렸다.

또 저렇게 쏘아보네. 정말 눈에서 안광 나오겠어. 예전에 권 선배가 좋아하는 사람이 생겼다고 했을 때 내가 뭐라고 한 줄 알아요? 아, 그 눈동자에서 레이저 나오던 애?

페피가 둘희 쪽으로 의자를 뱅그르르 돌렸다. 페피는 둘희를 보면서 조금 미소 짓다가 좀더 크게 미소 짓다가 이내 얼굴을 찌푸리며 환하게 웃었다.

왜 그렇게 웃어요? 왜 그렇게 연기를 해요?

둘희가 페피를 쏘아보며 말했다.

좋아요. 계속 그렇게 증오해요. 부디 꺾이지 말고 부서지지 말고. 권선배는 겉만 차갑지 속은 물러터졌어. 강희씨랑 스캔들이 났을 때도 인정하자고 했잖아. 나랑 강희씨는 절대 안 된다고 뻔뻔하게 밀어붙였지. 우리는 거짓말에 손발이 잘 맞아요. 그래서 한기연이 곁에 두는 건가?

페피가 의자에서 일어나 책장을 훑어봤다. 고개를 기울이며 안쪽에 꽂힌 책들을 한 권씩 빼냈다.

강희씨, 나는 천재를 알아봐요. 군인이었던 아버지는 명령의 천재였고 판사 어머니는 결론의 천재였지. 두 사람 모두 자기의 재능을 발휘하려면 다른 사람이 필요했어요. 명령에 따를 부하나 벌을 받을 죄인이.

페피가 앞장이 우그러진 시나리오집을 주르륵 펼쳐봤다. 빛바랜 녹색 종이에 '따개비와 구름'이란 제목이 적혀 있었다.

이제껏 내가 본 최고의 천재는 권기연이에요. 다들 자기 재능으로 명성이나 돈을 얻길 원하잖아. 권선배는 반대야. 그 사람은 실패하는 데 타고났어. 나는 권선배를 만나고서 무능력에 눈을 떴어요. 그런 바보 같은 도전은 들어본 적도 없었는데 말이지. 실패도 아름다울 수 있다는 걸 알았어.

페피가 책상 위에 시나리오집을 내려놓고서 책장에 몸을 기댔다.

이제 받아들일 때도 됐잖아요. 권기연을 사랑하려면 나도 받아들여야 해. 그 사람이랑 나는 서로를 인정했어요. 그래서 우리는……

페피가 말을 멈췄다. 자신이 하는 말을 똑똑히 들으라는 듯 마주선 둘희를 빤히 봤다.

그래서 우리는 부부가 될 수 있었던 거야.

둘희는 열려 있는 문 너머로 욕실을 살폈다. 문득 한기연의 샤워 소리가 그친 것 같았다. 한기연이 나와서 이 대화를 듣는다면 자기를 오해할지도 몰랐다.

난 강희씨가 좋아요.

페피가 남은 술을 단번에 삼키고는 병목이 가는 크리스털 꽃병을 천천히 돌렸다.

그 독기가 좋아. 증오도 재능이니까.

그런 여자만 원하겠죠.

서재 문을 닫으며 둘희가 받아쳤다. 페피는 웃음기를 거두고 둘희의 다음 말을 기다렸다.

절대 자기를 완전히 받아주지 않는 여자.

내가 왜?

그래야 탓할 수 있으니까. 실패한 핑계를 떠넘길 수 있으니까.

페피는 잠시 안색이 변했으나 다시금 특유의 파안대소를 지으며 자기의 상처받은 마음을 숨겼다. 웃음소리를 길게 늘이며 충혈된 눈가를 손으로 문지르다가 둘희가 서재 문을 열자 거칠게 팔을 뻗어 문을 닫았다.

착각하는 것 같은데, 너처럼 얄팍한 애는 권기연의 발끝도 못 따라가. 권기연이 날 어떻게 설득했는지 알아? 술이랑 약에 빠져 살던 나를 어떻게 바꿔놨는지 아느냐고. 〈따개비와 구름〉은 그냥 영화가 아니야. 이건 우리 부부의 목숨이야. 그때 우린 정말 죽으려고 했어. 우린 이 일에 전부를 걸었어. 권기연이 날 그렇게 만들었어. 권기연은…… 우리는…… 난 그런 여자의 남편이야.

몸을 돌려 책상 위에 손을 얹으려던 페피가 자기도 모르게 화병을 쓰러뜨렸다. 새하얀 옥살리스와 병에 담긴 물이 노트북 자판으로 쏟아졌다. 페피가 다급히 노트북을 들고 물을 털어냈다.

미안해요.

당황한 얼굴로 페피가 자기의 옷으로 물기를 닦아냈다. 둘희는 우두커니 서서 그 모습을 바라봤다. 어느덧 새치가 나기 시작한 머리칼과 야윈 어깨, 서툴게 여기저기를 닦아내는 손…… 페피는 전보다 늙고 연약해졌지만 발가락만은 처음 봤던 그대로 하얗고 가지런했다. 한기연은 어째서 나오지 않을까. 왜 나를 의심하는 거지?

　죽을힘을 다해요.

　둘희가 높낮이 없는 목소리로 말했다.

　더 전력을 다해서, 모든 수단과 방법을 동원해서 하루라도 빨리 해내라고요. 감독님과 당신이 원하는 걸 이뤄내요. 그런 다음 내 앞에서 영원히 사라져.

　서재를 나가며 둘희가 마지막으로 경고했다.

　또 나한테 반말하면 죽여버릴 거야.

*

　저는 우는 게 아니라 정신을 차리고 있는 겁니다.

*

　팀장님, 팀장님!

　듣고 있어요.

　맨발에 슬리퍼를 신은 시후가 둘희 앞에서 손을 크게 내저었다. 둘희가 눈을 깜박이며 시후를 바라봤다. 시후는 자기의 뒷머리를 흐트러뜨리며 바닥에 털썩 주저앉았다.

저는 언젠가 이 버러지들이 날 거라고 믿어요.

개구리 주지 마십시오.

저 좀 그만 무시하시고요. 제가 사람 고기를 준 것도 아니잖아요.

시후가 수조 유리벽에 이마를 대고 말했다. 시후가 입을 벌려 말할 때마다 유리에 하얀 입김이 서렸다.

저기 산에 살쾡이도 살고 너구리도 살아요. 그게 제 잘못이에요? 와서 좀 보세요. 얘들이 얼마나 맛있게 먹는지 보시라고요. 사력을 다해 뜯어먹잖아요. 이 물방개를 누가 데려왔어요? 이 회사 대표가 누구예요? 제가 지금 제대로 보이긴 하세요?

둘희가 천장의 새하얀 빛을 올려다봤다. 눈을 감자 눈꺼풀 위로 영롱한 빛이 잘게 부서지며 시후의 목소리가 앙금처럼 가라앉았다. 둘희는 자신이 꿈을 꾸고 있음을 알았다. 꿈이라는 것을 자각하자 날카로운 통증이 실금처럼 가슴에 번져갔고, 그 고통이 못내 분하고 서러웠다. 이 허깨비 안에서조차 둘희는 스스로를 수치스러워했다. 어째서 인간은 자기 자신을 부끄러워해야 할까. 악몽의 익숙한 결말은 둘희가 목놓아 통곡한 다음 퉁퉁 부은 눈으로 깨어나 자신의 과도한 감정을 열없이 깨닫는 것이었다. 하지만 이 꿈의 바깥마저 꿈이라면, 안과 밖이 거울처럼 서로를 반사할 뿐 가운데 경계는 영원히 다다를 수 없는 공백이라면 나는 어디에서 한기연을 찾아 내 사랑의 분투를 증명할 수 있을까.

이리 와.

그 질문에 답해주듯 한기연이 둘희의 팔을 잡아끌었다. 그 순간 둘희가 서 있는 공간이 바뀌고 천장에서 새들이 끼룩댔다. 갈매기들이 거실 소파와 테이블에서 날개를 퍼덕거렸다. 내가 지금 헛것을 보는 건가. 둘희가 혼란스러운 표정을 짓자 한기연이 둘희의 옷 속을 파고들며 부드럽게 꾸중했다.

바보야, 그럼 이건 어떻게 설명할 건데?

한기연이 둘희의 풀색 치맛단을 들어올려 머리 위로 벗겨냈다. 둘희는 만세를 부르듯 순순히 두 팔을 올렸다. 노란 부리의 험상궂은 새들이 누드가 된 그들의 행위를 관람했다. 둘희는 몇 겹의 프리즘 안에 갇혀 어지럽게 회전하는 기분이었다. 꿈이니까…… 무슨 일이든 일어나도 상관없겠지……

아니야, 그러지 마.

한기연이 둘희의 얼굴을 가까이 끌어당기며 말했다.

꿈은 현실의 찌꺼기가 아니야. 그런 식으로 물러서지 마. 네가 만들어낸 환영을 변명하지 마. 꿈이 무너지면 현실도 무너지는 거야.

마치 책을 읽어내려가듯 한기연이 명료하게 말했다.

저 갈매기들처럼 한쪽 눈을 뜬 채 꿈을 꿔. 소금물에 둥둥 떠서 꿈꾸고 물속으로 잠수하며 꿈을 꿔. 상쾌하게 하늘을 날면서도 너의 일부는 끊임없이 꿈을 꾸게 해.

한기연이 둘희의 뺨과 눈꺼풀, 입술에 연이어 입을 맞췄다. 주름지고 말라빠진 손으로 둘희의 살결을 쓰다듬었다. 둘희는 그대로 무릎을 꿇고 앉아 늙고 초라한 연인의 몸에 입을 맞췄다. 매번 시도하고 똑같이 실패하는 이 여자의 무능과 어리석음에 경의를 표하며. 쇠락해가는 연인의 살냄새를 깊이 들이마셨다. 둘희는 자신이 통과한 고통을 한기연도 똑같이 겪어냈다고 믿었다. 절대로, 당신이 나를 이용하고 내팽개친 것이 아니라고. 당신도 나처럼 두렵고 무지해 그저 어느 한순간 좀 더 수월한 길을 갔을 뿐이라고. 둘희는 격정에 휩싸여 고개를 떨궜고 한기연은 그런 둘희를 일으켜 작별인사를 건네듯 머리에 레몬색 모자를 씌워주었다.

2

 모락모락 김이 나는 국물, 삶은 밀가루 면발, 고춧가루와 졸인 간장, 기름에 부친 해물전…… 실내에 감도는 냄새와 소리가 따뜻한 수증기처럼 둘희의 얼굴에 스며들었다. 달그락거리는 수저 소리와 웅성거리는 말소리가 서서히 또렷해졌다.
 "우리 이모 겉절이도 맛있어요."
 을주가 함께 있었다.
 "아, 전 됐어요."
 그리고 시후.
 "열무김치는요?"
 "아, 전 볶은 거만 먹어요."
 "볶은 김치? 왜?"

"아, 전 다른 건 못 먹어요. 비린내 나요."

"배추에서? 풋내 난다는 거예요?"

"아, 좀 떨어져서 말할래요?"

"미안, 튀었어요?"

"냄새나요. 흙 비린내."

두 사람의 대화를 들으며 둘희는 또다른 소리를 감지했다. 카펫이 깔린 바닥을 오가는 개의 발소리였다. 어깨를 움직이자 좁은 침대가 삐걱거렸고 등과 허리에 온기가 느껴졌다. 둘희는 회의실 구석에 있던 야전침대와 전기장판을 떠올렸다. 지금 자신은 아마도 그 침대 위에 누워 있는 듯했다. 가슴 위로 담요와 솜이불이 겹겹이 덮여 있었다. 다리를 움직여보았으나 발가락 끝까지 힘이 전해지지 않았다. 겨우 이불 밖으로 팔을 뻗어 손가락을 까닥거리자 따스하고 리드미컬한 그림자가 둘희에게 다가왔다.

여기 봐, 깨어났어!

개의 앓는 소리에 사람들이 둘희를 돌아봤다.

"정신이 드세요?"

침대로 다가온 강선생이 허리를 구부리며 둘희의 귓속에 체온계 센서를 들이밀었다. 을주는 침대 옆에 쪼그려앉았고 시후는 발치에 서서 둘희를 내려다봤다. 시후의 오른손에 붕대가 감겨 있었다. 그 손을 보자 둘희는 잊고 있던 통증이 느껴졌다. 숨쉴 때마다 팔과 복부의 살갗이 화끈거렸다.

"위층에 가기가 뭐해서 여기로 모셨습니다."

강선생이 그간 있었던 일을 설명했다. 건물 앞으로 응급차가 왔고 병원에서 상처를 치료한 다음 이런저런 검사를 받았다고 했다.

"그냥 잠든 거라면서 입원을 안 받아줬어요."

시후가 병실이 부족한 종합병원의 사정을 덧붙이며 만 이틀 동안 죽은듯 잠에 빠졌던 둘희의 상태를 말해줬다.

"을주씨가 밤새 여기에서 지켰습니다."

강선생이 옆에 있는 을주를 보며 말했으나 을주는 별다른 대꾸 없이 이불의 모서리만 만지작거렸다. 세 사람에게서 진한 양념 냄새가 풍겼다. 둘희는 일어나 화장실에 가야겠다고 생각했지만, 온몸을 내리누르는 노곤함에 또다시 잠이 몰려왔다. 아직도 꿈을 꾸는 건가. 눈꺼풀을 감기 전 둘희는 사무실 구석에 있는 옷걸이를 봤다. 기이하게도 거기에 레몬색 모자가 걸려 있었다.

그날 늦은 오후 다시 깨어났을 때 사무실에는 시후 혼자 남아 있었다. 둘희가 몸을 일으키자 시후가 의자를 끌고 와 침대 앞에 마주앉았다.

"우린 다 망했어요."

시후가 억울하고 혼란스러운 표정으로 말했다. 둘희가 별다른 대꾸를 않자 시후는 강선생의 책상으로 걸어가 서랍에서 우편물 하나를 꺼내 왔다.

"우리 회사 대표가 강준길이에요?"

시후가 건넨 우편물은 지역 경찰서에서 발송한 통지문이었다. 회사 대표인 강준길에게 정보통신법 위반과 관련해 경찰 조사를 받으러 오라는 내용이었다. 그간 둘희와 강선생은 회사 대표가 강선생이란 걸 숨겼다. 강선생은 방송에 합류한 뒤 둘희로 되어 있던 회사의 대표명을 자신으로 바꾸길 원했다. 만약 문제가 생길 경우 오랜 세월 공직자였던 자신의 신분이 법적으로 대처하기에 더 나을 거라며 둘희와 페피를 설득했다. 실제로도 강선생은 서류상의 대표일 뿐 〈욕+받이〉 방송은 바닷가집의 명의처럼 한기연의 영화를 위한 것이었다.

마주앉은 시후는 손톱을 물어뜯으며 다리를 떨었다. 자신을 감쪽같이 속였으니 뭐라도 변명을 해보라는 표정이었다. 오른손은 여전히 붕대에 감겨 있었다.

"시후씨가 문을 부쉈습니까?"

둘희는 시후의 상처와 그날 자신의 상황을 연결하며 물었다.

"기억 안 나세요?"

"띄엄띄엄."

"옆 건물 공업소 아저씨가 무슨 드릴 같은 걸로 문고리를 박살 냈어요. 아, 저는 안 봤어요. 팀장님 안 보고 이렇게 시선을 돌려서 카메라부터 껐어요."

시후는 자기의 얼굴 앞으로 기다란 사선을 그리며 그날의 시선 처리를 설명했다. 라이브 영상은 모두 지웠고, 다행히 그날 한일전 축구 경기가 있어 접속자 수가 그리 많지 않았다고 덧붙였다. 툴툴대며 말하면서도 시후는 그날 둘희가 왜 그런 짓을 벌였는지는 따져 묻지 않았다. 그저 한사코 자신은 아무것도 못 봤다며 결백을 증명하고 싶어했다.

"시후씨만 있었습니까?"

"어디요, 옥상이요?"

둘희가 고개를 끄덕였다.

"다른 사람도 있었죠. 내가 소리지르니까 주변에서 다 몰려왔어요. 옥상에 무슨 사고 난 줄 알았대요."

"손은……"

"아, 이건 뭐 좀 찍다가 찢어졌어요. 거기 말고 여의도에서."

시후는 다친 오른손을 가슴으로 끌어당기며 그날 옥상에 온 사람들도 둘희의 중요 부위는 못 봤을 거라고 강조했다. 문을 열자마자 둘희가 앞으로 고꾸라졌고 자신이 얼른 코트로 몸을 감싸줬다고. 둘희는 미안하다고 말하며 시후의 어깨 너머로 옷걸이를 봤다. 레몬색 모자가 여전히 그곳에 걸려 있었다. 둘희를 따라 뒤를 돌아본 시후가 뭔가 중요한 게 떠오른 듯 또다른 보고 사항을 전했다.

"아, 586 아저씨 치과 갔대요."

시후는 출연자가 자신에게 보내온 이메일을 보여줬다. 둘희는 시후의 휴대전화 화면을 보려고 몸을 기울였으나 심한 현기증이 일어 눈을 감았다.

"읽어드릴까요?"

"나중에 보겠습니다."

"그럼 우선 이것만 들으세요."

시후가 낮고 처량맞은 목소리를 흉내내며 이메일의 몇 구절을 읽었다.

"꽝이 나왔는데도 남몰래 수고비를 챙겨주셔서 감사합니다. 팀장님의 조언대로 해외여행을 가는 대신 임플란트를 했습니다. 신경 치료를 끝냈고 이제 다음주면 새 어금니가 생깁니다."

시후가 스크롤을 내리며 말을 이었다.

"이제 자기도 파김치 잘 먹을 수 있대요. 다음에 출연하면 라면도 더 잘 끓이고 만두도 안 터뜨리겠대요."

뒤꿈치가 드러난 맨발로 다리를 떨며 시후가 피식 웃었다.

1물

다들 잘 지내시나요? 뉴스에서 보고 생각나서요. 혐오를 조장한다는 인터넷 방송이 아무래도 그쪽을 말하는 것 같아서. 회사 대표가 처벌을 받을 거라는데, 설마 감옥에 가거나 그런 건 아니겠죠? 저도 마음이 편칠 않네요. 이젠 인터넷에서 '맘충'이란 말만 써도 불법이래요. 애들 교육상 좋기는 한데 이런 식으로 국민 입에 재갈을 물리는 건 아닌지 솔직히 의심되긴 하네요. 아무튼 채널이 없어져서 확인이 안 돼서 그러는데 제가 나왔던 영상은 확실히 다 삭제하셨겠죠? 이 부분은 깔끔하게 정리하고 싶어요.

 빗줄기가 트럭의 차창을 때리며 창틀의 우묵한 틈에 고였다. 둘희는 조수석에 앉아 빠르게 중심을 잃고 흩어지는 빗방울을 눈으로 따라갔다. 바다를 가로지르는 대교를 지나 도심으로 들어서자 먹구름이 짙게 드리웠다. 비에 젖은 빌딩 외벽이 무표정한 낯빛으로 빗방울을 튕겨냈다. 거리의 봄꽃들을 우수수 쓸어내리는 사나운 비바람이었다.

 둘희는 재킷 안주머니에 든 줄칼을 옷 위로 더듬었다. 왼쪽 팔꿈치를 옆구리에 대면 단단한 쇠붙이가 느껴졌다. 구치소에 도착하기 전 둘희는 줄칼을 꺼내 가방 안에 넣었다.

 "폭풍우를 뚫고 오셨어요?"

 접견실로 들어서자 수인복을 입은 강선생이 인사를 건넸다. 전보다 약간 살이 붙은 듯한 얼굴에 둘희는 마음이 조금 놓였다.

 "지나가는 비라 오후에는 그친다고 합니다."

 둘희가 날씨 얘기와 함께 그간의 일들을 짤막하게 전했다.

 "이사 준비는 끝나셨어요?"

 "하고 있습니다. 짐이 꽤 많아서요."

 둘희가 가림막의 받침대에 손을 올리며 말했다. 강선생은 자신은 곧 풀려날 테니 괜스레 마음 졸일 거 없다며 둘희를 안심시켰다. 아주 대단한 변호사가 셋씩이나 찾아온다고 했다.

이미 그가 편지로 자세히 언급한 얘기들이었다. 강선생은 둘희와 시후에게 이삼일에 한 번씩 편지를 부쳤다. 시후는 이메일을 두고 왜 손편지를 쓰느냐며 투정 섞인 짧은 답장을 보냈고, 둘희는 강선생처럼 손편지를 적어 답신했다. 편지마다 강선생은 자신의 과거를 길게 추억했다. 예전에는 수용자들이 편지를 자주 보내왔다고, 연말연시나 명절이 되면 직원들의 개인 우편함이 안부를 전하는 출소자들의 편지로 수북했다고 했다. 오랜만에 이렇게 다시 한 글자 한 글자 적으니 한결 마음이 단정해진다며 외려 자신의 처지를 긍정했다. 지금부터 착실히 영어 회화를 익혀 나중에 손주와 대화를 나누겠다며 의지를 다지기도 했다. 강선생은 이렇게 갇히고 나니 오히려 앞날이 트이는 것 같다고 했다. 이제야 갇힌 사람의 심정을 이해할 수 있겠다며 자신의 긴 이야기를 편지에 적는 것으로 둘희의 죄책감을 덜어주고 싶어했다. 그날도 그는 둘희에게 편지에 썼던 영화 얘기를 꺼냈다.

"팀장님이 만들어주셨으면 좋겠습니다."

둘희는 거절의 말을 되풀이했다.

"전 영화감독이 아닙니다. 동우씨를 잘 아는 것도 아니고요."

"저도 모릅니다. 사람 속을 어떻게 다 알겠어요."

강선생이 은발을 쓸어넘기며 웃었다. 그는 나이가 들수록 알던 것도 모르게 되고 빤히 알던 장소도 새롭게 보인다고 했다.

"어떤 영화를 원하세요?"

"팀장님의 이야기요."

"전 실수만 했습니다."

"그걸 말해주세요. 팀장님의 경험을 들려주십시오. 배우는 게 있을 겁니다."

"나쁜 사례인가요?"

둘희는 농담을 한 거였으나 강선생은 당황하며 자신의 말실수를 사과했다. 둘희가 다시금 자기의 우스개를 변명했고 잠시 두 사람 사이에 침묵이 흘렀다.

"팀장님, 우리 동우는 입버릇처럼 유언을 말하곤 했지요. 저는 사는 게 징역살이라고 했습니다. 이럴 줄 알았으면 하루하루 사는 게 꿈만 같다고 할 걸 그랬어요."

강선생의 농담에 이번에는 둘희도 웃음으로 호응했다.

"을주씨를 못 봐서 아쉽네요."

"다음엔 제가 밖에서 기다리겠습니다."

"나가면 강아지 한 마리 키우려고요. 벌써 이름도 정했습니다. 츠히."

둘희가 강선생의 시선을 피한 채 고개만 끄덕였다. 강선생은 편지마다 츠히의 그림을 편지지 귀퉁이에 그렸다. 그러면서 꿈에 나온 동우의 얘기를 썼다. 꿈에서 동우가 왜 이제 자기한테 정성을 들이지 않느냐며 심통을 부렸다고. 둘희는 그 편지를 읽으며 신령한 게이 귀신이 되어 자신과 강선생의 일에 시시콜콜 참견하는 오티스의 모습을 떠올렸다. 원한에 찬 억울한 영혼이 아닌 둘희가 본래 알던 동우씨. 강선생은 둘희가 동우의 환영에 괴로워한다는 걸 알았다. 마음의 짐을 덜어주기 위해 그믐이나 보름날 밤이 되면 조개무덤 근처에서 즈히의 그림을 태우며 동우의 넋을 달랬다. 꼭두새벽에 바람을 등지고 서서 죽은 아들에게 안부를 전했다. 우리가 잊지 않고 노력할 테니 너는 거기에서 너의 일을 해라. 산 사람 힘들게 하지 말고, 거기서 먼저 간 네 친구들을 불러모아 다 같이 영험한 힘을 발휘해봐. 강선생은 생전에 동우가 좋아했다던 바질빵과 꿀유자차를 잿밥으로 펼쳐놓고 저승의 귀신에게 이승의 법을 바꾸게 해달라고 빌었다. 그리고 둘희의 마지막 욕받이 방송이 있고 난 뒤 강선생은 갇힌 몸이 되었고, 그들이 도모하던 이른바 혐오 표현 금지법은 종교 집단의 반발에 결국 철회되었다. 강선생은 그 소식이 실린 신문의 기사를 물끄러미 바라봤다. 몇몇 단체의 빗발치는 항의로 본래 개정하려던 법안에서 '성적 지향'만 삭제하는 방안이 검토되고 있다고 했다.

현행법 제44조의7(불법정보의 유통금지 등) 개정안
① 누구든지 정보통신망을 통하여 다음 각호의 어느 하나에 해당하는 정보를 유통하여서는 아니 된다.

2의2. 인종·국가·민족·지역·나이·장애·성별·~~성적~~ ~~지~~
~~향~~·종교·직업·질병 등을 이유로 특정 집단이나 그 구성원에
대하여 차별을 정당화·조장·강화하거나 폭력을 선전·선동하
는 내용의 정보. 〈신설〉

 강선생은 처음으로 자신의 존재가 세상에서 소외된다는 게 어떤 것인지 절감했다. 그와 등대팀이 바라던 열망은 결국 이런 식으로 또다시 욕받이의 자리로 떠밀려났다.
 "작은 미풍에 그쳤으니 나가면 더 열심히 뛰어야죠. 제가 입버릇처럼 계속 중얼거리겠습니다."
 강선생이 몸을 푸는 선수처럼 좌우로 목을 꺾으며 연기했다.
 "아주 무시무시한 태풍이 올 겁니다."
 그 예언이 벌써 이루어진 듯 둘희가 밖으로 나갔을 때 빗발이 한층 거세져 있었다. 손에 든 우산이 바람에 뒤집혔고 사선으로 들이치는 빗줄기에 둘희의 허리춤이 젖어들었다.
 "오복이가 왜 거기 있습니까?"
 트럭에 오르며 둘희가 물었다. 운전석 아래에 숨은 오복이가 호박색 눈을 그렁그렁 뜨고 있었다.
 "방금 번개 쳤어요. 무섭나봐요."
 을주가 오복이를 끌어안고서 옆자리로 옮겼다.
 "다음엔 을주씨가 다녀와요. 내가 오복이랑 차에서 기다리

겠습니다."

둘희가 바동거리는 오복이의 등을 토닥였다. 을주는 사이드미러를 살피며 차를 후진시켰다.

"그때까지 다 나아야죠. 그죠, 오복씨, 에? 언제까지 발가락 깨물 거예요, 병원 갈 때마다 이럴 거예요? 에?"

시야가 불분명한 빗길에서도 을주는 안정감 있게 트럭을 몰았다. 물보라를 일으키는 바퀴 소리와 차창으로 흘러내리는 빗물이 일정한 리듬으로 귓가를 채웠다. 긴장이 누그러진 둘희는 자기도 모르게 꾸벅꾸벅 졸았고, 오복이의 얕은 신음에 깨어났을 때 트럭은 바다를 접한 해안도로를 달리고 있었다. 물 빠진 개펄에 빈 고깃배가 비를 맞고 있었다. 빗줄기는 가늘어졌으나 바다에서 불어오는 바람이 차고 거칠었다.

"고민되는 건 그냥 버리는 게 맞대요."

운전석에 앉은 을주가 차에서 내리는 둘희에게 당부했다. 둘희는 차창으로 몸을 숙이며 말했다.

"끝나고 전화하겠습니다."

"두 시간쯤 걸릴까요?"

"응, 그 정도. 이따 해변에서 만나요."

"오복아, 쪽 한번 해달라고 해."

오복이를 보며 을주가 채근했다. 그러더니 자기가 먼저 창밖을 향해 쪽 하고 손키스를 날렸다. 둘희는 트럭이 언덕을 내려갈 때까지 자리에 서서 지켜봤다.

일층 주차장으로 들어서자 콘크리트 벽면을 타고 떨어지는 빗소리가 요란했다. 둘희는 필로티 기둥 옆에 세워진 파란색 자전거를 보고 발을 멈췄다.

저걸 언제 가져다놨을까.

자전거 체인이 플레이트에 팽팽하게 걸려 있었다. 시후가 고쳐놨을까. 시후가 내게 자전거 얘길 했었나? 선뜻 걸음을 떼지 못하고 있을 때 불현듯 검은 형체가 둘희의 얼굴로 날아들었다. 둘희는 손을 내저으며 상체를 젖혔다. 날아든 게 무엇인지 몰라 주변을 살폈으나 사방에서 낙수 소리만 울릴 뿐 검은 형체는 보이지 않았다. 어쩌면 물방개일지도 몰랐다. 둘희는 수조를 탈출한 물방개가 근처에 서식하고 있을 거라 짐작했다. 그러고는 여전히 추측하고 겁에 질리는 자신이 지긋지긋해져 어깨에 멘 가방을 붙들고서 빗속으로 뛰어들었다.

한기연을 기다리는 나는 없다. 한기연을 보는 나도 없다. 한기연이란 게…… 처음부터…… 없는 거다.

둘희는 언덕길을 내달려 젖은 모래사장을 가로질렀다. 밀려드는 바닷물을 마중 가듯 주저 없이 검푸른 물속으로 들어가 가방을 열어 쇠붙이를 꺼냈다. 더는 한기연이라는 미망이 필요치 않다고 마음먹은 순간, 그 순간 바닷물이 흰 거품을 일으키며 둘희의 옷과 살갗을 할퀴었다.

더없이 오래 사는 따개비……

그 영화를 지어낼 때 둘희는 더 찬란하고 일관적인 스토리를 갈구했다. 남루하고 치졸한 현실을 은폐할 수 있게, 실망감을 안기는 연인의 실체를 직시하지 않으려고, 사랑하는 사람에게서 떼어낸 사랑하는 부분에 자신의 바람을 뒤섞어 무구한 사랑을 지어냈다. 사실보다 허구를 더 길고 상세히 묘사하고 인터뷰나 판결문의 형식을 모방해 사람들이 떠받드는 세상의 잣대를 비웃었다. 눈에 보이는 말들을 부숴 자기만의 이야기를 어둡게 쌓아올렸다. 여전히 둘희는 그 허깨비를 안고 춤출 수 있었다. 사랑, 영화, 정치…… 그 맹목을 뭐라 부르든 둘희는 끝까지 환영에 잠겨 가없이 흘러갈 수 있었다. 영화의 문법, 법의 언어, 돌팔매처럼 날아드는 욕지거리, 그 모든 말의 풍파 속에서 한기연이란 돛대를 세우고 열렬히 만세를 부르짖을 수 있었다. 파국이 정해진 여정을 지속하며 허구를 위한 별빛 하나, 모래 한 알이 되기 위해 자신의 맨가슴을 내어줄 수 있었다.

둘희는 파도에 맞서며 점점 더 깊은 곳으로 들어갔다. 한 손에 줄칼을 움켜쥔 채, 차마 그것을 놓아버리지 못하고서. 속옷이 젖고 허리까지 물이 차오르자 물보라가 얼굴로 튀었다. 부연 물방울의 잔상이 시야에 떠다녔다. 둘희는 앞을 똑바로 보기 위해 고개를 세차게 저었다. 무릎을 구부리자 어깨가 해수에 잠기며 물살이 단단한 밧줄처럼 등덜미를 에워쌌다. 그렇게 바다에 잠긴 채 둘희는 이 작별의 이유를 스스로에게 해명했다.

마음이란 것도 없고 그 마음이 만들어낸 한기연도 없다. 나를 사로잡은 순간들이 단지 하나의 꿈이라면…… 모두가 자신이 원하는 영화를 삶이라는 은막에 펼쳐놓을 뿐이라면……

둘희는 물속에서 주먹 쥔 손을 펼쳤다.

나에게서 놓여나.

둘희는 자신이 바라는 이야기의 결말을 놓아주었다. 풀려난 환영이 환영의 길을 갈 수 있게. 더는 붙들려 고통받지 않게. 멀리 갔던 환영이 돌아와 같은 환멸을 준다 해도 둘희는 놓아주어야 했다.

그리고 그 환영을 따라 자신도 삶에서 풀려나고 싶었다. 모든 꿈의 끝이 현실이라면 둘희는 깨어난 현실에 머물 곳이 없었다.

둘희도 강희도 될 수 없는, 깊은 물로 향해 가는 한 사람. 이제 가슴까지 바다에 잠긴 너…… 너는 여전히 권이 미우면서도 그리울 테지. 스캔들이 났을 때 권기연은 관계를 시인하겠다고 했어. 그 사람은 오티스가 〈24컷〉에 나오는 것도 반대했지. 그 사람은 한 번도 너를 억지로 붙잡아둔 적 없었고 너는 언제든 네가 원하는 길로 떠날 수 있었어. 네가 좀더 일찍 포기했다면, 네가 그 사람에게서 돌아서고 네가 그 마음을 내려놓았다면 오티스의 사고도, 사람들의 눈과 귀를 더럽힌 무수한 욕설도 존재하지 않았을 텐데.

둘희는 바닷물의 부력을 이기며 더 깊은 곳으로 향해 갔다. 크나큰 너울이 연달아 밀려오며 둘희의 몸을 떠밀었다. 한 번, 또 한번. 마치 바다가 불결한 것을 내뱉듯 둘희를 밀쳐냈다. 끝나지 않아. 끝낼 수 있다면 얼마나 후련하겠어? 바닷물이 코와 귓가를 덮쳐왔다. 소금물에 허우적대던 둘희는 퍼뜩 정신이 들었다. 을주라는 존재가 둘희의 가슴을 잡아끌었다. 아직 둘희는 을주에게 자신의 진짜 이름도 말해주지 못했다.

방송 채널이 삭제되고 강선생마저 수감된 뒤에 을주는 매일 둘희를 찾아왔다. 둘희는 을주와 함께 오복이의 뒤를 따르며 나직하게 중얼거렸다. 을주씨를 더 일찍 만났더라면 좋았을 거라고, 이미 나는 내 안의 무언가가 망가져버렸다고. 그러자 을주가 둘희의 손에 든 어야끈을 빼앗으며 외쳤다.

"오복아, 달려!"

을주는 오복이를 앞세운 채 둘희의 손목을 붙들고 모래사장을 내달렸다. 그런 부실한 생각이 드는 걸 보니 우리 오복이가 둘희씨를 너무 봐준 것 같다고, 앞으로는 다리가 네 개인 오복이가 매운맛을 톡톡히 보여줄 거라 했다. 을주는 숨이 턱까지 차오른 둘희에게 말했다.

"이 바다는 똑같은 바다가 아니에요. 둘희씨랑 내가 이렇게 같이 바라보는 바다잖아요. 나는 둘희씨의 시선으로, 둘희씨는 내 마음으로, 그렇게 서로의 눈으로 보면 다른 풍경이 되는 거예요. 둘희씨, 우리 언니 이름 궁금하지 않아요? 내 동생 이름이 왜 여의주인지 말해줄까요? 나는 꿈에서 우리 가족을 만나면 그날은 꼭 사이다를 마셔요. 우리 엄마 가슴에 얹힌 거 시원하게 내려가라고. 그다음에 오복이랑 신나게 뛰면서 트림해요. 미안, 트림은 취소. 그건 잊어줘요."

둘희는 을주의 목소리를 붙들고서 조금씩 얕은 수심으로 물러섰다. 그리고 또다른 밧줄을 붙잡듯 강선생의 글을 되뇌었다.

'팀장님, 제가 어떤 심정으로 버티는지 궁금하지 않으세요?'

둘희는 그가 쓴 편지를 한 번에 읽지 못했다. 강선생이 어떤 심정으로 삶을 견디는지 알기 두려워서였다. 하지만 그가 자신에게 바라는 것마저 외면할 순 없었다. 강선생은 둘희가 스스로의 삶을 끝까지 살아내길 바랐다.

'이 얘기가 도움이 되실지 모르겠습니다. 제가 교도소에서 일할 때 어느 수용자가 교도관을 공격해 살해했습니다. 그 수용자는 망상과 분노로 가득차 있었지요. 그자에겐 사형선고가 내려졌고, 저와 동료들은 마땅히 형이 집행되어야 한다고 믿었습니다. 죄 없이 순직한 동료를 위해서라도 말입니다. 하지만 항소 재판에서 그자는 무기징역으로 감형되어 다시 교도소로 옮겨졌습니다. 제 동료들은 매일 그자의 얼굴을 마주하며 다른 수용자들처럼 그의 안위를 보살폈습니다. 아마 같이 지내던 교도관들은 속이 다 까맣게 썩었을 겁니다. 그래도 우리는 그자에게 복수하지 않았습니다. 폭력으로 되갚아주지 않았지요. 그자는 제명대로 살다 감옥에서 병사했습니다. 우리가 참고 인내할 수 있었던 비결이 뭔지 아십니까?'

젖은 발자국을 땅에 찍으며 둘희는 언덕으로 향했다. 오한으로 턱이 떨리고 두 다리가 갈피를 잃고 휘청였으나 둘희는 가쁜 숨을 내쉬며 동작을 멈추지 않았다.

'다들 정해진 일과를 하느라 바빴어요. 딴생각할 틈이 없었습니다. 자기가 맡은 일을 안 하면 다른 동료가 해야 하니까요. 팀장님, 이제 저는 곧 청소할 시간입니다. 그후엔 세탁물을 규격에 맞게 정돈해야죠. 그렇게 저는 하루하루 주어진 일을 해나가겠습니다.'

둘희가 해야 할 일은 이 바닷가집에서 떠나는 것이었다. 둘희는 이층 사무실로 들어가 비어 있는 실내를 살폈다. 사무실의 짐들은 시후가 전문 업체를 불러 정리를 끝마친 상태였다. 삼층의 큰 가구와 집기들도 대부분 버리기로 했고, 옷가지들은 둘희가 여행 가방에 담아 옮겼다. 남은 것은 권기연의 서재였다. 페피는 자기 마음대로 처분할 수는 없다며 시간을 더 달라고 했다. 물건의 주인이 와서 직접 봐야 하지 않겠느냐며, 독촉하는 둘희에게 서운한 감정을 내비쳤다. 페피는 전보다 더 보안에 신경썼고 주변을 단속했다. 둘희와는 비밀 메신저로만 연락했고 강선생의 재판에도 배후에서 자금과 인력을 조력했다. 강선생에게 보내는 메일은 다른 이의 아이디를 빌려 쓰는 듯했다. 둘희는 강선생이 한 말이 페피에게서 온 것이란 걸 알았다. 작은 미풍…… 그 말은 채실장과 권기연, 그리고 강희 자신이 자주 썼던 선언문 속 구절이었다.

비록 작은 미풍에 그칠지라도 말과 글에 불씨를 지피고 관습과 오만에 구멍을 뚫어, 이 낡은 세계에 새로운 단층과 해안선을 그려내길. 가뭇없이 멀고 아무런 보답이 없을지라도, 난공불락의 시대를 통과하는 지금 우리의 얼굴 그대로, 다시금 법의 언어가 우리의 얼굴을 마주하길, 억수같이 쏟아지는 사랑의 폭풍우를 고대하길, 싱그러운 질서와 새롭게 쓴 윤리가 서로를 지탱하고 서로의 등에 업혀

두텁게, 더욱 두텁게!

둘희는 끝을 모르고 들려오는 내면의 목소리를 분질렀다.

어떻게 더 기다려? 자기 물건이 소중했다면 벌써 찾으러 왔겠지.

둘희는 숨을 몰아쉬며 삼층에 다다랐다. 집안으로 들어서자 자동 센서 조명에 불이 켜지며 현관에 놓인 크림색 단화가 보였다. 거실 안쪽에서 귀에 익은 목소리가 들렸다.

"둘희씨? 자기야?"

둘희는 온몸이 얼어붙어 꼼짝하지 못했다. 바닥을 스치는 슬리퍼 소리가 현관으로 다가왔다. 벽지에 비치는 실루엣이 점차 짙어지며 몸의 형상이 드러났지만, 둘희는 그 형체를 돌아보지 않았다.

을주는 드넓은 회색 개펄을 보며 느긋하게 차를 몰았다. 연극의 막이 바뀐 듯 잠깐 사이에 비가 그치고 지평선부터 환한 햇살이 비쳐들었다. 비바람에도 봄꽃들은 완전히 져버리지 않았고, 짙은 갯내가 미풍을 타고 전해왔다. 을주는 조금 전 둘희가 자신에게 건넨 친근한 말투를 떠올리며 손에 쥔 핸들을 가볍게 두들겼다. 응, 이따 해변에서 만나요.

근사한 봄날 오후였다. 을주는 야만적이고 기계적으로만 보였던 바다의 물흐름이 문득 너그러운 아량으로 자신이 품은 애정을 지지해주는 듯했다. 바다는 지상의 두 여자가 미워하든 사랑하든 조금도 관심을 두지 않았다. 그렇기에 을주는 언제든 자신이 원하는 방향을 선택해 나아갈 수 있었다. 아무리 눈물을 떨군다 한들 저 바다의 한 스푼조차 슬픔에 동조해주지 않을 테니까. 을주는 자신의 그 하찮음이 홀가분했고, 조금씩 마음을 여는 둘희와 함께라면 어떤 어려움이든 헤쳐나갈 수 있을 것만 같았다. 끊임없이 밀려오는 파도가 을주 앞에 예기치 않은 해방감을 부려놓았다. 을주는 어서 해변을 내달리고 싶어 몸이 근질근질했다.

*

시후는 오토바이를 타고 해변의 동쪽 길을 달렸다. 이대로 쭉 공항도로를 타고 서울로 간 다음 그곳에서 앞으로의 일을 차분히 계획해볼 참이었다. 멀리 해외여행을 갈 수도 있었고, 코인이나 주식 투자를 시도해볼 수도 있었다. 어차피 강선생은 자신이 돈을 어떻게 써도 관여하지 않겠다고 했으니까.

구치소에 수감되기 전 강선생은 시후에게 퇴직금을 주었다. 사실 퇴직금이라기엔 액수가 지나치게 컸다. 시후는 절로 감사한 마음이 들었으나 겉으로는 왜 이렇게 돈을 많이 주느냐며 자존심을 세웠다.

"그동안 험한 일 하느라 고생 많았어요. 그 돈으로 경험을 쌓으면서 견문을 넓혀봐요. 남으면 양말도 사 신고요."

강선생은 앞으로 챙겨줄 사람도 없으니 아예 세트로 수십 켤레 사놓고 하나씩 신으라고 했다. 시후가 계속 어리둥절한 표정을 짓자 강선생은 회사와 무관한 자기의 개인 돈이라고 설명했다. 먼저 간 아들에게 주려던 돈이지만 그렇다고 시후씨가 부담을 가질 필요는 없다고 했다. 시후는 속정이 뚝뚝 묻어나는 강선생의 말투에 꾸벅 고개를 숙이며 냉큼 봉투를 챙겼다. 하지만 시후는 강선생이 왜 회사에 들어와 고생길을 자처하는지 이해가 되질 않았다. 죽은 아들의 명예를 지키고 싶었으면 남들처럼 시위에 나가거나 번듯한 단체를 꾸려서 정정당당하게 활동을 하면 되지, 왜 그런 방송을 만들었을까? 설마…… 노인네도 배트맨 캐릭터를 좋아하나? 자기를 어둠의 기사라 여기는 거야? 이제까지 나랑 똑같은 역할을 하고 있었어?

시후는 강선생에게 대놓고 물어보려다가도 '죽은 딸네 집에 가는 노인네'라는 말이 떠올라 궁금증을 꾹 참았다. 게다가 강선생은 잊을 만하면 구질구질한 편지를 보내와 양말을 샀는지, 자기의 부탁은 잊지 않았는지 번번이 잔소리했다. 시후가 해외에 나가게 되면 그 나라의 국회의사당이나 법원에 찾아가 자기의 아이템 카드와 함께 인증 사진을 찍어달라는 게 강선생의 부탁이었다. 시후는 강선생에게 받은 돈을 떠올리며 사무실의 짐을 정리할 때 해치 그림이 그려진 그의 카드를 넉넉히 챙겼다. 그러다 문득 강선생이 자신을 여의도로 보냈던 진짜 의도가 무엇인지 떠올랐다. 해치 사진은 핑계였고 실은 동우란 사람에 대해 알게 하려고 나를 거기에 보낸 거 아닐까.

매일 국회 앞에 그 못생긴 트럭이 배회한다는 걸 알고 일부러 나를 그 앞에 데려다놓은 거 아닐까.

시후는 그간 강선생이 했던 말을 곰곰이 되짚었다. 오을주 그 여자가 방송 도중에 내뺐을 때 시후가 스타킹을 뒤집어쓰고 남은 라이브 시간을 채우자 방송이 끝난 뒤 강선생이 말했다.

"시후씨, 자기 자신한테 모질게 굴지 말아요. 예전에 진돌이는 끝까지 지켜줬다면서 왜 본인한테는 차갑게 굴어요."

"에? 뭔 말이세요?"

시후는 콧등에 난 여드름 자국을 매만지며 되물었다.

"누가 뭐래도, 시후씨는, 견실한 사나이예요."

강선생이 느릿한 어투로 말하며 시후의 어깨를 두들겼다. 순간 시후는 뱃속이 출렁이며 얼굴이 뜨거워졌다. 견실? 멋지다는 건가? 시후는 짝다리 자세로 서서 수줍게 시선을 떨궜다. 딱히 틀린 말은 아니었지만 노인네가 그런 칭찬을 하니 자신의 태도를 좀 바꿔야 할 것 같았다. 가령 점심을 같이 먹으러 간다든가 물방개를 버러지라고 부르지 않는다든가. 시후는 연락처 목록에 '노인네'로 저장한 강선생의 이름을 '대표님'으로 바꾸었다. 그리고 고향의 바닷가를 떠나던 날, 감방에 갇힌 대표님의 석방을 기원하며 바이크의 RPM을 몰아붙였다.

둘희는 거실 유리창을 열어 신선한 바람을 실내로 들였다.

여전히 젖은 머리카락에서 물이 뚝뚝 떨어졌다. 둘희는 자신의 계획을 되짚었다. 더는 꾸물거릴 시간이 없었다. 소파에 놓인 커다란 천 가방을 낚아채듯 손에 쥐고서 서재로 들어가 책과 종이들을 가방 안에 쓸어넣었다. 둘희는 그대로 맨발로 나가 계단을 빠르게 내려갔다. 이전에도 자신이 욕실화를 신은 채 밤바다로 나갔던 게 떠올랐으나 그 자각이 걸음을 멈출 만큼 놀랍지는 않았다. 겁먹을 게 뭔가. 또다시 유리 파편에 발바닥이 찢긴다 해도 그런 상처쯤은 수일이 지나면 아물 고통이었다. 둘희는 자해나 망상이 해결책이 될 수 없다는 것을 어렵게 받아들였다. 자신을 지겹게도 붙들었던 과거에서 벗어나 비로소 손등이 거칠고 심성이 고운 사람과 새로운 삶을 시도해볼 수 있었다.

건물을 나가자 저물녘의 햇살이 언덕에 비쳤다. 둘희는 붉은 흙길에 발자국을 내며 큰 걸음을 내디뎠다. 나뭇가지에 맺혀 있던 빗방울이 가느다란 솔잎을 타고 떨어져 둘희의 어깨를 적셨다. 둘희는 오래전 세 사람이 구덩이를 파놓았던 장소로 갔다. 젖은 억새밭을 헤치고 걸어가 거죽을 벗겨낸 짐승처럼 수피가 불그스름한 적송들 사이로 들어섰다. 지표 삼아 페피가 쌓아놓은 돌탑이 본래의 높이보다 허름하게 무너져 있었다.

둘희는 그 언저리에 엎드려 맨손으로 땅을 팠다. 낙엽과 겉흙을 파헤치자 얼마 지나지 않아 움푹한 구덩이가 드러났다.

둘희는 진한 부엽토 냄새를 풍기는 어두운 구멍을 들여다봤다. 언젠가 그 안에서 타올랐던 것들이 검은 재로 밑바닥에 남아 있었다. 둘희는 구덩이 위에 서서 가방을 뒤집었다. 종이들이 낱장으로 흩날렸고 레몬색 모자가 구멍 안으로 떨어졌다.

그래, 끝나지 않아. 당신과 나의 환영은 영원히 끝나지 않을 테지. 없앨 수 없다면 적어도 그 환영이 일하게 하겠어. 나는 다시 나의 이야기를 시작할 거야. 당신이 만든 대칭의 질서와 당신을 주저앉힌 손익의 셈법에서 벗어나 내가 모르는 곳에서 밀려오는 다른 흐름을 찾아내겠어. 내가 당신에게 바란 건 그런 속박이 아니었어. 나 혼자 당신을 독점하거나 우리 사이에 법적인 증명서를 얻고 싶은 것도 아니었어. 나는 우리가……

둘희는 두 눈을 감은 채 가슴을 뚫고 가는 비수가 그대로 자신의 뼈와 살을 통과해가기를 기다렸다.

……세상에 아무런 흔적을 남길 수 없다 해도 그런 것과 상관없이.

둘희는 눈을 뜨고서 구멍 밖으로 삐져나온 종이들을 발로 몰아넣었다. 흙바닥에 엎드려 불을 붙이려던 둘희는 그제야 자신에게 라이터가 없다는 사실이 떠올랐다. 뒤를 돌아보자 적송과 억새밭 너머로 음울한 회색 집이 보였다. 오지 마, 이제 더는 받아줄 수 없으니. 둘희는 눈가의 물기를 닦으며 자신의 허상에게서 고개를 돌렸다.

그리고 바다를 바라봤다. 피가 내리듯 수평선이 붉게 저물고 있었다. 바다 깊숙이 발목이 붙들린 절벽과 조각조각 찢어진 파랑과 분홍색 구름. 그 구름의 황홀한 빛깔이 둘희의 가슴에 스며들었다. 짧은 순간 둘희는 깨어 있는 채로 꿈을 꿨다. 아직 태어나지 않은 태풍, 그 미래의 계절을 생생하게 느꼈다. 먼바다에서 응결한 수증기가 바람의 잔등을 타고 인간의 땅으로 밀려오는 순간을. 저마다 티끌 같은 심장을 끌어안고서 '가야 해, 아니 가지 않을 테야' 떨며 와글거리는 어린 환영을. 둘희는 어쩔 수 없이 그 꿈을 향해 마음을 고백했다. 사랑해요. 또 한번 대책 없이.

둘희는 자전거를 몰고 언덕길을 내려갔다. 바다의 깊은 안쪽이 열려 너른 개펄이 누군가의 품처럼 부드럽게 일렁였다. 둘희는 벅찬 가슴으로 페달을 밟았다. 지금 이 순간의 떨림이 자기의 것만은 아닌 듯했다. 좋아하는 사람을 만나러 가는 설렘과 앞일을 알 수 없는 불안, 그 불안을 포기시키는 기대가 허공에 길을 내는 바닷새처럼 둘희의 머리 위로 휙휙 날아갔다. 이 끔찍한 희망과 내맡김은 나만의 것이 아니라고. 헐떡이는 가슴, 마음과 꿈, 심지어 영혼까지도 둘희 혼자만의 소유가 아니었다. 어떻게든 깎고 다듬어 다시금 세상의 흐름으로 띄워보내야 했다. 자신의 아픈 현실이 누군가에겐 이로운 허구가 되어줄지 모르기에.

 둘희는 자전거를 멈추고 팔을 흔들었다. 땅거미가 내려앉은 둑길에 을주와 오복이가 서 있었다. 을주는 마치 실수로 끈을 놓친 듯 팔 하나를 길게 뻗었다. 풀려난 오복이가 모래사장 대신 개펄로 내달렸다. 놀란 을주가 그 뒤를 따랐고 둘희 역시 방조제를 넘었다. 질퍽한 펄 위에 얕은 물결이 달을 향해 끌려갔다. 두 사람은 아무 말 없이 서로를 향해 뛰었다. 홀로 있던 그림자들이 잿빛 땅 위에서 가까워지고 있었다. 바다의 가장자리에서 새들이 날아올랐고 검푸른 수면에 등대 빛이 떠올랐다. 술렁이는 바다에 홀연한 길 하나가.

 일몰과 월출 사이, 때가 무르익어 있었다. ■

| 일러두기 |

* 이 소설에 나오는 인물과 단체를 비롯해 모든 내용은 소설적으로 가공한 허구다.
* 소설 속 '츠히'와 관련된 그림들과 법(法)의 어원 및 해치에 관한 뜻풀이는 『한자어원사전』(하영삼, 도서출판3, 2018)을 참고했다.
* 87쪽 허구와 현실에 관한 구절은 『허구세계의 존재론』(미우라 도시히코, 박철은 옮김, 그린비, 2013)에 나오는 문장을 변형했다.
* 101쪽 기억에 관한 구절은 『인지신경과학 입문』(제이미 워드, 이동훈·김학진·이도준·조수현 옮김, 시그마프레스, 2017)에 나오는 문장을 변형했다.
* 104~105쪽 아이가 따개비의 껍데기를 의도적으로 변형시키는 설정은 『바다의 가장자리』(레이첼 카슨, 김홍옥 옮김, 에코리브르, 2018)의 삿갓조개의 귀소본능에 관한 연구의 실험 방식에서 착안했다.
* 116쪽 카프카의 소설 속 내용은 『프란츠 카프카』(박병덕 옮김, 현대문학, 2020)에 실린 「한바탕의 꿈」의 구절을 변형했다.
* 249~260쪽 판결문의 모든 일례와 상황은 완전한 허구이나 'F 사건'이라 칭해지는 이야기는 실제 사건(「'40년 동거' 여고 동창생들의 비극적인 죽음」, 서울신문, 2013. 11. 1.)을 참고했다.
* 307쪽 해시태그 구절은 『비 온 뒤 맑음』(무지개평등권빅플랫폼, 강영희 옮김, 사계절, 2022)의 '타이완을_밝혀_아시아의_등대로'를 변형했다.

* 396쪽과 398쪽, 그리고 515쪽의 대화문은 『자유인의 길, 직지심경』(백운경한 초록, 덕산 역해, 비움과소통, 2011)의 달마와 혜가의 이야기를 각각 변형했다.
* 433쪽 신부님의 말씀은 『너 어디 있느냐 사제 문규현 이야기』(문상봉·이정관·장진규·형은수, 파자마, 2024)의 문규현 신부의 말에서 빌려왔다.
* 463쪽 영화의 컷 사이에 존재하는 어둠에 관한 내용은 『마법의 등』(잉마르 베리만, 민승남 옮김, 이론과실천, 2001)을 참고했다.
* 468~469쪽 황제의 시계와 관련된 내용은 국사편찬위원회 한국사데이터베이스 한국사료총서 〈국역 윤치호 영문 일기5〉 중 '1905년 1월 1일'의 구절을 참고하고 인용했다.
* 541~542쪽 정보통신망 관련 법안 문구는 기사 「민주 의원들, 혐오표현 규제 법안 발의했다가 '성적 지향' 기독교 반발에 철회 논란」(프레시안, 2025. 6. 6.)을 참고했다.

작가의 말

'난바다'라는 말을 생각합니다. 난바다는 '먼바다'를 뜻하는 단어입니다. 땅에서 바라보는 바다가 아니라 바다를 뒤로한 채 배를 타고 멀리 갔던 사람의 '나온 바다'입니다. 저는 이 말에서 한 시절을 지나온 사람의 안도감이 느껴집니다. 소설을 길어오겠다고 나선 바다에서 저는 시간과 사람의 힘에 흠뻑 젖었습니다. 눈감으면 아른거리는 물결과 빛살만으로도 넘치게 받아온 듯합니다. 문득 소설도 바다처럼 자기의 흐름대로 흐를 뿐 못내 휩쓸리고 허우적거린 것은 제 마음이었다는 생각도 듭니다.

함께 난바다를 다녀와준 김내리 편집자님께 깊은 감사와 신뢰를 전합니다. 숨은 중심이 있어 바다가 무중력으로 흩어지지 않듯 편집자님의 존재가 있어 이 소설이 세상에 나올 수 있었습니다. 첫 밀물부터 보름의 만조까지, 모든 페이지에 깃든 편집자님의 고요한 이해와 고단하도록 되짚는 골똘한 시선을 기억하겠습니다. 정민교, 황문정, 염현숙 편집자님의 정성스러운 손길은 글을 고치며 너울에 휩쓸릴 때 믿음직한 바위섬이 되어주었습니다. 이혜진 디자이너님이 빚어준 이미지는 소설이 짓는 표정 같습니다. 모두에게 두 손 모아 진심으로 감사드립니다.

송섬별 번역가님과 인아영 평론가님께도 고마운 인사를 전합니다. 두 분의 글이 있어 소설이 들어오고 나간 자리에 조개껍데기의 안쪽 빛깔처럼 고운 무늬가 어렸습니다. 반짝이는 선물을 해에 비춰보듯 글에 담긴 마음을 오래 간직하겠습니다.

영혼을 만져주는 사람, 사랑의 리듬이 되어주는 저의 연인, 당신이 있기에 저는 모든 물이 말라버린 듯한 폐허에서도 눈가에 흐린 물방울을 달고 푸푸 웃습니다. 사랑하고 고마워요.

멀고도 아늑한 빛으로 소설의 길을 밝혀주시는 독자분들께 이야기 속 문장으로 끝인사를 전합니다.

삶은 스물네 컷의 환영, 우리 같이 진실한 꿈을 꿔요.
꿈에서 깨어나는 꿈
몇 번이고 웃으며 다시.

2025년 가을

김멜라

문학동네 장편소설
리듬 난바다
ⓒ 김멜라 2025

초판 인쇄 2025년 10월 27일
초판 발행 2025년 11월 11일

지은이 김멜라
책임편집 김내리 | **편집** 정민교 황문정 염현숙
디자인 이혜진 최미영 | **저작권** 박지영 형소진 주은수 오서영 조경은
마케팅 정민호 서지화 이민경 왕지경 정유진 정경주 김혜원 김예진 이서진
브랜딩 함유지 박민재 이송이 박다솔 조다현 김하연 이준희
제작 강신은 김동욱 이순호 | **제작처** 천광인쇄사

펴낸곳 (주)문학동네 | **펴낸이** 김소영
출판등록 1993년 10월 22일 제2003-000045호
주소 10881 경기도 파주시 회동길 210
전자우편 editor@munhak.com | **대표전화** 031) 955-8888 | **팩스** 031) 955-8855
문학동네카페 http://cafe.naver.com/mhdn
인스타그램 @munhakdongne | **트위터** @munhakdongne
북클럽문학동네 http://bookclubmunhak.com

ISBN 979-11-416-1397-6 03810

* 이 책의 판권은 지은이와 문학동네에 있습니다.
  이 책 내용의 전부 또는 일부를 재사용하려면 반드시 양측의 서면 동의를 받아야 합니다.
* KOMCA 승인 필

잘못된 책은 구입하신 서점에서 교환해드립니다.
기타 교환 문의 031) 955-2661, 3580

www.munhak.com